Mister Frank hat eine besondere Gabe: Er spürt, welche Musik die Menschen brauchen, um glücklich zu werden. In Franks Plattenladen in einer vergessenen Ecke der Stadt treffen sich Nachbarn, Kunden und die anderen Ladenbesitzer der Straße und hören Klassik und Jazz, Pop und Punk. Keiner weiß, wie lange sie hier noch überleben können. Da taucht eines Tages die Frau in Grün vor Franks Schaufenster auf. Sosehr er sich auch bemüht, Frank kann einfach nicht hören, welche Musik in ihr klingt ...

Menschen mit Worten so zu berühren wie mit Musik, das gelang Rachel Joyce schon in ihrem ersten Beruf als Bühnenschauspielerin und später als Autorin zahlreicher Hörspiele für die BBC. Mit ihren feinfühligen Romanen bewegt sie inzwischen Millionen Leserinnen und Leser weltweit. Ihr Bestseller »Die unwahrscheinliche Pilgerreise des Harold Fry« wurde mehrfach ausgezeichnet und u.a. für den Booker-Preis nominiert. Rachel Joyce lebt mit ihrem Mann und ihren vier Kindern auf dem Land in Gloucestershire. Und wenn sie zu Hause Musik hört, legt sie sich dabei am liebsten ganz allein mit ihren Kopfhörern auf den Boden.

Weitere Informationen finden Sie auf www.fischerverlage.de

W0222323

Fischer TaschenBibliothek

Alle Titel im Taschenformat finden Sie unter:
www.fischer-taschenbibliothek.de

Rachel Joyce

MISTER FRANKS FABELHAFTES TALENT FÜR HARMONIE

Aus dem Englischen von
Maria Andreas

FISCHER TaschenBibliothek

Für Hope

MIX
Papier aus verantwortungsvollen Quellen
FSC® C083411

Erschienen bei FISCHER Taschenbuch
Frankfurt am Main, Juni 2019

Die Originalausgabe erschien 2017 unter dem Titel
»The Music Shop« bei Doubleday, London
© 2017 Rachel Joyce

Für die deutschsprachige Ausgabe:
© 2017 S. Fischer Verlag GmbH, Hedderichstr. 114,
D-60596 Frankfurt am Main

Umschlaggestaltung und -abbildung: www.buerosued.de
Satz: Pinkuin Satz und Datentechnik, Berlin
Druck und Bindung: CPI books GmbH, Leck
Printed in Germany
ISBN 978-3-596-52250-7

Time has told me
You're a rare, rare find
A troubled cure
For a troubled mind

Nick Drake, *Time has told me*

Sich zu verstecken ist eine Freude, nicht gefunden zu werden eine Katastrophe.

Donald Winnicott

Es war einmal ein Plattenladen.

Von außen sah er aus wie jeder andere Laden in jeder kleinen Seitenstraße. Über der Tür stand kein Name. Im Schaufenster war keine einzige Schallplatte dekoriert. An der Glasscheibe klebte nur ein handgeschriebenes Plakat. *Hier gibt's die Musik, die Sie brauchen!!! Jeder willkommen!! Wir verkaufen nur VINYL! Falls geschlossen, bitte anrufen: …* Was dann kam, war nicht zu entziffern, denn außer ein paar weiteren fröhlichen Ausrufezeichen folgten als einzige Zahl eine Acht, die gut auch eine Drei hätte sein können, und zwei Krakel, die stark an Dreiecke erinnerten.

Drinnen war der Laden rappelvoll mit Kisten, die Kisten rappelvoll mit Platten jeder erdenklichen Art, Platten jeder Abspielgeschwindigkeit, Größe und Farbe, alles ohne Preisschild. Rechts neben der Tür stand eine alte Theke, vor der Rückwand ein Plattenspieler, eingerahmt von zwei Kabinen, die mehr nach Schlafzimmermöbeln als nach richtigen Abhörkabinen aussahen. Hinter dem Plattenspieler saß der Besitzer des Ladens, Frank, ein sanfter Bär von einem Mann, der ständig rauchte und eine Platte nach der anderen auflegte. Sein Laden war oft bis spät in die Nacht hinein geöffnet – und genauso oft bis spät in den Vormittag hinein geschlossen –, es lief Musik, bunte Lämpchen blinkten im Walzertakt, die unterschiedlichsten Leute stöberten nach Platten.

Klassik, Rock, Jazz, Blues, Heavy Metal, Punk … Nichts war tabu, solange es auf Vinyl gepresst war. Wenn jemand Frank erklärte, welchen Musikstil er mochte oder einfach, wie es ihm an diesem Tag gerade ging, dann fand Frank innerhalb von Minuten den richtigen Titel. Dafür hatte er ein Händchen. Eine Gabe. Er wusste, was die Leute brauchten, sogar wenn sie es selbst nicht wussten.

»*Das hier!* Hören Sie doch mal rein«, schlug er vor und strich sich die wilde braune Mähne zurück. »Ich hab so ein Gefühl, das könnte für Sie das Richtige sein …«

Es war einmal ein Plattenladen.

SEITE A: JANUAR 1988

1
Der Mann, der nur Chopin mochte

Frank saß wie immer rauchend hinter seinem Plattenspieler und sah aus dem Fenster. Es war mitten am Nachmittag und schon fast dunkel draußen. Der Tag war kaum ein Tag gewesen. Ein Temperatursturz hatte einen ersten Anflug von Frost gebracht, und die Unity Street glitzerte unter den Straßenlaternen. Die Luft hatte einen leichten Stich ins Blaue.

Die vier anderen Läden in der Straße hatten schon geschlossen, aber Frank hatte seine Lavalampen und den elektrischen Heizstrahler eingeschaltet. An der Theke blätterte Maud, die Tätowiererin, die Fanmagazine durch, während Pater Anthony eine Origamiblume faltete. Samstags-Kit hatte alle Emmylou-Harris-Platten eingesammelt und versuchte sie alphabetisch zu ordnen, ohne dass Frank es merkte.

»Ich hatte wieder keine Kunden«, sagte Maud sehr laut. Auch wenn Frank hinten im Laden war und sie vorne, war es akustisch nicht nötig, die Stimme zu erheben. Die Läden in der Unity Street waren nicht größer als ein kleines Wohnzimmer. »Hörst du mir überhaupt zu?«

»Klar höre ich zu.«

»Du siehst aber nicht so aus.«

Frank zog sich die Kopfhörer herunter. Lächelte. In seinem ganzen Gesicht sprangen fröhliche Lachfalten auf, und seine Augenwinkel kräuselten sich. »Siehst du? Ich höre immer zu.«

Maud machte ein Geräusch, das wie »Hömm« klang. Dann sagte sie: »Einer kam tatsächlich rein, aber der wollte kein Tattoo. Der wollte bloß wissen, wo's zu dem neuen Einkaufszentrum geht.«

Pater Anthony erzählte, er habe in seinem Geschenkeladen einen Briefbeschwerer verkauft. Außerdem noch ein Lesezeichen aus Leder mit dem Vaterunser drauf. Er wirkte mehr als zufrieden.

»Wenn das so weitergeht«, sagte Maud, »dann muss ich im Sommer zusperren.«

»Musst du nicht, Maud. Es wird schon laufen.«

Sie führten dieses Gespräch andauernd. Maud sagte, alles ist so furchtbar, und Frank widersprach, stimmt nicht, Maud, stimmt doch gar nicht. Ihr beide seid wie ne Schallplatte mit Sprung sagte Kit dann, was vielleicht lustig gewesen wäre, hätte er es nicht jeden Abend gesagt; außerdem waren Maud und Frank kein Paar. Frank war überzeugter Single.

»Wisst ihr, wie viele Beerdigungen die Bestatter hatten?«

»Nein, Maud.«

»*Zwei.* Ganze zwei seit Weihnachten. Was ist bloß mit den Leuten los?«

»Vielleicht sterben sie nicht«, meinte Kit.

»Klar sterben sie. Die Leute kommen einfach nicht mehr zu uns. Die wollen bloß noch den Schrott aus der Castlegate.«

Erst letzten Monat hatte die Floristin zugemacht. Ihr leerer Laden stand am Ende der Straße wie ein fauler Zahn, und vor ein paar Nächten war das Schaufenster des Bäckers am anderen Straßenende mit Parolen vollgeschmiert worden. Frank hatte einen Eimer Seifenwasser geholt; es hatte den ganzen Vormittag gedauert, bis die Schmierereien wieder abgeschrubbt waren.

»Es hat immer Läden in der Unity Street gegeben«, sagte Pater Anthony. »Wir sind eine Gemeinschaft. Wir gehören hierher.«

Samstags-Kit lief mit einer Kiste neuer 45er-Singles durch den Laden und fegte dabei fast eine Lavalampe zu Boden. Emmylou Harris hatte er anscheinend aufgegeben. »Wir hatten heute wieder einen Ladendiebstahl«, erzählte Kit ohne viel Bezug zum Thema. »Erst hat sich der Typ aufgeregt, weil wir keine CDs verkaufen. Dann wollte er sich eine Platte ansehen und ist damit abgehauen.«

»Welche war's denn diesmal?«

»Genesis. *Invisible Touch.*«

»Was hast du unternommen, Frank?«

»Ach, das Übliche«, sagte Kit.

Ja, Frank hatte reagiert wie immer. Er hatte seine alte Wildlederjacke übergeworfen und war dem jungen Mann nachgesetzt, bis er ihn an der Bushaltestelle erwischte. (Was war denn das für ein Dieb, der auf den Elfer-Bus wartete?) Unter Keuchen erklärte er, er werde die Polizei rufen, wenn der Junge nicht mit ihm in den Laden zurückkehre und bereit sei, sich in der Kabine etwas Neues anzuhören. Er könne die Genesisplatte behalten, wenn er sie so dringend brauche, aber es mache Frank ganz fertig, dass er die falsche geklaut habe – die frühen Sachen seien um Längen besser. Er könne das Album gratis haben, samt Cover, »solange du es mal mit den *Hebriden* versuchst. Wenn dir Genesis gefällt, wirst du Mendelssohn lieben, das kannst du mir glauben.«

»Ich wünschte, du würdest noch mal überdenken, ob du nicht doch diese neuen CDs verkaufen solltest, Frank«, sagte Pater Anthony.

»Machst du Witze?« Kit lachte. »Er würde lieber sterben als CDs verkaufen.«

Dann ging die Tür auf – *dingdong* –, und ein neuer Kunde trat ein. Franks Puls schlug sofort schneller.

Der ordentlich gekleidete Mann mittleren Alters kam den persischen Läufer entlang, der von der Tür durch den ganzen Laden bis zum Plattenspieler führte. Alles an diesem Mann war Mittelmaß – sein Mantel, sein Haar, sogar seine Ohren –, als wäre er gezielt dafür geschaffen worden, dass ihn keiner ein zweites Mal ansah. Mit gesenktem Kopf schlich er an der Theke zu seiner Rechten vorbei, wo Maud, Pater Anthony und Kit standen und hinter ihnen sämtliche Schallplatten in ihren Innenhüllen aus Pappe. Er ging an den alten Holzregalen zu seiner Linken vorbei, an der Tür, die zu Franks Wohnung hinaufführte, am Tisch in der Mitte und an den Plastikkisten mit Remittenden. Das Patchwork aus Plattencovern und selbstkreierten Postern, von Kit an die Wände gepinnt, würdigte er nicht einmal eines Seitenblicks. Beim Plattenspieler blieb er stehen und zog ein Taschentuch hervor.

Frank verschränkte seine mächtigen Arme und beugte sich vor. »Alles klar?«, fragte er mit seiner dröhnenden Stimme. »Was kann ich heute für Sie tun?«

»Also, die Sache ist die, ich mag nun mal nur Chopin.«

Jetzt erinnerte sich Frank. Der Mann war schon vor einigen Monaten einmal hier gewesen. Er hatte etwas gesucht, was ihn vor seiner Hochzeit beruhigen würde.

»Sie haben die *Nocturnes* gekauft«, sagte er.

Der Mann kaute an seinen Lippen. Er schien nicht daran gewöhnt, dass sich jemand an ihn erinnerte. »Jetzt stecke ich in neuen Schwierigkeiten. Und habe mich gefragt, ob Sie vielleicht – wieder etwas für mich heraussuchen könnten?« Er hatte beim Rasieren eine Stelle am Kinn übersehen. Die kratzige Stoppelinsel auf der Haut hatte etwas Einsames.

Frank lächelte, weil er immer lächelte, wenn ihn ein Kunde um Hilfe bat. Er stellte dieselben Fragen wie immer. Ob der Mann wisse, wonach er suche? (Ja. Chopin.) Ob er noch andere Musik gehört habe, die ihm gefalle? (Ja. Chopin.) Ob er, was er suche, vielleicht summen könne? (Nein. Er glaube nicht.)

Der Mann warf einen Blick über die Schulter, ob auch keiner zuhörte, aber die anderen beachteten ihn gar nicht. Im Lauf der Jahre hatten sie in diesem Laden schon alles erlebt. Da gab es natürlich die Stammkunden, die herkamen, um neue Platten zu kaufen, aber oft wollten die Leute mehr. Frank hatte ihnen über Krankheiten hinweggeholfen, über Trauer, über den Verlust ihres Selbstvertrauens oder ihres Jobs, aber auch Alltäglicheres zu verkraften wie die Fußballergebnisse oder das Wetter. Er kannte sich mit alledem nicht etwa besonders gut aus, brauchte aber den Menschen im Grunde nur zuzuhören. Und seine Geduld war unerschöpflich. Als Junge hatte es ihm nichts ausgemacht, stundenlang mit einem Stück Brot in der Hand dazustehen und auf einen Vogel zu hoffen.

Der Mann sah Frank immer noch an. Er wartete.

»Sie wollen, dass ich die richtige Platte für Sie finde? Welche das sein könnte, wissen Sie nicht, sind aber mit allem zufrieden, solange es Chopin ist?«

»Ja, ja«, sagte der Mann. Das traf es genau.

Was brauchte der Mann? Frank schob die Stirnfransen nach hinten – eigensinnig fluppten sie sofort wieder nach vorn –, stützte das Kinn in die Handflächen und lauschte, als durchforsche er den Äther nach einem Radiosignal. Etwas Schönes? Etwas Langsames? Völlig reglos saß er da.

Die Erleuchtung kam mit solcher Wucht, dass es Frank den Atem verschlug. Natürlich. Dieser Mann brauchte keinen Chopin. Nicht einmal ein Nocturne. Was er brauchte, war …

»Moment!« Frank war schon aufgesprungen.

Er tapste im Laden herum, zog ein Cover nach dem anderen heraus, schlüpfte an Kit vorbei und zog den Kopf ein, um einer Glühbirne auszuweichen. Er musste nur etwas Ähnliches finden wie die Musik, die er in dem Mann, der nur Chopin mochte, hatte tönen hören. Klavier, ja. Er hatte Klavierspiel herausgehört. Aber der Mann brauchte noch etwas anderes. Das sanft war und zugleich überwältigend. Wo würde Frank das finden? Bei Beethoven? Nein, das wäre zu massiv. Beethoven könnte einen solchen Mann niederstrecken. Was er brauchte, war ein Freund …

»Kann ich dir helfen, Frank?«, fragte Kit. Genau genommen fragte er: »Ka-i-elfn?«, weil er sich den Mund voller Schokokekse gestopft hatte. Kit war mit seinen achtzehn Jahren kein schlichtes Gemüt oder gar zurückgeblieben, wie manche Leute zuweilen meinten, sondern nur ein wenig tollpatschig und von einer ungestümen Begeisterungsfähigkeit. Er war in einem Vororthäuschen aufgewachsen, mit einer dementen Mutter und einem Vater, der die meiste Zeit vor dem Fernseher saß. Frank hatte Kit in den letzten Jahren liebgewonnen und kümmerte sich um ihn wie früher um seinen alten Van und den Plattenspieler seiner Mutter. Er fand heraus, dass man Kit nur wie einen jungen Terrier behandeln, ihn also regelmäßig zu Spaziergängen hinausschicken und mit einfachen Aufgaben beschäftigen musste. Die Gefahr, dass er ernsthaften Schaden anrichtete, verringerte sich dadurch erheblich.

Aber welche Musik suchte Frank genau? Was war es nur?

Frank schwebte ein Song vor, der wie ein kleines Floß ankäme und den Mann sicher nach Hause tragen würde.

Klavier. Ja. Ein paar Bläser dazu? Könnte passen. Eine Stimme? Vielleicht. Etwas Kraftvolles und Leidenschaftliches, vielschichtig und gleichzeitig so einfach, dass es sofort einleuchtete …

Das war's. Er hatte es gefunden. Er wusste, was der Mann brauchte. Er schwenkte hinter die Theke ab und zog die richtige Platte hervor. Aber als er zum Plattenspieler zurückhastete und brummte, »Seite B,

Nummer 5. Die ist es. Ja, genau die!«, da stieß der Mann einen verzweifelten Seufzer aus, der fast wie ein Schluchzer klang.

»Nein! Nein! Aretha Franklin? Wer ist denn das?«

»*Oh No Not My Baby.* Das ist es. Das ist der richtige Song.«

»Aber ich hab's Ihnen doch gesagt. Ich will Chopin. Pop hilft nicht.«

»Aretha ist *Soul.* Gegen Aretha können Sie doch nichts haben …«

»*Spirit In The Dark?* Nein, auf keinen Fall. Die Platte will ich nicht. Dafür bin ich nicht hergekommen.«

Frank sah von seiner großen Höhe auf den Mann herab, der sein Taschentuch immer fester zusammendrehte. »Das ist nicht, was Sie wollen, ich weiß. Aber eins können Sie mir glauben, das ist die Musik, die Sie heute brauchen. Was haben Sie denn zu verlieren?«

Der Mann warf einen letzten Blick zur Tür hinüber. Pater Anthony zuckte anteilnehmend mit der Schulter, als wollte er sagen: *Warum denn nicht? Wir alle haben das auch schon mitgemacht.* »Dann legen Sie eben auf«, sagte der Mann, der nur Chopin mochte.

Kit sprang herbei und führte ihn zu einer Abhörkabine, hielt ihn nicht gerade an der Hand, geleitete ihn aber mit ausgestreckten Armen, als drohten jeden Moment ein paar Körperteile von ihm abzufallen. Aus den Lavalampen erblühte in bewegten Mustern rosa, apfelgrünes und goldenes Licht. Die Kabinen waren unvergleichlich besser als bei Woolworth – dort hatte man eher das Gefühl, man stünde unter einer Trockenhaube. Die Kopfhörer dort seien so fettig, berichtete Maud, dass man nachher duschen müsse. Nein, diese Kabinen hatte Frank selbst gemacht, aus zwei gleichen, unglaublich riesigen viktorianischen Schränken, die er auf dem Sperrmüll gefunden hatte. Er hatte die Füße abgesägt, die Kleiderstangen und Schubladen herausgenommen und kleine Löcher in die Wände gebohrt, durch die die Kabel zum Plattenspieler führten. Er hatte zwei Sesselchen aufgetrieben, klein genug, um in die Schränke zu passen, aber trotzdem bequem. Er hatte sogar das Holz poliert, bis es glänzte wie schwarzer Lack und die feine Einlegearbeit in den Türen aufschien, Vögel und Blumen aus Perlmutt. Wenn man genauer hinsah, waren die Kabinen wirklich schön.

Der Mann stieg hinein, machte einen Schlurfschritt zur Seite – es war sehr beengt hier, schließlich forderte man ihn auf, sich in ein Schlafzimmermöbel zu setzen – und nahm Platz. Frank half ihm mit den Kopfhörern und schloss die Tür.

»Alles in Ordnung da drinnen?«

»Das wird nichts«, rief der Mann nach draußen. »Ich mag nur Chopin.«

Am Plattenspieler ließ Frank die Schallplatte vorsichtig aus der Hülle gleiten und setzte die Nadel auf. *Tick, tick* machte sie auf ihrem Ritt durch die Rillen. Frank schaltete die Lautsprecher ein, damit die Musik auch im Laden zu hören war. *Tick, tick …*

Vinyl hat ein Eigenleben. Es bleibt einem nichts übrig, als zu warten.

2

Oh No Not My Baby

Tick, tick. In der Kabine war es dunkel, alles wirkte gedämpft, ein Gefühl, wie wenn man sich in einem Schrank versteckt. Die Stille rauschte.

Alle hatten ihn gewarnt. Pass auf, hatten sie gesagt. Aber er wollte nicht auf sie hören. Und so machte er ihr einen Antrag und konnte sein Glück nicht fassen, als sie ja sagte – sie so schön, er solches Mittelmaß. Nach dem Hochzeitsfrühstück brachte er ihr eine Flasche Champagner hinauf in die Hochzeitssuite, und da sah er seine Frau liegen, das Kleid nach oben gestülpt. Erst konnte er den Anblick nicht recht einordnen, er musste scharf hinsehen. Ein Kleid wie klebriges Baisergebäck, aus dem vier Beine ragten, zwei mit schwarzen Socken, eines mit Strumpfband. Und dann begriff er. Das war seine frisch Angetraute mit seinem Trauzeugen. Er stellte die Champagnerflasche samt den beiden Gläsern auf dem Boden ab und schloss die Tür.

Er bekam das Bild nicht mehr aus dem Kopf. Er legte Chopin auf, nahm die Pillen ein, die ihm der Arzt verschrieben hatte, aber nichts half. Er ging nicht mehr aus dem Haus, brach wegen jeder Kleinigkeit in Tränen aus, meldete sich krank.

Tick, tick …

Der Song begann. Ein näselnder Gitarrenakkord, eine Bläserfanfare, ein hingezirptes »*Sweet-sweet-baby*«, dann ein Bam-bam-bam-bam vom Schlagzeug.

Wo dachte Frank hin? Das war nicht die Musik, die er brauchte. Er wollte sich schon die Kopfhörer herunterziehen –

»*When ma friends tol' me you had someone noo*«, begann die Sängerin, diese Aretha, mit klarer und ruhiger Stimme, »*I didn' believe a single word was true.*« Als meine Freundinnen sagten, du hättest eine Neue, glaubte ich kein Wort.

Es war, als würde er im Dunkeln einer Fremden begegnen und zu ihr sagen: »Ich wette, Sie kommen nie drauf, was mir passiert ist!«, und die Fremde antwortete: »He, mir geht's doch ganz genauso.«

Er dachte nicht mehr an seine Frau und seine Trübsal und hörte Aretha zu wie einer Stimme in seinem eigenen Kopf.

Sie erzählte ihre Geschichte, ungefähr so: Alle sagten, ihr Mann sei ein Fremdgeher, sogar ihre eigene Mutter. Aber Aretha wollte ihnen nicht glauben. Er war nicht wie diese anderen KERLE, die einem was VORMACHTEN. Die einem LÜGEN erzählten. »Oh-oh no not my baby!« Aretha hatte den Song ruhig begonnen, doch als sie beim Refrain anlangte, schrie sie die Worte praktisch heraus. Ihre Stimme war ein kleines Boot und die Musik ein Tsunami, aber Aretha ritt einfach auf der Wasserwalze dahin, rauf und runter. Geradezu stur, wie sie weiter an den Typen glaubte. Die Streicher, das Hüpfen der Rhythmusgitarre, ein Saxophon-Riff, Schlagzeugeinwürfe – alle sagten ihr, dass sie falschlag (»*Wohhh!*«, gellten die Backgroundsängerinnen wie ein antiker Chor) –, aber nein, Aretha steuerte in ihrem kleinen Boot unbeirrt weiter. Ihre Stimme dehnte die Worte in diese und in jene Richtung, schraubte sich in die Höhe und sauste in die Tiefe. Aretha wusste Bescheid. Sie wusste, wie furchtbar man sich fühlte, wenn man einen Treulosen liebte. Wie einsam.

Der Mann saß vollkommen reglos da. Und hörte zu.

3
It's a Kind of Magic

Frank schüttelte eine Zigarette aus der Schachtel und heftete beim Rauchen den Blick auf die Kabinentür. Er hoffte, er hatte sich mit diesem Song nicht getäuscht. Manchmal brauchten die Leute nur zu wissen, dass sie nicht allein waren. Dann wieder ging es eher darum, sie in Kontakt zu ihren Gefühlen zu bringen, bis diese Gefühle sich erschöpften – die Leute klammern sich an Vertrautes, auch wenn es schmerzhaft ist.

»Mit Vinyl ist es so eine Sache«, hatte seine Mutter öfter gesagt, »du musst es pflegen.« Er konnte jetzt Pegs Bild aufrufen, in ihrem weißen Haus am Meer; angetan mit Turban und Kimono, spielte sie ihm eine Bach- oder Beethovenplatte vor oder was immer sie sich hatte schicken lassen. Peg erzählte Geschichten über die Schallplatten, Anekdoten, die Hörhilfen für ihn sein sollten, und sprach über die Komponisten wie über Liebhaber. Sie trug eine Riesensonnenbrille, auch wenn es regnete und sogar wenn es draußen stockdunkel war, und behängte sich mit so vielen Armreifen, dass sie beim Lachen klirrte. Die üblichen Mütterthemen interessierten sie nicht. Marmeladetoast zum Beispiel, in Dreiecke geschnitten. Ein leckerer Auflauf für ihn zum Abendessen oder Hustensirup bei Erkältung. Wenn er ihr eine Muschel oder ein Algenband zeigte, warf sie sie schnell wieder in hohem Bogen zurück ins Meer. Und wenn sie mit dem alten Rover in die Stadt fuhren, musste Frank sie an die Handbremse erinnern (Peg hatte die leidige Angewohnheit, mit dem Wagen nach vorn zu rollen). Ja, die konventionelle Mutterrolle war nicht Pegs Sache, aber wenn es um Vinyl ging, zeigte sie eine Behutsamkeit, die an Ehrfurcht grenzte. Sie konnte stundenlang über Musik reden.

Der Song wurde abgeblendet. Die Kabinentür klickte und ging auf. Da flatterten die Perlmuttvögel mit den Flügeln und erhoben sich in die Lüfte.

Der Mann, der Chopin mochte, kam nicht heraus. Er blieb in der Tür stehen, bleich wie Wachs, als wäre ihm ein wenig schlecht.

»Na?«, sagte Frank. »Wie war's?«

»Na?« Auch Maud, Pater Anthony und Samstags-Kit warteten drüben an der Theke. Kit schwang ein Bein vor und zurück. Pater Anthony hatte sich die Brille auf den Kopf geschoben und trug sie wie eine Krone. Maud runzelte die Stirn.

Der Mann, der nur Chopin mochte, begann zu lachen. »Wow, das war der Hammer. Woher wussten Sie, dass ich Aretha brauchte? Wie haben Sie das nur *gemacht*, Frank?«

»Gemacht habe ich gar nichts. Ich habe Ihnen nur einen guten Song vorgespielt.«

»Hat Aretha Franklin noch mehr Platten aufgenommen?«

Jetzt war Frank mit Lachen dran. »Kann man so sagen. Sie haben Glück. Es gibt viele Platten von ihr. Sie hat wirklich gern gesungen.«

Frank spielte die ganze Platte, die A- und die B-Seite. Dabei rauchte er und tanzte auf seinem beengten Platz hinter dem Plattenspieler zur Musik, rollte die Schultern, wackelte mit den Hüften – als Maud ihn so sah, begann sogar sie zu wippen –, während Kit möglicherweise den Ententanz gab, was aber auch damit zu tun haben konnte, dass ihn seine neuen Schuhe drückten. Das war einfach Aretha in Bestform. Jeder sollte *Spirit In The Dark* in seiner Sammlung haben.

Danach machte Kit Tee, und Frank hörte an seinem Plattenspieler dem Mann zu, der ihm mehr von seiner Frau erzählte. Dass er sie nach der Hochzeit nicht mehr anfassen konnte. Dass sie vor einem Monat zu dem Trauzeugen gezogen war. Es erleichtere ihn, sagte der Mann, sich das Ganze mal von der Seele zu reden. Frank nickte beim Zuhören und versicherte ihm immer wieder, er könne jederzeit in den Laden kommen, wann immer ihm danach sei. »Hämmern Sie einfach an die Tür, wenn nicht geöffnet ist. Egal um welche Uhrzeit. Ich bin immer da. Sie brauchen nicht alleine rumzuhängen.«

Nichts Großartiges im Grunde und alles ziemlich naheliegend, aber der Mann lächelte, als hätte Frank ihm ein funkelnagelneues Herz geschenkt.

»Haben *Sie* schon mal eine solche Pleite erlebt?«, fragte er. »Waren Sie schon mal so verliebt?«

Frank lachte. »Damit bin ich durch. Mein Laden reicht mir.«

»Heutzutage geht er kaum außer Haus«, schaltete sich Pater Anthony ein.

»Könnte ich meinen Song noch mal hören, Frank?«

»Natürlich können Sie ihn noch mal hören.«

Der Mann schloss sich wieder in der Kabine ein, und Frank setzte die Nadel wieder auf die Scheibe. *When ma friends tol' me you had someone nooo…* Sein Blick wanderte zum Fenster.

So leer und ruhig war es da draußen. Niemand kam, niemand ging, da waren nur das dünne blaue Licht, die Kälte. Frank konnte selbst kein Instrument spielen, er konnte keine Noten lesen, er besaß keinerlei technisch-musikalisches Können, aber wenn er vor einem Kunden saß und ihm wirklich zuhörte, vernahm er Musik. Nicht etwa eine komplette Symphonie. Nur ein paar Töne. Wenn es hoch kam, eine kleine Melodie. Und es geschah auch nicht immer, nur, wenn er sein Frank-Sein losließ und sich in einen Raum begab, der mehr in der Mitte lag. Das war schon immer so gewesen, seit er denken konnte.

»Intuition«, nannte es Pater Anthony. »Esokacke«, sagte Maud dazu.

Was machte es da schon, wenn er niemand Speziellen in seinem Leben hatte? Er war glücklich allein. Frank zündete sich noch eine an.

Und dann sah er sie. Sie blickte ihm unmittelbar in die Augen.

4
Der Laden in der Unity Street

Als Frank seinen Laden zum ersten Mal sah, brach er in ein explosives Gelächter aus, *hahaha*, laute, fröhliche Lachsalven. Das war vor vierzehn Jahren gewesen. 1974: Großbritannien erlebte seine erste Rezession nach dem Krieg. Die Bergarbeiter streikten, es herrschte die Dreitagewoche.

Frank war stundenlang durch die Stadt gelaufen. Er ließ sich ziellos treiben. Er war an der Kathedrale vorbeigekommen, an dem Gewirr alter Gassen ringsherum, mit den Durchgängen und dem Kopfsteinpflaster und den vielen Klimbimläden und Cafés. Er ging durch die Castlegate, die Haupteinkaufsstraße der Stadt, sah in die großen Schaufenster und betrachtete ausgiebig den Uhrturm. Als er weiterging, bemerkte er den Eingang zum Park und die Schlange vor dem Arbeitsamt; er ging in eine Spielhalle, dann bummelte er eine Reihe von Marktständen entlang und folgte mehreren Wohnstraßen in der Richtung, die zu den alten Hafenanlagen führte. In der Unity Street blieb er nur stehen, weil sie eine Sackgasse war mit einem Pub und sechs Läden auf der einen Seite und viktorianischen Reihenhäusern aus braunen Ziegeln auf der anderen. Um weiterzugehen, hätte er über die Dächer klettern müssen.

Und so hielt er inne und sah sich in dieser heruntergekommenen kleinen Straße richtig um. Am Fenster eines der Häuser hing eine italienische Fahne, aus dem Nachbarhaus wehten die Duftschwaden exotischer Gewürze. Eine Frau mit Kopftuch saß auf der Schwelle ihres Hauses und pulte Erbsen, ein paar Kinder schoben einen Einkaufswagen herum, auf einer der Fassaden stand gepinselt: *Zimmer zu vermieten.* Frank besah sich die Ladenreihe. Ein Bestattungsinstitut, ein polnischer Bäcker, ein Devotionalienladen, das leerstehende Haus mit dem Schild *Zu verkaufen* im Fenster, ein Tattoo-Studio und schließlich ein Blumenladen. Er sah im Bestattungsinstitut zwei alte Männer einer weinenden Frau Taschentücher reichen. Er sah in der Bäckerei einen Jungen auf einen Kuchen deuten. In den *Glaubenssachen* half ein Mann in den Fünfzigern einem jungen Mädchen bei der Auswahl eines Plastikjesus. Frank sah eine junge Frau mit bemalter Haut den Boden ihres Ladens wischen, der Vorhänge am Fenster hatte und die Aufschrift *TATTOUISTA* auf der Scheibe; aus dem Blumenladen trat eine alte Dame im Sari, ein Bündel Blumen im Arm, und rief »danke«, während sie die Tür schloss. Das Alltägliche, Normale des Ganzen machte einen tiefen Eindruck auf Frank. Alles schien einen Sinn und Zweck zu haben, als wäre diese bunte Mischung von Menschen schon immer hier gewesen, wie Mütter und Väter, die anderen finden halfen, was sie brauchten. Vor Franks innerem Auge nahm die Zukunft Gestalt an, so wie früher im weißen Haus aus einem Nebelmeer der ferne Horizont hervorgetreten war, verschwommen und fern, aber voller Schönheit und Hoffnung. Da begann Frank zu lachen, wie er schon Jahre nicht mehr gelacht hatte. Er suchte sofort den Makler auf.

»Natürlich braucht der Laden ein wenig Liebe, Sir«, sagte der Makler, legte sein Sandwich beiseite und suchte nach dem Schlüssel. »Sie müssen Ihre Phantasie spielen lassen …«

Ein wenig Liebe? Innen war der Laden eine Ruine. Er erstickte in Müll und stank widerlich – der Raum war eindeutig als Toilette benutzt worden. Jemand hatte etliche Dielenbretter herausgerissen und damit ein Feuer gemacht.

»Mir gefällt's«, sagte Frank. Und er berührte die Wände, um sie zu beruhigen. »Ja. Ich zahle den vollen Preis.«

»Wirklich? Sie wollen kein eigenes Angebot abgeben?«

»Nein. Das passt für mich. Ich will nicht feilschen.«

Man schlage Frank ein hübsches Haus mit Garten vor, mit allem modernen Komfort – er hätte auf dem Absatz kehrtgemacht. Man schlage ihm vor, sich doch mal in ein anderes menschliches Wesen zu verlieben – er hätte die Flucht ergriffen. Aber *das hier.* Kaputt, verdreckt, missbraucht – ja, das war ganz das Seine. Er gestand dem Makler, dass er keine Erfahrung mit Renovieren hatte, aber mit einem Buch aus der Bücherei sollte die Sache doch nicht allzu schwierig sein, oder? Er gab auch zu, dass er nicht viel über Läden und Geschäftsführung wusste. Peg hatte sich immer alles liefern lassen. Er erwähnte Harrods, Fortnums und die Deutsche Grammophon.

Der Makler – dessen Frau dagegen jeden Samstag zum Supermarkt fuhr – konnte sein Glück nicht fassen. Die Immobilie stand seit einem Jahr leer, und die kleine Geschäftsstraße pfiff aus dem letzten Loch; immer wenn jemand mit den Türen knallte, stürzten gefährliche Mauerbrocken herunter. Am Ende der Straße lag ein Trümmergrundstück, wo 1941 eine Bombe eingeschlagen hatte. Als der Makler letztes Mal hier gewesen war, hatte er ein paar rauflustige Kinder herumtoben sehen, außerdem eine angebundene Ziege. Die Straße war ein einziges Chaos. Eines Tages würde ein Bauunternehmer hoffentlich so vernünftig sein, hier alles plattzumachen und einen Parkplatz anzulegen.

Doch Frank schien nichts davon zu bemerken, sondern schlug dem Makler vor, auf ein Bier ins *England's Glory* zu gehen, den Pub an der Ecke. Der Makler war verblüfft über diesen bärengroßen jungen Mann mit dem wilden Haar, der schäbigen Kleidung und dem Gang, der so tapsig war, als hätte er sich noch nicht an die Größe seiner Füße gewöhnt. Er hatte eine Art Unschuld an sich, die man nicht häufig sieht. Seine Hände waren weich wie Puderquasten, er hatte offensichtlich noch keinen Tag lang schwere Arbeit verrichtet. Und wenn er über Schallplatten redete, konnte er gar nicht mehr aufhören.

Als der Makler fragte, was Frank in diesen besonderen Winkel des Landes geführt habe, antwortete Frank, sein Van sei einfach stehen geblieben. (*Winkel* war Maklersprache. Diese Gegend Englands hatte keine *Winkel.* Sie war ein einziger Schandfleck. Die Hauptindustrie hier war die Lebensmittelverarbeitung. Wenn der Wind aus der falschen Richtung wehte, roch es in der ganzen Stadt nach Käse und Zwiebeln.)

Doch der Makler war nicht der Einzige, der sich hinter einer blumigen Ausdrucksweise verbarg. Auch Frank hätte präziser Auskunft geben können. Er hätte sagen können, dass sein Van schon die letzten zwanzig Meilen nicht mehr richtig gelaufen war. Und er hätte auch erwähnen können, dass sein Leben nach Pegs Tod einen Totalschaden genommen hatte; er besaß nicht einmal mehr das weiße Haus am Meer. In letzter Zeit war er immer auf Achse gewesen, hatte im Freien geschlafen und gewartet, dass sich eine Lösung auftat. Und hier war sie. Wenn er ohne die Komplikationen von Liebe und Bindungen einen kleinen Laden in einer Sackgasse führen könnte, wenn er alles daransetzen könnte, ganz gewöhnlichen Leuten behilflich zu sein, und es glücklich vermied, dafür etwas zurückzubekommen – wenn er das hinkriegte, dann könnte er sich wohl gerade über Wasser halten. Er verkaufte seinen Van zum Schrottpreis und unterschrieb noch am selben Nachmittag den Kaufvertrag. Er wartete nicht einmal ein Gutachten ab.

»Dann willst du also einen Musikladen aufmachen?«, hatte Maud bei ihrer ersten Begegnung gefragt, eine kleine, stämmige junge Frau mit Irokesenschnitt, den sie je nach Stimmung färbte – meist in sehr dunklen Farben, die in der Natur nicht vorkommen. Ihre Haut war ein einziges tintenblaues Geflecht aus Herzen und Blumen.

Frank sah vom Randstein hoch, wo er mit Block und Bleistift in der Sonne saß. Er malte Smileys.

»Ja«, sagte er. »Ich werde den Leuten helfen, die richtige Musik zu finden.«

»Und was ist mit Woolworth?«

»Was soll mit Woolworth sein?«

»Da ist einer auf der Castlegate. Zehn Minuten zu Fuß von hier.«

»Oh«, sagte Frank. »Ich habe mich schon gefragt, wo ich die Chart-Singles herbekomme.« Er wandte sich wieder seinem Block zu.

»Soll das heißen, du hast noch gar keinen Bestand?«

»Bestand?«

Sie verdrehte die Augen. »Kassetten und so 'n Zeug?«

»Ich habe in meinem Van meine ganzen alten Platten hergebracht. Aber Kassetten werde ich nicht verkaufen. Die haben für mich keinen Reiz. Ich verkaufe nur Vinyl.«

»Und was ist mit den Leuten, die Kassetten kaufen wollen?«

Er lächelte. Zu seiner Verwirrung verfärbte sich Maud glutrot, als hätte er sie gerade mit einem Gasbrenner attackiert. »Die können ja zu Woolworth gehen.«

»Die alte Frau, der dein Laden vorher gehört hat, verkaufte Kurzwaren. Niemand kam. Zum Schluss war sie nicht mehr ganz richtig im Kopf und musste ins Heim.«

Frank speicherte innerlich ab, dass er sich lieber nicht an Maud wenden sollte, wenn er mal eine kleine Aufmunterung brauchte.

Er begann sofort mit Renovieren. An einem einzigen Vormittag schleppte er eine Waschmaschine, eine Autobatterie, einen Rasenmäher und ein eisernes Kinderbettgestell ins Freie. Er riss Efeu heraus, fegte die Böden, stemmte Fenster auf. Jetzt, wo der Laden leer war, zeigte er plötzlich großes Potential.

Er wirkte innen sehr viel größer, als man draußen vermutet hätte. Rechts von der Tür könnte eine Theke stehen, hinten ein Plattenspieler. Sogar zwei Abhörkabinen würden Platz finden. Frank kaufte eine Tasche voller Werkzeug und machte sich an die Arbeit.

Er mochte als einsamer Einzelgänger erscheinen, fiel aber dadurch in der Unity Street nicht sonderlich auf, hier waren viele Menschen einmal einsam gewesen. Und kaum ein Tag verging, an dem nicht jemand den Kopf durch die Tür steckte – tatsächlich *durch* die Tür, denn sie war noch nicht verglast – und Frank die Arbeit aus den Händen nahm. Als Bezahlung suchte Frank seinen Helfern Schallplatten heraus. Die Ladenbesitzer, die er so aufmerksam beobachtet hatte, nahmen ihn unter ihre Fittiche. Er erfuhr mehr über den Expriester, der aus persönlichen Gründen in Frührente gegangen war und sich jetzt schon zum Frühstücksmüsli den ersten Drink eingoss. Er erfuhr mehr über die alten Zwillingsbrüder, die das Bestattungsinstitut nun in der fünften Generation weiterführten und sich manchmal wie Kinder an der Hand hielten. Er hörte sich die Geschichte des polnischen Bäckers an, und wenn die Tätowiererin ein finsteres Gesicht zog, erkannte Frank allmählich, dass sich dahinter manchmal ein Lächeln verbarg.

Im Laden wurden kaputte Dielenbretter ausgetauscht. Wände neu verputzt. Rohre repariert,

Dachziegel eingepasst, Fenster ebenso. Die Holztreppe hinauf in die Wohnung wurde stabilisiert und die sanitären Anlagen erneuert. Als Frank das Geld ausging, ersuchte er bei der Bank um ein Darlehen.

»Kriegst du nie«, sagte Maud.

Wie sich herausstellte, hatte die Frau des Filialleiters gerade ein Baby bekommen. Die Arme hatte seit Wochen nicht geschlafen. Er habe keine Ahnung, wie er seiner Frau helfen könne, gestand der Filialleiter; er habe alles versucht. Frank beugte sich vor – der Stuhl war eher klein, fast ein Kinderstühlchen – und hörte zu, das Kinn in der Hand. Er hatte das Darlehen völlig vergessen. Hörte einfach zu. Ganz am Ende des Gesprächs las der Filialleiter Franks Formulare durch und sagte, die Bank werde das Darlehen nie bewilligen, weil er keine Erfahrung im Einzelhandel habe. »Sie sind sicher tüchtig, das sieht man Ihnen an«, sagte er. »Aber bei einer so hohen Inflation können wir kein Risiko eingehen.« Sorgen mache nicht nur die Rezession, sondern auch der Kalte Krieg. Alle erwarteten ernsthaft, dass sie eines Morgens aufwachen und vor dem Coop sowjetische Panzer geparkt finden würden.

Frank kehrte am nächsten Tag mit zwei Schallplatten zur Bank zurück – mit *Waltz for Debby* von Bill Evans und mit den Gesängen der Hildegard von Bingen, dazu einer Notiz, welche Nummern die Frau des Filialleiters abspielen sollte. Er hatte auch ein

Wiegenlied herausgesucht. (»Ihre Frau braucht sich den Song nicht anzuhören«, hatte er hingekritzelt. »Er ist nur für das Baby.«) Keine naheliegende Wahl, keines der klassischen Wiegenlieder, sondern *Wild Thing* von den Troggs.

Aber es funktionierte. Der Filialleiter schrieb Frank einen Brief (blitzsauber getippt). Seine Frau hatte durchgeschlafen. Und sobald der Kleine sein Wiegenlied hörte, fiel er wie in Trance, als hätte zum ersten Mal jemand das Tier in ihm erkannt und einen sicheren Ort dafür geschaffen. Der Filialleiter fügte hinzu, es sei ihm ein Vergnügen, das Darlehen in voller Höhe zur Verfügung zu stellen. Die nötigen Formulare lägen bei – er habe sich erlaubt, sie für Frank auszufüllen. Er schloss den Brief mit den besten Wünschen für die Zukunft und unterschrieb mit seinem Vornamen, »Henry«. Von diesem Tag an waren sie gute Freunde.

Schlichte Holzregale wurden gezimmert. Frank kaufte einen richtigen Plattenspieler und ein Paar JBL-Lautsprecher. In den Anfangstagen bestückte Frank seinen Laden ausschließlich mit seinen eigenen LPs und Singles. Er ordnete sie mit großer Sorgfalt in Kisten. Und weil er sie liebte und alles über sie wusste, ordnete er sie nicht nach Genre oder in alphabetischer Reihenfolge, sondern eher aus einem Bauchgefühl heraus. Zum Beispiel stellte er Bachs *Brandenburgische Konzerte* neben *Pet Sounds* von den Beach Boys und Miles Davis' *Bitches Brew.* (»Gleiche Sache, andere Zeit«, sagte er.) Für Frank glich die Musik einem Garten, denn sie streute ihre Samen über weite Entfernungen. Den Leuten würde so viel Wunderbares entgehen, wenn sie nur bei dem blieben, was sie schon kannten.

Zwei Jahre lang ließ sich bei Frank kein Plattenvertreter blicken. Das sehe doch mehr nach Schuppen aus als nach Laden, sagte einer von ihnen. Auf der Castlegate gab es den großen Woolworth, und weniger als zehn Meilen entfernt hatte ein neuer Billigladen aufgemacht, *Our Price Records.* Aber als 1977 *Never Mind The Bollocks* herauskam, war Frank in einem Umkreis von zwanzig Meilen der Einzige, der das Album nehmen wollte. Er war in zwei Tagen ausverkauft. Er musste Mauds Cortina leihen und nach London fahren, um einen kompletten Neubestand zu kaufen. Er füllte seinen Laden mit kleinen Independent-Labels, von denen er nie zuvor gehört hatte. *Cherry Records, Good Vibrations, Object Music, Factory, Postcard, Rough Trade, Beggars Banquet, 4 AD.* In den frühen achtziger Jahren kam täglich ein Vertreter vorbei. Sie packten Werbe-T-Shirts, Poster, Eintrittskarten aus. Sogar Gratisware; zehn Platten zum Preis von einer. Auch wenn Frank sich weigerte, Kassetten anzubieten, war sein Plattenladen bald stadtbekannt und damit auch die Unity Street. An den Samstagen war bei Frank so viel los, dass er eine

Anzeige aufgab und nach einer Aushilfe suchte. Kit war der einzige Bewerber mit einem handgeschriebenen Lebenslauf, in dem er alle Vereine auflistete, denen er beigetreten war – die Wölflinge, die Pfadfinder und Seepfadfinder, die Johanniter-Jugend, die Philatelie-Gesellschaft und den Diana-Ross-Fanclub. Offensichtlich versuchte er krampfhaft, möglichst wenig Zeit zu Hause zu verbringen.

Seit die CD auf dem Vormarsch war, kamen einige Kunden und Vertreter nicht mehr in Franks Laden. Sie fanden Frank vorgestrig. Starrköpfig. Aber alle anderen fanden ihn auch cool, da waren sie sich einig. Wenn ein Mann sich leidenschaftlich für etwas so Verrücktes wie Vinyl einsetzt, erscheinen daneben andere Probleme im Leben der Menschen banaler. Und wie Frank oft betonte, konnten Kunden, die Kassetten oder die neuen CDs wollten, ja zu Woolworth und Our Price gehen, die hatten das Zeug stapelweise.

Wie konnte sich nur jemand für glänzende Plastikscheiben begeistern? CDs würden nicht überleben, das war doch nur Schnickschnack, genau wie Kassetten. »Ist mir egal, was die anderen sagen. Die Zukunft liegt im Vinyl«, erklärte er.

5
Die Frau, die auf die Erde fiel

Sie stand draußen. Eine Frau im grünen Mantel. Später hätte er schwören können, dass sie versucht hatte, ihm etwas mitzuteilen, dass schon damals ein besonderer Schimmer in ihren Augen lag, aber das gehörte wohl zu den Details, die einem erst im Nachhinein auffallen. Um sich auf die nüchternen Fakten zu beschränken: Sie stand da, das bleiche Gesicht an die Fensterscheibe gedrückt, die Hände an den Kopf gelegt wie kleine Seitenklappen, und im nächsten Moment – rums – war sie wie vom Gehweg verschluckt. War einfach weg.

»Habt ihr das gesehen?«, rief Pater Anthony. Dann versagte ihm die Stimme.

Frank sprang mit ein paar Sätzen zur Tür und riss sie auf, Kit, Maud und der alte Priester drängten hinterher. Die Frau lag mit dem Rücken auf dem Gehweg, umflossen vom Licht, das aus dem Plattenladen fiel. Sie lag reglos und kerzengerade. Ihre Hände ruhten flach neben ihr – sie trug Handschuhe –, und ihre Schuhspitzen zeigten senkrecht in die Höhe. Frank hatte sie noch nie gesehen.

»Wie kann das zugegangen sein?«, fragte Pater Anthony.

»O mein Gott! Ist sie tot?«, fragte Kit.

Ohne zu wissen, wie, kniete Frank auch schon an ihrer Seite. Die Augen der Frau waren geschlossen, von Blut keine Spur. Sie hatte ein kleines, fein ziseliertes Gesicht – Mund und Nase erschienen fast ein wenig groß –, grazile Augenbrauen, ein kleines Kinn, das durch die sehr breiten Wangenknochen noch kleiner wirkte, einen Hals so lang wie ein Blütenstängel und so viele Sommersprossen um die Nase herum, als hätte jemand eine Zahnbürste in Farbe getaucht und sie zum Spaß damit bespritzt. Sie wirkte zerbrechlich und zugleich unglaublich stark.

Pater Anthony knöpfte seine Strickjacke auf und deckte sie über die Frau. Dann machte sich Kits Ausbildung bei der Johanniter-Jugend bemerkbar; auch er sprang nach vorn, um Erste Hilfe zu leisten. Das Wichtigste bei einem Notfall sei es, sagte er, die Situation so rasch wie möglich und ohne Panik einzuschätzen und den Patienten zu beruhigen. Wenn die Frau medizinischen Beistand benötige, werde er sein Bestes tun, auch wenn er nicht leugnen könne, dass er über das Bandagieren eines Tischbeins noch nicht hinausgekommen sei.

»Ihr Puls, Frank«, flüsterte Pater Anthony. »Taste nach ihrem Puls.«

Frank schob seine Fingerspitzen unter ihren Mantelkragen. Ihre Haut war so weich, dass er das Gefühl hatte, er berühre etwas, das er nicht berühren sollte.

»Atmet sie?«, fragte Kit. Eindeutig panisch.

»Keine Ahnung.«

Mit seinen vierzig Jahren hatte Frank bisher nur eine Tote gesehen, und das war seine Mutter gewesen. Diese Reglosigkeit hier wirkte nicht endgültig; die Frau machte mehr den Eindruck, als hätte sie sich in eine Warteschleife begeben. Sie war wohl Ende zwanzig. Wenn es hoch kam, dreißig.

Inzwischen waren einige Leute aus den Häusern gegenüber herbeigeeilt. Einer sagte, man solle Decken holen, ein anderer, man solle sie ins Warme bringen, eine Dritte, man solle sie ja nicht bewegen, falls sie sich den Hals gebrochen hatte. Dann forderte ein Mann mit lauter Stimme, man müsse unbedingt die Sanitäter rufen. Das Chaos stand in seltsamem Gegensatz zu der absoluten Stille, die Frank und diese Frau wie ein hauchdünner Faden zu umspinnen schien, die die beiden zueinanderzog und von allem anderen trennte. Der Rest der Welt war in den Hintergrund getreten, bedeutungslos, zu Wasser zerronnen, fern.

»Hallo«, sagte Frank. »Können Sie mich hören? Hallo?«

Da flackerte in ihrem Gesicht Leben auf. Langsam hoben sich ihre Lider. Die Begegnung mit ihren Augen war ein Schock. Sie waren erstaunlich groß. Und schwarz wie Vinyl.

»Sie lebt!«, rief jemand. Und ein anderer: »Sie hat die Augen aufgemacht!« Alle klangen immer noch Meilen entfernt.

Sie fixierte Frank mit ihren großen schwarzen Augen. Sie lächelte nicht, sondern starrte ihn einfach an, als blicke sie bis tief in sein Herz hinein. Dann machte sie die Augen wieder zu.

Pater Anthony beugte sich näher heran. »Red weiter mit ihr.«

Frank sollte weiterreden? Was konnte er denn sagen? Er war an Leute gewöhnt, die vor seinem Plattenspieler standen, ein wenig nervös, ein wenig gewöhnlich, jedenfalls nicht auf dem Gehweg hingestreckt, zwischen Bewusstsein und Bewusstlosigkeit. »Sie müssen wach bleiben. Sie müssen mir zuhören, ja?«

Er spürte jetzt die Kälte. Er zitterte, obwohl er seine Jacke anhatte.

»Bleiben Sie wach«, sagte er. »Ich bin hier bei Ihnen.« Er fand, er klang ziemlich nach jemandem, der wusste, was er sagte, deshalb wiederholte er es gleich noch einmal, in einer leicht verlängerten LP-Version. »Sie müssen wach bleiben und mir zuhören, denn ich bin hier bei Ihnen. Alles wird gut.« Sie reagierte nicht.

»Wir sollten sie hineintragen«, sagte Pater Anthony.

Frank beugte sich tiefer hinunter. Er versuchte, die Frau ohne Intimitäten wie eine Berührung hochzuheben. Als er sie zum Sitzen hochzog, fiel ihr Kopf gegen seine Lippen, und ihm stieg der Moschusduft ihres Haars in die Nase. Hier kniete er, eine schlafende oder womöglich bewusstlose Frau in den Armen – aber keine sterbende, da war er fast sicher –, umringt von einer Menschenmenge, die ihn bedrängte, er solle aufstehen, bleiben, wo er war, auf die Sanitäter warten, die Frau hineinschaffen.

»Soll ich helfen?«, fragte Kit und blies die Frau an, um sie zu wärmen. *Pust, pust, pust.*

»Bitte lass das«, sagte Frank.

Zu seiner Erleichterung ging Pater Anthony auf der anderen Seite der Frau in die Knie. Offenbar hatte er schon Erfahrung mit solchen Situationen. Er flüsterte: »Jetzt?«, und als die beiden Männer aufstanden, schien Pater Anthony das ganze Gewicht der Frau zu tragen.

»Jetzt übernimm du sie«, sagte Pater Anthony.

»Ich?«

»Schau nicht so entsetzt. Ich bleibe direkt neben dir.«

Also trug Frank sie zum Laden, tastete sich mit seinen Turnschuhen voran. Er brauchte für den kurzen Weg unglaublich lange. Jetzt, wo sie in seinen Armen lag, hatte sie mehr Gewicht, als er gedacht hatte, und ihm wurden die Knie weich wie Gummi.

Vor Jahren hatte er seiner Mutter die Treppe hinaufgeholfen, wenn sie einen Gin-Cocktail zu viel erwischt hatte. Aber niemand, der bei Verstand war, hätte versucht, Peg hochzuheben. Sie hätte einen plattgewalzt.

Kit eilte voraus und riss die Ladentür auf, Pater Anthony zog Kisten aus dem Weg, um Platz auf dem persischen Läufer zu schaffen, während Maud mit Handtüchern und einer XXL-Flasche Dettol erschien. (Was sie damit vorhatte, wagte keiner zu fragen.) Frank lagerte die Frau auf dem Boden.

»Geh ihr eine Decke holen.« Wer sagte das? Wahrscheinlich Pater Anthony.

Oben in seiner Wohnung schubste Frank Kisten mit Schallplatten beiseite. Er konnte keinen klaren Gedanken mehr fassen. Tief aus seinem Inneren, er hatte keine Ahnung, woher genau, war ein Gefühl in ihm hochgestiegen, es kam aus dem Dunkel, in dem Dinge aus einer anderen Zeit geschahen, oder aus einem Teil seines Lebens, den er hinter sich gelassen hatte. Schuld daran war ihr Blick. Erst hatte sie die Augen zu, und dann *pling*. Ein Blick von solcher Strahlkraft und Intensität, dass er nicht sah, wie er sich jemals wieder davon lösen könnte.

Frank polterte von Zimmer zu Zimmer und packte dies, packte das, was ihm so unterkam, eine Decke, ein Glas Wasser, ein paar Pflaster, und als er schon an der Treppe war, fiel ihm ein, dass die Frau vielleicht

Hunger haben könnte, deshalb lief er zurück und nahm noch eine Schachtel Cracker mit.

Als er hinunterkam, war der Laden voller Menschen. Die Leute boten der Frau Mäntel an – einige hatten Decken geholt –, aber sie war schon aufgestanden. In der Senkrechten sah sie noch hübscher aus. Bei aller Aufregung ringsum hielt sie sich äußerst gerade, reckte den Hals und faltete die langen Arme hinter dem Rücken wie ein Flügelpaar. Sie schien sich in einer anderen Raumdimension zu befinden als alle anderen. Ihr dunkles Haar war halb hochgesteckt, halb fiel es herab.

Sie strich sich den Mantel glatt und prüfte den Sitz ihres Bindegürtels, obwohl weder Mantel noch Gürtel auch nur im Geringsten verrutscht waren. Dann irrte ihr Blick noch einmal über die Menge, bis er auf Frank haftenblieb und alles andere in seinem Laden ins Nichts zurückwich.

»*Was mache ich hier?*«, murmelte sie. Ihre Stimme klang gedämpft und brüchig, als wäre sie erkältet. Dann auf Englisch: »Entschuldigung.«

Sie stürzte zur Tür. Die Leute fragten: »Wer sind Sie? Was ist passiert? Alles in Ordnung?« Kit rief: »Warten Sie! Warten Sie!«, und jemand anderer sagte: »Halt, halt, wir haben die Sanitäter gerufen.« Aber sie achtete nicht darauf. Sie zwängte sich fast grob an den Leuten vorbei, schoss aus dem Laden und bog nach rechts, Richtung Stadtzentrum.

Frank trat hinaus und sah ihr nach, wie sie an der Devotionalienhandlung vorbeilief, am Bestattungsinstitut, an der polnischen Bäckerei und am Pub an der Ecke. *Knack, knack* machten ihre Schuhe auf dem eisfunkelnden Gehweg, als träte sie alles entzwei. Die Straßenlaternen frästen Trichter ins Dunkel, aus dem die gelben Fensterrechtecke der Häuser gegenüber leuchteten. Am Ende der Unity Street bog die Frau nach links zur Castlegate ab. Sie blickte nicht zurück.

Es war Jahre her, dass sich Frank so nackt und leichtgewichtig gefühlt hatte. Er musste sich an die Tür lehnen und tief atmen.

Er fragte sich, ob er eine Krankheit ausbrütete.

Als Frank fünfundzwanzig war, schlug seine Mutter wie ein Meteorit auf die Erde auf. Danach saß er jeden Tag an ihrem Bett, vollkommen bewegungsunfähig, weniger ein Mensch als eine Kleiderpuppe, und starrte auf den Schlauch, der an Pegs Mund geklebt war, auf das Klemmbrett am Fuß ihres Bettes, auf die Plastikbecher mit Kaffee oder Rinderbrühe – alles sah gleich aus –, die er aus dem Automaten ließ und nicht trinken konnte. Peg hinterließ ihm ihre ganze Musiksammlung, die alte *Dansette Major*, unzählige Kisten Vinyl. Dann kam die nächste Nachricht, und ihm war, als würde ihm das Herz aus dem Leib gerissen. Er konnte bei Pegs Beerdigung das Halleluja nicht mitsingen.

»Wer *war* denn das, diese Frau?«, fragte Pater Anthony später im *England's Glory.* Er hielt ein Glas Ananassaft in der Hand, denn heutzutage war er Abstinenzler. Der Mann, der Chopin mochte, gab eine Runde aus und teilte mit Kit einen Barhocker. Mr Novak, der Bäcker, war auch mitgekommen; er hatte sich die grauen Haare frisch an den Kopf gegelt und Bügelfalten in seine Hose gebügelt. Es verblüffte immer wieder, ihn ohne Mehlschicht zu sehen. Über dem Tresen hingen noch Plastikwimpel von der Königlichen Hochzeit vor zwei Jahren.

Alle stellten Vermutungen über die Ausländerin an, die in Ohnmacht gefallen war. Sogar die Stammgäste gaben ihren Senf dazu. Eine Reihe alter Männer am Tresen einigte sich darauf, dass sie eine Touristin gewesen sein musste. Eine Frau mit Lockenwicklern fragte sich, ob sie vielleicht auf der Flucht war, während ein Mann, der nur noch drei Zähne hatte, sie für eine Ärztin hielt. Die trugen doch auch grüne Mäntel.

»Wie die Marsmännchen«, sagte Maud.

»Für mich sah sie aus wie ein Filmstar«, sagte Kit.

»Sei nicht blöd. Wieso sollte ausgerechnet ein Filmstar den ganzen Weg bis zu uns rauskommen?«

»Tja, das weiß ich nicht. Vielleicht war sie ein Filmstar, der sich verirrt hat.«

Der Mann, der nur Chopin mochte, bedauerte, dass er sie nicht genauer hatte sehen können. Er war so in Aretha versunken gewesen, dass er von der ohnmächtig gewordenen Frau erst etwas mitbekam, als er die Kabinentür öffnete und sie weglaufen sah. Er fragte, ob jemand Lust auf Speckchips habe. (»Ich«, sagte Kit.)

Pater Anthony war ebenfalls der Meinung, die Frau, Touristin, Ärztin, Filmstar oder nicht, sehe sicher nicht aus wie die Leute, die sonst so in der Unity Street herumliefen. Sie sei schick gekleidet gewesen, die Kleidung sogar farblich aufeinander abgestimmt und anscheinend ohne Löcher. Doch warum eine Frau vor einem Plattenladen auf den Boden stürzte, blieb ein Geheimnis. Ein wundersamer Vorfall.

»Warum ist sie denn nun in Ohnmacht gefallen?«, fragte Kit wiederholt.

Ja, warum? Wieder hatte jeder eine Menge Vermutungen dazu. Sogar die Leute, die nicht dabei gewesen waren – die hatten sogar besonders viele. War es die Kälte? War sie krank? Niedriger Blutdruck? Hatte sie Drogen genommen? Oder einfach den ganzen Tag nichts gegessen? Je mehr sie herumrätselten, desto geheimnisvoller und faszinierender wurde die Fremde.

Maud packte ihr Getränk und sog unnötig heftig an ihrem Strohhalm. »Wenn man euch so reden hört, könnte man glauben, ihr hättet es noch nie mit einer Frau zu tun gehabt, allesamt.« (Da hatte sie nicht ganz unrecht.) »Man könnte glauben, ihr wärt noch nie aus der Unity Street herausgekommen.« (Wieder hatte sie nicht unrecht.) »Wahrscheinlich ist der Frau ein Mauerbrocken auf den Kopf gefallen. Wahrscheinlich verklagt sie dich auf Schadenersatz, Frank.«

Er beugte sich über sein Bier, von dem er so gut wie nichts trank. Er redete auch nicht. Sie hatte etwas so Andersartiges an sich gehabt, etwas Seltsames, das ihm noch nie begegnet war. Es lag nicht an ihrer Kleidung. Nicht einmal an ihrem Blick oder an ihrer Sprache. Aber woran sonst? Er kam nicht drauf. Hatte plötzlich nur noch Watte im Kopf.

Die Williams-Brüder kamen aus ihrem Bestattungsinstitut, dick eingemummt gegen die Kälte. Die eineiigen Zwillinge, die nun in den Sechzigern waren, hatten nie geheiratet. Williams Nr. 1 bestellte am Tresen Portwein mit Zitrone, während Williams Nr. 2 Stühle holte. Auch sie hatten von der Frau gehört.

»Anscheinend hast du sie beinahe fallen lassen«, sagte Williams. (Nr. 1 oder Nr. 2? Unmöglich zu sagen. Eine Weile hatten sie unterschiedliche Krawatten getragen, damit die Leute sie auseinanderhalten konnten, aber dann ging das Gerücht um, sie würden die Krawatten zum Spaß vertauschen.)

»Schade, dass ihr beiden nicht als Erste bei ihr wart«, sagte Maud. »Dann wäre sie längst in einem Loch verscharrt.«

Niemand wusste so recht, was er mit dieser Bemerkung anfangen sollte. Alle beschlossen, ganz still sitzen zu bleiben und zu warten, bis sich die Worte verflüchtigt hatten.

Pete, der Barmann, legte sein Handtuch beiseite und grinste. »Schade, dass du sie nicht wachküssen musstest. Was, Frank? Du weißt schon, was ich meine, oder?« Das fanden alle wahnsinnig komisch; Kit bog sich so vor Lachen, dass er den Chopin-Fan fast vom gemeinsamen Hocker geschubst hätte.

»Alles klar mit dir?«, fragte Pater Anthony. »Du gibst ja gar keinen Mucks von dir.«

Das war's. Jetzt hatte er es. Frank hatte herausgefunden, was an der Frau so anders war.

6
Die Magie der Stille

»In der Musik geht es um Stille«, sagte sie in dem weißen Haus.

»Ja, Peg.« Er nannte sie nie »Mutter«.

Eine Kiste mit neuen Langspielplatten stand auf dem Tisch, die Lieferung des Monats – Peg hatte ein Abonnement. Sie zog die erste Platte heraus und wickelte sie aus dem Papier. Beethoven. Symphonie Nr. 5.

»Musik kommt aus der Stille und kehrt am Ende in die Stille zurück. Es ist eine Reise. Verstehst du?«

»Ja, Peg.« Obwohl er nicht verstand. Noch nicht. Er war ja erst sechs.

Sie ließ die neue Platte behutsam aus der Hülle rutschen und hob sie ans Fenster, neigte sie mal hierhin, mal dorthin. Schwarz wie Lakritze und doppelt so glänzend. Er atmete ihren köstlichen Geruch ein.

»Und natürlich ist die Stille am Anfang eines Musikstücks immer anders als die Stille am Ende.«

»Warum, Peg?«

»Weil sich, während du zuhörst, die Welt verändert. Es ist, wie wenn man sich verliebt. Nur dass es niemandem weh tut.«

Sie lachte heiser und griff nach einer Zigarette. »Also dann. Würdest du bitte die Dansette aufmachen?«

Frank ging langsam zum Schallplattenspieler. Es war das höherwertige Modell, die Dansette Major, *mit grauem Kunstlederbezug und dunkelroten Zierstreifen. Wenn er den Schalter oben drehte, erwachte der Schallplattenspieler mit einem leisen, tiefen Brummen. Er hob den Deckel und klappte ihn behutsam nach hinten, so weit das Scharnier es erlaubte.*

»Alles bereit?«

»Ja, Peg.«

Sie legte die Platte auf den Teller, und er hielt den Atem an, als der Tonarm hinüberruckte.

»Halt dich fest«, sagte sie. »Jetzt kommen die vier berühmtesten Töne der Menschheitsgeschichte.«

Da da da damm. Die Töne kamen aus der Stille hervor wie ein riesiges Ungeheuer aus dem Meer. Und noch einmal: Da da da damm.

»Hast du's gehört?« Sie hob die Nadel wieder hoch.

»Was denn, Peg?«

»Hast du die kleine Pause in der Mitte gehört?«

»Ja.«

»Siehst du? Merkst du, was Beethoven macht? Auch innerhalb der Musik gibt es Stille. Wie wenn man zu einem Loch kommt. Man weiß nicht, was als Nächstes passiert.«

Danach lagen sie nebeneinander auf dem Boden und hörten zu. Peg kettenrauchend, eine Sobranie nach der anderen. Frank im Schlafanzug. Wenn sie einander etwas sagen wollten, flüsterten sie, als hätten sie sich hinter einem Baum versteckt und würden die Musik von dort aus beobachten. »Hörst du das?« »Und das?« »Ja, Peg, ja.« Einmal schlug er Peg vor, sie könne sich doch eine Stelle als Lehrerin suchen, doch da brach sie in schallendes Gelächter aus. Sie wisse so viel über Musik, weil sie Musik liebe. Ihr Vater hätte Pianist sein können, doch er habe lieber eine reiche Frau geheiratet. Er habe viel getrunken, habe Affären gehabt und sei auf Partys gegangen. »Aber manchmal hat er mir von Musik erzählt«, sagte sie ein anderes Mal. Und dann wurde sie ganz still.

Mit der Zeit spielte Peg ihrem Sohn alle Beispiele von Stille vor, die sie liebte. Es gab so viele. Je mehr Frank zuhörte, desto besser verstand er. Stille konnte aufregend sein oder erschreckend, sie konnte sein wie Fliegen oder wie ein richtig guter Witz. Jahre später hörte er die Schlusspause im Finale von A Day in the Life von den Beatles – diese Pause, die einem gerade genug Zeit zum Einatmen lässt, bevor der letzte Akkord wie ein Möbelstück vom Himmel stürzt –, und da tanzte er vor Begeisterung über so viel Kühnheit.

Doch Pegs Lieblingsstück war das Halleluja. Der kurze Moment der Erwartung vor dem paukenwirbelnden Höhepunkt. Da heulte sie Rotz und Wasser. Jedes Mal.

Die Stille ist der Ort, wo sich Magie ereignet.

7

Die vier Jahreszeiten

»Frank, Sie müssen mir helfen. Es ging *so.*«

Drei Tage später saß in einer der Kabinen die alte Mrs Roussos mit ihrem weißen Chihuahua auf dem Schoß und sang. Frank saß hinter seinem Plattenspieler und versuchte, behilflich zu sein. Der Plattenspieler hatte als Unterbau einen großen Holzschrank, der zugleich als Büro diente, als Ablage für einen Wust Rechnungen, für Zigaretten, Becher, Taschentücher, Kataloge, Ersatznadeln, Bananen – von denen Frank zu leben schien – und für ein ganzes Häufchen kleiner kaputter Gegenstände. Der neueste war Franks gelber Dosenspitzer, mit dem man, wenn man ihn umdrehte, auch radieren konnte, bis Kit ihn sich auslieh. Kit besaß die Fähigkeit, über Dinge zu fallen, die gar nicht da waren – Frank hatte ihn vor allem eingestellt, um ihm ein Leben in der Chipsfabrik zu ersparen. Dass Kit den Spitzer kaputtmachte, war also keine große Überraschung, nervte Frank aber trotzdem.

Es war nur ein kleines Ding, aber er konnte Dose und Radiergummi nicht mehr zusammenfügen.

Und er mochte diesen Spitzer.

»Hören Sie mir zu?«

»Aber sicher, Mrs Roussos.«

Die alte Dame hatte eine Melodie im Kopf und würde nicht mehr schlafen können, bis Frank die Aufnahme gefunden hätte. Mrs Roussos hatte mindestens einmal die Woche eine Melodie im Kopf, und es konnte mehrere Stunden dauern, bis Frank ihr auf die Spur gekommen war. Diesmal hatte das Lied mit einem Hügel zu tun. Glaubte Mrs Roussos zumindest.

»Sagen Sie mir, wo Sie das gehört haben, Mrs Roussos«, forderte Frank sie auf, legte die zwei Teile seines Spitzers wieder hin und zündete sich stattdessen eine Zigarette an. »Im Radio?«

»Nicht im Radio, Frank. Ich habe kein Radio.«

»Doch, Sie haben eins.«

»Ich hatte ein Radio, aber jetzt nicht mehr. Es ist einfach stehengeblieben.«

Mrs Roussos hatte ein riesiges altes Röhrenradio, ungefähr so groß wie eine Mikrowelle, und Frank hatte sie mehrmals besucht, um das Ding zu reparieren. Er wusste weder, wie man einen Spitzer, noch, wie man ein Radio repariert, aber normalerweise ließ sich der Defekt beheben, indem man den Stecker wieder einsteckte oder die Lautstärke hochdrehte, und das konnte er beides. Außerdem wohnte Mrs Roussos allein mit ihrem Chihuahua auf der anderen Straßenseite und war eine von Franks ältesten Kundinnen. »Wie kann es denn einfach *stehenbleiben*?«, fragte er.

Mrs Roussos sagte, sie habe keine Ahnung. Das Radio liege jetzt auf der Seite, die Beine in der Luft. Wenn er ihr nicht glaube, solle er rüberkommen und es sich ansehen. Dann begann sie wieder zu singen. Sie hatte eine hohe, feine Stimme, überraschend mädchenhaft für eine alte Griechin über achtzig. Vor kurzem hatten ihre Hände zu zittern begonnen und ihr Hals auch, als schaffe er es nicht mehr ganz, ihren Kopf zu balancieren.

»Ist das Mozart?«, fragte Frank.

»Seien Sie nicht albern.«

»Klingt mehr nach Petula Clark«, sagte Kit.

»Seid ihr denn beide närrisch?« Unbeirrt hob Mrs Roussos das Kinn und sang weiter.

Frank schloss die Augen. Er grub mit den Fingerspitzen ins Weiche seiner Augenhöhlen und versuchte sich zu konzentrieren. Er fühlte sich wie gerädert. Es war nicht nur der Spitzer. Er konnte nicht aufhören, an die ohnmächtig gewordene Frau zu denken. Es ging ihm wie damals, als Peg ihm zum ersten Mal *La Bohème* vorgespielt hatte. Das Gleiche war passiert, als er in den *Top of the Pops* David Bowie mit *Starman* sah, dann wieder an jenem Abend, als John Peel dort *New Rose* von den Damned vorstellte. In diesen Momenten fühlte er sich wie an Starkstrom angeschlossen. Die Sachen waren so neu für ihn, dass sich die Musik ganz falsch anfühlte – und gleichzeitig wusste er, dass sie genau so sein mussten und nicht anders. Aber dabei hatte er es mit *Musik* zu tun gehabt. Nicht mit einer Frau im erbsgrünen Mantel.

Als Frank neben ihr auf dem Gehweg gekniet hatte, als er an ihrem Hals nach dem Puls getastet hatte – und als er sie in seinen Laden trug –, war mit einem Schlag alles anders geworden. Sie hatte ihn angesehen, als ob sie ihn kannte, aber sie selbst blieb für ihn ein abgrundtiefes Geheimnis. Noch nie hatte er bei einem Menschen eine solche Stille gehört. Von ihr kam – NICHTS. Kein einziger Ton.

»Pst, pst.«

Kit flüsterte Frank so scharf ins Ohr, dass er den heißen Atem des Jungen spürte.

»Pst, pst. Sie ist wieder da. Die fremde Frau, die weggelaufen ist.«

Sie stand auf der Fußmatte und damit bereits im Laden, schien sich aber trotzdem eher noch draußen zu befinden. Frank hatte das Gefühl, sein Herz würde von einer Welle in die Höhe gerissen. Sie trug denselben erbsengrünen Mantel und hielt in der einen Hand ihre Handtasche, in der anderen eine Topfpflanze. Mit ihrem Haar war etwas passiert – ein Teil war oben wie zu einer Blüte hochgesteckt, der Rest hing lose herunter. Ihr zu kurzer Pony ließ Augen und Mund noch runder erscheinen. Anmut, die allem Regelmaß widersprach – wie konnte ein einziger zierlicher Körper so viel davon in sich versammeln? Frank erschrak zu Tode.

Samstags-Kit sprang schon diensteifrig auf sie zu. »Sie sind's! Sie sind's wirklich! Hallo! Alles in Ordnung? Geht's Ihnen wieder besser?«

»Ich suche den Mann«, sagte sie mit ihrer spröden Stimme und ihrem harten Akzent, »dem der Laden gehört.«

Kit schwang sein Bein wie ein Pendel und erklärte, er sei dessen Assistent. Wenn er aufgeregt oder nervös war, spickte er seine Sätze mit Ausrufezeichen, was den Eindruck erweckte, alles sei für ihn eine phänomenale Überraschung. Er fügte hinzu, er wünsche sich nur noch eine richtige blaue Uniform!! Wie die Verkäufer bei Woolworth!! Mit einem Ansteckschildchen, auf dem stand, *KIT HEISST SIE WILLKOMMEN!!* Er mache alle seine Buttons selbst, sagte er. Er deutete auf die Button-Kollektion auf seiner Tarnjacke: *Wham!*, *Culture Club*, *Haircut 100*, dazu *I Shot JR*, *Frankie says Relax*, *Kohle statt Stütze* und *Wähl das Leben!!!!*

Das war womöglich mehr an Information, als die Frau brauchte. Sie war ja nur in einen Plattenladen gekommen. Sie fragte: »Bitte, gibt es noch einen anderen Herrn, der hier arbeitet?« Sie sprach langsam und blickte zögernd umher, als wäre sie nicht sicher, ob sie die richtigen Worte benutzte, und als hätten die richtigen Worte womöglich die Güte, wie Stichwortkarten links und rechts von ihr aufzutauchen.

Frank schielte zu seiner Wohnungstür. Bis dorthin waren es nur ein paar Schritte. Wenn er auf Händen und Füßen hinrobbte, könnte er vielleicht entkommen, ohne von ihr bemerkt zu werden –

»Ja, Frank sitzt gleich da drüben«, posaunte Kit auch schon heraus. Mit übertriebenen Deutbewegungen. »Hinter seinem Plattenspieler.«

Das war das Aus für jede Fluchtchance. Frank schlurfte hinter dem Plattenspieler hervor, verlor aber auf halbem Weg die Nerven, blieb stehen und schob ein paar Platten von hier nach da.

Die Frau schritt über die Dielen, als traue sie ihnen nicht ganz. Sie blieb auf der einen Seite des Plattenspielers stehen. Frank stand auf der anderen. Sie roch nach Zitrone und teurer Seife.

»Ich bin gerade hier vorbeigekommen«, sagte sie. »Ich bin neu hier.«

Frank starrte auf ein Plattencover, ohne wahrzunehmen, was er sah. Er lauschte und lauschte – genau dasselbe wie vorher. Es kam einfach nichts von ihr. Wenn er überhaupt etwas hörte, dann das *Fehlen* jeglichen Geräuschs.

»Ich bin gerade vorbeigekommen«, wiederholte sie. »Nur so.«

Kit verfärbte sich rosa wie gekochte Krabben, stürzte zur Tür und brabbelte etwas von Blu-Tack und Woolworth. Bevor Frank fragen konnte, was zum Teufel er vorhabe, war er schon auf und davon.

Was sagt man zu einer Frau mit Topfpflanze, einer Frau, deren zarten langen Hals man berührt hatte, noch bevor man einen Gruß mit ihr gewechselt hatte, an die man so gut wie pausenlos gedacht hatte, seit sie aus dem Laden, der einem gehörte, davongerannt war? Unter diesen Umständen hielt Frank es für das Beste, sich den Anschein eines Ladenbesitzers zu geben, der extrem mit seinen Ladenangelegenheiten beschäftigt war. Also blätterte er Plattencover durch. Kit war offensichtlich vor ihm am Werk gewesen – er hatte einen Stapel Platten von Musikern, die mit B anfingen, eingesammelt und in einer fast alphabetischen Ordnung sortiert. Bach stand neben Beethoven und Brahms, zusammen mit Count Basie, den English Beat, den B-52's, Art Blakey, Big Star, Chuck Berry, den Beatles und Burt Bacharach. (Aber auch mit Thin Lizzy.)

Sie sagte: »So viele Schallplatten.«

Er sagte: »Ja.«

Sie fragte: »Wie viele?«

»Keine Ahnung.« Dann sagte er: »Oben habe ich noch mehr.« Zugegeben, das war nicht der aufregendste Dialog, aber wenigstens enthielt er viel an grundlegender Wahrheit.

»Haben Sie keine Abteilungen?«

»Ich stelle die Platten dahin, wo sie meinem Gefühl nach hingehören. Ich interessiere mich mehr dafür, wie es ist, wenn man – na ja, ähm, Sie wissen schon …«

Er wagte einen Blick zu ihr. Sie hatte die Augen so weit aufgerissen, dass sie praktisch aus den Höhlen sprangen. »Wenn man was?«, fragte sie.

»Na ja, wenn man – *zuhört.* Wenn ein Kunde nach *Rubber Soul* fragt, dann findet er dort in der Regel noch andere Sachen, die ihm auch gefallen würden. Nicht nur die Beatles, sondern vielleicht auch, äh, was Klassisches, eine Platte, in die er nicht reingehört hätte, wenn sie nicht bei der anderen stehen würde.« Frank richtete diesen Teil seiner Antwort an seine Turnschuhe. Nun, da er seine Füße musterte, fiel ihm auf, dass seine Schuhe groß waren wie Brotlaibe und von Isolierband zusammengehalten wurden. Er fragte sich, warum er noch nie auf die Idee gekommen war, sich neue zu kaufen.

Ihre Schuhe waren schmal – vorne spitz, schlanker Absatz. Ihm kam der Gedanke, dass ihr nackter Fuß wahrscheinlich in seine Hand passen würde.

Sie fragte: »Sie verkaufen keine CDs?«

»Wie bitte?«

»CDs? Das sind so runde Dinger …«

»CDs, das ist keine Musik. Das ist Spielzeug. Und bevor Sie fragen: Ich verkaufe auch keine Kassetten.«

Er hoffte, dass sie seine Gedanken nicht gelesen hatte – über ihre Füße in seinen Händen und so weiter.

»Ach übrigens«, sagte sie, »das ist für Sie.«

Sie streckte ihm die Pflanze hin, die ungefähr so groß war wie eine Kinderfaust und von bösartigen Stacheln überzogen. Er war nicht sicher, wie man ein solches Geschenk entgegennahm, ohne sich dabei zu verletzen.

Er fragte: »Sind Sie eigentlich in Ohnmacht gefallen? Neulich?«

»Ich hatte beschlossen, ein Nickerchen zu machen.«

Sie sah ihn mit ihren riesigen dunklen Augen unvermittelt an. Dann geschah etwas Seltsames mit der großen Knospe ihres Mundes.

Sie lächelte.

In ihre Wangen bohrten sich zwei Grübchen. Franks Herz schien vornüberzukippen.

Sie sagte: »Also, nicht wirklich. Das war nur ein Scherz.«

»Ein was?«

»Ein Scherz? Damit Sie lachen?«

»Ach so, ich verstehe. Ja.« Hahaha, machte er. Hahaha.

»Frank«, unterbrach ihn eine herrische Stimme aus dem Off, »haben Sie die Absicht, den ganzen Tag mit dieser Person zu verbringen?«

Mrs Roussos. Frank hatte sie völlig vergessen.

»Moment!«, sagte Frank zu der Frau-in-Grün-mit-Kaktus. »Gehen Sie nicht weg!«

Falls in Franks Leben jemals von Sprint die Rede sein konnte, so sprintete er nun zurück zu seinem Plattenspieler. Er schlug den *Music-Master*-Katalog auf und blätterte mit großem Getue die Seiten durch. Die Worte verschwammen ihm vor den Augen. Er konnte an nichts anderes denken als an *sie*, die reglos und stumm wartete. Mrs Roussos konnte warten, aber welche Musik brauchte diese andere Frau? Blues? Motown? Mozart? Patti Smith? Frank hatte nicht den geringsten Anhaltspunkt. Und war nicht schlauer als zuvor, warum sie in Ohnmacht gefallen war. Und wo war Kit, wenn man ihn *ein Mal* brauchte?

»Frank, haben Sie mich gehört?«

»Selbstverständlich, Mrs Roussos.«

Die alte Dame saß mit ihrem Chihuahua in der Kabine, bei weitgeöffneter Tür – ein leicht verstörender Anblick –, während Frank im Laden herumlief und einen Song nach dem anderen holte. Hügel … Hügel … *Solsbury Hill? Fool On The Hill? Blueberry Hill?* Dabei ließ ihn die Frau im grünen Mantel keine Sekunde aus den Augen …

»Halt.« Frank blieb abrupt stehen. Das Kirchenlied! *There is a Green Hill far away?*

Das war's. Bingo. Mrs Roussos hinkte aus der

Kabine, ihren Chihuahua an die Brust gepresst wie eine glotzäugige Brosche. Sie sagte zu Frank, er sei ein guter Mensch, davon gebe es nicht viele auf der Welt, jetzt könne sie wieder ruhig schlafen. Frank zog hinter der Theke die Platte aus ihrem Umschlag und tippte die Nummer in seinen Umsatzzähler ein wie immer, nur war nichts wie immer, denn da stand diese Frau, so aufrecht, als hätte sie einen Stock verschluckt, das Kinn stolz hochgereckt, und bohrte den Absatz in den Boden, dass die Schuhspitze nach oben zeigte. Sie beobachtete ihn ohne Unterlass, aber sie war ihm so fremd.

»Sie haben anscheinend ein Publikum.« Die Frau schlenderte auf den Plattenspieler zu, deutete aber über ihre Schulter nach hinten zum Fenster.

An der Scheibe drückten sich fünf Gesichter platt: Kit, der Bäcker, Pater Anthony, die beiden Williams-Brüder. Auch Maud stand dabei, schaute allerdings nicht herein, sondern stand mit dem Rücken zum Laden und überwachte die Straße, auch wenn es ein kleines Wunder gewesen wäre, wenn dort etwas passierte.

Damit wurde klar, dass Kit keineswegs zu Woolworth gegangen, sondern schnurstracks zu den anderen Läden in der Straße gerannt war, um die Neuigkeit über die Rückkehr der geheimnisvollen Frau zu verbreiten. Man hätte glauben können, am Himmel sei ein neuer Stern entdeckt worden und nun seien alle hergekommen und warteten darauf, dass Frank ihn identifizierte.

Kit stieß die Tür auf – *ding dong* –, und die Ladenbesitzer tröpfelten im Gänsemarsch herein. Mit einem Mal waren sie angestrengt damit beschäftigt, so zu tun, als wären sie gar nicht hier. Der Bäcker stand in einer Lache aus Mehlstaub, Pater Anthony begann einen Origamivogel zu falten, die Williams-Brüder drehten ihre Hüte an der Krempe herum wie Räder, Kit öffnete eine Packung Schokokekse, mit meditativer Langsamkeit. Maud blickte nur finster vor sich hin. Sie trug Doc Martens, ihre Lederjacke, eine gestreifte Strumpfhose und eine Art Tüllrock, der steif wegstand. Jede Handbreit die böse Fee.

Frank fühlte sich unförmig groß und gleichzeitig innerlich leer. Alle schienen darauf zu warten, dass er etwas Erhellendes sagte.

»Was kann ich heute für Sie tun? Suchen Sie eine Platte?« Das war das Beste, was ihm einfiel. Unter den gegebenen Umständen.

Erst antwortete die Frau gar nicht. Sie blieb nur auf ihre unbewegliche, ernste Art da stehen, als glaube sie, Frank hätte seine Frage an jemand anderen gerichtet. Dann fiel der Groschen.

»Du liebe Güte, nein«, antwortete sie. »Ich höre keine Musik.«

Ein Ruck ging durch den Laden. Alle brachen ab, was sie gerade taten (oder nicht taten), und glotzten nur noch. Kit blieb der Mund so weit offen, dass man eine Pflaume hätte hineinstecken können.

»Sie hören keine Musik?« Frank wiederholte ihren Satz ganz langsam, trotzdem ergab er keinen Sinn. »Warum denn nicht?«

Sie lächelte unbehaglich. »Ich weiß auch nicht.«

»Mögen Sie vielleicht Jazz? Mögen Sie Klassik?« Das kam von Kit. Er war offenbar zu dem Schluss gekommen, dass Frank Beistand brauchte, lief durch den Laden, zog Plattencover heraus und hob sie hoch. »Mögen Sie Chormusik? Den *Messias* haben wir nicht, weil Frank den nicht leiden kann, aber einen Haufen anderes Zeug.«

»Ich weiß nicht«, murmelte die Frau. »Ich bin nicht sicher.«

»Wir haben Musik aller Art. Was, Frank?«

Aber Frank schien seinen Wortschatz irgendwo verlegt zu haben. Pausen brachen auf wie Schlaglöcher.

Pater Anthony sprang rettend in die Bresche. Er sagte zu der Frau, es sei schön, sie wiederzusehen, sie hätten sich alle Sorgen gemacht und sie sei in der Unity Street jederzeit willkommen. Während die Frau ihm zuhörte, kam eine Erleichterung über sie, als atme sie plötzlich bis in ihre Füße hinunter. Pater Anthony wiederholte, es gehe ihr nun hoffentlich besser, und versicherte, wenn sie ihr irgendwie helfen könnten, dann würden sie es gerne tun.

Zum Glück fiel der Frau nun etwas ein. »Kennen Sie eine Platte mit dem Titel *Die vier Jahreszeiten*?«

»Wir haben *Die vier Jahreszeiten*! Diese Platte haben wir!«, trällerte Kit.

Er holte die Plattenhülle und gab sie der Frau. Sie schaute ewig darauf, was seltsam war, weil nur ein paar Bäume und ein paar Herbstblätter darauf abgebildet waren.

»Würden Sie die gern anhören?«, fragte Kit und sprang schon auf die Kabine los.

»Nein.« Sie klang entsetzt. Sie wandte sich wieder an Frank. Reckte das Kinn. »Könnten Sie mir nicht einfach etwas darüber erzählen?«

»Was möchten Sie denn wissen?« Er starrte sie an, gleichermaßen entsetzt.

»Keine Ahnung. Ich hatte nur gehofft, Sie könnten mir diese Platte einfach vorstellen. Aber das war dumm von mir. Tut mir leid.« Durch ihren Akzent klangen die Worte hart und wie zerbrochen.

»Du kannst ihr die Platte doch vorstellen, Frank«, sagte Pater Anthony mit leiser Stimme. »Das kannst du.«

Also erzählte Frank ihr, *Die vier Jahreszeiten* seien ein Zyklus von Konzerten, geschrieben von einem Komponisten namens Vivaldi. Vivaldi sei Italiener und habe in der Barockzeit gelebt. Die Frau nickte dazu mit ihrem feinziselierten Kopf.

»Würde mir die Musik gefallen?«, fragte sie. »Gefällt Sie denn Ihnen?«

Ob sie ihr *gefallen* würde? Frank hatte keinen blassen Schimmer. »Na ja, *Die vier Jahreszeiten* gefallen eigentlich jedem.«

»Mir nicht«, sagte Maud.

»Mir schon«, sagte Pater Anthony.

»Uns auch«, sagten die Willams-Brüder.

»Mir gefallen sie sehr«, fiel Mr Novak ein.

»Ich liebe sie«, zwitscherte Kit.

»Können Sie mir sonst noch etwas darüber erzählen?«, fragte die Frau.

Da versuchte Frank zu erklären, dass Vivaldi in den *Vier Jahreszeiten* eine Geschichte erzählte. Deshalb habe er sie zu den Konzeptalben wie *Ziggy Stardust, At Folsom Prison* von Johnny Cash, *The Lexicon of Love* von ABC und John Coltranes *Love Supreme* gestellt. Konzeptalben erzählten über mehrere Stücke hinweg eine Geschichte, die bei Vivaldi von den Jahreszeiten handele. Die Sätze purzelten nur so aus Franks Mund heraus, er hoffte, sie enthielten auch Verben. Er fügte hinzu, dass die Leute *Die vier Jahreszeiten* so gut kannten, dass sie gar nicht mehr richtig hinhörten. Sie hörten die kleinen Triller des Vogelgesangs nicht mehr oder die Stakkatotöne beim Ausrutschen auf dem Eis. Er griff nach einer Zigarette und merkte dann, dass er schon eine in der Hand hielt.

»Also«, sagte Maud, marschierte zu Frank hinüber und verschränkte die Arme. »So was! Jetzt muss schon Ladenschluss sein.« Sie klang wie eine Verkehrspolizistin, die sich um Freundlichkeit bemühte. Was ihr nicht ganz ohne Schwierigkeiten gelang. »Kaufen Sie die Platte jetzt oder was?«

Beschämt ging die Frau zur Theke hinüber, wo sie mit solcher Eile einen Scheck auszufüllen begann, dass sie nicht einmal ihre Handschuhe abstreifte. *Ilse Brauchmann.* Obwohl sie ihren Stift auf merkwürdige Weise umklammerte, unterschrieb sie sorgfältig und sauber. Ihre Unterschrift verriet nichts.

Kit sagte: »Das ist ja ein hübscher Name.«

»Oh.« Sie knipste ihre Handtasche auf und steckte das Scheckbuch wieder ein. »Kennen Sie ihn?« Sie warf auch Frank einen kurzen Blick zu.

»Ein deutscher Name?«, fragte Pater Anthony.

Sie nickte.

»Sind Sie auf Reisen?«

»Ich bin gerade angekommen.«

»Um zu bleiben?«

»Ich weiß noch nicht.«

»Wie spricht man Ihren Namen denn aus?«, unterbrach Kit.

»Il-se. Ilse Brauch-mann.«

Frank versuchte ihn zu wiederholen, doch er konnte einfach nicht. Sein Mund war nicht bereit dazu. Aber alle anderen waren dazu bereit. Sie konnten es kaum erwarten, sich an der Aussprache zu versuchen. Alle außer Maud. »Il-sä, Il-sä Brauk-mann«, wiederholten sie, bis es weniger nach einem Namen klang als nach einem Tischgebet vor dem Abendessen.

Die Frau nahm ihre Platte, dankte Frank noch einmal und ging dann, weil sie nicht zu wissen schien, was sie sonst hätte tun sollen, zur Tür.

»Ich hoffe, die Musik gefällt Ihnen«, rief Frank. Langsam fühlte er sich zuversichtlicher. Er legte sogar väterlich den Arm um Kit. »Ich hoffe, Sie kommen wieder. Ich bin immer hier. Ich könnte wieder eine Platte für Sie heraussuchen …«

Sie zögerte an der Tür, blieb mit beklommener Miene stehen, als versuche sie sich zu einem Entschluss durchzuringen. Dann machte sie den Mund auf und sagte etwas so Niederschmetterndes, dass Frank das Gefühl hatte, sie schlüge mit einer Keule auf ihn ein. »Ich kann nicht. Ich heirate bald. Ich bin extrem beschäftigt.« Damit riss sie die Tür weit auf und lief, ja, hechtete fast auf die Straße hinaus.

Dann war es also vorbei. Die Sache war verloren, bevor sie angefangen hatte. Frank trabte auf dem persischen Läufer auf und ab, auf und ab, und versuchte sie abzuschütteln. Denn wenn er zu viel an sie dachte, wollte er vielleicht noch mehr, und dann würde er einstürzen wie ein Kartenhaus. Niemand könnte ihn wieder zusammensetzen. Er trottete zu seinem Plattenspieler hinüber. Nun ja, er würde sie nie wiedersehen. GUT. Sie würde heiraten. Sie war extrem beschäftigt. Auch GUT. Es war knapp gewesen, aber er war noch einmal mit heiler Haut davongekommen. Er hatte seinen Laden, seine Kunden; ja, sein Leben war genau so, wie er es sich immer gewünscht hatte. Kein Verlustrisiko, kein Schmerz. Eigentlich konnte er dankbar sein, dass sie einen anderen hatte …

Da stand das Ding. Ihr stacheliger Kaktus. Daneben lag sein gelber Spitzer. Die zwei Teile waren wieder sauber zu einem Ganzen zusammengefügt. So perfekt und so banal, dass der Anblick weh tat.

»Ach du liebes bisschen«, rief Pater Anthony an der Theke. »Sie hat ihre Handtasche stehenlassen. Was machst du jetzt, Frank?«

8
Der rote Priester

»Die Leute nannten Vivaldi den roten Priester«, sagte Peg. »Weil er diese phantastischen roten Haare hatte.«

Sie balancierte die neue LP in der Hand und begann sie zu reinigen. Sanfte Kreise in Richtung der Rillen mit einem feuchten Frotteetuch. Pegs Armbänder klingelten.

»Aber der arme Vivaldi war nicht zum Priester geschaffen. Er mochte die Frauen zu sehr und konnte die Messe nicht durchstehen, weil er Asthma hatte.«

Sie hob die Platte zur Terrassentür hin, und gemeinsam kontrollierten sie sie auf Kratzer. Peg neigte die Scheibe in verschiedene Richtungen. Licht floss darüber wie Wasser.

»Deshalb hat Vivaldi sich eine Stelle als Geigenlehrer besorgt, in einem Waisenhaus für Mädchen. Diese Mädchen waren aber keine gewöhnlichen Mädchen, sondern saugute Musikerinnen. Jedes Mal, wenn Vivaldi damit angeben wollte, wie super eine spielen konnte, hat er ein neues Konzert rausgehauen. Dann also los. Kannst du die Dansette aufmachen?«

»Ja, Peg.«

Sie legte die Scheibe auf, und er hielt den Atem an, weil er Angst hatte, die kleinste Bewegung könnte die Platte stören.

»Die Leute lassen Vivaldi heute als Hintergrundgedudel laufen, aber zu seiner Zeit hat er lauter tolle neue Sachen erfunden. Er nahm ein Instrument und machte es zum Star der ganzen Show. Das hatte vorher noch nie jemand ausprobiert. Und er malte mit der Musik Bilder. Auch das war neu. Du musst also gut hinhören. Es gibt Wind und Regen und einen Sturm. Es gibt Vögel und Fliegen und einen Tag, der so heiß ist, dass man keinen Finger rühren kann. Es gibt sogar einen Kuckuck und einen Schäferhund. Du musst dich auf den Boden legen, die Augen zumachen und ganz genau zuhören.«

»Ja, Peg.«

»Vivaldi war berühmt wie ein Filmstar. Es gab eine Zeit, da wollten alle Vivaldi hören, aber als er starb, hatten sie schon neue Helden. Am Ende war er völlig verarmt. Und weißt du, was das Allertraurigste ist?«

»Nein, Peg.«

»Niemand ist zu seiner Beerdigung gegangen. Vivaldi hatte am Ende keine Musik.«

Andere Mütter erzählten ihren Söhnen Gutenachtgeschichten, diese nicht. An seinem achten Geburtstag ging sie mit ihm in Bambi, *danach musste sie sich in einen abgedunkelten Raum legen. »Verlang nie wieder von mir, dass ich mir so einen verdammten Film mit einem quatschenden Rehkitz ansehe«, sagte sie. Peg war von Kindermädchen großgezogen worden und hatte gelegentlich Privatlehrer gehabt, aber Mütterlichkeit hatte sie nie erfahren. Wenn sie als Kind ihre Eltern sah, dann nur, um ihnen eine gute Nacht zu wünschen. Daddy saß betrunken am Klavier – Hördirdasssmalannn, Peggiiie –, und Mummy war traurig und verbittert. Mummys große Liebe war bei Ypern gefallen. Daddy war nur Plan B. Das konnte sie ihm nie verzeihen.*

Nach und nach zeigte Peg ihrem Sohn weitere Bilder in der Musik. Die Forelle in Schuberts Quintett, die Lerche, die bei Vaughan Williams in den Himmel steigt, den Kuckuck in Beethovens Pastorale. Als Frank dann seine eigene Musik entdeckte, zeigte er auch Peg Bilder. »Hör mal, Peg!« Und das tat sie. Wenn es um Musik ging, musste man sie nicht lange bitten. Er zeigte ihr, dass man beim Geflüster von João Gilberto eine kleine Biene im Ohr summen hörte oder dass man Joni Mitchell, wenn sie Blu-uuh-uuh *sang, ganz allein im Dunkel dastehen sah. Und das tiefe Baritonsax in Van Morrisons* Into the Mystic, *war das nicht wie ein echtes Nebelhorn? Wenn man sich die Zeit nahm und hinhörte, fand man Bilder in jeder Art Musik.*

»Es bricht mir das Herz«, sagte Peg, als sie Vivaldi auflegte. »Wenn ich an den roten Priester denke und dass es an seinem Ende keine Musik für ihn gab.«

9
Das Problem mit der grünen Handtasche

Manchmal, wenn ein Vertreter besonders begriffsstutzig tat, ging Frank alle Gründe durch, warum Vinyl besser war als CDs oder Kassetten.

Es war nicht nur 1.) das *Design* und der *Text* auf dem Plattencover. Sondern 2.) auch die Möglichkeit, dass in der Auslaufrille ein *Hidden Track* oder eine kleine *Botschaft* eingepresst sein konnte. Es war 3.) die *Tonqualität* mit ihrer mahagonisatten Klangfülle. (Aber der CD-Sound sei *sauber*, argumentierten die Vertreter. CDs hätten keine Eigengeräusche. Worauf Frank antwortete: »Sauber? Was hat Musik mit sauber zu tun? Wo bleibt da das Menschliche? Das Leben hat eben Eigengeräusche! Wollen Sie vielleicht einer Möbelpolitur zuhören?«)

Dann war es 4.) das *Ritual*, die Platte auf Kratzer zu kontrollieren, bevor man behutsam die Abtastnadel aufsetzt. Aber vor allem ging es 5.), um den *Weg*. Den Weg, den ein Album von einem Stück zum nächsten zurücklegt, mit einer Unterbrechung in der Mitte, in der man aufstehen und die Platte umdrehen muss, um sie zu Ende anzuhören. Bei Vinyl konnte man nicht einfach dahocken wie ein Sack Kartoffeln. Man musste den *Hintern hochkriegen* und *mitmachen.*

»Alles klar?«, sagte er dann. Da war er vielleicht schon laut geworden. Vielleicht tigerte er auch schwitzend durch den Laden. »Kapieren Sie jetzt, warum Sie mich nie dazu bringen werden, CDs zu verkaufen? Wir sind menschliche Wesen. Wir brauchen schöne Dinge, die wir sehen und anfassen können. Ja, Vinyl kann auch nervig sein. Es ist nicht praktisch. Es kriegt Kratzer. Aber das ist es ja gerade! Wir erkennen an, wie wichtig Musik und Schönheit in unserem Leben sind. Aber wir bekommen keinen Zugang dazu, wenn wir nicht bereit sind, uns dafür *anzustrengen.*«

Dann lachten die Vertreter und sagten, ja, ja, Frank, sie hätten kapiert. Aber sie müssten auch ihren Job machen. Sie müssten ihre Umsatzziele erreichen. Phil, der EMI-Vertreter, der Frank seit den frühen Tagen des Punk besuchte, warnte ihn, die Plattenfirmen würden Vinyl bald ganz auslaufen lassen. Die Produktionskosten seien zu hoch. »Und das ist das Ende vom Lied, mein Lieber.« Wenn man 1988 ein Musikgeschäft führen wolle, müsse man CDs anbieten.

Dann blaffte Frank nur noch: »Raus hier.« Und warf womöglich mit Gegenständen um sich. »Mich kriegt ihr nie so weit.«

Und was würde Frank nun wegen Ilse Brauchmanns grüner Handtasche unternehmen? Frank tat, was er immer tat, wenn die Lage unübersichtlich wurde, nämlich gar nichts. Sollte das nicht genügen, würde er zum nächsten Schritt übergehen, zu dem er immer Zuflucht nahm, wenn die Lage allzu unübersichtlich wurde – er würde sich verstecken. (»Dafür hast du ein Talent«, hatte eine Freundin einmal gesagt.)

»Aber IlsÄ BrauKmann wird sie brauchen«, sagte Kit im *England's Glory*, wo sich die Ladenbesitzer versammelt hatten, um die neuesten Entwicklungen zu besprechen. »Sie passt zu IlsÄ BrauKmanns Mantel.« Kit hatte ihren Namen geübt, seit sie zur Tür hinaus war. Jetzt, wo er ihn beherrschte, war er ganz versessen darauf, sein neues Können vorzuführen, wann immer sich eine Chance bot.

»Wenn sie ihre Handtasche wiederhaben will«, erwiderte Frank, »dann weiß sie ja, wo sie zu finden ist.«

»Genau«, stimmte Maud ihm zu. »Die Frau hat schließlich Beine.«

»Beine« sprach sie so aus, dass sie etwas leicht Unappetitliches bekamen. Wie eine Infektionskrankheit zum Beispiel. Oder Beulen. »Ich weiß nicht, warum ihr alle so scharf darauf seid, sie wiederzusehen.«

»Sie war einfach so schön«, sagte Kit, der dazu neigte, mit allem, was er sah und empfand, ungeniert herauszuplatzen. »Ich frage mich, was ihr Verlobter für einer ist.«

Es folgten weitere Spekulationen, die immer wildere Blüten trieben. Pater Anthony tippte auf jemanden aus der Finanzwirtschaft, die Williams-Brüder dachten eher an einen Rechtsanwalt, Kit blieb, was Ilse Brauchmann anging, beim Thema Film und war überzeugt, ihr Verlobter sei ein berühmter amerikanischer Schauspieler, während der Mann mit drei Zähnen ein ausländisches Königshaus ins Gespräch brachte.

Kit hatte den Inhalt der Handtasche schon untersucht, darin aber nichts weiter gefunden als Ilse Brauchmanns Scheckbuch und eine Tube Handcreme. Sie hatte keinen Anhaltspunkt hinterlassen, wer sie war oder wo sie sich mit ihrem Verlobten aufhielt. Kit hatte die Tasche in Blisterfolie gewickelt und zur sicheren Verwahrung in die Schublade unter der Theke gesteckt.

»Ich versteh's immer noch nicht«, sagte er. »Warum hört sie keine Musik? Und was wollte sie vor unserem Laden?« Das alles verwirrte ihn dermaßen, dass er beide Hände über dem Kopf zusammenschlug.

Aber er hatte ganz recht mit seinen Fragen, und niemand hatte eine Antwort darauf. Warum besuchte eine Frau einen Plattenladen, wenn sie nie Musik hörte? Warum wollte sie, dass Frank ihr etwas über *Die vier Jahreszeiten* erzählte? Mal ganz abgesehen von den Fragen, warum sie zusammengeklappt war und was sie überhaupt in die Unity Street geführt hatte.

»Meiner Meinung nach hatte sie einen guten

Grund, um herzukommen«, sagte Pater Anthony. »Und sie hat auch ihre Handtasche aus gutem Grund zurückgelassen.« Er guckte über den oberen Rand seiner Brille und lächelte schief – schief war sein Lächeln geworden, nachdem er einmal versucht hatte, auf einer hohen, stacheldrahtbewehrten Brüstung zu balancieren. Anscheinend hatte er sich damals mit Gott überworfen. Frank hatte ihn den ganzen Weg zur Notaufnahme getragen. Er könne von Glück sagen, dass er sein Auge nicht verloren habe, meinten die Ärzte.

»Willst du damit behaupten, sie hat ihre Handtasche *absichtlich* dagelassen?«, fragte einer der Williams-Brüder.

Pater Anthony bejahte. Ilse habe die unbewusste Entscheidung getroffen, die Handtasche zurückzulassen. Da habe ihre Seele aus ihr gesprochen. Sie habe zwar behauptet, sie sei zu beschäftigt, um wiederzukommen, doch genau das sei ihr dringender Wunsch.

»Die Frau hat doch echt nen Schuss weg«, sagte Maud. Sie lachte und versuchte, Franks Blick aufzufangen, aber ihm war jetzt nicht nach Kontakt, egal mit wem. Er hatte die Arme um die Schultern geschlungen, fühlte sich durcheinander und ohne Halt. Auch wollte ihm einfach nicht warm werden.

»Ich weiß trotzdem nicht, was Frank wegen ihrer Handtasche unternehmen sollte«, gab Mr Novak zu.

Kit kratzte sich am Kopf, als krabble etwas Lebendiges darauf herum. »Ich könnte Poster machen. Draufschreiben: *Haben Sie Ihre Handtasche verloren?* Ich könnte eins in unser Schaufenster hängen und ein anderes an die Bushaltestelle. Dann wird sie zurückkommen, und wir kriegen raus, wer sie in Wahrheit ist.«

»Wir könnten alle solche Poster aufhängen«, sagte einer der Williams-Brüder.

Und darauf einigten sie sich dann. Kit würde Poster machen. Sie würden sie in jedes Schaufenster kleben. Sie würden auch welche in der Castlegate aufhängen. Wenn sich die Frau noch in der Stadt aufhielt, musste sie zwangsläufig wiederkommen.

Als sie den Pub verließen, fasste Pater Anthony Frank am Arm und fragte ihn, ob er reden wolle.

»Eigentlich nicht«, sagte Frank.

Pater Anthony folgte ihm trotzdem.

In der Dunkelheit leuchtete der Plattenladen in einem tiefen, wunderschönen Indigo. Hinten im Laden flackerte Licht in den Kabinen, als würden sie atmen. Frank ging voran, am Plattenspielertisch vorbei, und öffnete die Tür zu seiner Wohnung. Wenn schon der Laden vollgepfercht war, dann war es in der zweistöckigen Wohnung noch voller. Im ersten Stock gab es eine kleine Küche und ein Schlafzimmer, im zweiten Stock zwei kleine Räume und ein

Bad, und überall standen Kisten mit Platten. Frank hatte keine Vorhänge im eigentlichen Sinn, nur einen indischen Bettüberwurf, den Maud ihm einmal zu Weihnachten geschenkt hatte. Er hatte ihn vor das Schlafzimmerfenster genagelt.

Pater Anthony bahnte sich einen Weg zur Spüle und trat dabei in einen Eimer.

»Ach ja«, sagte Frank zu spät, »pass auf.« In der Decke hatte sich ein neues Leck gebildet.

Frank fand ganz hinten im Kühlschrank Eier und Butter, dazu einen Laib polnisches Brot.

»Irgendwas nagt an dir«, sagte Pater Anthony. »Das merke ich doch.«

Frank stand mit dem Rücken zum Pater und rührte die Eier im Topf. »Willst du weiße Bohnen in Tomatensauce?«

Ja bitte, sagte Pater Anthony. Er hätte gern welche. Dann fragte er: »Hast du ein Problem?«

Einen Augenblick lang stand Frank da und schaute auf die Eier. Sie stockten gerade, mehr Omelette als Rührei. Frank kippte sie auf zwei Teller und schob alte Zeitschriften beiseite. Die beiden Männer – ein Musikbesessener, ein Kirchenmann – setzten sich in den gelben Lichtkegel der Glühbirne.

»Wenn du eine Serviette brauchst, musst du das Geschirrtuch nehmen«, sagte Frank.

Pater Anthony sah ihn von der anderen Tischseite her eindringlich an. »Das ist ein Festessen. Danke.«

Sie aßen schweigend. Danach goss Frank aus der Kanne Tee ein, und sie stellten sich ans Küchenfenster und sahen hinaus. Sie standen hier an einem der höchsten Punkte der Stadt. Man konnte das alte Gaswerk sehen, die Hochhäuser, endlose Straßen mit Wohnhäusern. Hinter den Fenstern ringsum waren die Leute mit denselben kleinen Alltäglichkeiten beschäftigt wie immer. Sie sahen fern, spülten ab und machten sich fertig zum Schlafengehen. Der Mond warf seinen Glanz auf die Dächer, die sich wie Tausende Fischschuppen bis zu den Fabriken und den alten Hafenanlagen hinunterzogen, wo Rauch in blassen Säulen aufstieg und mit dem Dunkel verschmolz. Die Sterne sprenkelten den Himmel mit winzigen kalten Punkten.

»Erinnerst du dich an unsere Nachtspaziergänge?«

Frank nickte, sein Gesicht leuchtete auf.

»Du hast mir das Leben gerettet, Frank.«

»Du hast dir selbst das Leben gerettet. Ich habe dir nur den Jazz gebracht.«

Sie schauten immer noch hinaus. Ihre Spiegelbilder geisterten übers Glas, der bärengroße Frank und der alternde Expriester. In der Ferne blinkte ein Blaulicht auf der Fahrt zum Hafen.

»Sie mag dich, Frank.«

»Wer mag mich?«

»Ilse Brauchmann.«

»Falls du es überhört haben solltest: Sie ist verlobt, sie heiratet bald. Ich weiß nicht, warum ihr alle dauernd über sie reden müsst.«

»Ich mache lediglich eine schlichte Beobachtung.«

»Kannst du bitte aufhören? Mit deinen schlichten Beobachtungen? Können wir in Ruhe unseren Tee trinken und aus dem Fenster gucken?« In Franks Stimme schwang Ungeduld mit, und er schämte sich dafür.

»Ich will nur sagen, dass du unter deinen Stirnfransen ein attraktiver Mann bist. Für mich ist es zu spät, aber du hast noch viele Jahre. Und es tut mir richtig weh, wie du dich darauf versteifst, allein zu bleiben.«

»Es ist einfacher so.«

»CDs sind auch einfacher. Die willst du doch auch nicht.«

Sie trugen ihre Becher ins Schlafzimmer hinüber und legten den Rest der Nacht Jazz auf. Alle ihre alten Lieblingsplatten: Miles Davis, John Coltrane, Sonny Rollins, Grant Green. Sie redeten nicht viel, sondern saßen einfach auf der Matratze und hörten Musik wie in den alten Tagen, als Frank dem Expriester durch das Schlimmste hindurch Gesellschaft geleistet hatte, ihm Eimer geholt hatte, wenn er sich übergeben musste, oder Decken, wenn er so zitterte, dass er hätte schreien mögen, und seine Gelenke so schmerzten, als würden sie ausgerenkt. Gegen sieben Uhr morgens schlich ein schwacher Silberschimmer an den Himmel, dann kamen andere Farben dazu, Orangerot, Gold und Grün. Wolken hingen wie schwarze Knochen dazwischen, aus den Chipsfabriken stieg Rauch auf. Die Frühschicht hatte begonnen.

»Gott helfe ihnen«, sagte Pater Anthony. »Arme Kerle.« Seine Lider sanken immer tiefer, er riss die Augen auf, doch sie fielen ihm wieder zu.

Frank sagte: »Du hast ja recht. Mir geht's wirklich miserabel. Ich mag sie. Keine Ahnung, warum.« Er sprach ganz leise und langsam, formte mit dem Mund vage ein paar Worte, keine längeren Sätze. Frank wollte einfach wissen, wie es sich anfühlte, diese Dinge auszusprechen, wollte wissen, ob es weh tat oder nicht. Er griff nach einer neuen Zigarette, und seine Hand zitterte ein wenig, als er das Streichholz anriss, aber er atmete immer noch, nicht wahr, und die Welt drehte sich weiter. Seine Zigarettenspitze glühte im Dämmerlicht zu einer orangefarbenen Blüte auf. »Aber sie hat einen anderen. Wahrscheinlich ist sie morgen schon über alle Berge. Was soll's. Hat sich erledigt. Finito. Ende der Geschichte.«

Der alte Priester lag schlafend da, die Arme auf der Brust gekreuzt, die Hände schmal und papieren. In der Ferne brummte bereits der Verkehr, ein leises Rauschen, ein Schlaflied fast.

Schließlich schlief auch Frank ein. Er träumte, er sei wieder in dem weißen Haus am Meer mit den vielen Türmchen und Giebelfenstern, den verzierten

Schornsteinen und überlappenden Dächern, das hoch oben auf einer Klippe thronte. Pegs Familie hatte mit Zigaretten ein Vermögen gemacht, aber das Haus war alles, was davon noch übrig war. Es hatte sich herausgestellt, dass Pegs Daddy ein Spieler und Kokser gewesen war. Er war mit fünfzig gestorben. Ihre Mutter wenige Monate später.

In Franks Traum standen die hohen Fenster weit offen, saugten die Vorhänge ins Innere des Hauses und bliesen sie wieder hinaus, als wären sie lebendig. »Peg!«, schrie Frank. »Peg!« Er hetzte von einem Zimmer ins andere. Der Salon, der Ballsaal, das alte Billardzimmer. Er riss die Terrassentüren auf und stürmte in den Garten hinaus, wo Tamarindenbäume mit fiedrigen rosa Blütenrispen wuchsen. Er lief sogar die Kalksteintreppe zum Strand hinunter, die von Tausenden orangefarbener Blüten gesäumt war. Aber er konnte hinlaufen, wo er wollte, von Peg gab es keine Spur. Nichts als die Wellen, die sich in zwei, drei Reihen brachen. Am Ende löste sich alles in Schaum auf.

Aufgewühlt stieg Frank aus dem Bett, wusch sich das Gesicht und machte Tee für Pater Anthony. Er konnte das Bild des weißen Hauses am Meer nicht abschütteln. Er konnte die Einsamkeit nicht verscheuchen, die ihn verschlang.

10
Adagio for Strings

Maud sperrte die Tür ihres Studios auf und drehte das *Geschlossen!*-Schild um zur anderen Seite, auf der *Offen!* stand. Sie legte ein paar Zeitschriften fächerförmig aus, ordnete sie dann zu einer Reihe und klopfte sie schließlich doch zu einem Stapel zusammen.

Draußen kamen Leute aus ihren Häusern, dick eingepackt gegen die Kälte, Eltern, die ihre Kinder zur Schule brachten, andere, die zur Arbeit gingen. Ein Mann kratzte die Frostschicht von der Windschutzscheibe, ein anderer versuchte, eine Regenrinne zu reparieren, indem er sie mit Schnur hochband. Zwei kleine Mädchen mit olivfarbener Haut standen da und schlotterten in ihren rosa Mänteln. Dann bog Kit um die Ecke, rutschte auf dem Eis, ruderte mit den Armen und konnte gerade noch Mrs Roussos ausweichen, die mit einem Müllsack aus ihrem Tor trat. Der Müll ergoss sich über den ganzen Gehweg. Kit kauerte sich nieder, schaufelte alles wieder in den Sack und trug ihn für die alte Dame zur Tonne.

Als Kit Maud erblickte, vollführte er eine komplizierte, aber völlig unverständliche Pantomime. Bevor Maud sich verstecken konnte, platzte er schon bei ihr herein; mit ihm wehten ein Schwall kalter Luft und Zahnpastaaroma in den Raum.

»Ich mache heute meine Poster.«

»Welche Poster?«

»Meine Poster, um Ilse Brauchmann zu finden. Auf denen steht, dass wir ihre grüne Tasche haben. Ich werde eine Aktion starten. Die Plakate an alle Laternenpfosten hängen. Kann ich auf deine Unterstützung zählen?«

»Wieso das?«

Kit sah sie verblüfft an. »Na, aus alter Freundschaft?«

Jetzt war Maud verblüfft. »Aus *was*?«

Franks Name stand in Mauds Herz geschrieben oder, genauer gesagt, war er über ihrer rechten Brust tätowiert, verdeckt vom Träger ihres BHs. Wenn sie mit ihm redete oder ihm zuhörte, legte sie manchmal die Hand auf das Tattoo; dann war ihr, als schicke sie ihm eine verschlüsselte Botschaft.

Man darf Maud nicht falsch verstehen. Sie wusste, dass Frank sie nicht liebte. Das Dumme war, dass er allen Menschen so viel Mitgefühl entgegenbrachte. Der Mann schien fähig, unbegrenzte Mengen übler Nachrichten zu verdauen. Sein Laden war ständig von Leuten belagert, die sonst auf der Straße herumgelungert oder in ihren Einzimmerwohnungen vor sich hin geheult hätten. Am schlimmsten waren die Frauen. Anorektische Mädchen, ledige Mütter, geprügelte Ehefrauen. Frank war so damit beschäftigt, anderen Menschen Liebe zu geben, dass für die Möglichkeit, eines Tages könnte sich jemand umdrehen und ihn zurücklieben, gar kein Raum blieb.

Vielleicht wollte er auch gar nicht zurückgeliebt werden. Dachte Maud manchmal.

Mauds Liebe hatte begonnen, als Frank zum ersten Mal eine Platte für sie herausgesucht hatte.

»Probier das mal aus«, hatte er gesagt.

»*Was* soll ich ausprobieren?«

»Komm schon. Setz dich da rein. Setz dir die Kopfhörer auf. Ich hab da was und möchte, dass du's dir anhörst.«

»Da setz ich mich nicht rein, Frank. Das ist ein alter Schrank.«

Hier irrte sie sich offensichtlich. Es war eine neue Abhörkabine. Ja, dieser Sperrmüllschrank mit den kleinen Perlmuttvögeln in der Tür beherbergte jetzt einen mit kleinen Troddeln verzierten Samtsessel und einen Kopfhörer, der so groß war, dass man glauben konnte, man hätte einen ganzen Hut voller Musik auf dem Kopf.

Also hatte sie sich, wie Frank es wünschte, in den Sessel gesetzt und die Tür geschlossen. Ein ganz seltsames Gefühl stieg in ihr hoch wie damals, als sie sich als Kind versteckt hatte, nur war sie jetzt nicht von den Kleidern ihrer Mutter und den Anzügen ihres Vaters umzingelt und musste auch nicht den Atem anhalten, damit sie sie nicht fanden. Diesmal war es, als verstecke sie sich im Inneren einer Schallplatte. Die Zeit blieb stehen.

Tick, tick.

»Ich glaube, das wird dir gefallen«, dröhnte Franks Stimme hinter der Tür.

Tick, tick.

Barber, *Adagio for Strings.* Maud hatte noch nie von dem Typen gehört. Sie hörte Def Leppard, je lauter, desto besser. Alles, um diese Stimme in ihr zum Schweigen zu bringen. *Wo ist denn dieses Kind? Hol mir den Gürtel. Warum kann sie kein braves kleines Mädchen sein?* Aber als Frank ihr diese Platte vorspielte, war es, als träte sie durch eine magische Pforte. Die Musik war so traurig und schlicht, dass sie einem das Herz brechen könnte, aber das tat sie nicht. Von den leisesten Anfängen baute sie sich immer mehr auf, als stiege sie eine Treppe hinauf, bis die Violinen praktisch ahhhhhhhhh schrien. Dann brach sie ab. Nichts mehr. Maud schlug das Herz bis zum Hals. Als die Musik wieder einsetzte, schwamm sie in Tränen. Als wäre ein Schalter umgelegt worden, der ihre Augen lossprudeln ließ. Denn das Leben geht weiter, erzählte ihr die Musik, auch wenn du glaubst, es kann unmöglich weitergehen. Ja, es gibt Angst. Es gibt echte Grausamkeit. Das Gefühl, am Ende zu sein. Das gibt es alles. Aber hör zu, denn da gibt es auch noch das hier. Diese Schönheit. Das Abenteuer, ein Mensch zu sein, ist es trotz allem wert.

Als Maud die Kabine verließ, behielt sie die Musik im Herzen. Der Laden war genau wie vorher, die Vergangenheit war genau wie vorher, aber jetzt gab es auch noch das hier. Dieses Was-auch-Immer. Diese Wahrheit. Das war nicht weniger als ein kleines Wunder. Und Frank hatte es ihr geschenkt.

»War's okay?«, fragte er danach. Wie konnte sie Worte dafür finden? Wie kann man einem Mann mit Augen wie Schokodrops sagen, *du hast mich acht Minuten lang in einen Schrank gesteckt und mein Leben verändert*? Er kniete zu ihren Füßen, sah unter seinen Stirnfransen zu ihr hoch – nun, sie vermutete jedenfalls, dass er zu ihr hochsah – und lächelte mit seinem weichen Mund. Die Unterlippe war von einer Rille geteilt wie ein Fruchtstück. Ein unglaublich intimer Moment, fast postkoital.

So war das also. Und so vergingen all die Jahre. Wie viele Abende hatte sie mit Frank im *England's Glory* gesessen und sich die nächste Geschichte über einen Kunden angehört, der seine Hilfe brauchte? Wie oft hatte sie ein Take-away geholt, Franks Ladentür geöffnet und behauptet, ihr Date sei nicht erschienen? Wie viele Weihnachten hatte sie mit ihm verbracht? Silvesterabende? Geburtstage? Eines Tages würden sie und er alles hinschmeißen. Aus der Stadt wegziehen. Wahre Liebe schlug nicht ein wie der Blitz, noch hing der Himmel voller Geigen, sondern wahre Liebe war wie alles andere eine Gewohnheit des Herzens. Man stand jeden Tag auf und zog sie an wie eine Hose, wie die Schuhe und blieb beharrlich am Ball.

Sie dachte daran, wie die Frau auf dem Gehweg gelegen hatte. Maud hatte den Ausdruck in Franks Gesicht gesehen, als er auf sie herunterstarrte, verwundertes Staunen, in das sich nackte Angst mischte. Maud hatte gesehen, wie die Frau zu ihm hochblickte, als hätte sie gefunden, wonach sie suchte. Maud hatte vierzehn Jahre lang auf Frank gewartet. Es kam gar nicht in die Tüte, dass jetzt eine Deutsche im grünen Mantel ihr alles versaute.

»Und?«, fragte Kit, der nervös geworden war. »Kann ich auf deine Unterstützung zählen?«

»Äh – was?«

»Mit meinen Postern?«

Maud spürte, wie unter ihrem Brustbein eine kleine Flamme hochzüngelte.

»Weißt du was?« Sie lächelte süß. »Bring sie mir doch einfach vorbei.«

11
A Hard Rain's A-Gonna Fall

Kits Poster hingen in den Schaufenstern an der Unity Street. *»Haben Sie Ihre grüne Handtasche verlohren?«* Er hatte die Poster mit viel Grünzeug geschmückt. Mit Blättern und kleinen Motiven, die wie Nüsse aussahen, aber eigentlich Herzen sein sollten, dazu mit einem grünen Hut, einem Paar grüner Stiefel und einem grünen Schirm. Es gab auch einen Salatkopf, einen Rosenkohlstängel und eine Gurke. Es drängte sich der Eindruck auf, die Besitzerin der Handtasche sei eine kleine grüne, vom Pech verfolgte Veganerin.

Seltsamerweise verschwanden alle Poster aus der Castlegate und auch von den Laternenpfosten. Als Maud danach gefragt wurde, verschränkte sie die Arme und guckte aggressiv.

Die restliche Woche brachte Wind, brachte Regen, aber nicht die kleinste Nachricht von Ilse Brauchmann. Hatte Pater Anthony recht? Hatte sie ihre Handtasche wirklich aus einem guten Grund zurückgelassen? Je mehr Tage vergingen, desto mehr dachte Frank an sie, obwohl das völliger Blödsinn war, weil er gar nichts über sie wusste. Außer dass sie definitiv einen anderen hatte.

Ein paar Teenager kamen in den Laden, ein paar Musiker, Möchtegernmusiker, Punks, Heavy-Metal-Fans, Klassik-Liebhaber und New Waver. Mehrere Leute fragten, ob Frank daran interessiert sei, ihre Platten zu kaufen, weil sie auf die neuen CDs umstiegen. Der Mann, der Chopin liebte, kam wieder, um sich weitere Aretha-Platten zu holen, und fragte Frank um Rat, ob er zu einer Partnervermittlungsagentur gehen solle. Aber Ilse Brauchmann? Von ihr kam kein Lebenszeichen.

»Ist doch gut«, sagte Frank. »Ich bin froh.«

Neue Graffiti erschienen am Schaufenster des Bäckers. *Sharon loves Ian* und *NF*, das Kürzel der National Front – die beiden Buchstaben klebten so aneinander, dass sie wie eine hässliche Klaue aussahen. Frank holte wieder einen Eimer Seifenwasser.

»Was bedeutet das denn, Frank? NF?«

»Nichts, Mr Novak. Das waren nur dumme Jungs.«

Der Regen prasselte herunter, der Bäcker stand in seiner bemehlten Schürze gebeugt in der offenen Tür. Ein milder, warmer Duft erfüllte den Laden.

»Wir sind vor dem Krieg hergekommen. Ich habe als Soldat für Mr Churchill gekämpft.«

»Das weiß ich, Mr Novak.«

»Ich rede immer noch mit meiner Frau. Beim Backen. Und sie sieht mir zu und sagt: ›Du dummer alter Kerl, warum weinst du? Warum vermisst du mich?‹ Aber ich bin froh, dass sie nicht mit ansehen muss, was diese Jungs mit meinem Fenster machen. Das hätte ihr das Herz gebrochen.« Der Bäcker holte für Kit und Frank Zimtschnecken, frisch aus dem Backofen, für jeden zwei.

»Rufen Sie mich an, wenn Sie sich Sorgen machen«, sagte Frank. »Aber es wird nichts sein.«

Doch als Frank durch den Regen lief, gingen ihm die Schmierereien nicht aus dem Kopf, und der Bäcker auch nicht, wie er nachts mit seiner Frau redete und weinte. Sein Blick wanderte zu den Auslagen in den anderen Läden, alles hinter gelbem Zellophan – eine Urne im Bestattungsinstitut; mehrere Lesezeichen neben einem Plastikjesus in Pater Anthonys Devotionalienladen. Zum ersten Mal fiel Frank auf, wie provisorisch alles aussah. Sie lebten alle hier in der Unity Street zusammen und versuchten, etwas in der Welt zu bewirken, wussten, dass sie das gar nicht konnten, bemühten sich aber trotzdem. Einige der Häuser gegenüber, wo die Farbe abblätterte und die Vorhänge nie aufgezogen wurden, hatten mit Sicherheit bessere Tage gesehen. War es schon eine ganze Weile so, und er hatte es nur nicht bemerkt? Oder war es Frank selbst, der sich veränderte? Sogar seine Jacke fühlte sich jetzt zu klein an.

HABEN SIE IHRE GRÜNE HANDTASCHE VERLOHREN?, sprangen ihm die schiefen Buchstaben von Kits Postern entgegen. Das Letzte, was Frank brauchte, war Ilse Brauchmann. Er würde Kit beauftragen, ihre Handtasche zur Polizeiwache zu bringen. Er öffnete seine Ladentür.

Aber wo war Kit abgeblieben? Und wo das *Dingdong*?

»Hier bin ich!«

Kit hockte auf dem Fenstersims, als wäre er eine neue Auslage im Schaufenster.

»Was machst du denn da? Und warum funktioniert die Türglocke nicht?«

»Keine Sorge, alles in Ordnung.«

Frank war sofort beunruhigt. »Was ist passiert?«, fragte er.

Kit hatte sich eine zufällige Sichtung von Ilse Brauchmann erhofft. Um besser sehen zu können, war er aufs Fenstersims geklettert. Aber er musste ausgerutscht sein, und beim Sturz hatte er einen Teil des Türgeläuts mitgerissen und war mit dem Fuß an den Fensterrahmen gestoßen. Jetzt gab es also keine Türglocke mehr, dafür gab es ein Leck. Genauer gesagt: Durch die untere Hälfte des Fensters drang der Regen herein. Um die lecke Stelle abzudichten, war Kit nichts Besseres eingefallen, als seinen Körper als Keil zu benutzen. Aber leider hatte er sich ein bisschen zu sehr verkeilt und steckte nun fest. Er hatte das Leck leider auch noch vergrößert, weil er unbeabsichtigterweise einen Teil des Kitts herausgebrochen hatte, der die Scheibe an Ort und Stelle hielt.

»Willst du damit sagen, die Fensterscheibe sitzt nicht mehr fest?«

Gewissermaßen ja. Das wollte Kit tatsächlich sagen. Er würde sie liebend gern den Rest des Tages festhalten, aber um fünf müsse er nach Hause, um seiner Mum ihre Tabletten zu geben. Denn sein Dad schlief meistens vor den Sechsuhrnachrichten ein.

Frank half Kit aus dem Fenster und holte Handtücher. Er lehnte ein Stück Hartfaserplatte gegen den unteren Teil der Scheibe, aber er würde den Glaser kommen lassen müssen, das wären wieder zwanzig Pfund. Er hatte die ganze Woche nichts Nennenswertes verkauft. Er war so ins Rechnen vertieft, dass er nicht mitbekam, wie draußen ein Auto parkte.

»Oh, oh!«, trällerte Kit. »Ich glaube, das ist sie! Ich glaube, das ist Ilse Brauchmann. O mein Gott, ist das aufregend!«

Aber es war nicht sie. Sondern Phil von EMI. Er kam mit einem Geschäftsangebot.

»Hey, Frank. Wie läuft's?« Phil war ein wuchtiger Mann in den Vierzigern mit einer Tolle, die hochstand wie ein spitzer Hut; dazu passten seine breiten Koteletten. »Weißt du noch, die alten Zeiten? Als du mich zu den Ruts und den Damned mitgeschleppt hast? Zusammen mit diesem anderen Typen? Wie hieß der noch gleich?«

»Aunty Pus.«

Phil lachte. Seine Augen waren klein und blutunterlaufen, er fing an zu schwitzen. Er hatte schon immer getrunken, aber in letzter Zeit war es schlimmer geworden. An manchen Tagen konnte er kaum geradeaus gehen, und heute war so ein Tag. »Und dann hat sich Malcolm Owen mit dem Becken die Fresse poliert, und die Johanniter mussten ihn auf einer Trage rausbringen.«

Auch Frank lachte. Sie hatten damals wegen Phils Tolle ein ziemliches Theater gehabt: Maud hatte ihr Bestes getan, um sie zu einem Irokesen hochzusprühen, woraufhin Frank den größten Teil des Abends versucht hatte, Phil zu verstecken. »Das waren noch Zeiten«, sagte Phil. »Da waren die Musiker wenigstens noch Kerle. Heute dreht sich alles um George Michael und so schwule Typen.«

»Ich mag George Michael.«

Phil warf die Hände hoch, als juble er einer kleineren Gottheit bei ihrem Einzug zu. »Deshalb kommen wir alle immer wieder zu dir, Frank. Du liebst nicht nur einen Stil. Du liebst *Musik.* Hör mal, ich will nicht lange um den heißen Brei rumreden. Es ist Zeit, dass du endlich aufhörst rumzuzicken, was CDs angeht.«

»Das ist dein Geschäftsangebot?« Frank lachte.

»Dass du keine Kassetten verkaufen willst, seh ich noch ein. Aber CDs sind neu. Sie *glänzen.* Sie sind *Lifestyle.* Und so gut wie unzerstörbar. Du kannst mit dem Auto drüberfahren, und sie gehen nicht kaputt.«

»Warum sollte ich meine Musik mit dem Auto überfahren wollen, Phil?«

»Sie wissen doch, dass er nie CDs verkaufen wird«, mischte sich Kit von der Theke her ein. Er machte gerade ein neues Poster.

»Von oben kommt folgende Direktive: Wir müssen euch Jungs dazu bringen, den CDs mehr Platz zu geben. Sonst können wir euch nicht mehr beliefern. Bis Jahresende haben die CDs absatzmäßig das Vinyl überholt. Jetzt stell dich nicht so an. Du bist doch ein großer Junge. *Ein* CD-Regal verkraftest du schon.« Phils Gesicht glänzte dermaßen, dass es aussah wie lackiert. »Ich pack dir noch ein paar T-Shirts gratis dazu. Buttons. Sogar Aschenbecher.«

»Ich brauche keine Aschenbecher.«

(»Aber ich hätte gern welche«, meldete sich Kit.)

Eine neue Kundin schlüpfte zur Tür herein, aber niemand achtete auf sie.

Phil sagte: »Ordere eine CD, dann geb ich dir noch drei dazu. Hörst du, Frank? Ich kann dir drei CDs *schenken.* Für umsonst. Bei Vinyl sieht's anders aus. Wir müssen Titel streichen. In zehn Jahren wissen die Kids nicht mehr, was Vinyl einmal *war.* Ist ne aussterbende Spezies, Frank. Geh mit der Zeit.«

Frank starrte seinen Plattenspieler an. Ein kleines gelbes Ding geriet in sein Blickfeld. Er hob den Spitzer auf, der sauber zu einem Ganzen zusammengesteckt war. Er drehte ihn in den Händen herum, immer wieder. Warum brachte der Spitzer ihn so aus der Fassung? »Da verlangst du zu viel«, sagte Frank.

Phil holte tief und geräuschvoll Luft, als söge er sie durch einen Strohhalm ein. »In Ordnung, Frank, ich verstehe. Aber es gibt noch einen Ausweg, wie wir die Sache trotzdem hinkriegen.« Er zog ein Stück Papier aus der Hosentasche und sah sich verstohlen im Laden um. Die neue Kundin war ganz in das Durchblättern von Plattencovern vertieft; außerdem trug sie einen Plastikregenmantel mit Kapuze. Phil gab Frank den Zettel. Darauf standen mit Bleistift ein paar Zahlen geschrieben.

»Du brauchst nichts weiter zu tun, als diese Katalognummer ein paarmal pro Stunde in deinen Umsatzzähler einzutippen.«

»Ohne den Titel zu verkaufen?«

»Der braucht ein bisschen Nachhilfe für die Charts. Wenn du das für mich tust, können wir die CDs vergessen. Das ist nur eine ganz private kleine Abmachung zwischen dir und mir.«

»Aber das ist Betrug.«

»Komm schon, Frank. Mein Job steht auf dem Spiel.«

Phil sah jetzt sehr blass aus, richtig krank. Zwei

nasse Halbmonde hingen unter seinen Achseln. Er starrte Frank noch eine Weile an, dann schien es plötzlich in ihm *klick* zu machen. Er beugte sich über die nächstbeste Kiste und begann, Plattencover herauszuziehen, erst eins, dann noch eins, und schmiss sie auf den Boden. »Nach allem, was ich für dich getan habe …« Er zerrte ganze Packen von Hüllen heraus. Je mehr er auf den Boden schleuderte, desto größer schien sein Hass zu werden. »Die anderen Vertreter kommen nur noch zu dir, weil ich auch noch komme.«

»Raus«, rief Frank. »Raus aus meinem Laden!«

Mit einem Schlenker wich Phil der Kundin im Regenmantel aus und torkelte durch die Tür. Dann ließ er sich in sein Auto fallen und jagte den Motor hoch, dass er aufjaulte. Sie hörten die Bremsen quietschen, als Phil in die Castlegate einbog.

»Was hast du da angerichtet?« Kit war so blass geworden, dass er aussah, als wäre ihm schlecht.

Frank spürte tief in sich ein Brennen, einen solchen Zorn, dass ihm der Schädel pochte. »Phil sollte sich gar nicht ans Steuer setzen.« Er wandte sich wieder seinem Laden zu.

Und wer dort auf dem Boden kauerte und die Platten aufhob, war niemand anderer als Ilse Brauchmann.

»Ich bin nur gerade vorbeigekommen …«, sagte sie.

12

So long, Farewell, Auf Wiedersehen, Good Night

Wer hätte das gedacht? Wer hätte gedacht, dass schöne Frauen Plastikregenmäntel tragen? Aber das tun sie natürlich. Sogar Ausländerinnen mit langem Hals und Augen wie Vinyl denken praktisch, wenn sie es mit dem englischen Wetter aufnehmen müssen.

Erst entschuldigte sie sich. Sie hätte früher kommen sollen. Aber es war schwierig gewesen: »Ich war beschäftigt.« Vermutlich mit ihrem Verlobten, auch wenn sie den Anstand hatte, ihn nicht zu erwähnen. Sie hoffe, sie habe niemandem Unannehmlichkeiten bereitet, weil sie ihre Tasche eine ganze Woche lang hier habe liegenlassen? Zwei rote Kreise blühten auf ihren Wangen auf, die den Bastelarbeiten, wie Kit sie mit Schere und Krepppapier anfertigte, bemerkenswert ähnelten.

Frank steckte sich eine Zigarette in den Mund. Er schnippte so heftig am Feuerzeug, dass ihn das Rädchen in den Daumen schnitt.

Auch Ilse Brauchmann schien nervös. Sie sagte, sie wolle nur ihre Handtasche abholen und gehen. Oh, sie habe es kaum fassen können, als sie die ganzen wunderschönen Poster in der Unity Street sah. »Noch nie hat jemand für mich ein Poster gemacht.« Sie hielt den Blick mit nahezu mathematischer Präzision auf einen Punkt am Fußboden gerichtet.

»Ich habe die Poster nicht gemacht«, sagte Frank. »Die haben nichts mit mir zu tun.« Er stapfte wieder zu seinem Plattenspieler und stieg mit seinen großen Füßen um die Plattenhüllen herum.

Kit holte die Handtasche unter der Theke hervor und wischte sie mit seinem Pulloverärmel ab.

»Wir hatten schon Angst, Sie wären abgereist«, sagte er.

»Ach ja?« Sie warf einen überraschten Blick über die Schulter. Er landete direkt auf Frank. »Nein, ich bin immer noch da.«

»Ihr Verlobter auch?«, fragte Kit.

Das verwirrte sie noch mehr, und sie sagte: »Öm.« Ein kleiner, schwebender Laut.

»Sind Sie noch mal in Ohnmacht gefallen?«

»Nein.«

Bevor Kit eine weitere Frage stellen konnte, zog sie aus ihrer Manteltasche ein kleines Päckchen hervor, in violettes Seidenpapier gewickelt. »Nur eine kleine Geste«, sagte sie. »Als Dankeschön.«

»Sie brauchen mir nichts zu schenken«, unterbrach Frank das Gespräch von seinem Plattenspieler aus. Ihm war heiß, er zitterte – das musste an dem Streit mit Phil liegen.

»Das ist nicht für Sie. Sondern für Ihren Assistenten.«

»Für mich?«, fragte Kit. Und deutete auf sich, um sicherzugehen.

»Nur eine Kleinigkeit. Gar nicht der Rede wert …«

Kit riss schon das Papier auf. Er zog etwas Blaues heraus und begann vor Freude in kleinen Kreisen herumzurennen.

»O mein Gott! O mein Gott! Hast du das gesehen, Frank?«

»Es ist ein Hemd«, erklärte Ilse Brauchmann. »Und eine blaue Krawatte. Ich konnte leider nur eine gestreifte finden. Ich hoffe, es gefällt Ihnen.«

»Jetzt habe ich meine eigene Uniform, Frank! Wie die Verkäufer bei Woolworth!«

Auf die Brusttasche hatte sie mit akkuraten roten Buchstaben seinen Namen gestickt. *Kit. Verkaufsassistent. Willkommen!* – sogar ein kleines Ausrufezeichen hatte sie ihm geschenkt, in Perlstich.

»Das haben Sie extra für mich gemacht?«, zwitscherte Kit. »O mein Gott! O mein Gott!«

Er galoppierte nach oben, um sein neues Hemd samt Krawatte anzuprobieren. Sie konnten ihn direkt über ihren Köpfen über Kisten stolpern hören, als er nach einem Spiegel suchte.

Es entstand ein peinlicher Moment, der in einen weiteren peinlichen Moment überging.

Ilse Brauchmann zog ihren Plastikregenmantel

aus. Darunter trug sie einen schlichten schmalen Rock und einen Rollkragenpullover. Nichts Sensationelles. Sie fror anscheinend so, dass sie die Handschuhe anbehielt. Ihr dunkles Haar war zum größten Teil zu einem Lockenchaos hochgesteckt, ein paar kürzere und längere Strähnen hatten sich gelöst und fielen ihr um die Ohren. Sie fuhr mit der Bergung der Plattencover fort, hob sie langsam und vorsichtig mit ihren langen Armen auf, eine hier, eine da, und betrachtete die Titel. »Tut mir leid, was da passiert ist. War das ein Vertreter?«

»Sie können doch nichts dafür.«

»Und was ist mit Ihrem Schaufenster los?«

»Kit hat sich reingesetzt.«

Einen Moment lang stand sie wie versteinert da und guckte nur. Dann tat sie etwas völlig Unerwartetes.

Sie begann zu lachen.

Doch es war kein normales Lachen. Es war ein herrliches Krächzen, das ohne Vorwarnung in die Höhe schoss, das Frank nach dem ganzen Stress mit Phil wie aus dem Hinterhalt überrumpelte und ihn ansteckte. Heiterkeit dehnte sich in ihm aus wie ein Luftballon. Nur konnte er, als er einmal mit Lachen angefangen hatte, nicht mehr aufhören. Er bekam richtig Bauchschmerzen. Er hatte vergessen, wie es war, sich vor Lachen auszuschütten. Und Ilse Brauchmann ging es offenbar genauso. »Stopp, stopp«, schrie sie immer wieder, die Nasenflügel gebläht, wischte sich die Tränen aus den Augen und hielt sich die Seiten. »Was ist denn in uns gefahren? Das ist ja total *crazy*!« Selbst ihre Aussprache des Wortes war lustig: *Krrreh-siiiie.*

Huuu huuu huuu.

Hahaha.

Dann: »Pardon. Das ist nicht komisch.« Sie stülpte sich mit Gewalt ein ernstes Gesicht über und wurde wieder vernünftig. Frank tat es ihr gleich. Sie hob noch ein paar Cover auf.

»*Mist*, das hat einen Riss bekommen«, sagte sie.

Sie ging auf ihre langsame Art zur Theke hinüber, wie einer unsichtbaren Linie folgend – er bemerkte ihren Hüftschwung –, zog die Schublade auf und nahm den kaputten Klebeband-Abroller heraus.

Sie schien einfach zu wissen, wo die Dinge hingehörten. Frank war wie hypnotisiert, konnte den Blick nicht von ihr wenden, als sie sich kurz, ohne die Handschuhe abzustreifen, die Hände rieb und einen Finger nach dem anderen dehnte. Dann legte sie die Plattenhülle auf die Theke. Sie zog ein Stück Klebefilm ab, hob es an den Mund, um es abzubeißen, drückte es dann sorgfältig über den Riss und strich es auf beiden Seiten glatt. Schließlich nahm sie stirnrunzelnd den kaputten Abroller in die Hand und widmete ihm ihre volle Aufmerksamkeit. Ihre Hände legten sich darum wie Werkzeuge. Sie arbeitete methodisch und in aller Ruhe. Frank hatte immer noch nicht die leiseste Ahnung, was sie an Musik brauchte – sie blieb für ihn genauso stumm wie zuvor –, aber es tat gut, dachte er, so gut, sie einfach hierzuhaben. Sogar sein Laden schien sie zu mögen. Das Blau im persischen Läufer sprang hervor und wurde noch blauer. Es war, als hätte jemand die Welt plötzlich schärfer gestellt, interessanter gemacht. Oben hörte er Kit immer noch über die Kisten rumpeln.

Er fragte: »Wie hat Ihnen der Vivaldi gefallen?«

»Oh.« Sie sah ihn groß an und spitzte den Mund, als hätte sie versehentlich einen Kirschkern verschluckt. »Ich habe ihn mir noch gar nicht angehört.«

Sie hielt ihm das Cover zum Begutachten entgegen. Man bemerkte den Riss fast nicht, so schön hatte sie ihn geklebt. Dann hob sie auch den Abroller hoch. »Den habe ich auch repariert. Ich hoffe, Sie haben nichts dagegen.« Sie zog die Schublade auf, passte den Abroller vorsichtig in eine Lücke ein und schob die Schublade wieder zu. »Sollen wir uns noch kurz dieses Fenster ansehen?«

Frank folgte ihr nach vorn, wo sie die Hartfaserplatte untersuchte, die er an die Scheibe gelehnt hatte, damit sie nicht herausfiel. Sie fragte nach Nägeln und einem kleinen Hammer, und als Frank mit seiner alten Werkzeugtasche ankam, kniete sie sich hin und durchsuchte sie, bis sie eine Schachtel mit kleinen Nägeln fand. Frank stand hilflos und dankbar staunend neben ihr, als sie sich sechs Nägelchen zwischen die Zähne klemmte und sie dann einen nach dem anderen mit raschen, ruhigen Hammerschlägen durch die Hartfaserplatte trieb, bis sie fest mit dem Fensterrahmen verbunden war. Schade, dass er keinen Kitt habe, meinte sie. Aber wenigstens sei das Fenster für den Moment gesichert.

Die ganze Zeit über, seit sie bei ihm im Laden war, hatten sie kaum miteinander gesprochen, und doch gab es so vieles, was er ihr gern gesagt hätte. Die große Stille in ihr zog ihn unwiderstehlich an, sie war so tief, eine Stille mit unendlichen Möglichkeiten.

Und als sie fragte: »Sie tun so viel, um anderen zu helfen. Denken Sie nie an sich selbst?«, verdrückte er sich nicht zu seinem Plattenspieler wie sonst, wenn es ihm zu persönlich wurde, sondern dachte sorgfältig über ihre Frage nach.

Dann antwortete er: »Eigentlich nicht. Ich helfe einfach gern.«

Sie nickte. Dann fragte sie: »Erinnern Sie sich an alle Ihre Kunden?«

»Ja.«

Sie sah ihn an, und er sah sie an, und beide lächelten, weil ihnen sonst nicht viel übrigblieb.

Dann fragte sie: »Was würden Sie machen, wenn Sie Ihren Plattenladen nicht hätten?«

Wieder dachte er nach und antwortete: »Dann hätte ich einen Plattenstand.«

Sie verstummten.

»Und?«, sagte er dann. »Wie sieht's mit Ihnen aus?«

»Wie soll es mit mir aussehen?« Alle Fröhlichkeit war in ihrem Gesicht erloschen, es schien nur noch aus glänzenden Augen zu bestehen.

»Was machen Sie so?«

»Ach, ich bin nicht besonders interessant.«

Sie sah ihn so traurig an, dass er nicht wusste, wie er seine Hände davon abhalten sollte, sie zu umarmen.

Aber Moment mal, augenblicklich stopp, was trieb er denn da? Was fiel ihm ein? Sie war verlobt. Schon vergessen? Sie hatte einen anderen. Einen, der zweifellos richtig gut aussah und erfolgreich war. Einen aus der City. Ein Ass. Frank konnte ihn sich vorstellen. (Ja, mach dir ruhig ein Bild, dachte er. Du kennst doch diese Sorte Männer. Smart, guter Haarschnitt, braungebrannt, teurer Anzug. Von denen sah er in letzter Zeit immer mehr; sie fuhren schicke, so tiefgelegte Autos, dass er nur annehmen konnte, anstatt einzusteigen müssten sie sich hineinwälzen.) Und schau dich selber an, dachte er. Deine abgewetzte Wildlederjacke, deine kaputten Schuhe. Dein Laden hat nicht mal richtige Schränke.

Sie bückte sich und hob ein weiteres Cover auf. »Kennen Sie das? *Konzert für zwei Violinen* von J. S. Bach. Können Sie mir darüber etwas erzählen?«

Frank sah sie an. Sie war so schön mit ihren unregelmäßigen Zügen, so stumm und unbekannt, so gegenwärtig und doch so flüchtig – und da sackte etwas in ihm nach unten. Als ginge in seinem Bauch ein Schiff unter. Auf einmal wollte er sie loswerden. Er konnte es nicht erklären, wollte es auch gar nicht erklären. Was gab es schon zu erklären angesichts der Tatsache, dass sie nicht zu haben war und er eine Null? Er verwandelte sich in einen Menschen, den nicht einmal er wiedererkannte. Er wollte nur noch, dass sie ging. Raus. Sofort. Er wollte sie nie wiedersehen. Mit schlingernden Schritten kehrte er zu seinem Plattenspieler zurück.

»Ich habe eigentlich schon geschlossen.«

»Geschlossen?«

»Ja.« Er tastete nach seinen Schlüsseln und griff stattdessen in ihren Kaktus.

»Ich wollte nur helfen, Frank …«

Was war *das* denn? Sie nannte ihn beim Vornamen? Als fasse sie unter seine Haut und quetsche sein Innerstes zusammen? Und doch klang sein Name aus ihrem Mund so frisch, so unbeschädigt. Wenn sie ihn doch nur immer wieder sagen könnte. Und noch ein allerletztes Mal, bitte …

»Habe ich Sie darum gebeten?«

»Nein.« Sie schien verwirrt. Bestürzt.

»Ich brauche Ihre Hilfe nicht. Ich brauche keine Hilfe.«

Da nahm sie ihren Regenmantel, ihre Handtasche.

Richtete den Rücken kerzengerade auf. »Natürlich nicht.«

Am liebsten wäre er zu ihr hingestürzt. Hätte ihr die Arme entgegengestreckt und sich entschuldigt. Er hätte so gern gefragt: *Wer sind Sie? Was kann ich für Sie tun?* … Stattdessen sah er zu, wie sie sich abmühte, mit ihren langen Armen in die Mantelärmel zu schlüpfen und die Knöpfe zu schließen, einen nach dem anderen. Zuletzt band sie ihren Gürtel energisch zu einem Knoten. Frank sah zu und wusste gleichzeitig, dass von dieser Szene noch eine andere Fassung existierte, irgendwo anders im Universum, eine Fassung, in der Frank Ilse Brauchmann gegenübersaß und ihr alles über das *Konzert für zwei Violinen* von J. S. Bach erzählte. Aber stattdessen stand er mit verschränkten Armen hinter seinem Plattenspieler, verletzt, zornig und einsam, und ließ sie wortlos ziehen. Sie verabschiedeten sich nicht einmal.

»Schau mal, Frank. Schau mich an …« Kit öffnete schwungvoll die Tür zwischen Wohnung und Laden und präsentierte sich stolz in seinem neuen blauen Hemd und seiner Krawatte. Er hatte sich auch das Haar angefeuchtet und zur Seite gekämmt, glatt an den Kopf. Als er den leeren Laden sah, fiel sein Gesicht in sich zusammen wie ein halbgares Soufflé. »Aber wo ist Ilse Brauchmann? Hat sie dir erklärt, warum sie ihre Handtasche dagelassen hatte? Hat sie dir gesagt, warum sie ohnmächtig geworden ist?«

»Nein«, sagte Frank. »Hat sie nicht, und wir werden es nie erfahren. Wir werden sie nie wiedersehen.«

13

Bachs Augen

»Der Schein trügt. Hab ich dir schon mal von Bachs Augen erzählt, Frank?«

»Nein.«

»Soll ich?«

»Ja, bitte.«

Peg stand auf einer Leiter, eine Tapetenbahn über dem Arm. In der einen Hand hielt sie den Kleisterpinsel, in der anderen eine Sobranie-Cocktail-Zigarette. Peg hatte Frank schon von Bach erzählt – sie erzählte ihm oft von Bach –, an der Verschönerung ihres Heims jedoch hatte sie bislang kein Interesse gezeigt. Aber jetzt stand sie, die stattliche Frau, ganz oben auf einer kleinen Leiter. Ein Absturz ließ sich am besten verhindern, indem man sie über etwas reden ließ, worin sie sich auskannte.

»Bach war ein Genie«, sagte sie, während sie großzügig Kleister an die Schlafzimmerwand klatschte. »Er war einfach der Wahnsinn. Was der mit einem simplen kleinen Liedchen anstellen konnte, wenn er darüber improvisierte. Er hat es gedreht und gewendet, mal von hinten nach vorn gekehrt, mal von oben nach

unten, und schon war's ein Hit. Er brauchte das Zeug nicht mal hinzuschreiben, hat sich alles im Kopf ausgedacht. Jazz pur, Frank. Der Kerl war Jazz pur, mitten im verdammten Barock, mitten in Deutschland.«

Vor lauter Begeisterung geriet sie ins Kippeln. Der Junge umklammerte die Leiter, so fest es ging.

»Er hatte zwanzig Kinder. Hab ich das schon erwähnt?«

Frank bejahte, das habe sie schon erwähnt. Peg war dreißig gewesen, als sie Franks Vater kennenlernte, vielmehr seine Väter – alles sprach dafür, dass er nur einen hatte, aber sie habe keinen blassen Schimmer, welcher das sein könnte. Jedenfalls habe sie nicht die Absicht, zweimal denselben Fehler zu machen. Frank war nie ganz dahintergestiegen, was sie damit meinte – zumal alles andere in Pegs Leben stets in der Mehrzahl vorkam. Vor allem Männer. Männer hatte sie haufenweise, die meisten verheiratet. Eine Weile forschte er bei ihnen angestrengt nach Ähnlichkeiten mit sich selbst, suchte nach kleinen Indizien wie Farbe und Form der Augen. Er gewöhnte sich sogar an, sie bedeutsam anzulächeln, bevor er ins Bett ging, bis einer von ihnen Peg fragte, ob ihr Sohn vielleicht ein Fall für die Förderschule sei.

Aber jetzt stand Peg auf einer Leiter. Sie trug einen blauen Kimono, dazu einen rosa Turban. Sie fluchte wie ein Bierkutscher und dozierte über Bach. Gleichzeitig tapezierte sie.

»Zu Bachs Zeit war es Sinn und Zweck der Musik, Gott zu preisen. Aber was hat der Mann gelitten! Mit elf war Bach Vollwaise. Dann hat er die ganzen Kinder gekriegt, und über die Hälfte ist ihm weggestorben. Seine Frau auch, noch ganz jung. Er wusste, was Verlust und Verzweiflung sind. Er wusste aber auch, wie man einen zur Brust nimmt und sich richtig Ärger macht. Seine Musik ist schon auf dem halben Weg von Mensch zu Gott. Zeigt, wie der Mensch göttlich werden kann. Bachs Musik ist wie ein Drogentrip.«

Peg steckte sich den Griff des Kleisterpinsels zwischen die Zähne zu ihrer Zigarette, so dass es aussah, als wäre es der Pinsel, der da rauchte. Sie hob die Tapetenbahn an die Wand. Es wucherte darauf nur so von Weintrauben und Blumen. Alles schien sehr blau. »Hängt sie gerade?«

Frank neigte den Kopf nach links. »Ja.«

»Sieht aber nicht so aus.«

Er konnte sich nicht vorstellen, dass es bei dieser Tapete viel ausmachte, ob sie gerade hing oder schief.

»Ist das Muster zu wild?«

»Es ist wunderschön.«

»Schlechtes Sehvermögen.«

»Meinst du mich?«

»Ich meine Bach. Der hatte den grauen Star. Hat sich operieren lassen, aber der Arzt – also dieser Kerl, Frank, der war kein Chirurg, sondern ein Scharlatan. Er hat vor einer Menschenmenge auf dem Marktplatz

operiert. Bach wurde blind wie eine Fledermaus und bekam kurz danach einen Hirnschlag. Vier Monate später war er tot. Und dann musste Händel natürlich zu demselben Scharlatan gehen und sich dieselbe Operation machen lassen. Auch er ist blind geworden. Tragische Sache.«

Frank blickte zu ihrer Tapete hoch – sie hing tatsächlich schief, das ließ sich nicht bestreiten. Aber er hatte das überwältigende Gefühl, sie sei das Fröhlichste, was er in seinem ganzen Leben gesehen hatte.

Später schaltete er die Dansette ein, und Peg legte das Konzert für zwei Violinen in d-Moll *auf. Sie erklärte, diese Musik funktioniere wie ein Gespräch. Manchmal erzählten beide Violinen dieselbe Geschichte, manchmal stritten sie sich auch; erst führte die eine, dann die andere. Sie konnten so dicht nebeneinander sein, dass sie wie verflochten waren, dann wieder so weit entfernt, dass sie über die Dunkelheit hinweg nacheinander rufen mussten. Das war nicht wie Vivaldis* Vier Jahreszeiten, *in denen »ein Instrument sich mitten auf der Bühne breitmachte und die große Show abzog« (Zitat Peg). In Bachs* Konzert für zwei Violinen *ging es darum, zu lernen, wie man zu zwei Hälften eines Ganzen wird.*

Als die Musik endete, fühlte sich Frank so glücklich, dass er ganz traurig war, und so traurig, dass er schon wieder glücklich war. Er fragte sich, ob es anderen Jungs auch so ging. Keiner in der Schule erwähnte

Bach oder den grauen Star. Die meisten schossen Bleistifte auf ihn ab und steckten ihm kleine tote Tiere in die Schultasche. Das erzählte er aber niemandem.

Peg tapezierte nie mehr als diese eine Bahn. Ein paar Monate später freundete sie sich mit einem leidenschaftlichen Heimwerker an, und der strich das ganze Schlafzimmer in einem praktischen Braunton. Braun überall – braune Wände, braune Türen. Braune Schränke und Kommoden. Zur Krönung des Ganzen verlegte Mr Heimwerker einen schönen braunen Teppich. Man fühlte sich wie im Inneren eines Pilzes. Aber nicht wie in einem Drogenpilz, sondern wie in einem biederen braunen Egerling.

Doch wenn die Sonne hereinschien, konnte man immer noch die Trauben sehen. Die großen blauen Blüten. Mr Heimwerker kleisterte noch eine Farbschicht darüber, aber es blieb dabei, egal, wie viel Braun er auf die Wand schmierte, die wuchernde Vergangenheit wollte nicht verschwinden.

Wie die Musik, sagte Peg. Auch wenn sie vorbei ist, lebt sie in dir weiter.

14

Bye-bye, Bäcker (Bäcker goodbye)

Die Bäckerei schloss über Nacht. Am Freitag lief das Geschäft noch wie üblich. Zimtschnecken im Fenster, der süße, warme Duft polnischen Brots, blaues Licht aus der Küche hinten. Samstagfrüh war der Laden zugesperrt und dunkel. Selbst um die Mittagszeit war von dem Bäcker nichts zu sehen.

Frank, Kit, Maud und Pater Anthony rüttelten an der Tür. Sie klopften ans Schaufenster und riefen nach ihm. Pater Anthony kehrte sogar in seinen Geschenkeladen zurück und wählte, Mr Novaks Nummer. Niemand hob ab.

»Haltet ihr es für eine gute Idee, wenn ich einbreche?«, fragte Kit.

Ausnahmslos alle hielten es für eine sehr gute Idee, wenn Kit *nicht* einbräche. Das Sicherste überhaupt wäre, wenn Kit genau dort bliebe, wo er war, hier auf dem Gehweg am besten, ohne etwas anzufassen oder sich zu rühren, bis Frank eine Trittleiter geholt hätte.

Ein Lieferwagen bog in die Unity Street. Er parkte halb auf dem Gehweg, und drei Männer in Stiefeln, Jeans und Bomberjacken schwangen sich heraus. Sie hatten Metallsägen, Äxte und Brechstangen dabei. Da vergaßen alle die Trittleiter. Vielmehr löste sich der Plan angesichts der größeren Ereignisse bescheiden in Luft auf.

Die Männer hatten Schlüssel. Sie schlossen die Tür zur Bäckerei auf. Sie arbeiteten schnell. Sie bauten die Glastheken und die Serviertheke ab und trugen sie hinaus, ebenso die Tische und die Stühle.

Maud trat ihnen in den Weg. »Was macht ihr da?«

»Wonach sieht's denn aus?«

»Wir machen unseren verdammten Job.«

»Und jetzt verpiss dich, du Freak.«

Maud, von der man vielleicht erwartet hätte, dass sie Männer dieser Sorte zum Frühstück verspeiste, nickte nur, kniete sich hin wie ein Kind und band die Schnürsenkel ihrer Doc Martens sehr, sehr sorgfältig zur Schleife.

Die Männer arbeiteten den ganzen Vormittag. Axtschläge und das Sirren von Bohrern hallten durch die Unity Street. Die Männer gingen mit einer Sackkarre ins Haus und kamen mit dem Backofen heraus, der an die Karre geschnallt war wie ein Kranker auf eine Trage. Genauso erging es dem Kühlschrank, den Gärschränken, einer alten Arbeitsbank. Anschließend schleppten die Männer Umzugskisten voller Schüsseln, Teller und Gläser heraus. Sie zwickten sogar Elektroleitungen ab und rollten die Kabel auf. Dann nagelten sie Bretter vor das Fenster und die Tür, dazu das Schild: *Erworben von Fort Development. Zutritt verboten. Zuwiderhandelnde werden strafrechtlich verfolgt.* Dasselbe Schild brachten sie am Blumenladen und an einem neuerdings leerstehenden Haus auf der anderen Straßenseite an. Dann zäunten sie das ganze alte Trümmergrundstück ein und stellten weitere *Fort-Development*-Schilder auf. Sie errichteten sogar eine Reklametafel mit einem großen Plakat, auf dem viele weiße Menschen fröhlich Kaffee tranken, obwohl nicht ganz ersichtlich war, was diese Leute mit einem alten Trümmergrundstück oder auch nur mit der Unity Street zu tun haben könnten. Bis die Männer ihre Arbeit beendet hatten, war der halbe Nachmittag vorbei.

»Wo ist Mr Novak?«, fragte Frank.

»Was weiß denn ich?«, erwiderte einer der Männer, der mit den Speckrollen im Nacken. »Ist wohl nach Hause gegangen.«

»Die Bäckerei *war* sein Zuhause. Und wer ist *Fort Development*?«

»Der neue Eigentümer.«

Maud, Kit und Pater Anthony versammelten sich auf dem Gehweg und starrten auf die neuen Schilder an der Bäckerei. Der Verlust des Ladens schmerzte sie. Außer Blumen niederzulegen fiel ihnen nichts ein, was sie tun könnten, doch sie hatten das Bedürfnis, diesen Moment irgendwie feierlich zu begehen. Dann kamen die Bestatter heraus, beide Williams-

Brüder, den Hut in der Hand, die Krempe knetend. Keiner sagte ein Wort. Kit schleppte Stühle an, und Maud holte Decken, und sie setzten sich in einer Reihe auf den Gehweg, rauchten und betrachteten die kleine Geschäftsstraße, die sie alle so liebten, die Straße mit den herabstürzenden Mauerbrocken und den zwei verbretterten Läden wie Fäule, die sich auf beiden Seiten ausbreitete, und dem neu eingezäunten Trümmergrundstück am Ende.

»Warum hat Mr Novak uns nicht gesagt, dass er Hilfe braucht?«, sagte Frank.

Am Himmel blieb vom Tag nur noch ein kleiner Rest, ein schmales blaues Band, aber es war nicht besonders kalt. Das Dämmerlicht fiel herab wie ein Filter, der alles in der Unity Street scharf trennte, zugleich aber aussehen ließ, als wäre es aus demselben Stoff gemacht. Die Häuser gegenüber waren genauso blau wie der Gehweg. Licht schien aus den vier verbliebenen Läden der Straße, ihre Schaufenster wirkten im Halbdunkel wie gelbe Gemälde. Ein Bestattungsinstitut, ein Devotionalienladen, ein Plattenladen und ein Tattoo-Studio …

»Alles Leben ist hier«, sagte Pater Anthony, als hätte er Franks Gedanken gelesen und beantworte sie hiermit.

Die alte Mrs Roussos erschien mit ihrem Chihuahua in der einen Hand und einer Thermoskanne Tee in der anderen. Die Williams-Brüder holten Kekse.

Kit bot Mrs Roussos seinen Stuhl an. Maud brachte noch eine Decke.

»Aber ihr werdet doch nicht auch verkaufen, oder?«, fragte die alte Dame sichtlich erschüttert.

Alle beteuerten, sie hätten nicht die Absicht zu schließen. »Wir sind in diesem Laden geboren worden«, sagte einer der Williams-Brüder. »Wenn wir ihn verlassen, dann nur im Sarg.«

Frank fragte, ob das dann ein Doppelsarg sein würde, und endlich lachten die Leute.

»Könnten Sie zu uns sprechen, Pater?«, bat Mrs Roussos.

Pater Anthony erinnerte sie wie öfter daran, dass er kein Priester mehr war, aber sie klickte nur mit der Zunge, als seien solche Spitzfindigkeiten irrelevant. Also drückte er die Handflächen aneinander und senkte den Kopf. »Lieber Gott. Bitte hilf uns verstehen, was wir nicht wissen. Gerade unsere Unterschiede machen uns reicher. Alles wird gut.«

War's das schon? Die anderen senkten den Kopf und nuschelten etwas zwischen »Alles wird gut« und dem traditionelleren »Amen«. Mrs Roussos begann zu weinen, und als Maud ihr ein Kleenex hinhielt, fasste die alte Dame nach der Hand der Tätowiererin. Irgendwie tastete Kit dann nach Franks Hand, und Pater Anthony streckte seine Hand den Williams-Brüdern hin. So saßen sie alle in der Unity Street, eine kleine Menschenkette von Ladenbesitzern, die sich aneinander festklammerten, während in anderen Teilen der Stadt wahrscheinlich noch mehr kleine Läden verbarrikadiert wurden, während Polizeisirenen heulten.

Andere Anwohner kamen heraus. Sie brachten Stühle und warmes Essen – ein Curry, ein Knödelgericht, Knoblauchbrot – und erzählten sich Geschichten vom Bäcker. Eine Frau berichtete, dass sie den Bäcker einmal von der Arbeit aus angerufen habe und er den Laden abends offen ließ, damit sie ihr Brot holen konnte. Ein Mann erzählte, Mr Novak sei einmal die ganze Nacht aufgeblieben und habe für seine Tochter eine Geburtstagstorte mit einem roten Marzipanvogel gemacht. Alle blieben vor der Bäckerei versammelt, aßen miteinander und unterhielten sich darüber, was ihnen der Bäcker Gutes getan hatte. Pete, der Barmann, brachte Bier heraus, Frank ließ im Laden Musik laufen, und am Ende wurde fast ein improvisiertes Straßenfest daraus.

Sie mussten sich nur umeinander kümmern. Solange sie zusammenhielten, würde ihnen nichts passieren.

15

I Will Survive

Mondlicht flutete den Laden wie Wasser. Frank saß an seinem Plattenspieler und dachte an einen Kunden, dem er einmal geholfen hatte. Ein kleiner Junge.

Früher kam der Junge jeden Mittwoch. Er konnte die Platten nicht immer erreichen, deshalb fragte er Frank einmal, ob er etwas zum Hinaufsteigen haben könne, eine Holzkiste zum Beispiel. Dieses Kind hatte etwas unglaublich Ernstes. Blondes Haar, fast weiß. Die Augen so blau, dass sie einen durchlöchern konnten. Er war sieben oder acht.

Wenn Frank ihn ansah und lauschte, dann hörte er eine Art Hall wie in einem Haus ohne Möbel. Frank machte ihn mit Haydn bekannt, dann mit Glenn Miller, den O'Jays und ELO; der Junge mochte fröhliche, mächtige Musik, die diese ganzen Räume in ihm füllte. Er sprach wenig, ließ aber einmal die Bemerkung fallen, dass seine Mutter nicht viel aus dem Haus ging, und ein anderes Mal erwähnte er zwei große Brüder und einen Vater, der auswärts arbeitete, so dass Frank den Eindruck bekam, seine Eltern lebten getrennt.

»Ich bin selber schuld«, sagte er eines Tages.

»Woran bist du schuld?«

Da zeigte der Junge Frank seine Arme. Sie waren mit blauen Flecken übersät, die aussahen wie monströse Blumen. Wer hatte das getan? Der Junge wollte es nicht sagen. Es war ihm anscheinend ein Bedürfnis, dass Frank wusste, wie das Leben mit ihm umsprang, aber das genügte ihm. Er kaufte natürlich nie eine Platte. Ein-, zweimal versuchte Frank, ihm eine zu schenken, bis der Junge gestand, dass er keinen Plattenspieler habe. Da weinte er zum ersten Mal, seine Tränen kullerten in Riesentropfen, dick wie Bonbons, die Wangen herunter.

»Darf ich jetzt nicht mehr kommen?«, fragte er.

»Im Gegenteil«, sagte Frank, »ich möchte, dass du immer kommst, wenn du mich brauchst. Und wenn es mitten in der Nacht ist. Ich bin immer für dich da. Du bist voll okay. Vergiss das nie.«

Und der Junge kam tatsächlich wieder, mehrere Jahre lang. Andere Jungen bekamen Pickel und fettige Haare, aber von ihm schien ein Glanz auszugehen, und Frank fragte sich manchmal, ob es daran lag, was ihm zustieß, ob solche Dinge einen Menschen zu etwas Besonderem, Leuchtendem machen können, auch wenn sie schrecklich sind.

»Alles klar bei dir, Häuptling?«, fragte Frank immer.

»Alles klar, Häuptling.«

Dann hörte der Junge plötzlich auf zu kommen. Frank fragte ein bisschen herum, aber niemand wusste etwas von einem Jungen mit weißblondem Haar, der sich geborgen fühlte, wenn er groß besetzte Musik hörte. Weiß der Himmel, wahrscheinlich war die Welt voll davon.

»Du hast ihm einen Ort geboten, wo er sich sicher fühlen konnte«, sagte Pater Anthony. »Du hast ihm geholfen, bis er dich nicht mehr brauchte und weiterziehen konnte.«

Frank saß im Dunkeln und stützte den Kopf schwer in die Hände. Er fragte sich, ob der Junge wirklich glücklich war oder ob es so schlimm gekommen war, dass er nicht einmal mehr Musik hören mochte. Wer wusste, wo der Junge jetzt war? Wer wusste, was ihm nun überleben half? Frank hatte sich zu sehr herausgehalten, es hatte nicht genügt, sich nur so nebenbei um ihn zu kümmern. Frank wusste schließlich, wie es war, wenn man aus der Welt herausfiel. Er hätte mehr für diesen Jungen tun sollen.

Die Stunden rückten zäh voran, und es war immer dasselbe: »Glaubst du, dass Ilse Brauchmann wiederkommt?«

»Nein, Kit.«

»Glaubst du, sie ist für immer weg?«

»Ja, das glaube ich.«

Die Fragen unterhöhlten Franks Entschlossenheit.

Warum, warum nur hatte er sie einfach so gehenlassen? Warum hatte er solche Angst? Sie hatte ihn doch bloß gebeten, ihr etwas über Bach zu erzählen. Er hatte versucht, sie abzuschütteln, sich von ihr zu befreien, trotzdem hatte sie ihn weiter fest im Griff. Zweimal ging er bis zur Ecke und suchte nach einem schicken grünen Mantel – vielleicht kam sie ja zufällig vorbei?

Die beiden geschlossenen Läden wurden mit neuen Graffiti besprüht, die fröhlichen Gesichter auf der Reklametafel am Trümmergrundstück mit Bärten und Hörnern bemalt. Dann kam ein Beamter von der Stadtverwaltung und berichtete, es habe Beschwerden wegen herabfallender Mauerbrocken gegeben. Der Mann hatte Hängeschultern, trug einen Anzug von der Farbe eines Aktenschranks und hielt ein Klemmbrett in der Hand. Er informierte die Ladenbesitzer, dass sie so lange, bis die Fassaden repariert seien, den Gehweg mit Plastikband absperren müssten, um die Passanten auf die Gefahr herabstürzender Fassadenteile aufmerksam zu machen. Außerdem müssten sie an den Häusern offizielle Schilder anbringen, die von der Stadtverwaltung zu beziehen seien, mit der Aufschrift: »Achtung, herabstürzende Fassadenteile.«

»Aber wie kommen die Leute dann in unsere Läden?«, fragte Maud.

Der Mann von der Stadtverwaltung zog sein

Klemmbrett zu Rate und sagte, da müsse er sich erst erkundigen und würde sich dann nochmals mit ihr in Verbindung setzen.

Also riegelten die Ladenbesitzer den Gehweg ab und brachten die offiziellen Schilder an.

Die Schilder fielen herunter.

Wegen der herabstürzenden Fassadenteile.

Kit gestaltete als Ersatz verschiedene Poster und machte es sich zur Aufgabe, jeden Morgen das Plastikband zu kontrollieren. Er lockerte es so weit, dass es in schwungvollen, weiß-blauen Girlandenbögen zwischen den Laternenpfosten hing.

»Jetzt sieht es hier aus wie an einem Tatort«, sagte Maud.

Kalter, nasser Nebel legte sich über die Stadt und machte keinerlei Anstalten, sich wieder zu lichten. Manchmal konnte man kaum bis zum Ende der Straße sehen. Wenn die Sonne überhaupt durchdrang, dann nur als blindes weißes Auge. Frank erhielt einen Brief von Fort Development mit der Frage, ob er daran interessiert sei, seinen Laden zu verkaufen. Er rollte das Schreiben zigarrenförmig auf und steckte es in den Mülleimer. Dann überkam ihn der Drang, dem Mülleimer einen Tritt zu verpassen, aber er beherrschte sich.

In jener Woche berichteten Stammgäste des *England's Glory* von mehreren Sichtungen Ilse Brauchmanns oder zumindest einer Frau im grünen Mantel. Der Mann mit drei Zähnen sagte, er habe sie in ein Restaurant hineingehen sehen. Die Frau mit Lockenwicklern war überzeugt, sie in der Apotheke angetroffen zu haben. Aber da keiner von ihnen Ilse Brauchmann jemals persönlich zu Gesicht bekommen hatte, schienen die Berichte wenig glaubwürdig. Zuletzt meldete Kit eine Sichtung. Er beschrieb, er habe eine Frau die Treppe zu einer heruntergekommenen Souterrainwohnung hinuntersteigen sehen.

»Aber was hätte eine solche Frau wie sie dort zu suchen?«, fragte Pater Anthony.

»Ihr Trottel«, sagte Maud.

Kit räumte ein, er habe sich vielleicht getäuscht. Er habe im Elfer-Bus gesessen, bei dichtem Nebel. Und wenn er jetzt darüber nachdenke, dann habe diese Frau ein altes braunes Kopftuch umgehabt. Bei den Fragen, wer Ilse Brauchmann war, wohin sie ging und was sie hier überhaupt wollte, tappten also alle weiter im Dunkeln. Das Wochenende verstrich. Frank hörte sich am Sonntag die Top Forty an und sortierte am Montagfrüh neue Chart Singles ein. Er spürte, dass eine Erkältung im Anzug war, ihm brummte der Schädel, und er konnte nur verlangsamt denken, als zockle er irgendwie hinter dem Rest seines Körpers her.

»Frank«, sagte die alte Mrs Roussos, »ich habe eine Melodie im Kopf. Die ging so …« Oder ein anderer Kunde sagte: »Mir geht's grad nicht besonders, Frank. Ob du mir wohl helfen könntest …?« Frank suchte den Kunden wie immer ihre Platten heraus und führte sie zur Kabine, aber die Luft war raus, es ließ ihn kalt, ob er richtig getippt hatte. Die Sache gehörte eben zu seinen Pflichten wie das Hinausstellen von Mrs Roussos Mülltonnen oder das Abschrubben neuer Graffiti. Er stand wie neben sich, beobachtete sich selbst wie einen merkwürdig vertrauten Fremden. Wenn man Frank, den Ladenbesitzer, abzog, den bärengroßen Typen, der anderen Leuten zur richtigen Musik verhalf – wer blieb dann eigentlich hinter dieser Fassade übrig?

Eines stand fest: Es war sicherer, sich immer schön herauszuhalten. Frank hatte kein Problem mit Gefühlen, solange es nicht seine eigenen waren. O ja, er hatte es nach Pegs Tod mit Beziehungen versucht, eine Weile hatte er sich wirklich bemüht, aber er konnte keine Nähe ertragen. Er fühlte sich von Peg nach allem, was sie ihm angetan hatte, nicht nur im Stich gelassen, sondern regelrecht ausgeplündert. Er ging mit einer Kellnerin aus, mit einem Mädchen vom Postamt, mit zwei älteren Frauen. Es war immer dasselbe. Sein Bedürfnis nach Liebe war so groß geworden, dass niemand daran rühren durfte. Er verlor das Selbstvertrauen, kam sich vor wie ein Schwindler oder wurde schlichtweg nervös. Und wenn eine Frau auch nur durchblicken ließ, sie wünsche sich eine engere Bindung, dann war es aus, dann drehte er durch. Es war einfacher, sich von diesem Teil des Lebens ganz abzukoppeln und der Liebe den Rücken zuzukehren. Was er brauchte, war leichter in der Musik zu finden.

Dass Frank die Bestände ausgingen, merkte er erst, als am Dienstag ein Teenager nach dem neuen Michael Jackson fragte. Ihm dämmerte, dass *Bad* deshalb ausverkauft war, weil ihn kein Vertreter mehr besucht hatte. Kein einziger nach Phil, und das war nun eine Woche her. Er war so in seinen Gedanken verloren gewesen, dass er es nicht bemerkt hatte.

»Ich hab's dir doch gesagt, dass nichts mehr da ist«, sagte Kit.

»Wann hast du's mir gesagt?«

»Gestern. Aber du hast nur aus dem Fenster gestarrt. Ich wusste, dass du nicht zuhörst.«

Frank rief bei einem Vertreter an, aber der legte auf, sobald Frank seinen Namen nannte. Dasselbe passierte beim nächsten; kaum hatte Frank gesagt, wer er war, war die Leitung tot.

»Meinst du, die gehen dir aus dem Weg?«, fragte Kit.

»Warum sollten sie? Die kennen mich doch seit Jahren.«

Schließlich rief ein Vertreter an und erklärte, er würde eine Weile nicht vorbeischauen und die anderen auch nicht. Nicht nur wegen der CDs – obwohl es allein das schwierig genug machte. Aber jetzt sei da auch noch diese andere Sache.

»Welche andere Sache?« Frank saß an seinem Plattenspieler, über das Telefon gebeugt. Im Laden waren nur zwei Kunden, die beide, wie er wusste, nichts kaufen würden. Eine alte Frau, die in einer der Kabinen ein Nickerchen machte, und ein Mann aus der Straße, der ab und zu kam, um Franks Bestand zu inspizieren. Er hatte mit Musik wenig am Hut, aber es machte ihm Freude, auf Platten nach Kratzern zu suchen.

»Ich dachte, du wärst ein anständiger Kerl«, sagte der Vertreter. »Das dachten wir alle. Aber du hättest Phil nicht so auflaufen lassen dürfen.«

»Ich wollte keine Verkaufszahlen fälschen.«

»Das macht doch jeder, Frank. Er hat seinen Job verloren.«

»Phil?« Frank war so schockiert, dass ihm ganz kalt wurde.

»Er will, dass wir alle deinen Laden boykottieren. Bis Gras über die Sache gewachsen ist, musst du dich direkt an die Firma wenden.« Der Vertreter lachte halb, halb schnaubte er höhnisch. »Mann, warum kannst du nicht mit der Zeit gehen? Wann bist du ein solcher Feigling geworden?«

Wieder eine gute Frage. Und nachdem sie einmal auf dem Tisch war, dachte Frank den ganzen Tag darüber nach. Hätte er Phil aufhalten sollen? Oder sich bereit erklären, die Verkaufszahlen zu fälschen? War er in diesem Moment zum Feigling geworden? Oder als Ilse Brauchmann fragte, ob sie ihm helfen könne, und er sie rauswarf? Und was war mit Mr Novak? Hatte Frank je etwas unternommen, um die Kerle ausfindig zu machen, die sein Schaufenster besprühten? Es gab Wochen, in denen er die Unity Street kaum verließ. Was passierte sonst noch alles, was er bemerken würde, wenn er es nur wagte, den Kopf zu heben und sich umzusehen?

Er versuchte Phil anzurufen und landete bei dessen Frau. Sie sagte, ihr Mann sei im Pub und sie wollten beide nie wieder etwas mit ihm zu tun haben. Frank brachte es nicht über sich, die anderen Vertreter anzurufen. Wenn sie zu Phil halten mussten, wollte er sie nicht in Bedrängnis bringen. Außerdem hatten sie ja recht. Wieso sollten sie sich die weite Fahrt zu ihm antun, wenn er keine CDs nehmen wollte? An neue Ware käme er jetzt nur heran, wenn er, wie der Vertreter geraten hatte, direkt bei den Plattenfirmen anrief. Er griff zum Telefon.

Nein, erklärte eine Firma nach der anderen, es würde keine Sonderdeals geben. Nicht mehr drei für den Preis von einer, nicht, wenn er nur Vinyl wolle. Wenn er CDs ablehne, müsse er den vollen Preis zahlen, dazu Strafgebühren für Remittenden. Aber wie er dann zum Beispiel an Chart Singles herankommen solle, rief Frank. A&R-Manager lachte: »Keine Ahnung. Gehen Sie doch zu Woolworth.«

Und so leerte Frank an einem Tag Ende Januar die Kasse und warf die Jacke über. Draußen war es so kalt, dass sein Atem vor ihm hing, als könnte er ihn greifen. Der Frost hatte die Autoscheiben blind gemacht, die Bäume streckten ihre dürren Äste zum Himmel, als hätten sie jede Hoffnung auf neue Blätter aufgegeben. Das Absperrband der Stadtverwaltung hing in Bögen von einem Laternenpfosten zum anderen, in den Schaufenstern aller Läden klebte ein Poster von Kit.

»Achtung herrabstürzende Fasadenteile.«

In den *Glaubenssachen* staubte Pater Anthony in Mantel und Hut die Plastikjesusse im Fenster ab. Als Frank am Bestattungsinstitut vorbeikam, spurteten die Williams-Brüder heraus. Unisono fragten sie, was er davon halte.

»Wovon?«

Einer der Brüder zog einen sorgsam zusammengefalteten Brief hervor, gedruckt auf dickem, teurem, cremefarbenem Papier. Frank las nur *Fort Development* und gab das Blatt wieder zurück.

»Sie haben uns angeboten, uns den Laden abzukaufen. Und zwar nicht nur für ein Butterbrot. Niemand sonst würde uns den Laden abkaufen.« Die Brüder tauschten einen Blick miteinander, als wären sie nicht sicher, wer von ihnen weitersprechen solle.

»Seit Mr Novak zugemacht hat, fragen wir uns ständig, wer der Nächste ist.«

»Dieser Mann von der Stadtverwaltung sagte, wir könnten verklagt werden, wenn wir die Fassade nicht reparieren lassen. Aber wir haben kein Geld dafür.«

Frank sagte: »Der Mann handelt nach seinen Vorschriften. In Wirklichkeit wird euch niemand verklagen. Die wollen euch nur Angst machen. Ihr wisst doch noch, was wir gesagt haben? Wir müssen uns umeinander kümmern. Erst wenn wir nicht mehr zusammenhalten, bricht in der Straße alles auseinander.«

Die Brüder senkten den Kopf. Einer hatte einen kleinen Eifleck auf dem Revers. Sie wirkten zu klein für ihre altmodischen Anzüge, sahen aus wie Clowns aus dem Billig-Varieté. Demütig wartend standen sie da, kein nennenswertes Haar mehr auf dem Kopf, und kneteten ihre Filzhüte.

»Du hast recht, Frank. Wir müssen zusammenhalten.«

»Wo willst du denn hin, Frank?«

Wie hätte er ihnen erklären können, bei ihm stehe es so schlimm, dass er seinen Warenbestand auf der Castlegate zusammenkaufen musste? Er dachte wieder an Phils Angebot. Wenn er weiter Vinyl verkaufen wollte, dann musste er eben anfangen, zum Schein Katalognummern einzugeben. Das machte schließlich jeder so.

Wenigstens hatte er das nötige Gerät dafür.

Als er an den *Glaubenssachen* vorbeiging, sah Pater Anthony im Fenster zu ihm hoch. Er hatte Miles Davis aufgelegt. *Kind of Blue.* Er winkte, als hieße er Frank zu Hause willkommen.

16
Miles' Boots

Als Peg Kind of Blue *auflegte, wusste Frank nicht, wie ihm geschah. Das war 1959. Das Album war frisch herausgekommen, damals war er elf.*

Beim Zuhören war ihm, als gingen Türen auf, eine nach der anderen. Die Töne begannen zu rasen, wenn Frank glaubte, nun würden sie langsamer. Sie bogen zur Seite ab, wenn er überzeugt war, sie müssten geradeaus weiterlaufen. Und kaum hatte er sich daran gewöhnt, dass die Töne Beine hatten, wuchsen ihnen Flossen, und sie fingen an zu schwimmen. Es war, als wüsste er schon einiges und wäre gleichzeitig völlig ahnungslos.

»Diese Platte wird Geschichte machen«, sagte Peg.

»Warum?«

Sie blies eine Rauchwolke zu einem teefarbenen Fleck an der Decke hinauf. »Weil sie in völliges Neuland führt. Miles Davis hat sich die besten Musiker geholt, aber sie hatten wenig Ahnung, was sie spielen sollten. Er gab ihnen nur ein paar Skizzen vor und forderte sie zum Improvisieren auf. Und sie spielten, als säße die Musik direkt neben ihnen im Studio. Eines

Tages wird jeder Kind of Blue *haben. Sogar die Leute, die keinen Jazz mögen.«*

Wie konnte sie da sicher sein?

»Weil das allererste Sahne ist. Deshalb.«

Peg liebte die Jazzer, weil sie ihr so ähnlich waren. Zeig Peg eine Grenze, und sie überschreitet sie auf der Stelle. Sie ließ immer alle Türen offen, und in der Gartenmauer war ein großes Loch, wo sie mit dem Rover hineingekracht war, weil sie beim Losfahren den Rückwärtsgang eingelegt hatte. Einen Sommer lang übte sie sich im Gartenformschnitt für Amateure, *ein anderes Mal versuchte sie es mit* Französisch für Anfänger, *aber sie blieb bei keinem von beiden dabei. Regeln langweilten sie. Mit Beziehungen war es dasselbe. Nicht dass sie keine Liebe zu geben hatte, aber es störte sie, dass sie diese Liebe auf einen einzigen Menschen konzentrieren sollte.*

Peg nannte die Jazzer bei ihren Spitznamen. Dizz, Trane, Count, Prez. Und sie wusste über sie, was nur eine Geliebte weiß. Count Basie? Er konnte nicht einschlafen, wenn das Licht nicht brannte. Lester Young? Noch einer, der die Dunkelheit hasste. Duke Ellington hatte solche Angst davor, Dinge zu Ende zu bringen, dass er sich das Hemd nie ganz zuknöpfte. Dizzy Gillespie (Dizz), meine Güte, Frank, war der ein Clown.

»Und Miles? Kennst du die Geschichte von Miles? So ein Gockel.«

»Nein, Peg.«

»Ein Studiomusiker bekam einen Anruf. Ob er einen Gig mit Miles Davis spielen könne? Also kreuzt er auf und spielt mit Miles, und ehrlich, er spielt so gut wie noch nie. Aber Miles kommt immer wieder zu ihm rüber. Deutet auf den Fußboden, als ob der Typ leiser spielen solle. Das macht er natürlich. Aber Miles kommt immer wieder an. Deutet dauernd auf den Boden und sieht allmählich echt angepisst aus. ›Miles‹, ruft der Musiker, ›sag einfach, was du von mir willst.‹ Und was, glaubst du, hat Miles geantwortet?«

»Ich weiß nicht, Peg. Ich weiß nicht.« Dabei lachte er schon.

»Miles deutet auf den Boden. ›Jetzt schau dir doch endlich meine neuen Boots an, verdammt‹, sagt er.«

Sie liebte diese Geschichte. Sie liebten sie beide.

Im Jazz geht es um den Raum zwischen den Tönen. Darum, was passiert, wenn du in dich hineinhörst. Den Lücken und den Rissen zuhörst. Denn dort spielt sich das wirkliche Leben ab, wenn du mutig genug bist, dich auf den freien Fall einzulassen.

17

Let's Get It On

»Ich hatte keine Ahnung, dass das Ding kaputtgehen kann, Frank.«

Kit stand hinter der Theke, in seinem blauen Nylonhemd samt Krawatte, jenem Hemd, auf dessen Brusttasche sein Name in Rot aufgestickt war. Er hielt den Umsatzzähler in der Hand.

»Gallup glaubte sicher auch nicht, dass es kaputtgehen könnte. Was genau hast du damit gemacht?«

»Ich hab's ausgesteckt. Um es abzustauben.«

»Das klingt harmlos.« Obwohl Franks Stimme beim letzten Wort ins Wanken geriet.

»Und dann ist es mir runtergefallen.«

Frank tobte los. »Das ist ein hochsensibles Gerät. Es kostet Hunderte von Pfund. Ich habe schon genug Schwierigkeiten am Hals. Wie oft habe ich dir gesagt, du sollst die Finger davon lassen?«

Die Frage schien Kit zu verwirren. Er mümmelte herum, als kaue er an einer besonders klebrigen Süßigkeit.

»Ich meine damit nicht, du sollst zusammenzählen, wie oft«, sagte Frank. »Ich meine, warum hast du dich überhaupt daran zu schaffen gemacht, verdammt nochmal?«

»Könntest du nicht Ilse Brauchmann suchen?«

»Warum sollte ich Ilse Brauchmann suchen?«

»Sie hat deinen Bleistiftspitzer repariert. Sie hat den Klebeband-Abroller und den Riss im Cover repariert. Sie hat meinen Namen auf mein Hemd gestickt und das Fenster repariert …« Er redete sich richtig in Fahrt.

Frank schlappte mit dem Gerät zu seinem Plattenspieler zurück. Er steckte es ein, aber es gab kein Lebenszeichen von sich. Nicht einmal ein elektronisches *Piep*, als er die Entertaste drückte. Dafür fiel sein Blick auf einen Stängel unterhalb der Papierstapel. Mit einer rosa Blüte dran. Er schien aus Ilse Brauchmanns verheerend stacheligem Kaktus hervorzuwachsen.

»Nein. Ich werde diese Frau nicht suchen. Dafür bin ich zu beschäftigt.«

Kit sagte nichts dazu. Er legte nur die Hand wie einen Mützenschirm an die Stirn und drehte den Kopf von einer Seite zur anderen, als spähe er aufs Meer hinaus. Dann hob er sogar ein paar Kisten hoch.

»Was treibst du denn da?«

»Ich suche nach Kunden«, sagte Kit. »Es kommt mir vor, als wäre noch nie so wenig los gewesen. Aber mach nur weiter so, Frank, bleib weiter beschäftigt da drüben bei deinem Plattenspieler.«

Bei Polydor wiederholte die Dame vom Verkauf, was alle anderen auch gesagt hatten: Es gebe für Vinyl keine Sonderkonditionen mehr. Und auch keinen Ersatz für den Umsatzzähler. Die Firma sei nur an richtigen Läden interessiert, sagte sie, an solchen, die auch CDs verkauften.

»Das ist einfach lächerlich«, beklagte sich Frank an jenem Abend bei Pater Anthony. »Ich kenne diese Leute seit Jahren. Und jetzt behandeln sie mich wie einen Bankrotteur.«

Frank war in den Devotionalienladen hinübergegangen. Pater Anthony hatte Tee gekocht, und sie saßen auf hohen Hockern zu beiden Seiten der L-förmigen Holztheke. Trotz der Kälte fühlte sich Frank hier drinnen immer sehr wohl, sog den Duft von Möbelpolitur ein, spürte den dünnen grünen Teppichboden unter den Füßen, bewunderte die schlichten, sauberen Regale voller Statuen und Figurinen in Gebets- oder Segenspose, die Gebetbücher und Ausgaben religiöser Lyrik, deren Einbände, jahrelang der Sonne ausgesetzt, schon ein wenig verblasst waren, die Schachteln mit Karten und ledernen Lesezeichen. Das alles hatte so etwas Beständiges.

»Ist dir schon mal aufgefallen, wie paradox deine Situation ist?«, fragte Pater Anthony

»Was meinst du mit paradox?«

»Du forderst deine Kunden auf, dir zu vertrauen.

Du suchst für sie die Musik heraus, die sie brauchen, und das ist natürlich nicht immer die Musik, die sie auch wollen …«

»Ja, ja.« Frank wedelte ungeduldig mit der Hand, als wolle er die Worte wegscheuchen. »Ich helfe den Leuten. Das tun wir beide.«

»Jemandem zu helfen ist etwas völlig anderes, als sich persönlich auf ihn einzulassen. Wenn du anderen behilflich bist, tust du das ganz einseitig, zu *deinen* Bedingungen.«

»Was willst du damit sagen?«

Pater Anthony zuckte mit den Achseln und lächelte. »Du erwartest, dass die *anderen* sich ändern, Frank. Aber du selbst? Wovor hast du denn solche Angst?«

Am nächsten Nachmittag war Ilse Brauchmann wieder da.

Wieder regnete es. Sie stand draußen, mit dem Rücken zum Schaufenster, einen Schirm in der Hand, war wohl einfach über das behördliche Absperrband gestiegen. Frank stürzte zur Tür hinaus und merkte gleich, dass ihm etwas fehlte: seine Jacke. Bei Ilses Anblick schlug ihm das Herz bis zum Hals, und er musste die Hände auf die Wangen legen, damit er aufhörte zu strahlen.

Sie hatte grüne Ohrringe in den Ohren. Die waren ihm noch nicht aufgefallen. Ihre Ohren. Vielleicht sah man sie jetzt besser, weil Ilse nasse Haare hatte.

Ihre Ohren waren jedenfalls klein und eher spitz. Sie atmete rasch, als wäre sie in Eile hergelaufen.

»Ich bin's«, sagte sie mit ihrem harten Akzent.

»Na ja, das sehe ich. Alles in Ordnung?«

»Ich war gerade in der Gegend.«

Er schielte zu ihrer anderen Hand, ob sie etwa wieder eine gefährliche Pflanze dabeihatte, aber diesmal war sie kaktusfrei gekommen.

Frank zog eine Zigarette heraus und schnippte an seinem Feuerzeug, doch der Regen war jedes Mal schneller.

»Moment«, sagte sie.

Sie wölbte ihre Hand im Lederhandschuh um das Feuerzeug, und da sprang ein gelbes Flämmchen hoch. Ihre Gesichter leuchteten kurz im selben Goldschimmer. Eine Weile standen sie wortlos nebeneinander und wurden unter Ilses Schirm immer nasser. Der Schirm half nur, das Regenwasser zu einem Rinnsal direkt auf ihre Köpfe zu kanalisieren.

»Ich dachte, Sie wären schon abgereist.«

»Nein. Ich bin immer noch hier, Frank. Ich habe einen Job angenommen.«

»Sie bleiben?«

»Vorerst schon.«

Ein Auto fuhr langsam die Straße entlang, dass Fontänen aufspritzten.

»Ich war unfreundlich zu Ihnen«, sagte er.

»Stimmt«, sagte sie.

»Wie kann ich das wiedergutmachen?«

Er zog heftig an seiner Zigarette, aber seine Lungen schienen nicht genug Kraft zu haben. Er hörte den Regen und in der Ferne ein Martinshorn, er hörte das nasse Rauschen des Verkehrs jenseits der Unity Street, doch von Ilse Brauchmann hörte er keinen Laut, in ihr blieb es so stumm wie an jenem Tag vor drei Wochen, als sie vor dem Plattenladen in Ohnmacht gefallen war.

Sie sagte: »Ich habe den Vivaldi gehört.«

Sie stockte. Er stockte. Das Universum hielt den Atem an.

»Und?«

Sie griff nach seiner Zigarette. Streckte sie auf Armeslänge von sich weg, als hätte sie nichts mit ihr zu tun.

»Ich habe die Dinge gehört, die Sie mir genannt haben. Die Vögel und den Sturm und einen bellenden Hund. Ich habe einen Sommertag gehört. Donner. Ich habe den Wind gehört. Leute, die auf Glatteis ausrutschen und dann vor dem Kamin einnicken.« Das alles sagte sie zur Straße, und die Zigarette hing in ihrer Hand, als wäre sie im Sturzflug vom Himmel herabgestoßen, um sich zielstrebig zwischen ihre Finger zu klemmen. Als Frank sie zurückbekam, blühte auf dem Filter eine rosa Lippenstiftblume. Frank musste ein wenig seitlich daran ziehen.

»Ich konnte mir die *Vier Jahreszeiten* anhören,

weil Sie mir gesagt haben, was Sie selbst darin entdecken. Deshalb habe ich mich gefragt …« Sie hielt inne. »Ich habe mich gefragt, ob Sie mir vielleicht Stunden geben könnten?«

»Stunden?«

»Es muss ja nicht in Ihrem Laden sein. Wir könnten uns im Café treffen. Oder spazieren gehen. Ich möchte Sie über Musik reden hören. Ich meine, das soll kein Date werden oder so.«

»Ein Date? Um Gottes willen!« Er sagte es gleich noch einmal, falls sie sich falsche Vorstellungen machte. »Du lieber Gott, nein. Als ob. Ich meine, *du lieber Himmel* …«

Er lachte.

Sie lachte.

Sein Gelächter wurde immer schallender.

Da sah sie ihn schief an.

»Also bitte. *So* grässlich bin ich nun auch wieder nicht.« Die Leuchtkreise auf ihren Wangen flammten wieder auf. »Ich zahle dafür. Für die Stunden. Nennen Sie mir Ihren Preis. Wir könnten uns einmal die Woche treffen. Außerdem …«

Sie drehte den Kopf, um in den Laden zu spähen, und zuckte zusammen. Direkt an der Scheibe klebte oberhalb der Hartfaserplatte Kits Gesicht oder eine weiche Wabbelversion davon. Er wedelte mit der Hand wie mit einer Flosse.

Ilse fuhr fort: »Außerdem habe ich den Eindruck,

dass Sie jeden Kunden brauchen können, den Sie kriegen. Und mir würden Sie helfen …«

Ihr helfen? Wie um alles in der Welt sollte er das denn anstellen? Er hatte keine Ahnung, welche Songs ihr gefallen könnten. Frank fuhr sich durch die Haare. Sie fühlten sich an wie ein nasses Spültuch. »Aber ich kann doch keine Musikstunden geben. Ich muss mich um meinen Laden kümmern. Ich verkaufe Platten.«

Sie nickte, als hätte sie genau diese Antwort erwartet. »Klar. Werdet Ihr Engländer nicht so genannt? Eine Krämernation? Ich habe verstanden. Ich werde nicht wiederkommen. Ich habe mich schon oft genug lächerlich gemacht.« Sie senkte den Kopf. Tippte mit der nassen Schuhspitze aufs nasse Pflaster. »Bleiben Sie in Ihrem Laden, Frank. Das ist ein guter, sicherer Hafen.«

Sie drehte sich um und ging rasch durch den Regen davon, hielt den Griff ihres Regenschirms umklammert wie einen Steuerknüppel, der sie von ihm wegführte. Er sah ihr nach, bis sie das Ende der Straße erreichte, um die Ecke bog und – schwupp – verschwunden war.

Wo würde sie nun hinlaufen? Vorbei an den großen Kaufhäusern in der Castlegate? Zur Fußgängerzone, zur Kathedrale? Zum Park? Und dann zu den verfallenen Lagerhäusern hinüber? Würde sie immer weiter laufen bis zu den alten Hafenanlagen, wo das Unkraut schulterhoch wuchs, bis zum Fluss und schließlich zum Meer?

Wo kommst du her, Ilse Brauchmann?

Wer bist du?

Er hatte seine Chance verpasst. Wie man einen Zug verpasste oder Wichtigeres, eine Gelegenheit, die nie wiederkehren würde. Frank konnte sich die Trauer nicht erklären, die ihn plötzlich überfiel. Ein alter Zecher wankte aus dem *England's Glory.* Er tastete nach der Mauer, lehnte sich dagegen und rutschte dann an ihr hinunter auf den Boden.

»Halt!«, rief Frank. »Warten Sie!«

Seine Turnschuhe klatschten auf den Gehweg, dass das Regenwasser in die Höhe spritzte. Mit tiefen, stechenden Atemzügen pumpte er Luft in seine Lungen. Er rannte die Unity Street entlang, vorbei an den Läden, vorbei am Pub, bis zur Ecke. Er atmete die Stadt in sich hinein.

An jenem Nachmittag trug sich auf der Castlegate Denkwürdiges zu. Vielleicht bemerkten manche den bärengroßen Mann ohne Jacke, der schwerfällig durch den Regen trabte, einer schicken jungen Frau hinterher, die einen grünen Mantel und Handschuhe trug. Hatte sie etwas gestohlen? Oder vergessen? Waren sie Freunde, ein Paar oder was? Wie auch immer, sie waren beide sehr nass. Mitten auf dem Gehweg standen sie einander gegenüber.

»Frank?«, sagte sie. »Frank?«

Als er sie endlich eingeholt hatte, fing sein Körper an zu streiken. Er bekam kaum noch Luft und hätte wahnsinnig dringend einen Stuhl zum Hinsetzen gebraucht.

»Ich. Hab's. Mir. Überlegt.«

Sie begann zu strahlen. »Wirklich?«

Ringsherum leuchteten die riesigen Schaufenster wie Ozeandampfer durch den dunklen Regen. *Dolcis, Army & Navy, Tammy, Burton for Men, Woolworth.* Die Leute hasteten mit gesenktem Kopf und aufgespanntem Schirm vorbei, Einkaufstüten in der Hand. Ilse lachte. Frank lachte.

»Also, wie gehen wir das an?«, fragte er. »Ich … ich hab da null Erfahrung …«

»Ich auch nicht. Das ist auch für mich ganz neu.«

»Wir könnten uns treffen …«

»Ja?«

»An einem Ort …«

»Ja …«

»Den wir beide kennen …«

»Zum Beispiel …«

»Bei der Kathedrale …«

»Ja …«

»Und dann …«

»Sehen wir weiter? …«

»Ja …«

»Wann? …«

»Nächsten Montag? …«
»Äh …«
»Oder nicht …«
»Dienstag?«
»Wie viel Uhr?«
»Egal …«
»Schlagen Sie was vor …«
»Nein, Sie …«
»Um halb sechs?«
»Um halb sechs?«

Und so planten sie ihre erste Musikstunde. In einem Schlagabtausch von Worten, die kaum mehr als eine Silbe hatten, und fast ohne Punkt und Komma.

Dienstag. Das war in einer Woche. Vor der Kathedrale, nach Ladenschluss.

Den ganzen Rückweg ging Frank mit federnden Schritten; er war wie trunken und rot im Gesicht wie ein kleiner Junge.

18

Der Messias

»Halleluja«, sang der Chor. »Halleluja.«

Frank und Peg lagen nebeneinander auf dem Boden und hörten auf der Dansette Händel. »Ist das nicht fabelhaft?«, flüsterte sie. »Ist das nicht das Beste überhaupt?«

Danach zündete er ihr eine Sobranie an, und sie erzählte ihm von Händel. Dass er Musik schreiben wollte, die die gewöhnlichen Leute verstehen konnten. Anders als Vivaldi starb er als reicher Mann, doch wie Bach litt er am grauen Star und ließ sich deswegen zweimal operieren, beide OPs waren Pfusch. Zu seiner Beerdigung kamen dreitausend Menschen. Peg fand das sehr ergreifend.

»Aber was ist mit dem Messias, *Peg?«*

»Vor dem Messias *sah es für Händel nicht so rosig aus. Er hatte kein Geld, und seine letzten Werke waren Flops gewesen. Dann las Händel das Libretto zum* Messias, *und Bingo! Das war's. Er sah wieder Licht. Er schloss sich ein und schrieb das ganze Ding in vierundzwanzig Tagen. Kein Witz. Er hat nicht mal das Haus verlassen, um sich ein Sandwich zu holen. Schließlich geht sein Diener rein, und was sieht er? Händel hält*

das Halleluja in der Hand und weint. Ich habe den Himmel gesehen, sagt er.«

»Und hat er ihn wirklich gesehen? Den Himmel?«

»Vielleicht. Vielleicht konnte er auch nur saugut komponieren.« Sie grinste breit. Zwinkerte unter ihrer riesigen Sonnenbrille.

»Und er wusste es. Händel wusste, dass ihm was Großes gelungen war. Das wurde ein Superhit, Frank.«

Der Messias *hatte seine Premiere in Dublin, als Benefizkonzert. Es wurden so viele Karten verkauft, dass das Publikum gebeten wurde, die Schwerter und Reifröcke zu Hause zu lassen, damit alle Platz hätten. Der Saal war brechend voll, es gab nur Stehplätze. Das Konzert wurde ein Triumph, das erste große Fundraising-Event wie später das* Konzert für Bangladesch, *das George Harrison auf die Beine stellte. Aber Händel hatte es ihm vorgemacht, schon 1742.*

Deshalb war der Messias *Pegs absolutes Lieblingsstück. Denn es zeigte den Menschen, dass sie nicht allein waren. Diese Musik hob unterschiedslos alle in die Höhe und setzte sie wieder unten ab, nur um sie dann noch höher hinaufzukatapultieren. Es war wie Magie.*

Halleluja. Halleluja.

PAUSE.

HAL – LE – LU – JA!

Peg war nun schon fünfzehn Jahre tot, doch das war immer noch das einzige Musikstück, das Frank nicht ertragen konnte. Es tat zu weh. Auch jetzt noch.

SEITE B: FEBRUAR 1988

19
Help!

»Wir?«, fragte Kit. »*Wir?*«

Die Läden in der Unity Street hatten schon geschlossen, und alle saßen im *England's Glory*, die Ladenbesitzer der kleinen Geschäftsstraße, die Stammgäste, die alte Mrs Roussos, ihr Chihuahua, der Mann, der Chopin mochte, und dazu noch ein dünner junger Kerl, der gefühlt den ganzen Tag im Laden gewesen war, obwohl keiner wusste, wer er war oder was er wollte außer Tee und Kekse. Vorhin hatte jemand die Jukebox mit genug Münzen gefüttert, um zehnmal *Eye of the Tiger* laufen zu lassen, und dann das Lokal fluchtartig verlassen. Kit hatte versucht, den Stecker zu ziehen, dabei aber einen kleinen Stromschlag abbekommen. Sie konnten nichts weiter tun als abwarten, bis der Song endlich durch war.

»Du willst, dass *wir dir* helfen, *ihr* zu helfen?«, wiederholte Kit. Er schien Schwierigkeiten zu haben, die Personalpronomen korrekt abzuwickeln. »Aber wie denn?«

Frank wühlte in seinen Haaren. Genau da wurde es schwierig – er hatte selber keine Ahnung. Er hatte sich bereit erklärt, Ilse Brauchmann eine Musikstunde zu geben. Das war in jenem Moment eine sehr gute Idee erschienen. Aber jetzt stand Frank vor der praktischen Frage, was er für sie aussuchen und was genau er darüber erzählen sollte, und ihm wurde klar, dass er völlig im Dunkeln tappte. Das beunruhigte ihn so, dass er in der Nacht kaum ein Auge zugetan hatte. Außer, dass sie Grün sehr zu mögen schien und ein Händchen für kleine Reparaturarbeiten hatte, wusste er absolut nichts über sie.

»Sie hat dir doch erzählt, dass sie jetzt eine Arbeit hat«, sagte Pater Anthony.

»Sie kommt aus Deutschland«, fügte einer der Williams-Brüder hinzu.

»Sie ist neu hier«, sagte der andere.

»Und sie trägt immer Handschuhe«, hob Kit hervor. »Sie hat sie nicht einmal ausgezogen, als sie den Scheck ausgestellt hat. Hat sie sie auch anbehalten, als sie dir das Fenster reparieren half?«

»Das ist doch unwichtig.«

»Das ist äußerst merkwürdig.«

Es folgte eine lebhafte Diskussion über das Geheimnis von Ilse Brauchmanns Händen. Pater Anthony meinte, sie sei eben eine eher förmliche Person; die Williams-Brüder hielten die Sache eventuell für eine Hygienefrage. Der Mann, der Chopin mochte, tippte auf Frostbeulen, die alten Männer am Tresen einigten sich auf schwere Verbrennungen, aber der

Mann mit drei Zähnen schoss mit seiner Vermutung den Vogel ab: Womöglich seien ihre Hände nur Prothesen.

»Ach du lieber Gott!«, kreischte Kit, der so in Mitgefühl versank, dass sich die Grenze zwischen Fakten und Hypothesen für ihn verwischte. »Die arme Frau! Das ist ja furchtbar!«

»Sie trägt Handschuhe, weil sie friert«, sagte Maud. »Draußen ist es arschkalt. Sie ist übrigens verlobt. Falls wir das alle vergessen haben. Ich weiß nicht, warum wir Frank unbedingt einer Frau in die Arme schubsen wollen, die bald heiratet.«

Wie Maud »wir« sagte, klang es weniger nach einer Kollektiverfahrung als nach einem grässlichen Irrtum.

»Natürlich ist sie verlobt«, sagte Pater Anthony. »Natürlich wissen wir das. Wir wollen nur, dass Frank seine Sache gut macht. Wir versuchen ihm zu helfen.«

Während in der Gruppe die vorige Debatte über die wahre Identität ihres Verlobten neu aufflammte – war er Engländer? Deutscher? War er beruflich hier? Könnte er wirklich ein Filmstar sein? –, kniff sich Frank mit zwei Fingern in die Nasenwurzel. Warum hatte er sich breitschlagen lassen, ihr Musikstunden zu geben? Kaum hatte er ihr eine winzige Tür geöffnet, zog sie mit Sack und Pack in seinen Kopf ein und ließ sich häuslich nieder. Aber nicht nur das: Sie hatte auch ihren Verlobten mitgebracht samt dessen schnellem Auto und den vielen mondänen jungen Leuten, die sie zweifellos kannte. Frank sah diese jungen Leute manchmal in die neuen Weinbars schwärmen, die eine nach der anderen jenseits der Castlegate aufmachten. Die jungen Leute waren so überzeugt von sich und ihrem Platz in dieser Welt, dass sie so laut redeten, als wären alle anderen schwerhörig oder schwer von Begriff. Frank wurde schlecht. Er hatte sich das Ganze einfacher vorgestellt. Falls überhaupt möglich, war es noch schlimmer, als sich den *Messias* anzuhören, worauf er genauso wenig scharf war. Schwach sagte er: »Ich habe schon ein paar Ideen.«

Das sei doch ein guter Anfang, meinte Pater Anthony.

»Aber wenn ich euch davon erzähle, lacht ihr mich aus.«

Ach wo, widersprach Pater Anthony. Sie seien doch seine Freunde. Warum Frank seine Ideen nicht einfach an ihnen ausprobiere? Der alte Expriester stellte seinen Ananassaft ab und flocht wie immer, wenn er konzentriert zuhörte, seine langen Finger zu einem spitzen Turm.

»Ich dachte zum Beispiel, ich könnte eine Art Gedicht schreiben. Ich könnte ihr darin von Musik erzählen und von allem, was sie verpasst, und dann könnte ich es aufsagen.«

»Dein Gedicht?«

»Mhm.«

»Vor der Kathedrale?«

»Gut möglich.«

Alle hörten zu und machten dabei ein höfliches, aber auch ratloses Gesicht, als wäre dem armen Frank gerade ein zweites Paar Ohren gewachsen und keiner wüsste, wie er ihm das schonend beibringen könnte. Beide Williams-Brüder tasteten nach der Hand des anderen.

»Hast du schon mal ein Gedicht über Musik geschrieben?«, fragte Pater Anthony schließlich.

»Nein.«

»Hast du überhaupt schon mal ein Gedicht geschrieben?«

»Nicht wirklich. Nein.«

Alle nickten, und weil dazu nichts weiter zu sagen war, nickten sie noch eine Weile weiter. Kit blies eine leere Chipstüte auf und setzte sich darauf. *Peng.*

»Aha«, sagte Pater Anthony.

»Ich habe auch daran gedacht, sagen wir mal, Klavier spielen zu lernen, und dann könnte ich ihr was vorspielen.«

»Auch draußen vor der Kathedrale?«

»Ich weiß nicht.«

»Nächsten Dienstag um halb sechs?«

Maud krümmte sich der Tischplatte entgegen und hielt ihre Brust umklammert. Ihre Schultern zuckten, ihr entkamen winzige Schluchzer.

»Hat sie sich weh getan?«, fragte Frank.

»Sie lacht sich tot«, sagte Kit.

Damit war sie nicht die Einzige. Frank blickte rasch von einem zum anderen und merkte, dass sich bei der ganzen Gruppe eine gewisse Heiterkeit in Taschentücher, Biergläser und Chipstüten hinein entlud. Sogar Mrs Roussos weißer Chihuahua fletschte die Zähne zu einem Grinsen. Da begann auch Frank grinsen, aber mittendrin fiel ihm Ilse Brauchmann ein und was er ihr versprochen hatte, und ihm wurde wieder flau vor Angst.

»Ihr könnt leicht lachen. Ich – ich bin einfach völlig überfordert.«

Pater Anthony ergriff schließlich das Wort. »Frank, als ich dir begegnet bin, war ich in einem schrecklichen Zustand. Das wissen wir alle hier. Du hast mir zugehört, und dann hast du mir den Jazz geschenkt. Du hast mir kein Gedicht darüber geschrieben. Du hast das Zeug nicht auf dem Klavier gespielt. Du hast nicht alles runtergebetet, was es darüber zu wissen gibt. Du hast mir einfach zugehört, und dann bist du aufgestanden und hast die Platte rausgesucht, die ich brauchte. Ilse Brauchmann möchte, dass du ihr von Musik erzählst. Also erzähl ihr, was passiert, wenn du ganz intensiv zuhörst. Sei einfach du.«

Die anderen stimmten ihm zu. Sie erwähnten die Musik, die Frank ihnen herausgesucht hatte. *Durch dich habe ich Aretha entdeckt, ich habe Bach entdeckt, ich habe Motown entdeckt.* Sei einfach du, auch darin waren sich alle einig. Aber so einfach war das natürlich nicht. Sie hatten keine Ahnung, wer er wirklich war. Das ahnte niemand.

Mit ungefähr acht Jahren hatte Frank seine Mutter einmal »Mama« genannt. Während er in der Stadt auf den Schulbus wartete, kam sie um die Ecke, in einem leuchtend gelben Kaftan. »Hallo, Mama!«, sagte er. Sie marschierte direkt an ihm vorbei. Alle bogen sich vor Lachen.

»Ich habe nicht gemerkt, dass du mit *mir* redest«, rechtfertigte sie sich später. »Ich weiß nicht, warum du dich so aufregst.« Aber er regte sich auf. Nicht weil die anderen ihn ausgelacht hatten, daran war er gewöhnt. Aber er hatte sich von aller Welt verlassen gefühlt. Wie ausgesetzt.

»Darf ich dich nicht manchmal so nennen?«, hatte er gefragt. »Alle nennen ihre Mutter *Mama.*«

Sie zog ein Gesicht, als hätte sie in einen faulen Apfel gebissen. »Was hast du dagegen, mich Peg zu nennen? So heiße ich nun mal.«

Er hatte ein paar Alternativen vorgeschlagen. Mum? Mutter? Mutter Peg? (»Was soll *das* denn, verdammt?«, sagte sie dazu.) Das wäre sicher schön, erklärte er.

»Warum müssen wir so sein wie alle anderen? Wenn ich dich Frank nenne und du mich Peg, dann zeigt das, dass wir fair miteinander umgehen, von gleich zu gleich. Ohne die Fesseln von Bindungen.«

Er hatte es ausprobiert, wenn sie außer Hörweite war. »Gute Nacht, Mama.« »Danke, Mama.« Beschämt entdeckte er, dass ihm das sehr gut gefiel. Er war nicht überzeugt, dass er von Peg unbedingt fair und von gleich zu gleich behandelt werden wollte. Ab und zu wäre es schon tröstlich gewesen – na ja, ein wenig umsorgt zu werden, bemuttert eben. Fand er. Ein warmes Essen gekocht zu bekommen. »Mein Schatz« genannt zu werden.

Bindungen zu haben wie alle anderen.

Am Abend vor der ersten Musikstunde zog Frank stapelweise Platten heraus. Ihm blieb nur eins. Da er keine Ahnung hatte, welche Musik Ilse Brauchmann gefallen könnte, musste er ihr das Zweitbeste anbieten, die Musik, die ihm selbst gefiel. Bach, Joni, Miles, Bob, alle Alben, die ihm so lieb geworden waren. Er breitete die Platten rings um sich auf dem Boden aus, der bald wie der reinste Rummelplatz aussah, ein Rummelplatz voller Karussells – eines drehte sich schnell, ein anderes langsam, ein drittes so wild, dass man sich womöglich überschlug. Es tat gut, sie anzusehen: seine Freunde. Glücklich und selbstsicher schlief er ein. Und aufgeregt.

Was passierte nur in den sechs Stunden, in denen er ohne Bewusstsein war? Als Frank morgens aufwachte, war er ein anderer Mensch. Sobald er an den Tag dachte, der vor ihm lag, begann es in seinem Körper zu wummern. Nicht nur das, Frank musste feststellen, dass seine Haare sich darauf versteiften, einen Auftritt als Heiligenschein hinzulegen. Er feuchtete sie mit Wasser an, aber das machte es noch schlimmer. Der Heiligenschein war jetzt mit Stacheln durchsetzt. Er kochte Eier, konnte sie dann aber nicht essen. Als er hinunterging, um seinen Laden aufzusperren, zitterten seine Hände so sehr, dass er den Schlüssel fallen ließ.

»Meine Güte, siehst du furchtbar aus«, sagte Kit, schwungvoll hereinhüpfend.

Frank musste dringend etwas unternehmen. Wenn er bei seinem Treffen mit Ilse Brauchmann nicht aussehen wollte wie ein panischer Verkäufer mit schlechter Frisur, waren einige Änderungen nötig. Er ging zu einem richtigen Herrenfriseur. Er fragte ihn, ob sich mit seinen Stirnfransen etwas machen ließe, und der Friseur meinte, bei seinen Haaren brauche Frank ein gutes Stylingwachs. Also ging Frank in die Drogerie und kaufte einen Tiegel Haarwachs.

Nachdem er schon einmal dort war, beging er den Fehler, die Verkäuferin um einen Tipp für ein Aftershave zu bitten. Sie war der Meinung, ein großer Mann wie Frank brauche einen großen Duft wie *Jovan Musk*, der wäre megasexy. Frank wollte erklären, dass er eigentlich nicht megasexy riechen wolle, sondern ganz normal, aber da hatte sie schon den Tester unter der Theke hervorgezogen und nebelte ihn mit übermächtigen Duftschwaden ein, die in die Nase stachen wie Abbeizer. Frank fand ihn nicht sexy, sondern schlichtweg unanständig. Den ganzen Heimweg versuchte er ihn von sich wegzuwedeln, aber anscheinend war er durch die Haut in ihn eingedrungen, wahrscheinlich bis in die Knochen. Frank duschte, der Geruch blieb. Aber jetzt waren seine Haare nass und sahen nicht mehr so aus wie beim Friseur. Sie stellten sich wieder zu einem Heiligenschein auf, der jetzt nur nicht ganz so breit ausfiel.

Frank versuchte, seine Haare genau so zu stylen, wie der Friseur es ihm gezeigt hatte. Danach sah er noch schlimmer aus. Anschließend probierte er verschiedene Jacken mit verschiedenen Schuhen an, beließ es am Schluss aber bei seinen Turnschuhen und seiner abgewetzten Wildlederjacke. Vor seiner Verabredung mit Ilse Brauchmann hatte er noch einen Termin bei der Bank. Als er den Laden verließ, lief er Kit und Maud über den Weg.

»Hilfe, was stinkt denn da so widerlich?«, fragte Maud.

Und Kit fragte: »Was ist denn mit deinen Haaren passiert?«

»Sehen sie furchtbar aus?«

»Sie sehen, sie sehen …« Kit rückte seine Ilse-

Brauchmann-Krawatte gerade. Ihm schienen die Adjektive auszugehen. »Sie sehen *ordentlich* aus.«

»Schlimm ordentlich?«

Maud sagte nichts, sondern malmte nur mit den Backenzähnen. Manchmal, dachte Frank, musste man schon für kleine Dinge dankbar sein.

»Ein Darlehen?«, wiederholte Henry. »Warum willst du denn ein Darlehen?« Die Temperaturen in seinem Büro grenzten ans Tropische, er schob sich in seinem Sessel langsam von links nach rechts. Frank saß auf der anderen Seite des Schreibtischs auf jenem sehr kleinen Stuhl, auf dem er schon vor vierzehn Jahren einmal gesessen hatte. Entweder war der Stuhl noch kleiner geworden oder Frank größer. Egal, um eine einigermaßen würdige Haltung zu bewahren, blieb Frank nichts übrig, als auf einer Gesäßbacke zu balancieren. Das Sitzmöbel war weniger ein Stuhl als eine Hühnerstange. Und das Aftershave war immer noch nicht verflogen. Womöglich verschärfte die Hitze den Geruch.

»Ich habe in meinem Laden ein paar Umbauten vor.«

Frank warf einen Blick auf die Wanduhr über Henrys Kopf. Noch eine Stunde, dann würde er Ilse Brauchmann treffen. Allein bei dem Gedanken wäre er am liebsten aufgesprungen und durch den Raum gerannt.

»Wie viel brauchst du denn?«

»Wie viel – was bitte?«

»Alles in Ordnung mit dir, Frank? Du kommst mir sehr nervös vor.«

»Mir geht's prima.« Frank fasste zu seinen Stirnfransen hoch, dann fiel ihm ein, dass er keine mehr hatte. »Ich brauche fünftausend Pfund.«

Henry riss die Augen auf und blies dann lange die Luft aus, als hätte er gerade auf eine besonders scharfe Chilischote gebissen. »So viel? Wofür denn?«

Frank holte einen Zettel hervor und ging die Posten der geplanten Änderungen durch. Die Liste war von Kit verfasst und enthielt daher Rechtschreibfehler sowie ein ganzes Heer von Ausrufezeichen. Abgesehen von der Fassadenrenovierung, damit kein Mauerwerk mehr herunterfiel, wollte Frank den ganzen Laden mit richtigen Präsentationsschränken aus Holz ausstatten. Keine Plastikkisten, keine Lattenkisten mehr. Er wollte ein Neonschild über der Tür, eine beleuchtete Schaufensterauslage (und damit auch ein neues Fenster), und außerdem eine Einschweißmaschine. Eine Einschweißmaschine? Henry lachte. Was zum Teufel das denn sei? Henry hatte immer noch etwas vom Internatszögling an sich. Wenn er lachte, hörte sich das mehr nach Wiehern an, als hätte er im Chemielabor etwas Verbotenes getan. »Was ist denn in dich gefahren, Frank?«

»Ich habe akzeptiert, dass die Leute CDs wollen.

Das ist in mich gefahren. Die Leute wollen ihre alten Platten nicht mehr haben. Jede Woche schleppen sie sie bei mir an. Manche wollen nicht mal Geld dafür. Sie wollen sie ganz dringend loswerden, nur damit sie wieder Platz haben.«

»Dann wirst du jetzt also doch CDs verkaufen?«

»CDs? Nie im Leben.« Frank grinste. »Ich werde Vinyl retten. Ich werde es sogar *noch attraktiver* machen.«

Er erklärte. Mit der neuen Einschweißmasche könne er seine Platten einzeln in Folie einschweißen. Jedem Album werde er einen Zettel beilegen, von Kit handgeschrieben und verziert, auf dem genau beschrieben sei, worauf man beim Hören achten solle. Die Leute würden scharenweise in den neu ausgestatteten Laden strömen, der zu den hochspezialisierten Musikgeschäften gehören würde, von denen der *New Musical Express* immer schrieb. Damit bekämen auch die anderen Läden in der kleinen Straße wieder mehr Zulauf. Die Unity Street würde wieder zur festen Größe auf dem Stadtplan werden.

»Wie ist im Moment dein Kontostand?«

Frank war nicht sicher. Er meinte, er sei nicht wirklich in den Miesen, aber wahrscheinlich drifte er in rötliche Richtung. Er merkte, dass er viel mit den Händen fuchtelte. »Darf ich hier rauchen?«

Henry rief einen Angestellten an, und während

sie auf Franks Kontoauszug warteten, schmetterte Henry Franks Fragen nach der Familie zurück wie Federbälle: »Gut! Fein! Ja!« Auf seinem Schreibtisch standen gerahmte Fotos von seiner Frau Mandy und den Jungs, dazu eines von Mandy, bevor die Kinder kamen. Das einzige Foto, fiel Frank auf, auf dem sie selbstvergessen glücklich aussah. Wenn er Henry zuhörte, dann vernahm er schon seit einer ganzen Weile ein merkwürdiges, einsames Geräusch – etwas wie einen überscharf gestimmten Mollakkord. Er ahnte, dass das Paar in einer Krise steckte.

Der Angestellte legte einen Papierstreifen auf den Schreibtisch. Henry seufzte. »Es sieht nicht gut aus, Frank. Du hast achtundsechzig Pence.«

»Ich dachte, ich könnte vielleicht einen Dispo kriegen«, sagte Frank unkonzentriert. »So was haben doch viele Leute, oder?«

»Das Problem ist, dass wir von oben Anweisung erhalten haben, bei der Vergabe von Dispokrediten sehr streng zu sein.«

»Ich dachte, wir sind mitten im Boom? Ich dachte, Maggie Thatcher will, dass wir uns alle selbständig machen und unsere Zukunft selber in die Hand nehmen …«

»Will sie auch. Aber die Inflationsrate steigt wieder. In der Direktion werden sie unruhig.«

»Ich kann das Geld ganz sicher zurückzahlen. Ich brauche nur ein paar Monate.«

»Wie sehen deine Bücher aus? Welche Sicherheiten kannst du bieten?«

Frank gab zu, dass er momentan keine Bücher führe. Aber er werde es tun. In Zukunft ganz bestimmt. Und als Sicherheit werde er mit Freuden seine Wohnung anbieten. Henry wirkte gequält. »Du kannst den Kredit doch nicht mit deiner Wohnung decken, Frank. Das ist zu riskant.«

»Für mich ist das eine *Investition.* Wenn der Laden mal in Schuss ist, dann kann ich locker mit den Protzläden auf der Castlegate mithalten. Da wirst du Augen machen. Ich werde die Kohle nur so scheffeln.« Frank sah rasch auf die Uhr. Fünf vor fünf. Ihm sank der Mut. »Ich sollte jetzt los. Ich bin verabredet …«

»Ein Date?« Rührend, wie hoffnungsvoll Henry dreinguckte.

»Nein. Eine Art – äh – Unterrichtsstunde. Ich werde mit ihr eine Reise durch die Musik machen.« Das sagte er ganz schnell in der Hoffnung, Henry werde nicht so genau hinhören und der Inhalt des Satzes nicht zu ihm durchdringen. »Übrigens, das ist für dich und Mandy.« Er durchsuchte die Tüte mit den Platten, die zu seinen Füßen stand, und zog ein Album heraus.

»Was ist *Shalamar*?«

»Leg das heute Abend auf, wenn du nach Hause kommst. Seite eins, die erste Nummer. *A Night to*

Remember. Und sorg dafür, dass dir die Jungs nicht in die Quere kommen.«

Die beiden Freunde sahen aus, als würden sie sich gleich umarmen, aber dann verflog der Gedanke wieder, und sie begnügten sich mit dem viel vernünftigeren Händeschütteln.

»Und was meinst du? Kriege ich meinen Dispo?«

»Unwahrscheinlich, aber ich tue, was ich kann.«

Da umarmte Frank seinen Freund doch noch. Er konnte einfach nicht anders. Es wurde eine große Bärenumarmung daraus, bei der Henry fast zu Boden ging. Danach rückte Henry seine Manschetten und seine Krawatte zurecht und räusperte sich mehrmals, als setze er seine Person wieder zum Bankfilialleiter zusammen. Frank fragte nebenbei, was Henry über Fort Development wisse, und Henry erwiderte, von denen habe er nie gehört.

»Die wollen die Unity Street aufkaufen.«

»Warum denn das?«

»Frag ich mich auch.« Frank lächelte und dankte Henry noch einmal. »Glaub mir, die Band wird dir gefallen. Shalamar«, sagte er.

Das Licht nahm schon ein wenig ab. Die Luft war glasklar, ein schneidender Wind war aufgekommen, der nach Käse und Zwiebeln roch, zumindest ein gewisses Gegengewicht zu *Jovan Musk.* Die Händler auf der Castlegate begannen bereits, ihre Stände abzubauen – »Sonderangebot, letzte Chance«, riefen sie. Frank ging am Uhrturm vorbei, wo sich eine Gruppe Junkies um eine Plastiktüte scharte, und bog nach links in eine der kopfsteingepflasterten Gassen ab, die zur Kathedrale führten. Auch hier boten Leute Dinge zum Verkauf an, aber es handelte sich um einzelne, persönliche, sorgsam auf einer Decke verteilte Gegenstände, ein Taschenbuch, ein Stöpsel, ein Aschenbecher, ein einzelner Wanderschuh. Gott steh mir bei, dachte Frank.

Möwen kurvten hin und her, blasse Kreuze am Himmel. Vorn lag die Kathedrale, kantig und selbstsicher. Frank wollte ein letztes Mal proben, was genau er zu Ilse Brauchmann sagen würde, aber er konnte sich nicht einmal mehr daran erinnern, wie sprechen ging. Er blieb stehen. Drehte sich um.

Er würde einfach ganz schnell zurück in seinen Laden fliehen.

Aber hinter der Grünfläche schrie jemand. Jemand in Not? Der Schreiende wedelte mit den Armen und sprang auf und ab –

»Kit?«

Ein paar Meter links von ihm stand Maud mit Streifenstrumpfhose, Kunstpelzmantel und finsterer Miene. Pater Anthony, der eine Mütze mit Ohrenklappen aufhatte, spähte über seine kaputte Brille hinweg auf einen Busfahrplan. Sein Atem wehte wie weißer Rauch aus seinem Mund.

Frank marschierte zu der Gruppe hinüber. »Was macht ihr alle hier?«

»Wir machen uns bloß einen schönen Dienstagabend«, sagte Kit. Er konnte Frank nicht in die Augen sehen. »Wir leben in einem freien Land.«

Pater Anthony behauptete, er sei von der Route des Elfer-Busses fasziniert – er hätte nie gedacht, dass der durch so viele Stadtteile fuhr. Maud verzichtete auf jede Erklärung.

Kit biss sich auf die Lippe. »Und wir wollten auch nachsehen, ob bei dir alles klar ist.«

»Ich habe panische Angst.«

»Kriegst du den Kredit?«

»Ich bezweifle es.«

»Aber du hast die Platten für Ilse Brauchmann dabei?«

»Ja.«

»Und vergiss nicht, was du zu tun hast.«

»Was habe ich denn zu tun?«

»Du musst dir ihre Hände gründlich ansehen.«

»Im Moment habe ich genug damit zu tun, mich aufrecht zu halten.«

»Alles klar. Na, dann *bonne chance.*«

»Danke.«

»Das ist französisch.«

»Ich weiß.«

Kit sah aus, als wollte er gern noch mehr Französisches sagen oder vielleicht auch weitere Worte der

Ermutigung in anderen europäischen Sprachen, aber blöderweise trat er in etwas Peinliches hinein und musste sich die Schuhsohle am Randstein abkratzen.

»Denk dran. Sei einfach du«, murmelte Pater Anthony, immer noch die wundersam verzweigte Route des Elfer-Busses studierend. »Sag ihr, was du beim Zuhören empfindest. Worüber willst du reden?«

»Über die *Mondscheinsonate.*«

20
Mondscheinsonate

»Was weißt du über Sonaten und Beethoven, Frank?«

Frank sagte alles auf, was er wusste. Eine Sonate bestehe in der Regel aus drei Sätzen. Schnell. Langsam. Schnell.

»Bingo!«, sagte Peg.

Haydn und Mozart hatten den Sonatendreh voll raus, aber Beethoven hatte sie neu erfunden, wie er auch die Symphonie neu erfunden hatte. Bach war der König des Barock, Mozart und Haydn waren die Könige der Klassik; Brahms, Chopin, Liszt und Berlioz waren große Romantiker. Bruckner, Mahler und Wagner führten die Musik ins zwanzigste Jahrhundert; Strawinsky und Schönberg definierten die Harmonik neu. Aber Beethoven war eine Klasse für sich. Er schrieb Musik nicht, um Gott zu preisen. Er schrieb Musik nicht einmal, um seine Brötchen zu verdienen. Beethoven schrieb Musik, weil er nicht anders konnte.

»Ja, ja, ja!« Peg stieß vor Zufriedenheit einen so mächtigen Rauchstrom aus, dass sie fast daran erstickte. »Das Erste, was du über die Mondscheinsonate

wissen musst, ist, dass sie einen Scheißdreck mit dem Mond zu tun hat.«

»Wirklich überhaupt gar nichts?« Frank war inzwischen zwölf und unterzog Pegs Schimpfwörter gern einer sprachlichen Überarbeitung, indem er sie durch eine mütterlichere Ausdrucksweise ersetzte.

»Ein Musikkritiker hat die Sonate so getauft. Als er das Stück hörte, glaubte er den Mond über einem See zu sehen. Weiß der Kuckuck, warum. Wahrscheinlich hockte er gerade an einem See herum. Aber prompt hielten alle die Sonate für ein nettes Musikstück über den Vollmond, der über einem See hängt.« Sie hielt das neue Cover hoch. Es zeigte – welche Überraschung – einen Vollmond über einem See. »Also so was von strunzdumm!«, sagte Peg.

»Dann geht's also nicht um den Mond?«

»Nein! Das ist ein revolutionäres Stück. Es ist irre. Beethoven schmeißt alle Regeln über den Haufen. Die Sonate ist nicht schnell, langsam, schnell. Sondern langsam, schnell, rasend schnell – da geht's vielleicht ab! Anarchie pur!«

Peg erzählte die Geschichte der Mondscheinsonate. *Beethoven hatte sich in eine seiner Schülerinnen verliebt. Er war ein schwieriger Mensch. Launisch. War als Kind geschlagen worden. Hatte keinerlei Begriff von Dingen wie Körperhygiene. Er verliebte sich ständig in seine Schülerinnen, aber die jetzige war eine Gräfin und erst siebzehn.*

»Und dann: wumm. Die Bombe platzt. Zwei Bomben. Beethoven erfährt erstens, dass die Gräfin einen Grafen heiraten wird. Zweitens erfährt er, dass er – Beethoven, nicht der Graf – taub werden wird. Das haut ihn völlig um. Der Mann IST Musik. Was wird er ohne sie sein? Er gießt alle seine Gefühle in diese Klaviersonate und widmet sie Julia. Das Zeug ist wie Raketentreibstoff. Vollmond? *Also wirklich, ich bitte dich!«*

Peg senkte die Nadel auf das Vinyl, dann ließ sie sich auf dem Boden nieder. Tick, tick *machte die Platte –*

»Kommst du nicht zu mir?«

»Ich glaube, ich sitze lieber im Sessel.«

Als die Musik endete, blieb Peg auf dem Teppich liegen und starrte an die Decke. Lange sagte sie kein Wort. Sie seufzte nur und blies Rauchringe. Als Frank in ihr Inneres hineinlauschte, kam sie ihm sehr traurig vor.

»Peg? Meinst du nicht auch, wir sollten langsam was essen?«

Sie machten sich eines ihrer üblichen Abendessen. Eine Dose Mockturtlesuppe von Fortnums, dazu Cracker; danach Dosenpfirsiche mit süßer Kondensmilch. Pegs Küche beschränkte sich ganz auf Päckchen und Dosen.

Erst als Frank die Teller zur Spüle trug, begann Peg zu reden. »Mit fünfzehn hab ich mich verliebt. In einen Freund meines Vaters. Der trieb es mit mir einmal die

Woche auf dem Rücksitz seines Autos. Gott, hab ich diesen Mann geliebt. Das ging jahrelang so. Aber hat er seine Frau verlassen? Seine Kinder? Von wegen. Hat mir das Herz gebrochen, der Scheißkerl. Wenn du nur eins von mir lernst, dann das: Liebe ist nichts Schönes. Mach einen großen Bogen darum, Frank, einen ganz großen.«

21

Ein schöner erbsengrüner Mantel

Sie stand vor der Kathedrale. Unübersehbar. Sie wartete in ihrem grünen Mantel unter einer historischen Straßenlaterne, aufrecht und reglos und vom Licht auf eine Weise beschienen, dass sie selbst zu leuchten schien, was aber zu den Details gehören mochte, die Franks eigener Kopf dazuerfand. Er hatte vermutet, eine Frau wie Ilse Brauchmann würde ihn warten lassen. Alle Luft entwich aus ihm. Er fragte sich, ob sie es merken würde, wenn er einfach vorbeiliefe.

Selbstverständlich würde sie es merken, denn sie winkte schon.

Franks Gesicht begann selbsttätig zu lächeln, deshalb musste er so tun, als schaue er sich um und würdige die Schönheit des Abends allgemein. Das Lächeln verfestigte sich. Er wurde es nicht mehr los. Er versuchte so zu tun, als erinnere er sich an einen besonders lustigen Witz.

Da sah sie ihn bedröppelt an. »Ist was mit mir?«

»Wie bitte?«

»Sehe ich komisch aus?«

»Überhaupt nicht.«

»Ich habe einen Haarglätter ausprobiert. Eine Katastrophe!«

Ihr Haar wirkte tatsächlich sehr platt. Sie hatte recht. Es hing an ihrem Gesicht herunter wie ein Schleier. Frank wiederum konnte kaum sprechen. Wahrscheinlich roch man ihn, bevor man ihn sah, und seine Stirnfransen standen keilförmig ab.

All das erwähnte sie mit keinem Wort. Sie hob nur den Blick und schaute ihn mit so ernsten Augen an, dass es ihm wieder den Atem verschlug.

»Ich dachte schon, Sie hätten mich vergessen«, sagte sie.

Vergessen?

Wie könnte er?

Könnte er jemals?

Sie schlug vor, in ein nahe gelegenes Café zu gehen, den *Singing Teapot*. Das Fenster hatte rosa Rüschenvorhänge und war mit zahlreichen Teekannen unterschiedlichster Art dekoriert, von der schlichten alten »Brown Betty« bis hin zu einem extrovertierteren, mit Blümchen bemalten Modell. Keine der Kannen schien tatsächlich zu singen, trotzdem sahen sie alle recht fröhlich aus. Das Café war leer. Sie suchten sich den runden Tisch am Fenster aus und legten ihre Mäntel ab. Die Handschuhe behielt Ilse Brauchmann allerdings an.

»Ich schließe um sechs«, sagte die Bedienung, die

durch die Doppelschwingtür an der Hinterwand geschossen kam und auf eine Wanduhr deutete. Die korpulente junge Frau Anfang zwanzig steckte in einem zu engen schwarzen Kleid und hatte ein winziges Spitzenhäubchen auf.

Ilse Brauchmann hob die Augen. Weder lächelnd noch kampflustig – sie nahm einfach Verbindung auf. »Könnten Sie uns nicht noch etwas bringen? Wir brauchen nicht sehr viel.«

Die Bedienung presste die Lippen zusammen und zupfte am Saum ihres Kleids. »Na gut. Was möchten Sie?«

Bei der Bestellung waren jedoch einige Hürden zu überwinden. Es gab zum Beispiel ohne Essen keine alkoholischen Getränke. Ilse sagte, dann würde sie gern auch etwas essen, was wiederum nicht ging, weil der Koch schon weg war. Tee oder Limonade, das sei alles, meinte die Bedienung, was sie an Getränken im Angebot habe. Und an Essen.

»Danke, dann nehme ich Zitronenlimonade«, sagte Ilse Brauchmann.

»Wir haben nur Orangenlimonade.«

»Dann nehme ich Orangenlimonade. Mit einem Eiswürfel.«

»Bei uns gibt es keine Eiswürfel.«

Ilse Brauchmann lächelte. Ohne Eis wäre auch prima. Frank bestellte Tee. »Wir sollten wohl mit unserer Unterrichtsstunde anfangen«, sagte Ilse, als die

Bedienung durch die Schwingtür hinausstürmte und die beiden wieder allein waren. Frank fragte, ob sie ein Heft oder einen Stift oder so dabeihabe. Nein, sie habe nichts mitgebracht. Sie wolle einfach zuhören. Dann stützte sie ihr feines Gesicht in ihre behandschuhten Hände und blinzelte mit ihren großen Augen, als wolle sie Störendes wegzwinkern, um Frank besser sehen zu können.

»Die Sache, äh, mit der Musik …« Frank zitterte. Was auch immer mit Ilse Brauchmanns Händen los war, seine eigenen waren jedenfalls wie Wackelpudding, und er hielt es für eine gute Idee, sich daraufzusetzen. »Mit der Musik ist es so: Manchmal kennen wir sie so gut, dass wir, äh, dass wir sie überhaupt nicht kennen. Meine erste Lektion geht übers Zuhören …«

»Bon appétit«, unterbrach die Bedienung, knallte das Tablett mit den Getränken auf den Tisch und verschwand wieder.

Frank war randvoll mit Worten und Gefühlen angefüllt wie ein Fass und glaubte nicht, dass da noch ein Schluck Tee hineinpasste. Außerdem steckten seine Hände immer noch unter seinem Hintern und waren nicht einsatzbereit, und mit so winzigen Tässchen konnte er sowieso nicht hantieren. »Die *Mondscheinsonate* ist von Beethoven. Äh – kennen Sie Beethoven?«

»Ist das nicht eine Rockband?«

Oje, was für ein Fiasko. Da konnte er eigentlich gleich aufgeben. »Beethoven war Deutscher. Er ist so ungefähr der Größte, den es in der klassischen Musik je gegeben hat. Was ist los? Warum lachen Sie?«

»Ich weiß, wer Beethoven war, Frank. Das war nur ein Scherz. Ich bin nicht *dumm.*«

Sie schien ihr Scherzchen wahnsinnig komisch zu finden, konnte gar nicht mehr aufhören zu lachen, bis ihr Lachen ungehörigerweise in einen Schluckauf ausartete. Ilse schlug sich mit der Hand auf den Mund. »Tut mir leid«, sagte sie mit erstickter Stimme. »Ab sofort bin ich ganz brav. Reden Sie weiter, Frank. Ich höre zu.«

Die Zeit verging, Frank hatte keine Ahnung, wie. Immer wenn er auf die Wanduhr sah, hatte der Zeiger einen Sprung nach vorn gemacht. Langsam und von viel Räuspern unterbrochen erzählte er Ilse Brauchmann, was Musik für ihn bedeutete. Erzählte, dass Musik wie auch Schallplatten zu seinem Leben gehörten, seit er ein kleiner Junge war. Beim Musikhören habe er immer das Gefühl gehabt, durch einen Schrank hindurch in eine geheime Welt zu treten. Frank hatte nicht vorgehabt, all das zu erzählen – schließlich hörte er seit vielen Jahren immer nur anderen Leuten zu –, aber als er einmal in Gang gekommen war, folgte ein Wort aufs andere. Und jedes Mal, wenn er einen Blick in ihre Richtung wagte, ruhten ihre Augen auf ihm. Auch ohne hinzusehen, spürte er, wie tief ihr Blick war. Wie er die Worte regelrecht aus ihm herauszog.

Er erzählte ihr von Peg, von dem weißen Haus, das sie geerbt hatte, von ihren zahllosen verheirateten Liebhabern, von seiner Kindheit so abseits aller Normalität, dass er sich fühlte wie im Exil. Nicht einmal Pater Anthony wusste alles davon, aber die Stille, mit der Ilse zuhörte, war groß wie das Meer. Scheinbar grenzenlos. Und außerdem – was hatte er zu befürchten? Sie war ja nicht an ihm interessiert, war mit einem anderen verlobt. Am Ende der Stunde würde sie zu ihrem geschäftigen Leben und ihrem Verlobten zurückeilen und Franks Geschichten alle wieder vergessen.

Sie saß da, das Gesicht in eine Handfläche geneigt, und hörte zu. Sie lächelte nicht, runzelte nicht die Stirn und tat nichts weiter, als ihre ernsten schwarzen Augen auf ihm ruhen zu lassen.

Frank erklärte, dass er, als er älter wurde, im Radio nach seiner eigenen Musik gesucht hatte – seine Mutter ging zum Einkaufen selten in Läden, sondern ließ sich das meiste liefern –, und so hatte er das Verbindende zwischen verschiedenen Musikstilen entdeckt und gelernt, nicht nur ein Genre zu lieben, sondern alle. Musik war ein Teil von ihm, er war mit ihr aufgewachsen. Sie war das Einzige, wovon er etwas wusste. In der Schule hatte er hoffnungslos versagt.

Als Frank es nun tapfer mit seinem Tee aufnahm, war der inzwischen eiskalt geworden.

Aber er schmeckte.

Er war sogar der beste Tee, den er je getrunken hatte.

Er habe für sie die *Mondscheinsonate* ausgesucht, sagte Frank, weil sie zu den ganz berühmten Stücken gehöre, die jedem gefielen, denen aber keiner mehr wirklich zuhörte. Deshalb wolle er ihr helfen, diese Musik mit anderen Ohren zu hören. Was er ihr jetzt erzählen werde, würde sie in keinem Lehrbuch finden. Er gebe nur wieder, was er selbst beim Abspielen der Platte empfinde.

Ilse Brauchmann nickte.

Er erzählte wie einst Peg die ganze Geschichte von Beethoven und seiner Schülerin Julia. »Wenn ich die *Mondscheinsonate* höre, dann sehe ich ihn neben ihr am Klavier sitzen. Es ist, als hätte er ihr einen Liebesbrief komponiert, würde ihn ihr vorspielen und auf ein Zeichen warten, dass sie versteht. Die Musik beginnt leise. Freundlich. Er ist so alt, dass er ihr Vater sein könnte, vergafft sich immer in die Falschen, und *sie*, Julia, ist so schön und steht so weit über ihm. Die Musik steigert sich, nimmt sich wieder zurück, prescht nie davon, sondern wartet immer auf Julia. Und die Oberstimme steigt *hinauf, hinauf*, und die Unterstimme wiederholt das Muster und sagt *ja, ja.* Wie zwei menschliche Stimmen, die einander fragen, ob sie dasselbe empfinden, nur – nur ohne Worte. Aber dann macht Beethoven noch etwas anderes. Er lässt die Oberstimme führen, als wäre er –Beethoven – jetzt Julia, und sie – Julia – wäre er. Das ist so intim, was er da macht, er hat praktisch Sex mit ihr.«

»Sex?« Ilse riss die Augen auf. »Beethoven?«

»Oder wenigstens ein gutes Vorspiel.«

Sex? Vorspiel? Entsetzt hörte Frank die Worte, die da seinen Mund verlassen hatten. Er griff zu seiner Tasse und trank einen Riesenschluck kalten Tee. Es war wahrscheinlich am besten, einfach weiterzureden.

»Kommen wir zum zweiten Satz. Der ist schnell. Fröhlich. Das überrascht ein bisschen. Der Hörer glaubt, *ah, ich verstehe. Es geht dir gut, Beethoven. Die Sache tut dir nicht weh. Alle Achtung.* Aber das ist nur ein Trick. Denn im dritten Satz verwandelt er sich in einen anderen Menschen. Die Musik benimmt sich wie wild geworden. Beethoven springt vom Hocker, springt auf den Flügel hinauf. Er ist praktisch in dem Instrument. Er reißt es auseinander. Das ist *Punk*. Er nimmt alles Vorangegangene und schießt es in den Himmel. Denn Beethoven weiß Bescheid. Er weiß, dass man keinen Frieden findet, wenn man nicht vorher durch die Hölle gegangen ist. Was will er uns also sagen? Sagt er: *Glaub dem ganzen Gedöns nicht, das Leben ist scheiße*? Oder sagt er: *Ja, das Leben ist scheiße, aber es passt in eine Sonate*? Urteilen Sie selbst. Doch Sie werden es nie herausfinden, wenn Sie nicht wirklich zuhören.«

Die ganze Zeit hatte sich Ilse kaum bewegt. Atmete sie überhaupt? Frank war erschöpft. Wenn die Bedienung ihm eine Decke angeboten hätte, dann hätte er sich hingelegt und geschlafen. Andererseits stand er so unter Strom, dass er nicht wusste, wie er jemals wieder ein Auge zutun sollte.

Die Bedienung des *Singing Teapot* rumpelte durch die Schwingtür mit – nein, nicht mit einer Decke. Sondern mit dem Staubsauger. Es war schon fast halb sieben und stockdunkel draußen.

Frank gab Ilse die Tüte mit den Platten. Außer der *Mondscheinsonate* hatte er *Kind of Blue* eingepackt und eine weitere Lieblingsplatte, *Pet Sounds* von den Beach Boys. Er bat Ilse, aufmerksam zuzuhören. Mehr brauche sie nicht zu tun. Wenn sie sich die Zeit nehme, warte so viel Unbekanntes auf sie. Ihr würden sich neue Räume auftun, einer nach dem anderen.

Schließlich sagte auch Ilse Brauchmann etwas. Ihr Akzent brach die Worte in einzelne Silben, was sie größer und komplexer erscheinen ließ. »Danke, Frank. Das war eine erstaunliche Musikstunde.«

Sie zahlte und überreichte Frank einen Umschlag. Fünfzehn Pfund. Mehr, als er an einem Tag einnahm. Sie stand auf und schlüpfte in ihren grünen Mantel, hielt den Blick die ganze Zeit abgewandt. Dann ging sie zur Tür. Frank dankte der Bedienung wiederholt für ihre Freundlichkeit und sprang dann Ilse Brauchmann nach, damit er sie nicht noch einmal verlor.

Ilse schlug vor, sie könnten sich doch den Mond über dem See ansehen. »Ich weiß, dass die Musik nicht davon handelt, aber es wäre doch trotzdem schön? *Oder*?« Letzteres auf Deutsch. Vom Café aus waren sie die kopfsteingepflasterte Gasse hinaufgegangen und hatten die Castlegate überquert. Die Tore zum Park waren noch offen. Frank überlegte keine Sekunde, sondern stimmte sofort zu. Das heißt, er sagte: *Ja*. Auf Deutsch. Und folgte ihr.

Der Mond hing tief am Himmel. Kein richtiger Vollmond, er sah eher aus wie ein halbgelutschtes Bonbon. Den ganzen Weg entlang spannten sich zwischen den dunklen, kahlen Bäumen bunte Lichterketten, Bögen aus Rot, Grün und Gelb. Ein leichter Wind säuselte und wisperte in den Zweigen.

Sie kamen am Musikpavillon vorbei, der winterdicht verkleidet war, und bogen vom Hauptweg zum See ab. Es war wunderbar still. Man hörte nur das leise Plätschern des Wassers am Ufer und im Hintergrund die gedämpften Stadtgeräusche. Ilse ging voraus zum Steg, und Frank folgte ihr, bis sie ganz am Ende standen, vom dunklen Wasser umgeben. Darauf schaukelten, am Steg vertäut, Vergnügungsboote in Form weißer Schwäne. Franks Augen hatten sich nun an die Dunkelheit gewöhnt, die ihm nicht mehr völlig schwarz vorkam, sondern eher wie ein samtig blauer Film. Die beiden standen Seite an Seite und schauten auf den See hinaus. Sie rauchten; Frank fühlte sich eigenartig unbeschwert.

»Wäre es nicht schön, in einem Boot hinauszufahren?«, murmelte Ilse. Bevor er protestieren konnte, kniete sie schon auf den Planken und band eines los. »Steigen Sie ein. Schnell.«

Zwischen Steg und Boot wurde sich Frank dreier wichtiger Fakten bewusst.

Erstens war er sehr groß.

Zweitens war das Boot sehr klein.

Drittens konnte er nicht schwimmen. Wieder eins von den ganz normalen Dingen, die Peg ihm beizubringen versäumt hatte. Er hatte tatsächlich Angst vor Wasser.

Als sein rechter Fuß im Boot aufkam, sackte der ganze Schwan senkrecht nach unten. Wasser schwappte über die Seitenwände, und das Boot schob sich ein Stück vom Steg weg. Hier stand er, mit dem einen Turnschuh sicher auf dem Land, mit dem anderen, von sehr kaltem Wasser übergossenen Schuh im Boot, während die Lücke dazwischen beunruhigend schnell wuchs und Franks Hauptmasse dazwischen hing.

»Sie müssen springen«, sagte Ilse Brauchmann.

Springen? Hatte sie eine Ahnung, mit wem sie redete? »O Gott«, sagte er nur, mehr fiel ihm dazu nicht ein.

Da schubsten ihn zwei energische Hände an der Schulter, dass er ins Boot flog. Ihm war, als landete er in einer Plastiktasse. Das Boot kippte stark nach links, dann stark nach rechts. Wieder schoss Wasser herein, das nun pfützentief auf dem ganzen Bootsboden stand. Frank streckte Ilse seine Hand entgegen, aber sie stieg schon ein, ganz allein. Noch einmal geriet das Boot wild ins Schaukeln. Das Gewicht war ziemlich ungleichmäßig verteilt, aber zumindest verringerte sich die Gefahr, dass Frank nach hinten kippte und in ein nasses Grab am Grund des Sees stürzte.

»Wie tief ist das Wasser?«, fragte er.

»Vermutlich sehr tief«, stellte sie sachlich fest.

Sie steckte die Ruder in die Dollen. Ihre Schuhe wurden nass, was sie nicht zu stören schien. Frank hörte die Ruder gedämpft aufs Wasser klatschen und das Boot rhythmisch knarzen.

»Wann haben Sie denn rudern gelernt?«, fragte er.

Sie warf einen Blick über die Schulter und steuerte das Boot auf die Mitte des Sees hinaus. »Gelernt habe ich das nie. Aber so schwer kann es ja nicht sein.«

Franks Füße waren so nass, dass er das Gefühl hatte, seine Schuhe wären fest mit den Socken verklebt. Er war in das Hinterteil eines kleinen Plastikschwans gequetscht, seine Knie ragten steil in die Höhe, fast bis zum Kinn. In vielfacher Hinsicht befand sich Frank in einer unbequemen und potentiell lebensbedrohlichen Lage, trotzdem war er aufgeregt wie ein kleines Kind. Als Junge hatte er oft oben auf den Klippen gestanden und auf den Strand hinuntergeschaut, wo andere Kinder im Meer spielten, unter dem fürsorglichen Blick ihrer Mütter, die Handtücher und ein Picknick mitgebracht hatten. Frank hatte sich danach gesehnt, dabei zu sein.

Das Mondlicht lag in unzähligen Splittern auf der ganzen Wasserfläche verstreut, auf der sich auch die kleinen bunten Lämpchen in den Bäumen wie durch ein Kaleidoskop gebrochen spiegelten. Das Boot glitt voran und teilte das Wasser, das sich hinter ihm wieder schloss.

Ilse Brauchmann deutete auf die Kathedrale in der Ferne. Sie zeigte ihm, in welcher Richtung sein Laden lag, die Castlegate, die Hafenanlagen. Dann legte sie den Kopf in den Nacken und nannte ihm die Namen der Sterne, wies auf verschiedene Sternbilder hin, damit er sie finden konnte. Wer hätte gedacht, dass ein richtiger Pflug da oben hing? Ein Siebengestirn? Einer von Pegs Freunden hatte einmal den Pflug erwähnt und Frank zum Suchen hinausgeschickt, aber ohne den kleinsten Hinweis, wo er zu finden sei. Die Ruderblätter trafen aufs Wasser, *plätscher, plätscher.* Ilse Brauchmanns Haar war nicht mehr platt, sondern stand in Locken vom Kopf ab (*hallo, Locken!*). Drüben auf dem Steg lagen ihre grüne Handtasche und seine Tüte mit den Platten, ihre vernünftigen Anteile, die wie Eltern auf dem Trockenen warteten.

Sie sagte: »Beethoven war schon ein armer Kerl, was?«

»Ja, das war er.«

»Er war wohl schwer verliebt.«

»Ich denke mal.«

»Sind Sie verheiratet?«

»Ich? Nein.«

»Ich dachte, Sie wären mit der Frau mit den Tattoos zusammen?«

Frank lachte so heftig, dass das Boot fast kenterte. »Nein. Ich bin eher nicht für solche Sachen.«

»Sind Sie schwul?« Die Frage kam so direkt, dass erneut eine gewisse Ertrinkungsgefahr einsetzte.

»Nein, ich – ich lebe allein ganz gut. Aber Sie werden bald heiraten. Das ist großartig.«

»Oh«, sagte sie, und dann: »Hm.«

Ilse ruderte bis in die Mitte des Sees. Es war, als trieben sie auf einem Meer aus Tinte dahin, dachte er, nicht in der Vergangenheit und nicht in der Zukunft, sondern an einem Ort, der ganz allein ihnen gehörte. Das Wasser schaukelte sie sanft. Frank konnte im Dunkeln Ilses Gesicht nicht mehr sehen, nur ihre schmale Silhouette wie einen Scherenschnitt.

Sie sagte: »Als Kind wollte ich immer berühmt

werden. Ich habe mir das so sehr gewünscht. Ich habe es sogar im Spiegel geübt. Wirklich, Frank. Eine Berühmtheit zu sein. Ich habe das Lachen geübt, das Grüßen, sogar das Knicksen. Ich konnte die Tatsache nicht ertragen, dass das Leben einfach so mir nichts, dir nichts vergeht. Aber jetzt denke ich nicht mehr so. Ich glaube, wir können nichts Besseres tun als einen anderen Menschen lieben und freundlich sein. Wie heißt es? Kein Mensch ist eine Insel.«

Nachher band sie das Boot genau dort wieder an, wo sie es vorgefunden hatten, und sie gingen zusammen durch den Park zurück. Keiner redete mehr ein Wort. Es war, als seien die beiden Menschen, die in einem Café gesessen hatten, in einem Ruderboot gerudert waren und leise über die Liebe gesprochen hatten, nicht mehr dieselben Menschen, die nun in ihre getrennten Lebenssphären zurückkehrten. Manchmal dachte er, sie seufze, als wolle sie etwas sagen, aber wahrscheinlich lag das eher an ihren nassen und furchtbar kalten Füßen. Eisteilchen flirrten wie winzige Motten um die Laternen. Sie erreichten das Parktor.

Blieben stehen.

Warteten.

»Also, dann auf Wiedersehen«, sagte sie zu ihren hübschen Schuhen.

»Auf Wiedersehen«, sagte er zu seinen alten Turnschuhen. »Haben Sie Ihre Platten?«

»Ja. Danke.«

Stille. Eine Stille, die so angespannt, so kompliziert und so schön war, dass er Ilse Brauchmann in einem anderen Leben vielleicht geküsst hätte.

»Ein Taxi«, sagte sie, als sie eines auf der anderen Straßenseite entdeckte. »Dann bis nächsten Dienstag!«

Er sah zu, wie sie hinten einstieg, und als das Taxi losfuhr, winkte sie ihm zu. Bei ihr zu sein war, wie in die Sonne zu schauen; er sah nichts, aber wenn er den Blick abwandte, dann war sie da, ein flimmerndes weißes Licht, eingeschrieben ins Herz aller Dinge. Ja. Sie würde einen anderen heiraten. Aber Frank war noch nie so glücklich gewesen.

22
A Night to Remember

»Hallo? Jemand zu Hause? Hallo?«

Henry stand in der Haustür und rief. Das Haus war so still, dass er schon befürchtete, Mandy sei am Ende ausgezogen und habe ihn verlassen. Sie wohnten dreißig Minuten außerhalb der Stadt, in einer modernen Wohnsiedlung mit elektrischen Toren und Straßen mit viel Grün, die nach englischen Dichtern benannt waren. »Mandy? Jungs?«

Da hörte er Mandys Stimme. »Die Jungs sind oben«, rief sie.

Er fand sie in der Küche. Mit einem hartnäckigen Fleck beschäftigt, den nur sie sehen konnte. Sie rieb in kleinen, konzentrischen Kreisen auf der Arbeitsfläche herum. Henry blieb lächelnd in der Tür stehen, in Socken, nutzlos und überflüssig. Er hatte seit über einem Jahr nicht mehr mit seiner Frau geschlafen.

Er sagte: »Frank ist heute vorbeigekommen.«

Sie sagte: »Ach ja?«

»Er will einen Dispo.«

»Ach ja?«

»Das wird schwierig. Er geht ein großes Risiko ein.«

Sie sprachen in dem flachen, monotonen Tonfall, den sie sich angewöhnt hatten, um auf offenem Terrain zu bleiben, wo nichts aus dem Hinterhalt springen und sie überrumpeln konnte. Ein falsches Wort, und es war, als stürzten Bäume nieder.

»Offenbar gibt er jetzt nebenbei Musikunterricht.«

»Ach ja?«, sagte sie wieder. »Toll.«

Henry konnte nicht erklären, wie es passiert war. Er konnte es nicht an einem bestimmten Moment festmachen. Sie waren einmal, lange war es her, sehr glücklich miteinander gewesen, konnten über alles reden, konnten streiten und sich wieder versöhnen, und nichts nahm dabei Schaden, die Welt blieb heil. Aber nach der Geburt der Jungs hatte sich langsam eine Kluft geöffnet, erst nur ein kleiner, kaum sichtbarer Riss. Es fielen nie schlimme Worte, noch passierten schlimme Dinge. Und es war auch nicht so, dass Henrys Leidenschaft ein anderes Ziel gefunden hätte – er war einfach zu müde, und sie auch. Es war, als hätten sie mehrere Schilder verpasst, schlichte Hinweise, die sie nicht zu brauchen glaubten, und jetzt war die Entfernung zwischen ihnen so groß geworden, dass Henry keine Ahnung hatte, wie er Mandy je wieder erreichen könnte.

»Übrigens hat mir Frank was mitgegeben.« Henry hielt die Platte in die Höhe. Zum ersten Mal hörte Mandy auf, Dinge zu tun, die nicht getan zu werden brauchten, und sah ihn an.

»Was ist denn das?«

»*Shalamar.* Er hat was vom ersten Song gesagt.«

»Leg's doch auf.«

»Ist nicht wirklich unsere Musik, Mandy …«

Sie wrang den Lappen aus und warf ihn in die Spüle. »Himmelherrgott, jetzt leg schon auf, Henry.«

Im Wohnzimmer war kein Licht, vom orangefarbenen Schein der Straßenlaternen abgesehen, und es war auch kalt dort. Etwa zur selben Zeit, als sie aufgehört hatten, einander zu berühren, hatten sie auch aufgehört, sich zusammen ins Wohnzimmer zu setzen. Henry schaltete die Anlage an und ließ die Platte aus der Hülle rutschen. Eigentlich stand er mehr auf Prog-Rock. Emerson, Lake & Palmer. Und Mandy – nun ja, sie war mehr für Bücher zu haben. Las immer irgendwelche Romane aus der Bücherei. Er legte die Platte auf und senkte die Nadel auf Track eins.

Die Nummer begann mit einer funkigen E-Gitarre, bei der Henry unwillkürlich die Schultern hob und fallen ließ, das Ganze unterlegt mit einer kleinen Keyboard-Figur, die ihn an Phil Collins erinnerte und sofort beruhigte (Phil Collins und Keyboard hieß so viel wie Ballade.) Kaum hatte Henry so weit gedacht, da setzte der Synthesizer mit Bass und Drums ein, begleitet von kurzen Streicherglissandi und Saxophon-Einwürfen aus der Bläsergruppe. Dann sang eine junge Frau mit einer klaren Stimme von eigenartigem Liebreiz: *When you love someone it's nat'ral, not demanding.* Inzwischen zuckten nicht nur Henrys Schultern, sondern auch seine Füße und Arme.

»Mach lauter.«

Er drehte sich um und sah, dass Mandy ihn von der Tür aus beobachtete, was ihm regelrecht einen Schock versetzte.

»Und die Jungs?«

»Die kommen doch nie aus ihren Zimmern.«

Henry drehte an der Anlage die Lautstärke hoch, dass eine Säule roter Leuchtdioden nach oben schoss. Mandy schlenderte in die Mitte des Raums und schlackerte mit den Armen, als wolle sie den Sitz ihrer Bluse lockern, um sich Luft zu verschaffen. Henry wiegte sich in der Ecke des Wohnzimmers, sie wiegte sich in der Mitte. *So now my love to you, baby, I surrender. Get ready. Tonight …*

»Tanz mit mir«, sagte sie.

»Ich?« Total verblüfft deutete Henry auf seine Brust, als wäre er nie auf die Idee gekommen, dass *er* gemeint sein könnte.

»Wen habe ich denn sonst? Mach schon.«

Da wagte Henry über den Teppich einen Annäherungsversuch, ruckelte mit dem Kopf und klatschte möglichst unbeschwert in die Hände, als wären Kopfruckeln und Händeklatschen genau das, was Bankfilialleiter die ganze Zeit tun, wenn sie einen Raum durchqueren. Der Rhythmus war wie ein

Grashüpfer – kaum dachte Henry, er hätte ihn, hopste er wieder davon. Henry kannte diese Art Musik nicht, hatte keine Ahnung, wie man dazu tanzt, aber als Mandy herumzuwirbeln begann, hielt er sich dicht neben ihr – nicht so, dass er ihr im Weg stand, aber doch deutlich ihre Nähe suchend –, und er entdeckte dabei eine fröhliche Bewegung, die ihm ein wenig vorkam wie Graben in der Erde mit einem Luftspaten. Jetzt, wo er der Musik aufmerksam folgte, spürte er in diesem Song etwas unbezähmbar Positives, als würde alles gut. Mehr als das. Als würde all dieses Gute direkt bevorstehen. Henry stellte seinen Spaten weg und begann ein Paar imaginäre Troddeln zu schwingen. Auch Mandy war in ihrem Tanz zu etwas Neuem übergegangen. Sie umklammerte die Hände über dem Kopf und schwang die Hüften, als ritte sie auf einem Pony. An ihrer Bluse löste sich ein Knopf, und Henry sah ihre weiche Haut. Atmete ihre erdige Süße.

And I'm filled with a love that's oh so tender. Get ready. Tonight …

Henry hörte auf zu denken. Er tanzte nur noch. Dann machte er einen Satz nach vorn, an der Couchgarnitur vorbei, und riss seine Frau an sich.

23

Silver Machine

»Und, Frank?« – »Ist sie gekommen?« – »Hat ihr die *Mondscheinsonate* gefallen?« – »Hat sie ihre Handschuhe ausgezogen?« – »Gibst du ihr noch mehr Stunden?«

Am nächsten Vormittag ballerte Kit seine Fragen so schnell auf Frank ab, dass der nach links und nach rechts ausweichen musste, um direkten Treffern zu entgehen. (»Würdest du sagen, ihre Hände sahen seltsam aus?« *Nein, Kit.* »Groß? Klein?« *Durchschnittlich.* »Würdest du sagen, sie sahen echt aus?« *Ja, Kit. Sie sahen extrem echt aus.* »Hat sie was über ihren Verlobten erzählt?« *Nicht viel.*) Als Pater Anthony vorbeischaute, ging das Spiel wieder von vorne los. Dann dasselbe noch einmal mit den Williams-Brüdern, mit Mrs Roussos und mit Pete, dem Barmann. Sie wollten alle wissen, wie es gelaufen war. Als schließlich Maud die Tür aufdrückte, sich mit verschränkten Armen aufbaute und gefährliche Blicke um sich warf, kannte Kit die Geschichte schon so gut, dass sich Frank hinter den Plattenspieler verdrückte und das Erzählen ihm überließ.

»Und?«, fragte Maud.

»Er hat ihr von Sex bei Beethoven erzählt, und dann ist sie mit ihm Boot gefahren. Wir wissen immer noch nicht, was mit ihren Händen los ist.«

Maud trat gegen etwas Unbelebtes und ging.

Den Rest des Tages verharrte Frank in einer Art Schockstarre. Ihm war schlecht vor Sehnsucht, Ilse wiederzusehen, und gleichzeitig hatte er keine Ahnung, wie er ihr gegenübertreten sollte, wie er das weiter durchstehen sollte. Es war, als liefe er im Turbomodus. Er verspürte das dringende Bedürfnis, sich hinzulegen. Und am Donnerstag kamen noch mehr gute Nachrichten.

»O mein Gott! O mein Gott!«, jodelte Kit. »Wir haben ihn, Frank! Du hast es geschafft!«

Henry entpuppte sich als Trumpf-As. Die Bestätigung des Dispokredits kam mit der Post samt Formular zur Unterschrift und einem Dankeskärtchen von Mandy. (»*Woher wusstest du, dass wir Shalamar brauchten?*«, hatte sie geschrieben und mehrere Küsschen und Herzchen dazugemalt. *Wir lieben dich, Frank!* Henry hatte etwas konservativer ergänzt: *Famose Platte.*) Frank sah das Formular kurz durch, kreuzte alle Kästchen an, die Henry ihm zum Ankreuzen markiert hatte, und strich durch, was durchzustreichen war.

»Du setzt deine Wohnung als Sicherheit ein?«,

fragte Pater Anthony. »Hast du dir das wirklich gut überlegt?«

Das sei nur eine Formalität, beruhigte ihn Frank. Er unterschrieb und klebte den Umschlag zu.

In der Post lagen auch ein Erinnerungsschreiben der Versicherung betreffs Vertragsverlängerung und ein Brief von Fort Development, die ihr weiteres Interesse am Kauf des Ladens bekundeten. Frank stopfte beide Briefe in die Schublade mit den unbezahlten Rechnungen.

Es herrschte helle Aufregung. Kit konnte von wenig anderem reden. Er stellte seine Fragen über Ilse Brauchmanns Hände ein und stürzte sich mit vollem Elan auf die Renovierung. Es würde ein ganz neuer Laden werden, sagte er immer wieder zu den Kunden. Unterdessen durchforstete Frank die Kleinanzeigen und suchte nach einer geeigneten Einschweißmaschine, die er, um Geld zu sparen, gebraucht kaufen wollte. Schließlich rief Frank bei einem Verkäufer an, von Kit unter angespanntem Schweigen belauert. Als Frank den Preis wiederholte – achthundert Pfund –, schluckte Kit geräuschvoll, was klang, als würde ein Stöpsel aus der Wanne gezogen. Anschließend suchte Frank in den Gelben Seiten nach einem Glaser und anderen Handwerkern für die Renovierung, und dann erst begann der wirkliche Spaß: das Ordern neuer Ware.

»Sie wollen nur *Vinyl*?«, wurde in der Verkaufsabteilung regelmäßig nachgefragt, als Frank eine Plattenfirma nach der anderen anrief und seine Bestellung aufgab. Ja, wiederholte er. Er sei an farbigem Vinyl interessiert, an Scheiben mit Bildern darauf, an Singles, Maxi-Singles und Doppel-LPs. Ja, er nehme auch Auslandsimporte, Sonderpressungen, Lack-Dubplates und limitierte Auflagen. Nein, keine CDs. Nicht einmal als Werbegeschenk. Und auch keine Kassetten. Und was sei mit den aufregenden neuen Titeln, fragten die Verkäufer, die nur auf CD erhältlich seien? Auch gebe es bei neuen Alben nun Tracks, die nur auf der CD, nicht aber auf Vinyl enthalten seien. Im März würden die neuen Aufnahmen von Morrissey, den Pixies, den Talkings Heads und eine spezielle Beatles-Kompilation herauskommen, ganz zu schweigen von der beliebten Hit-Sammlung *Now that's What I Call Music 11* …

»Haben Sie nicht gehört? Ich möchte Platten. Nur Platten.«

»Zum vollen Preis?«

»Ja. Zum vollen Preis.«

Mehrere Verkäufer erinnerten daran, dass sich die Rücknahmevereinbarungen für Vinyl geändert hätten. Es gebe keinen Umtausch mehr. Für die Rückgabe nicht verkaufter Platten würden Gebühren erhoben, manche Firmen räumten keinerlei Kredit mehr ein. Das sei keine lukrative Art der Geschäftsführung, warnten sie Frank. Aber der hörte kaum zu. Nein, wiederholte er, er würde auf keinen Fall CDs verkaufen. Er würde Vinyl zum Höchstpreis kaufen und das volle Risiko tragen. Schließlich hatte er Geld auf dem Konto. Er konnte kaufen, was ihm passte.

Schon am nächsten Morgen trafen die ersten Kisten Vinyl ein. Seltene Originalpressungen, Raubkopien, White-Label-Werbeangebote sowie ganze Sammlungen in der Box. Singles und Maxi-Singles in Form von Herzen, Vögeln und Hüten; limitierte Auflagen auf farbigem Vinyl in Blau, Rot, Orange, Gelb, Weiß und sogar Bunt. Filmmusik und Populäres. Weltmusik, Secondhandklassiker, Platten mit Demoaufnahmen. Seltene Monoaufnahmen, audiophile Pressungen in limitierter Auflage. Independent Labels, Mainstream-Firmen. Schlichte Cover, illustrierte Cover. Alben mit Postern, ausklappbaren Seiten, signierten Hüllen.

Die ganze Zeit dachte Frank an Ilse Brauchmann. Selbst wenn er sich anstrengte, nicht an sie zu denken, schwupp, war sie wieder da. Er sah sie vor sich, wie sie, ohne zu blinzeln, seinen Geschichten über Musik gelauscht hatte. Er dachte daran, wie er ihr in diesem winzigen Boot gegenübergesessen hatte, mitten auf dem Wasser und mit dem Gefühl, der Rest der Welt sei voller Wunder und zugleich gar nicht mehr vorhanden. Er hätte so gern von ihr gesprochen, ihren ungewöhnlichen Namen ausgesprochen, er wollte es herauslassen, dieses riesige Gefühl, das in ihm immer noch weiter anzuschwellen schien, und gleichzeitig hätte er sich am liebsten in einer Abhörkabine verkrochen und hundert Jahre geschlafen. Er machte Listen, notierte LP-Titel, tigerte durch den Laden und murmelte von Musik, als wäre Ilse neben ihm. Er hatte keine Ahnung, womit er eine zweite Unterrichtsstunde füllen sollte.

Samstag war der Tag vor dem Valentinstag. Es regnete ununterbrochen. Am Nachmittag kam ein Hagelschauer, so laut, dass man das Gefühl hatte, in einem Schlagzeug zu sitzen. Kit machte ein großes Seidenpapierherz, das er in das kaputte Fenster hängte, dazu ein neues Poster: *Massenhaft neues Vinyl auf Lager! Treten Sie ein!!* Währenddessen saß Frank an seinem Plattenspieler, spielte Lovesongs und Kundenwünsche. (Kit wollte *Please Mr Postman* von den Carpenters, die alte Mrs Roussos und ihr Chihuahua baten um Édith Piaf. Der Mann, der Chopin mochte, kam vorbei und erzählte, er habe über die Partnervermittlung eine nette Frau kennengelernt. Er wollte wissen, ob es von Aretha etwas gebe, das er für sie kaufen könne? »Ach, ich glaube, Sie sind jetzt reif für Marvin Gaye«, sagte Frank.) Den ganzen Tag war der Laden voll. Sie verkauften so viel wie seit Monaten nicht mehr.

Vom Erfolg seiner kreativen Erzeugnisse berauscht, blieb Kit mit seinen Farbstiften an der Theke sitzen und machte Skizzen für die Neuausstattung des Ladens. Er nagelte alle fest, die ihm zuhören wollten – und auch etliche, die es nicht wollten –, und erläuterte ihnen seine aufregenden Entwürfe. Die alte Theke würde durch eine moderne Hightech-Theke ersetzt, die Platten würden in speziellen Präsentationsmöbeln Platz finden. Keine Kisten mehr, keine Schachteln. Der persische Läufer, wahrscheinlich sowieso eine einzige Brandgefahr, käme gleich in den Müllcontainer. Die Regale hinter dem Schalter, wo Frank sein Vinyl in neutralen Innenhüllen aufbewahrte, seien nicht mehr nötig; von nun an würden die Platten individuell etikettiert und samt ihren Covern in Zellophan eingeschweißt. Die neue Einschweißmaschine würde hinten im Laden stehen. Niemand außer Frank dürfe sie bedienen.

»Sie könnte viel Schaden anrichten«, erzählte Kit der alten Mrs Roussos. »Es gab mit Einschweißmaschinen schon die grässlichsten Unfälle.«

»Du meine Güte.« Mrs Roussos umklammerte ihr weißes Hündchen so fest, als sei es in Gefahr, ebenfalls hitzeversiegelt zu werden. »Ist Frank sicher, dass das eine gute Idee ist?«

»O ja«, sagte Kit. »Niemand sonst hat so was. Nicht einmal Woolworth. In diesen Zeiten muss man sich von anderen abheben, wenn man sich behaupten will.«

Am späten Samstagabend, als Frank schon schließen wollte, erschien Maud. Sie hatte ihren Irokesen in einem neuen Farbton gefärbt (grün?) und wirkte gleichzeitig gereizt und gelangweilt. Sie schritt in ihrem Kunstpelzmantel auf und ab, blieb schließlich vor Frank stehen, legte die Hand aufs Herz und sprudelte hervor: »Ich hab Kinokarten und hab mich gefragt, ob du mitkommen willst, ich meine, es macht mir nichts aus, wenn du nicht mitkommst, ich hab mich nur gefragt, und eigentlich ist es mir scheißegal.«

»Du fragst mich, ob ich mir einen Film anschauen will?«

»She's Having a Baby.«

»Wer kriegt ein Kind?«

Maud schlug sich gegen die Stirn. »Der Film fängt in einer halben Stunde an.«

Sie verpassten den Anfang, und der Film war nicht ganz nach Franks Geschmack, aber den Soundtrack fand er recht gut. Sie saßen rauchend und Gummibärchen kauend in der letzten Reihe, von Paaren umzingelt. Zweimal musste Maud das Pärchen vor ihnen anstupsen, das so mit Knutschen beschäftigt war, dass es Maud völlig die Sicht versperrte. Danach liefen Frank und Maud die Castlegate zurück, und Maud machte abschätzige Bemerkungen über die großen Kettenläden. »Wer will den Scheiß denn kaufen?«, fragte sie immer wieder; wenn das so weiterginge, würde bald jede Innenstadt der anderen gleichen und genauso die Leute, die dort »shoppen gingen«. Sie kamen an einer Gruppe junger Frauen mit rosa Schärpen vorbei, die in den Rinnstein kotzten. »Junggesellinnenabschied«, sagte Maud. »Erschieß mich, wenn ich heirate.«

Frank lachte. Außer ihm selbst war Maud der eingefleischteste Single, den er kannte.

Die Unity Street war so still und unbelebt, dass man das Gefühl hatte, in ein anderes Land zu kommen. Jemand hatte die Glühbirne einer Straßenlaterne zerschmettert, die nun düster im Dunkeln stand. Es regnete nicht mehr, aber man konnte den Regen noch hören, ein Tröpfeln und Rinnen. Ein Mann führte einen großen Hund an der Leine aus und versuchte ihn zum Pinkeln zu bewegen. Sogar das *England's Glory* sah leer aus. Maud blieb vor ihrem Studio stehen und platzte mit einem weiteren Satz heraus, der das Angebot eines Heißgetränks zu enthalten schien und des Weiteren, dass es ihr scheißegal sei, aber sie werde auf jeden Fall Wasser aufsetzen.

»Falls das die Einladung zu einem Kaffee sein soll«, sagte Frank, »dann: ja bitte.«

Mauds Tattoo-Studio war das Gegenteil des Plattenladens; es war blitzsauber und so sparsam eingerichtet, dass es fast kühl wirkte. Sie schloss eine Tür an der Rückseite des Studios auf, die zu einem kleinen Hof hinausging. Frank machte große Augen.

In den vierzehn Jahren, seit er Maud kannte, hatte sie noch nie einen Garten erwähnt. Ihr Hinterhof unterschied sich von dem seinen, der mehr Müllplatz war als Hof, wie Tag und Nacht. Hier war alles von Hunderten kleinen Immergrüngewächsen überwuchert, Blätter überall. Maud kehrte ins Studio zurück und knipste einen Schalter an. Unzählige winzige weiße Lämpchen leuchteten auf. Unter einem gestreiften, mit Windspielen behängten Sonnenschirm standen ein Tisch und zwei Plastikstühle. Maud brachte eine Flasche Whisky und Gläser heraus und warf Frank eine Decke zu.

»Ich wusste gar nicht, dass du gärtnerst, Maud.«

»Es gibt vieles, was du nicht von mir weißt, Frank.«

Sie machten es sich in Mauds Überraschungsgarten inmitten des Grüns und der Lichter gemütlich und tranken unter dem sternenübersäten Himmel ihren Whisky. Frank redete über Platten, während Maud von einer Pflanze zur anderen ging, welke Blätter abknipste und die Holzstangen prüfte, die die kleineren Pflanzen stützten. Sie band lose Stängel hoch und schaufelte Sand in einige Töpfe, die zu nass geworden waren.

»Wie lange sollen diese Musikstunden noch weitergehen?«, fragte sie.

»Ich weiß nicht. Das hängt wohl von ihr ab.«

»Wann heiratet sie denn?«

»Ich weiß nicht.«

»Und was macht sie genau?«

Beim bloßen Gedanken an Ilse Brauchmann fingen Franks Knie an zu wippen. »Das weiß ich auch nicht.«

»Hämm«, machte Maud.

In Pater Anthonys Wohnung war es schon dunkel, bei den Williams-Brüdern auch. Maud begann zu gähnen.

Frank stand auf. »Ich sollte nach Hause.«

»Du könntest auch …« Maud zuckte mit den Achseln, als wäre es ihr zu viel Aufwand, den Rest auszusprechen. »Mir ist das eine so egal wie das andere. Ich sag ja nur, du weißt schon. Meine ich. Wir könnten genauso gut …«

Sie stand vor ihm, linkisch und verlegen, sog die Lippen nach innen und wartete auf eine Abfuhr. Unter anderen Umständen hätte sich Frank umgedreht und wäre geflüchtet, aber hier ging es um Maud, und ihm wurde bewusst, wie viel ihm an ihr lag. Deshalb streckte er beide Arme aus und zog sie ungeschickt an sich, bis sie sich, etwas sperrig, an seine Brust lehnte; ihr Irokese streifte knapp sein Kinn. So blieben sie lange stehen, Frank sachte atmend, Maud mit steifem Hals und die Hände zu Fäusten geballt. Er dachte an die Zärtlichkeit, mit der sich diese streitbare kleine Frau einer Pflanze nach der anderen gewidmet hatte, welke Blätter abgezupft und die Erde befühlt hatte. Die Menschen brauchen einfach etwas, das sie lieben und um das sie sich kümmern können, dachte er. Mehr wollen sie gar nicht.

»Du willst nichts mit mir anfangen«, sagte er. »Es ist gut so, wie es zwischen uns ist, Maud.«

Sie wandte sich abrupt von ihm ab und packte die leeren Gläser. »Frank, du bist ein Volltrottel. Geh nach Hause.«

Die Einschweißmaschine kam am Montag. (Nur noch ein Tag bis Dienstag. War Frank deshalb so fahrig? Er konnte nicht stillsitzen. Er konnte nicht einmal essen.) Die Maschine war silbern und hatte etwa die Größe einer Gefriertruhe. Ob er sich die Maße nicht angesehen habe, fragte Pater Anthony. Die Maschine war nicht nur zu groß für den Raum, sondern auch so schwer, dass vier Leute sie in den Laden schleppen mussten. Fünf, wenn man Kit dazuzählte, obwohl er sich die Tür des Lieferwagens auf die Finger schlug und seine Hand für den Rest des Vormittags mit Klopapier bandagierte. Da die Renovierung noch nicht abgeschlossen war – genau genommen hatte sie noch nicht einmal begonnen –, parkten sie die Einschweißmaschine gegenüber der Tür zu Franks Wohnung. Die große blaue Haube und das Gehäuse waren so konstruiert, dass sie eine optimale Luftzirkulation und Heizleistung gewährleisteten. Da das Gerät gebraucht war, hatte der Verkäufer gratis eine Rolle Folie und einen Erste-Hilfe-Kasten dazugepackt.

Frank und seine Kunden versammelten sich ringsum. Jemand versuchte, die Haube hochzuheben. Mrs Roussos hielt ihren Chihuahua nah an das Gerät, damit er es sich gut ansehen konnte. (»Nicht!«, kreischte Kit.) Wie funktionierte das Ding? Wo war zum Beispiel die Bedienungsanleitung?

»Es gibt keine«, sagte Frank schwach. »Weil die Bedienung bestimmt ganz einfach ist.«

Er schaltete den On-Schalter an. In der Maschine liefen etliche Vorgänge ab, die bemerkenswert kompliziert schienen. Erst gab sie einen Summton von sich, dann roch es verbrannt. Als Nächstes begann tief in ihrem Inneren etwas zu blinken und etwas anderes zu surren. Frank rollte ein Stück Folie ab und wickelte es locker um eine Schallplatte. »Wahrscheinlich macht man das so«, sagte er. Er warf die Platte rasch durch einen ziemlich schmalen Schlitz in den Hauptteil des Geräts – ein wenig, als stecke er sie in einen Briefkasten.

Das Problem war, dass niemand in die Maschine hineinschauen konnte. Als die Platte einmal drinnen war, war sie drinnen; man konnte nun nichts anderes tun als herumstehen und warten. Die Maschine surrte noch einmal und wurde heiß. Kit sprang zurück und stieß sich dabei die (heile) Hand an der Abhörkabine an, was Mrs Roussos zu einem Aufschrei veranlasste. Die Maschine klapperte kurz und wurde daraufhin still.

»Was macht sie jetzt, Frank?«, flüsterte einer der Williams-Brüder.

In dem Moment, als Frank die Haube heben und nachsehen wollte, klapperte die Maschine noch einmal und gab dann eine Reihe von Klopfgeräuschen von sich. Zehn Sekunden später hörte alles auf, und dann plumpste eine Platte in den Auffangbehälter auf der anderen Seite. Alle stürzten hin. Spähten nach unten.

»Ach herrje«, sagte Kit.

»Ist das jetzt fertig?«, fragte Mrs Roussos.

»Wahrscheinlich muss man sich erst daran gewöhnen, Frank«, sagte Pater Anthony.

Das Album war eingesiegelt. Definitiv. Nie war ein Album eingesiegelter gewesen. Daran gab es nichts zu rütteln. Auf der einen Seite war es öfter eingesiegelt als auf der anderen, aber man war ja noch im Anfangsstadium und konnte nicht erwarten, gleich beim ersten Mal alles richtig zu machen. Die Sache hatte nur einen einzigen echten Haken: Die Platte war nicht mehr flach. Sie wölbte sich an den Rändern nach oben.

»Was in aller Welt ist denn da passiert?«, fragte Pater Anthony.

»Sie hat sich verbogen«, sagte Maud. »Sie ist geschmolzen.« Außerdem nannte sie ihn einen Trottel.

»Ist die Platte jetzt noch zu gebrauchen, Frank?«, erkundigte sich Mrs Roussos.

Als er versuchte, sie aus dem Behälter zu fischen, war sie noch so heiß, dass er sich die Finger verbrannte. »Nur als Obstschale«, antwortete er.

Kit kratzte sich überdurchschnittlich lange am Kopf. »Mir fällt nur ein Mensch ein, der hier helfen könnte«, sagte er.

24
Beata viscera

»Der Weg zum Himmel führt nicht durch die Wolken. Sondern liegt in der Freude, mit der du, allem Kummer und Schmerz zum Trotz, die Welt betrachtest.«

Peg stand an den Terrassentüren und schaute prüfend auf Meer und Himmel.

»Und im Singen natürlich«, fügte sie hinzu. »Also, das ist wirklich sehr fein.«

Frank ließ die neue Platte aus der Hülle rutschen, wie Peg es ihm einst beigebracht hatte. Er wischte sie mit dem Frotteetuch ab, in Richtung der Rillen, und dann sah er nach, ob Staub an der Nadel hing. Beata Viscera *von Pérotin.*

Peg erzählte ihm alles, was sie über Pérotin wusste. Er hatte Ende des zwölften Jahrhunderts in Frankreich gelebt. In jenen Tagen bestand die Musik zum größten Teil aus einstimmigem Gesang. Das war ein bisschen – wie könnte sie es ausdrücken? Arg schlicht. Eine Stimme. Eine Melodie. Gesungen von einem Mönch. In einer Kirche. »Du kannst es dir vorstellen.« Dann wurde Notre-Dame gebaut, und die Musik musste sich etwas Neues einfallen lassen. »Die musste mehr Power krie-

gen, denn ein Mönch, der ein kleines Liedchen singt, konnte in einer Kathedrale dieser Größe niemanden von der Kirchenbank reißen. Was macht Perotin? Er nimmt zwei Stimmen und gibt ihnen zwei Melodien. Und dann nimmt er drei Stimmen. Vier. Damit hat Perotin die ganze Sache mit der Harmonik ins Rollen gebracht. Wäre er nicht gewesen, gäbe es kein …«

»Ja, ja«, sagte er. »Ich hab's kapiert. Du brauchst mir nichts mehr zu erklären.« Frank war jetzt sechzehn und überragte Peg ein ganzes Stück; er war in die Höhe geschossen und hatte nicht nur einen starken Haarwuchs, sondern auch einen eigenen Musikgeschmack entwickelt. Er hatte Pegs Geschichten langsam genauso satt wie die diversen Typen, die im Haus aufkreuzten. Ziemlich asoziale Kerle manchmal. Unter Pegs Sonnenbrille hatte er einmal ein blaues Auge entdeckt. Er hatte ihr nahegelegt, sich ein neues Hobby zu suchen. Golf oder so. (»Ist das dein Ernst? Ich habe mit dem halben Golfklub geschlafen«, sagte sie.)

Trotz Pegs Warnung, er solle sich von der Liebe fernhalten – oder vielleicht sogar im Versuch, der Liebe zu ihrem Recht zu verhelfen –, ging Frank nun mit einem Mädchen aus der Schule. Deborah. Sie trug selbstgestrickte Pullover mit einem Kätzchen darauf, und ihre Nippel – er hatte sie zweimal berührt – waren wie Kirschen. Was Frank wirklich an Deborah gefiel, war ihre Normalität. Sie hatte schon einmal zwei Eltern, und sie wohnten alle in einer Doppelhaushälfte mit einer richtigen Zentralheizung. Ihre Mutter kochte jeden Abend ein warmes Essen, das sie am Tisch im Esszimmer verzehrten. Frank sah ihr manchmal zu, wie sie Zwiebeln hackte, Fleisch anbräunte, und ihm wurde warm bis in die Zehen. Es waren nette Leute. Freundlich.

Er dachte wieder an Deborahs rote Nippel, und ihm wurde im Schritt seiner Hose so eng, dass er nach Luft schnappte. Er versuchte, an Eiswürfel zu denken.

»Legst du die Platte jetzt auf oder nicht?«

»Kleinen Moment, Peg.«

Er schob sich vorsichtig auf die Dansette zu, mit dem Rücken zu Peg und jede abrupte Bewegung vermeidend.

Tick, tick. Tick, tick.

Aus der Stille, die größer und leerer war als bloßes Schweigen, kam etwas angeschwebt. Eine Stimme, schlank und zart, die sich mit wundersamen Muskeln bewegte, als gäbe es keine Zeit. Sie schwang sich mit Frank in die Höhe wie ein Vogel. Er konnte tatsächlich die ganze Welt zu seinen Füßen sehen. Das weiße Haus, das Meer, in der Ferne die Stadt – o Gott, da schwoll es schon wieder heiß zwischen seinen Lenden.

Peg blieb am Fenster stehen. »Du bist jetzt ein Mann, Frank. Flugbereit.«

25
Ain't it Funky Now

Er wagte kaum zu glauben, dass sie wirklich gekommen war.

Ilse Brauchmann saß wieder am selben runden Tisch im *Singing Teapot*, ihm gegenüber. Sie redete so schnell, dass sich aus ihren aufgesteckten Locken immer wieder Haarsträhnen lösten. Sie fielen herab wie schwarze Bänder, alle unterschiedlich lang.

»O mein Gott, Frank!« Und: »Die Stelle, wo …« Und: »Sie wissen doch?«

Er hatte gedacht, er hätte das Schlimmste an Nervosität schon überstanden, aber in seinem Bauch rumorte es heftig. Er hatte eine qualvolle Nacht verbracht, überzeugt, dass sie ihn versetzen würde. Jetzt saugte sich bei jedem verstohlenen Blick, den er auf sie warf, ein glückliches Grinsen in seinem Gesicht fest. Er beschloss, sich auf einen Knopf an ihrer weißen Bluse zu konzentrieren, den dritten von unten. Ein ganz gewöhnlicher kleiner Knopf. Wenn er den ansah, konnte nichts passieren.

Die Bedienung mit dem kleinen Häubchen hatte

Tee und Limonade gebracht und stellte ihnen außerdem Toast auf den Tisch. »*Bon appétit.*« Sie setzte sich auf einen Hocker hinten im Café. Frank und Ilse waren wieder die einzigen Gäste.

Zum Glück hatte Ilse Brauchmann viel zu sagen. Sie stürzte ihre Orangenlimonade hinunter und knabberte sich durch den Toast, während sie alles erzählte, was ihr beim Hören der Mondscheinsonate aufgefallen war. »O Gott. Die Stelle, wenn Beethoven neben Julia auf der Klavierbank sitzt und zu sagen versucht, dass er sie liebt, und sie hört zu und sagt vielleicht, dass sie ihn auch gernhat. Da konnte ich mich nicht mehr bremsen. Ich habe praktisch geschrien!«

Ja, sie hatte die Dinge entdeckt, nach denen sie hatte Ausschau halten sollen. Sie konnte sie richtig sehen, nicht nur hören. *Pet Sounds* hatte sie absolut toll gefunden. Sie hörte bellende Hunde, Fahrräder, Schlittenglöckchen, Bongos, Blechdosen, Züge und Kuhglocken. (Kuhglocken? Moment mal, was für Kuhglocken? Er hatte nie Kuhglocken gehört.) Und *Caroline No*, mein Gott, war das traurig. Ilse ruderte so mit den Armen herum, dass der zuverlässige kleine Knopf an ihrer Bluse den Grenzen seiner Zuverlässigkeit gefährlich nahe kam. »War der Typ in Caroline verliebt, Frank? Was für eine Geschichte steckt dahinter?«

Ihre Augen glänzten. Ihre Wangen glühten. Die

Sommersprossen auf ihrer Nase tanzten wie winzige Lebewesen.

»Also, *Caroline No* ist kompliziert«, sagte er zu ihrem gewöhnlichen kleinen Knopf. »Es könnte einer der tiefgründigsten Songs über Verlust sein, den Sie je hören werden. Aber Brian Wilson behauptet, es ginge nur drum, wie seine Freundin mal mit einem schlechten Haarschnitt heimgekommen sei. Die tiefgründigsten Dinge können ganz gewöhnlich sein.«

Und der Miles Davis? Was habe sie von dem gehalten? Sie unterbrach sich einen Moment, um ihre Gedanken zu sammeln – schloss die Augen, als grabe sie tief in ihrem Inneren nach Worten –, und sagte dann:

»Ich weiß, es klingt verrückt, Frank, aber es war für mich, als gingen Türen auf, eine nach der anderen.«

Frank war fassungslos.

»Das haben Sie bei der Musik *empfunden*?«

»Ich weiß auch nicht, warum.«

»Aber ich empfinde genau dasselbe!«

»Wirklich?«

Sie lachten. Was sonst? Frank glaubte, er höre sich selber reden, aber in der weit betörenderen Gestalt einer schönen Frau mit großen Augen und gebrochenem Akzent.

»Und was erzählen Sie mir heute?«, fragte sie. Sie wrang nervös die Hände.

»Letzte Woche haben wir übers Zuhören geredet. Diese Woche möchte ich Ihnen zeigen, wie die Musik Sie auf eine Achterbahnfahrt mitnehmen kann. Wir begegnen heute einem singenden Mönch, einem Opernstar, dem Vater des Funk und einer der größten Heavy-Metal-Bands der Rockgeschichte.«

Er legte die neuen Platten auf den Tisch. Eins, zwei, drei, vier. Sakralmusik von Pérotin, *Tosca* von Puccini, James Browns *Ain't it Funky Parts 1 and 2* und *Led Zeppelin IV*.

»O mein Gott, Frank. Das klingt ja phantastisch.«

Er ging ein paar Grundregeln durch. Erstens müsse sie sich beim Zuhören hinlegen. Wäre das möglich? Ilse nickte. Setzen Sie sich die Kopfhörer auf, sagte er. Stöpseln Sie das Telefon aus. Tun Sie nichts nebenbei, sondern hören Sie nur zu. »Denn das Zeug ist der Wahnsinn. Verlassen Sie sich drauf.«

Ilse Brauchmann hörte auf, ihre Hände zu wringen, und hielt sie stattdessen umklammert.

»Das Älteste zuerst, das schickt Sie auf eine Himmelfahrt.« Er erklärte alles, was Peg ihm über Pérotin erklärt hatte, einstimmigen gregorianischen Gesang und Polyphonie inklusive. Er erzählte ihr sogar von Deborah, seiner ersten Freundin. Dass er sie jeden Tag nach der Schule nach Hause begleitet hatte und dann bei ihr herumsaß und wartete, bis er etwas zu essen bekam. Dass ihr Vater Autohandschuhe trug und Dinge tat wie sonntags Laub rechen. Dass ihre Mutter beim Kartoffelschälen eine Schürze trug, Frank »Sonnyboy« nannte und ihm für den Fünfkilometermarsch nach Hause Brote schmierte.

»Wie ging es mit Deborah weiter, Frank?«

»Wir waren Teenager. Sie hat einen anderen Weg eingeschlagen.«

»Wollen Sie deshalb lieber allein leben?«

»Nein. Das ist lange her.«

»Man kann jemanden zwanzig Jahre nicht sehen und trotzdem lieben. Davon bin ich überzeugt.«

Er fing an zu lachen. Er lachte sogar so sehr, dass er tun musste, als hätte er einen Hustenanfall. »Sprechen Sie aus Erfahrung?«

Auch sie lachte. »Ich bin erst dreißig, Frank. Fragen Sie mich in zwanzig Jahren wieder.«

Die Musikstunde war in eine Richtung abgebogen, die Frank nicht erwartet hatte. Auch Ilse war nicht darauf gefasst gewesen, weil sie auf einmal mit ihrem Strohhalm heftig in der Limonade rührte. Da fand er, er sollte lieber über eine Platte reden. Er hob den Pérotin hoch.

»Wenn Sie *Beata Viscera* einmal gehört haben, werden Sie diese Musik nie mehr vergessen. Sie wird nur von einer Solostimme gesungen, aber Sie werden das Gefühl haben, Sie steigen einem Vogel auf den Rücken. Sobald die Musik beginnt, fliegen Sie los. Die Musik nimmt Sie mit nach oben, stößt mit Ihnen wieder herunter, und dann schweben Sie mit ihr so hoch hinauf, bis Sie nur noch ein Pünktchen am Himmel sind. Aber wenn Sie die Augen schließen und wirklich zuhören, werden Sie von der Musik die ganze Zeit sicher getragen. Bis ich *Beata Viscera* hörte, hatte ich keine Ahnung, dass Menschen so schön sein können. Jedes Mal, wenn Sie einen Vogel sehen, werden Sie daran denken.«

Frank merkte, dass er die Arme ausbreitete wie riesige Flügel. Die Bedienung des *Singing Teapot* sah von ihrem Hocker mit einer Miene herüber, die entweder amüsiertes Staunen ausdrückte oder das Ergebnis von Sodbrennen war. Schwer zu sagen.

Und Ilse Brauchmann? Was war mit ihr los? Ihre Haut war wachsblass geworden, sogar die Sommersprossen hatten sich verflüchtigt.

Frank schob den Pérotin zur Seite und nahm sich die nächste Platte vor.

»Gut. Gehen wir über zu *Tosca*. Das ist eine HEFTIGE Liebesgeschichte. Kurz gesagt geht es um eine schöne Sängerin, die einen Mann liebt, aber Scarpia, der Polizeichef, ein richtiges Ekel, ist auch in sie verliebt. Er nimmt ihren Geliebten fest und erpresst Tosca, damit sie seine Geliebte wird, aber sie dreht sich um und ersticht ihn. Am Ende wird ihr Geliebter trotzdem hingerichtet, und Tosca springt vom Dach.«

Frank fragte sich, ob seine Zusammenfassung

einer der berühmtesten Opern Puccinis nicht allzu holterdiepolter geraten war, weil Ilse wieder völlig baff aussah und reglos wie auf einem Foto.

»Es geht um die letzten fünf Minuten des ersten Akts, okay? Das Gegenteil von *Beata Viscera*. Keine Himmelfahrt, sondern ein Höllenritt. Puccini legt da *alles* rein. Er bringt Scarpia dazu, uns zu verraten, wie sehr er Tosca begehrt, im Hintergrund lässt er einen Gottesdienst ablaufen, Glocken läuten, Kanonen donnern, einfach alles. Es ist wie die große Kraftprobe zwischen Gott und Mensch – und Gott kriegt kaum eine Chance. Am Ende singt Scarpia mit allen zusammen das *Te Deum*, und das ist verdammt gruselig, weil man in diesem Moment erkennt, dass Scarpia sich *über* Gott erhebt. Da gibt es keine Hoffnung mehr. Der Vorhäng fällt, und Sie werden einen Drink brauchen, das können Sie mir glauben.«

Frank wurde sich plötzlich bewusst, dass er im Stehen dozierte. Wann war er aufgestanden? Ilse sah ihn mit unbewegter Miene an. Die Bedienung sah ihn ebenfalls an, diesmal höchst belustigt. Als sie seinen Blick auffing, kratzte sie sich unter ihrem Häubchen.

Frank setzte sich wieder. Er legte *Tosca* auf Pérotin und schärfte sich ein, dass er, wenn er über James Brown redete, a) sitzen bleiben müsse, b) nicht mit den Armen fuchteln und c) nicht *verdammt* sagen dürfe.

Aber wie sollte er das schaffen? Wie konnte ein Mensch stillsitzen, wenn von *Ain't it Funky Parts 1 and 2* die Rede war?

»Hier geht es um den Groove. Der Rhythmus bleibt immer gleich, immer gleich, immer gleich. Und in dem Moment, wenn man nicht mehr achtgibt, wumm, kommt ein Kinnhaken. Dieselbe Taktik wie bei Muhammad Alis *Rope-a-Dope* mit George Foreman. Haben Sie vom *Rumble in the Jungle* gehört?«

Sie rundete den Mund zu einer Art Stachelbeere. Was Frank als Nein interpretierte.

»Das war der größte Boxkampf der Geschichte. Ali hatte eigentlich keine Chance. Er bot sich als menschlichen Sandsack dar, und in dem Moment, als Foreman anfing zu schwächeln, verpasste er ihm mit der Rechten einen Haken, dass Foreman zu Boden ging. Genau das macht James Brown in *Ain't it Funky* mit einem.«

Ilse runzelte die Stirn.

»Ich mag Boxen nicht.«

»Das war nicht Boxen. Das war Kunst.«

Frank merkte, dass er nicht nur wieder aufgestanden war, sondern Muhammad Ali und George Foreman gleichzeitig gab.

War sie womöglich drauf und dran, in Gelächter auszubrechen? Sie hob die Hand und legte sie über den Mund.

Frank beschloss, ganz langsam und vernünftig

über die letzte Platte zu reden. Er dachte, es könnte vielleicht helfen, wenn er die Arme verschränkte.

»Gut. *Stairway to Heaven.* Den Song muss man in Schichten aufdröseln. Alles ist da, gleich von Anfang an. Der Song ist groß und weiß das auch, aber wir bekommen ihn nur häppchenweise.«

Er hatte das Gefühl, das könnte sexuelle Anklänge haben.

»Er fängt klein an. Mit einer Sologitarre. Robert Plant singt, als hinge er einer Erinnerung nach. Dann kommen immer mehr Schichten hinzu. Wenn dann Jimmy Page mit seiner Gitarre einsetzt, hat das Ganze schon angefangen zu fliegen. Es ist gewaltig. Man würde alles tun, damit es nicht aufhört. Es ist wie ein wirklich guter Orgasmus …«

Frank rammte sich die Hand in den Mund.

»Was ich sagen will: Alle diese Stücke steigern sich sehr gekonnt zum Höhepunkt.« (Im Ernst? Hatte er das gerade gesagt?) »Wir erkennen Dinge wieder, wenn wir sie hören, auch wenn wir sie nicht genau identifizieren können. Und wenn wir sie hören, dann fühlt sich die Welt einfach goldrichtig an. Aber es ist – äh – nach sechs Uhr. Sie müssen wohl gehen.«

Und was tat Ilse Brauchmann? Als er die Platten in die Tüte steckte? Als er ihr *Stairway to Heaven* gab, den Song, der wie ein Orgasmus war? Oder *Beata Viscera*, Musik, die flog wie ein Vogel? James Brown, der wie Muhammad Ali zuschlug, und den Opernhit *Tosca*? Holte sie vielleicht einen Stift heraus und machte sich Notizen? Stellte sie weitere Fragen?

Nein. Sie blieb mit großen Augen sitzen. Totenstill. Wie in Trance.

Dann zahlte sie, schob Frank schweigend seinen Umschlag hin und lief zur Tür.

Draußen standen sie beide da, schauten in der Gegend herum, ohne den Blick auf etwas Bestimmtes zu richten, und warteten auf den Abschied. Frank fragte sich, ob Ilse wohl wieder einen Ausflug in den Park vorschlagen oder ihm weitere Sternbilder zeigen würde, aber ihr Gesicht schien wie in einer anderen Welt verloren. Er begleitete sie zur Kathedrale zurück und erzählte ihr unterwegs von seinen Plänen für den Laden und von der neuen Einschweißmaschine, bis auch ihm die Worte ausgingen. Die alten Gebäude auf beiden Seiten der Gasse warfen das Klacken von Ilses Absätzen und das Schlurfen seiner Turnschuhe zurück.

Bei der Kathedrale blieben sie stehen. Sahen zum Taxistand hinüber, bewegten sich aber nicht vom Fleck.

Er sagte: »Ihr Verlobter wird wohl warten.«

Ilse Brauchmann antwortete mit einem Seufzer. »Frank, ich muss Ihnen etwas erzählen.« Sie verstummte. Seufzte wieder. »Etwas wirklich Wichtiges. Sie müssen etwas über mich wissen …«

Es war der GROSSE MOMENT. Es war wie die letzte Nummer auf Seite A, bevor man die Platte umdreht. Es waren die mittleren acht Takte in einem Song, in denen ein neuer Akkord auftaucht oder das Tempo sich ändert und einen Wechsel ankündigt. Sechs Wochen lang hatten sich die Ladenbesitzer in der Unity Street gefragt, wer Ilse Brauchmann war und warum sie sich etwas über Musik erzählen lassen wollte. Doch als Frank jetzt zusah, wie sie sich abquälte, um ihm etwas offenbar Schwieriges mitzuteilen, wie sie auf ihren Lippen herumkaute, als hätte sie Schmerzen – oder noch bedeutsamer, als hätte sie Angst, Frank Schmerzen zuzufügen, da traf er eine einsame Entscheidung.

Man konnte mit einigem Recht sagen, dass sie im Lauf der beiden Unterrichtsstunden eine gewisse Strecke zurückgelegt hatten – er hatte ihr nicht nur von Platten erzählt, sondern auch von sich selbst. Was immer das Schwierige, Wichtige sein mochte, das sie ihm unbedingt sagen musste, er wollte es nicht hören und damit riskieren, dass sich etwas veränderte. Er hatte nicht vorgehabt, sich einer Frau zu öffnen, aber nachdem er nun einmal damit angefangen hatte, machte ihn der Gedanke, es könnte ab sofort Schluss damit sein, ungemein traurig. Sie erwartete nichts von ihm, saugte aber alles auf, was er von sich preisgab. Er glaubte nur allzu gern, dass er ihr nichts bedeutete. So war er letzten Endes am glücklichsten. Wenn er weit draußen dahintrieb, in der einsamen Tiefe des Nirgendwo. Ohne alle Bindungen.

Und anstatt zuzulassen, dass sie sich weiter abmühte, anstatt eine heikle, aber erhellende Frage zu stellen wie zum Beispiel »*Was* genau? *Was* muss ich über Sie wissen?«, würgte er das Gespräch ab. »Nein.«

»Wie bitte?«

»Erzählen Sie es mir nicht. Ich meine, ich weiß, dass Sie verlobt sind. Weiter brauchen Sie mir gar nichts zu sagen. Ich komme bestens damit klar.« Er reckte beide Daumen in die Höhe, um zu demonstrieren, *wie* gut er damit klarkam.

»Aber Frank …«

»Nein. Alles gut. Alles gut. Alles gut.«

Er sah zur anderen Straßenseite hinüber. Ein freies Taxi fuhr zum Stand.

»Dann sehen wir uns nächsten Dienstag wieder?«, fragte er rasch. »Gleiche Zeit, gleicher Ort? Dritte Lektion?«

»Aber Frank! Sie werden mich hassen …«

»Sie hassen? Wieso sollte ich Sie hassen? Wir reden über Platten. Wir haben eine rein geschäftliche Abmachung.«

Haha, machte er. Um zu zeigen, wie grandios unschwierig doch alles war.

Zu seiner Überraschung stimmte Ilse Brauchmann

nicht in sein Lachen ein. Sie sah ihn nur an, und auf ihrem Gesicht breitete sich der Schmerz langsam immer weiter aus. Dann endlich: ein zögerndes Lächeln. Ein Nicken. »Ja, Frank. Sie haben recht. Wir haben eine rein geschäftliche Abmachung.«

Als sie mit ihrer Plattentüte floh, rief er ihr nach: »Hallo! Hallo! Sie verstehen nicht zufällig was von Einschweißmaschinen?«

Um sieben war Frank wieder zurück in der Unity Street. Vor den *Glaubenssachen* parkte ein Polizeiauto, eine kleine Menschenmenge hatte sich versammelt. Maud stand heftig rauchend da, die Hand in die Hüfte gestemmt, die Williams-Brüder sprachen mit einem Polizisten. Kit schrubbte an Pater Anthonys Schaufenster herum.

»Wo warst du?«, fragte Maud.

»Ich habe Musikunterricht gegeben.«

Maud schnaubte höhnisch und drehte ihre Zigarette mit der Stiefelsohle aus. »Diese Kids haben Pater Anthonys Fenster besprüht. Er war gerade erst in seine Wohnung hinaufgegangen. Er ist völlig fertig.« Sie redete, als gäbe es einen direkten Schuldzusammenhang zwischen Frank und den schlechten Nachrichten.

»Was haben die denn hingeschmiert?«

»Blödes Zeug wie *Arschgesicht* und *NF.*«

Kit machte mit seinem Schwamm komplizierte

Wischbewegungen am Fenster – die Worte waren verschwunden, aber die Scheibe war nicht sauber, sondern ziemlich schmuddelig.

Später saßen Frank und Pater Anthony am Randstein und rauchten.

»Ich bin der Nächste«, sagte der alte Priester.

»Was soll das heißen, du bist der Nächste? Was ist denn das für ein albernes Geschwätz?«

Frank klopfte dem alten Mann auf die Schulter. Sie war hagerer als in Franks Erinnerung, ein paar Knochen in beigefarbener Wolle. »Hol mich, wenn das noch mal passiert.«

»Fort Development hat einen neuen Brief rumgeschickt. Mit einem neuen Angebot, uns aufzukaufen. Hast du den gelesen?«

Aber Frank hörte kaum zu. Er dachte an dunkle Augen, an aufgelöste Locken und an einen erbsgrünen Mantel. Er dachte an Platten, an künftige Unterrichtsstunden und an die tausend Dinge, die es über Musik zu sagen gab. »Das wird schon. Auf gar keinen Fall gehen wir jetzt in die Knie.«

26

I Say a Little Prayer

Es waren einmal zwei Menschen, die sich ineinander verliebt hatten. Sie war verheiratet. Er war Priester. Ende der Geschichte.

In seinem Laden las Pater Anthony noch einmal den Brief von Fort Development. *Wir würden bei dieser Gelegenheit gern unser Angebot wiederholen, Ihre Immobilie zu erwerben, und möchten Ihr Interesse für neue Wohnanlagen im Hafengebiet wecken, deren Baubeginn in Kürze erfolgen wird. Wir sind auch in der Lage, Kapitallebensversicherungen zu günstigsten Bedingungen anzubieten. Bitte nehmen Sie unsere Einladung an, umgehend mit einem unserer Berater zu sprechen.*

Er sah sich in dem Laden um, den er seit zwanzig Jahren führte, und betrachtete ihn mit den Augen eines Fremden. Der Teppich war so verschlissen, dass man bis zu den Dielen durchsehen konnte. Er hatte seit Wochen kein Lesezeichen mehr verkauft, von einer Statue ganz zu schweigen; nachts setzte er zum Schlafen seine Mütze mit den Ohrenklappen auf, um nicht zu frieren, und lebte ziemlich ausschließlich von Wasser und Ofenkartoffeln. Und jetzt bot ihm eine Baufirma gutes Geld für seinen Laden an. Er dachte an die Liebe, die er vor langer Zeit hinter sich gelassen hatte, und an den Alkohol, mit dem er sie ersetzt hatte, bis Frank auftauchte und ihm den Jazz schenkte. Frank zu verlassen wäre, wie seinen eigenen Sohn zu verlassen. Er brauchte ihn wie die Luft zum Leben. Aber er hatte keine Ahnung, wie er sich weiter über Wasser halten sollte. Und jetzt auch noch diese Schmierereien.

Es war zu kalt, um nach oben zu gehen. Er saß an der Theke, betrachtete das verdreckte Fenster und versuchte, die Augen zu schließen. »Herr, gib mir ein Zeichen«, sagte er. »Es darf auch ein ganz kleines sein. Das wäre in Ordnung. Sag einfach, dass es Zeit ist zu verkaufen.« Er blieb reglos sitzen und wartete.

Draußen versuchte jemand den Motor eines Autos anzulassen, startete immer wieder neu. *Leier, leier, leier*; Pater Anthony konnte keinen klaren Gedanken fassen. Als er wieder zum Fenster sah, erschrak er sich fast zu Tode: Zwei junge Kerle starrten ihm ins Gesicht, der eine klein, der andere groß. Bevor er zum Telefon greifen und Frank anrufen konnte, hatten sie schon die Tür aufgedrückt.

»Aber ich habe schon geschlossen«, sagte er.

»Ihre Tür ist offen«, erwiderte eine weibliche Stimme.

Also war eine der beiden Gestalten ein Mädchen. Die wie der stämmigere Halbstarke aussah, war ein stämmiges Mädchen.

Pater Anthonys Herz begann zu flattern wie ein Vogel im Käfig. Die beiden trugen Mäntel und Stiefel, das Gesicht des Jungen wirkte verschlagen, das Mädchen hatte einen Fußballschal um den Hals. Sie standen nebeneinander und blockierten ihm den Fluchtweg. Er hatte nicht mehr als ein paar Münzen in der Kasse, und oben gab es kaum etwas von Wert, außer die beiden interessierten sich für Lyrik oder für Obstschalen aus Kristallglas.

Sie rührten sich nicht vom Fleck, blieben einfach vor ihm stehen, warfen ein paar Blicke zu den Regalen hinüber. Sie schienen zu wissen, was sie vorhatten, und warteten einfach den richtigen Moment ab. Da schoss Pater Anthony der Gedanke durch den Kopf, dass draußen wahrscheinlich noch mehr von ihrer Sorte herumlungerten, aber das Licht nahm rasend schnell ab, und er konnte nur kaltes, dämmriges Dunkel sehen.

Er schaffte es aufzustehen, aber ihm zitterten die Beine. Er sagte: »Bitte macht nichts kaputt.«

»Heißen Sie Pater Anthony?«, fragte das Mädchen.

Er nickte.

»Sie sind doch Priester? Stimmt's? Ein richtiger?«

»Ich *war* Priester. Ich habe mein Bestes versucht, ein richtiger zu sein. Ein richtiger Priester und ein richtiger Mensch.« Seine Stimme klang wie eingerostet. »Wollt ihr – wollt ihr was kaufen?«

Sie fragte: »Kann man bei Ihnen heiraten?«

»Wie bitte?«

Sie fragte noch einmal, nur ein bisschen langsamer, als halte sie ihn für taub oder sehr dumm. »HEI-raten. KANN man das bei Ihnen?«

»Nein, ich bin, äh, im Ruhestand. Wenn ein Paar von einem Priester getraut werden möchte, geht es zu seiner Pfarrgemeinde.«

»Das haben wir schon versucht«, sagte der Junge schließlich mit kieksender Stimme. Nun ja, die Pubertät. »Der hat gesagt, wir bräuchten ne Genehmigung und so 'n Scheiß.«

Das Mädchen zuckte zusammen, als wäre es ihr lieber gewesen, der Junge hätte keinen ordinären Ausdruck gebraucht. Er hob den Arm und legte ihn ihr um die Schultern. Es hatte fast etwas Komisches, wie er den Arm nach oben strecken musste, um ihre Schultern zu erreichen.

»Ihr wollt also heiraten?«

»Oder können Sie uns SEG-NEN«, rief das Mädchen. Sie schien überzeugt, dass er senil war. »Wenn Sie uns schon nicht VER-HEIRATEN können?«

Pater Anthony musste die ganze Szene mental neu einordnen. Sie waren also nicht hier, um ihn zu überfallen oder seinen Laden zu verwüsten oder das bisschen zu stehlen, was er hatte. Sie wollten nur zusammen sein. Sie waren genauso nervös wie er. »Ja«, sagte er. »Es wäre mir eine Ehre.«

»Müssen wir uns hinknien?«

»Es lässt sich auch im Stehen machen.«

»Nö, ich glaub, das kommt im Knien besser.«

Der grüne Teppich war nicht nennenswert schmutzig und hatte auch keine Wellen, trotzdem strich Pater Anthony ihn glatt, als wische er mit beiden Händen eine Wasserlache weg. Die beiden knieten sich zu seinen Füßen nieder, schlossen ganz fest die Augen und falteten die Hände unter dem Kinn wie zwei Eichhörnchen.

Pater Anthony nahm seine Mütze ab und sagte: »Gott, bitte schau herab auf dieses junge Paar und behüte seine Liebe mit aller deiner Macht. Alles wird gut.« Sie schwiegen. Draußen trottete ein Hund vorbei und hob an einer Straßenlaterne das Bein.

»War's das?«, fragte das Mädchen.

»Ich habe das schon lange nicht mehr gemacht. Ich bin ein bisschen aus der Übung.«

Das Paar brauchte eine Weile zum Aufstehen. Der Junge wollte dem Mädchen unbedingt aufhelfen, aber sie war schwerer, als er erwartet hatte, und er verlor fast das Gleichgewicht. Das Mädchen wurde rot und ordnete umständlich die Troddeln ihres Fanschals; dann dankte sie Pater Anthony.

Er stand da und sah den beiden nach, wie sie Hand in Hand abzogen, die Unity Street entlang. Ein altes, warmes Gefühl dehnte sich in ihm aus, ihm war, als wüchse er drei Meter in die Höhe. Er dachte an die Frau, die er vor vielen Jahren geliebt hatte, dachte daran, wie sie zum letzten Mal den Kopf an seine Schulter gelegt hatte. *Es ist richtig so. Es ist das Richtige, dass ich gehe.* Wahre Liebe war wie eine Reise mit vielen Hindernissen und Komplikationen, und manchmal gelangte man am Ende woandershin als an den Ort, zu dem man eigentlich wollte. Aber so war es nun einmal. An einem Sommertag ihre Hand gehalten zu haben war besser als gar nichts.

Er sah zum Stadthimmel hoch, der mehr orange war als schwarz und auch ganz ohne Sterne, und begann zu lachen. »Danke für diesen Hinweis. Danke.«

Er zerriss den Brief von Fort Development, machte das Licht aus, setzte seine Mütze auf und stieg die Treppe hoch.

27

Heaven Knows I'm Miserable Now

»Ich bin's.«

Donnerstag in aller Frühe. Ilse Brauchmann stand vor der Tür des Plattenladens.

»Ich war gerade in der Gegend …« Sie klammerte sich mit beiden Händen an ihre Handtasche, als wäre sie ein kleines Schwimmbrett und Ilse kurz vor dem Sprung in tiefes Wasser.

Frank und Kit glotzten.

»Ich dachte, ich könnte mal einen kurzen Blick auf Ihre Einschweißmaschine werfen.«

Frank und Kit glotzten immer noch.

»Ich habe zwei Stunden Zeit. Dann muss ich zurück …«

Zurück wohin?

Zum Friseur? Zum Schwimmlehrer? Zum VERLOBTEN?

»… zur Arbeit.«

Frank stand da wie angenagelt. Wie konnte ein Mann innerhalb eines winzigen Moments so viele Adjektive verkörpern? Er war hingerissen, verwirrt, aufgeregt, panisch, glücklich, traurig, absolut selbstsicher, total verunsichert. Und so blieb er einfach hinter seinem Plattenspieler stehen wie ein Schauspieler, der nicht nur seinen Text und seine Rolle vergessen hat, sondern auch, in welchem Stück er spielt.

Zum Glück erinnerte sich Kit an alle diese Dinge. »Kommen Sie rein! Kommen Sie rein!«, trällerte er und schlängelte sich durch die vielen Kisten Neuware, um Ilse zu begrüßen. Er fragte, ob er ihr eine Platte heraussuchen oder einen Kaffee machen könne, aber Ilse Brauchmann wiederholte, dass sie wenig Zeit habe und nur sehen wollte, ob sie mit der Einschweißmaschine helfen könne. Als Kit sie nach hinten führte, wartete Frank darauf, dass sie Notiz von ihm nähme, dass sie ihm zulächelte oder zuwinkte oder was immer zwei Menschen tun, die sich wahnsinnig gern über Musik unterhalten. Aber Ilses Blick blieb am Boden kleben. Noch nie hatte jemand solches Interesse an dem verblassten Muster des persischen Läufers gezeigt, an den kittverspachtelten Lücken zwischen den Dielenbrettern. Sie sah nicht einmal auf, um hallo zu sagen.

Wie von Kit prophezeit, hatte sie einschweißtechnisch den Bogen raus. Sie meisterte die Lage, wie man es in diesem Plattenladen seit Jahren nicht mehr erlebt hatte.

Erst starrte sie das Gerät nur an, in tiefes Schweigen gehüllt. Dann umrundete sie es mehrmals, bückte sich, um hineinzuspähen, und untersuchte schließlich die Folienrolle. Sie reichte Kit ihre Handtasche und übte dann, ein Stück Folie um eine Plattenhülle zu legen. Sie untersuchte den Schlitz der Maschine, in den man die Platte schob, sowie den Auffangbehälter auf der anderen Seite, wo das frisch eingeschweißte Album landen sollte. Alles ohne ein einziges Wort.

Frank sah ihr von seinem Plattenspieler aus zu. Er war überwältigt. Er konnte es nicht fassen, dass sie schon nach so kurzer Zeit wiedergekommen war. Was sie wohl von Pérotin und James Brown hielt? Er konnte es kaum erwarten, mit ihr allein zu sein und es herauszufinden.

»*Ach so*«, murmelte Ilse Brauchmann auf Deutsch. »*Mhm. Aha. Ich verstehe.*« Sie knöpfte ihren Mantel auf und reichte ihn Kit. Sie trug ein schlichtes schwarzes Kleid. Dann öffnete sie ihre Handtasche und zog eine Schürze heraus. Sie streifte die Halsschlaufe über den Kopf und band die Schürzenbänder um die Taille. Dann zog sie zwei Haarklemmen aus der Tasche, um ein paar weitere Strähnen hochzustecken.

»Soll ich Ihnen Ihre HANDSCHUHE abnehmen?«, fragte Kit bemüht lässig, trotzdem hörte man deutlich, wie es ihn schauderte.

Ilse schüttelte den Kopf. »Nein danke, Kit, das passt so.«

»SICHER?«

»Ganz sicher.«

Sie schaltete die Maschine ein, verschränkte die Arme und wartete. Sehr, sehr lange tat Ilse – nichts.

Bis Kit sich nicht mehr wegen ihrer Hände ängstigte, sondern wegen anderer Dinge.

»Geht es Ihnen gut?«, fragte er. »Sie werden doch nicht wieder in Ohnmacht fallen oder so?«

»Nein. Ich denke nur nach.«

Sie reckte die Arme über den Kopf. Als sie sie wieder senkte, zog sie langsam an ihren Fingern, einem nach dem anderen. Sie wackelte mit der einen Hand, dann mit der anderen. Ließ die Handgelenke kreisen. Das machte Kit nun doch wieder Angst; unverhohlen und wie hypnotisiert starrte er auf Ilses Hände, als wäre es ein Wunder, dass sich am Ende ihrer Arme ein weiterer Körperteil befand.

Sie nahm eine Platte und wickelte sie, nicht zu fest, nicht zu locker, in ein Stück Zellophan, das sie sorgfältig an den Rändern glattstrich. Sie schob die Platte in den Schlitz der Maschine und drückte auf den grünen Knopf. Dann wartete sie, die Hände fest verklammert, während die Maschine surrte und Klopfgeräusche von sich gab. Und dann, eine Minute später, spuckte die Maschine die Platte auf der anderen Seite wieder aus, perfekt versiegelt. Es gab keine Blasen in der Folie, keinen Brandgeruch, man konnte sogar die Versiegelungsnaht sehen. Das Album sah so glänzend und perfekt aus, dass Frank gegen den Impuls ankämpfen musste, es zu küssen. Wie hatte sie das fertiggebracht? Als Kit spontan Beifall klatschte, zuckte sie verlegen lächelnd mit den Achseln.

»Das ist wirklich nicht besonders kompliziert.«

Jetzt schlug Franks Stunde. Er kam hinter seinem Plattenspieler hervor und drückte sich in Ilses Nähe herum, stellte sich ihr nicht wirklich in den Weg, sondern räusperte sich mehrmals wie ein Mann, der an Husten litt und der Aufmerksamkeit bedurfte.

Kit reichte ihr eine neue Platte zum Einschweißen. Frank hörte zu, wie Kit Ilse erklärte, dass der Laden neu möbliert würde, und er hörte Ilse Brauchmann zu, die sich Kits Meinung anschloss, wie aufregend alles sei. Frank kam überhaupt nicht zu Wort. Kit erzählte, dass jede Platte ein spezielles, handgeschriebenes Etikett mit Hörtipps erhalten würde, verfasst von Frank, und Ilse sagte, auch das sei eine hervorragende Idee, doch ohne das geringste Augenmerk auf den großen Mann zu richten, der einen Meter rechts neben ihr stand. Sie schien sogar entschlossen, überall hinzusehen außer zu ihm.

Zwischen Kit und Ilse lief alles so ungezwungen, dass Frank sich elefantengroß und überflüssig vorkam. Als er vorschlug, Kit könne doch zu Woolworth hinübergehen und Etiketten für die Platten kaufen, erwiderte Kit doch tatsächlich, das würde er später erledigen. Ilse legte wieder ein Stück Folie über eine Platte und prüfte ihren Sitz.

»Aber du gehst doch sonst so gern zu Woolworth, Kit. Du kaufst doch so gerne Schreibwaren.«

»Ja, Frank, aber im Moment bin ich wahnsinnig damit beschäftigt, Ilse Brauchmann zu helfen. Stimmt's?«

»Ja«, sagte sie und warf einen ganz kurzen Blick auf Franks Turnschuhe. Sie hatte nicht einmal den Anstand, den ganzen Schuh anzusehen, sondern nur die Schuhspitze, wo sein großer Zeh das Segeltuch ausgebeult hatte. Mit keinem Wort erwähnte sie die Platten, die Frank für sie ausgesucht hatte, oder ob sie sich überhaupt dazu bequemt hatte, sie anzuhören. Sie benahm sich ihm gegenüber so kalt und förmlich, dass man meinen konnte, ihre beiden Musikstunden im *Singing Teapot* hätten nie stattgefunden. Frank hob ein paar Singles auf und schichtete sie zu einem akkuraten Stapel. Er hatte keine Ahnung, wohin mit sich.

»Kit, ich brauche diese Etiketten jetzt gleich. Ich muss anfangen, meine Hörtipps aufzuschreiben.«

»Warum gehst du dann nicht selber zu Woolworth?«, knallte Kit ihm unverfroren vor den Latz.

»Weil ich zu tun habe.« Frank stopfte sich das T-Shirt in die Hose. Unter diesen Umständen fiel ihm nichts anderes ein, was er »zu tun« haben könnte.

»Wir schaffen das hier schon ohne dich. Stimmt doch, Ilse Brauchmann, oder?«

Sie ließ sich nicht einmal zu einer anständigen Antwort herab. Machte nur »hm«. Und selbst das nicht richtig. Es klang eher wie das Schließen einer Tür.

Und was tat Frank? Er hörte sich verkünden, dann gehe er eben selber Etiketten kaufen. Ein hirnverbrannter, völlig verfehlter Versuch, sie zu einer Reaktion zu provozieren. Nur – zu welcher? Sollte es ihr leidtun, dass sie ihm keine Beachtung geschenkt hatte? Sollte sie ihn *vermissen*? Sie zuckte nur mit den Achseln, als sei ihr alles recht, und drückte auf den grünen Knopf der Einschweißmaschine. Frank ging langsam und bedächtig zur vorderen Hälfte seines Ladens. Dann wiederholte er, ohne sich vom Fleck zu rühren, dass er nur mal kurz ETIKETTEN KAUFEN gehe. Falls ihn IRGENDWER begleiten wolle …?

»Kannst du auch 'ne bunte Tüte mitbringen?«, fragte Kit.

Ilse Brauchmann schob eine Platte in den Schlitz und sagte keinen Ton.

Frank war noch nie so schnell gelaufen. Bei Woolworth stand eine lange Schlange vor der Kasse, deshalb ließ er die Etiketten Etiketten sein – die Kassenschlange bei Woolworth war der letzte Ort, wo er jetzt festhängen wollte. Aber dann kam ihm an der Ecke zur Unity Street Mrs Roussos in die Quere, die Probleme mit ihrer neuen Mikrowelle hatte. Als

Frank das Gerät schließlich eingesteckt hatte und dann noch einmal stehen geblieben war, um die Williams-Brüder, die sich wegen eines weiteren Briefs von Fort Development Sorgen machten, zu beruhigen, waren vierzig Minuten vergangen. Frank riss die Tür zu seinem Laden auf.

Er war leer. Neben seinem Plattenspieler lag nur ein Stapel wunderschön eingeschweißter Platten. Kit bastelte an der Theke an einem Plakat.

»Wo ist sie?«

»Wer?«

»Was glaubst du denn? Mutter Teresa.«

»Mutter Teresa war in deinem Laden? Wann denn das?« Kits Gesicht legte sich vor Verwirrung in tiefe Dackelfalten.

»Nein. Natürlich nicht. Ich meine Ilse …« Ihr vollständiger Name wollte ihm nicht von der Zunge. »Die Deutsche.«

»Ach die. Sie musste weg.«

»Hat sie gesagt, wann sie wiederkommt?«

»Hm.« Kit dachte äußerst angestrengt nach. Er nuckelte an seinem Stift, kratzte sich am Kopf und balancierte dann auf einem Bein. »Nein.«

Nun kamen regelmäßig Handwerker vorbei, um Angebote für die Ladenrenovierung abzugeben. Sie sogen Luft durch die Zähne oder atmeten scharf ein, als wären die Veränderungen, die Frank vorschlug, nicht nur kostspielig, sondern auch lebensgefährlich. Frank wiederholte immer wieder, er wolle nur die notwendigsten Reparaturen der Außenfassade und ein paar neue Schränke.

Die Arbeiten würden sicher aufwendiger werden, als Frank angenommen hatte. Ein Gerüst müsste aufgestellt, ein Container gemietet und der gesamte alte Stuck abgeklopft werden, um einen tragfähigen Untergrund für Neues zu schaffen. Frank war alles viel einfacher erschienen, als er selbst renoviert hatte, nur mit Hilfe eines Büchereibuchs und einiger Leute, die dann und wann hereinschneiten. Genau das war, stellte sich heraus, ein Teil des Problems. Alles im Laden war Pfusch. »Eine einzige Gefahrenquelle – die Unfälle liegen auf der Lauer«, meinte einer der Handwerker dazu. Obwohl die Angebote höher lagen als in Franks Planung, leistete er eine Anzahlung und beauftragte einen Maurer und einen Elektriker, die anfangen sollten, sobald sie Zeit hätten. Sie sollten nur ein paar Stunden täglich arbeiten, damit Frank den Laden nicht komplett zu schließen bräuchte.

Den Rest der Woche bemühte er sich nach Kräften, nicht auf Ilse Brauchmann zu warten. Er bestellte noch mehr Vinyl. Er hörte seinen Kunden zu und suchte ihnen die Platten heraus, die sie brauchten. Er verhunzte einige davon in der Einschweißmaschine und verbrannte sich auch einmal die Hand. Doch jedes Mal, wenn die Ladentür aufging, schlug ihm das

Herz bis zum Hals, um dann in die Tiefe zu sacken. Hatte er sie beleidigt? Hatten ihr die Platten nicht gefallen, die er für sie herausgesucht hatte? Vielleicht hatte ihr Verlobter ihr einen anderen Musiklehrer empfohlen. Jemanden mit richtigen Qualifikationen. Er stellte sich vor, wie ein anderer Mann ihr von Bach erzählte, ohne mit den Armen zu wedeln oder Orgasmen zu erwähnen, und wurde ganz krank bei dem Gedanken. Wenn er nur die letzte Szene mit ihr noch einmal wiederholen könnte. Warum gab es für so was kein offizielles Handbuch mit konkreten Handlungsanweisungen?

Es sprach sich herum, dass Frank eine neue Vinylkollektion hatte. Auch wenn noch nichts etikettiert oder gar eingeschweißt war, tauchten ein paar Sammler auf, die den großen Bestand durchsehen wollten, bevor die Massen anrückten. Sie schleppten tütenweise Platten nach Hause. Einer kam mit seinem Van wieder. Ein Journalist suchte Frank auf, schrieb für die Lokalzeitung über den Laden und machte ein Foto (»VERRÜCKTER INDIE-LADEN WILL VINYL RETTEN.« Darunter das Foto, auf dem Frank, vom Blitz überrascht, die Augen zuhatte; Kit stand stolz in seiner blauen Uniform neben ihm.) Ein DJ war von Franks Auswahl an Funk und Maxi-Singles so begeistert, dass er den Laden in seiner Nachtsendung mehrmals empfahl. Als Frank an einem Samstag hinunterging und den Laden aufsperrte, standen schon über zehn Musikbegeisterte und Sammler Schlange. Er sah einen Tweedmantel, eine Bomberjacke, mehrere Anoraks und eine Strickjacke.

Aber einen grünen Mantel?

Nicht den kleinsten Fussel.

Dienstag, dreiundzwanzigster Februar. Halb sechs. Im *Singing Teapot:*

»Ich dachte, ich hätte Sie beleidigt.«

»Ich dachte, *ich* hätte *Sie* beleidigt. Ich bin gekommen, um Ihnen zu helfen, Frank, und Sie haben mich nicht mal begrüßt.«

»Sie haben mich aber auch nicht begrüßt.«

»Aber *Sie* sind doch der Ladenbesitzer. Es ist *Ihre* Aufgabe, die Leute zu begrüßen.«

Es war erst ihre dritte Lektion, und dann schon das hier. Sie saßen einander an ihrem Stammtisch gegenüber, in ihren Mänteln, als wollten sie jeden Moment wieder aufbrechen. Hier saß Frank. Dort saß Ilse. Und anstatt ihre Getränke zu bestellen und über Musik zu reden, stritten sie sich, wer von ihnen der Unfreundlichere gewesen war.

»Sie haben mich nicht mal *angesehen*, Frank.«

»Sie haben *mich* nicht angesehen. Nicht mal meine Turnschuhe.«

»Hätte ich denn Ihre Turnschuhe ansehen sollen?«

»Pardon.« Die Bedienung des *Singing Teapot*

rückte ihr winziges Häubchen zurecht und legte zwei laminierte Sets wie eine Brücke zwischen Ilse und Frank. Sie holte zwei Speisekarten, zwei Besteckgarnituren und fächerförmig gefaltete Servietten. Ob sie gern das Übliche hätten? Sie habe sich erlaubt, Zitronenlimonade zu besorgen.

»Ich weiß, der Koch ist schon nach Hause gegangen«, sagte Ilse Brauchmann und schlug die Speisekarte auf. »Aber wenn ich das ganze Essensangebot hier sehe, bekomme ich furchtbar Hunger.«

»Ich könnte Ihnen Eier machen?«, schlug die Bedienung vor und kratzte sich am Ohr. Ihr wurde sichtlich bang.

»Ich habe keinen Hunger«, sagte Frank.

Ilse Brauchmann blitzte ihn an. »Dieses nette Mädchen bietet Ihnen ein Ei an. Da ist es doch das mindeste, es auch zu essen.«

»Danke. Ich nehme ein Ei.«

»Ein Spiegelei? Oder gekocht?«

»Was?«

»Seien Sie doch nicht so ruppig«, kanzelte Ilse Brauchmann ihn ab. Bemerkenswert ruppig.

Frank bat höflichst um ein Spiegelei. Ilse bestellte ein gekochtes Ei. »*Bon appétit*«, sagte die Bedienung, völlig fertig mit den Nerven, und vergaß, dass sie ja noch gar nichts zubereitet hatte.

Kaum wieder allein, stritten sie weiter. Ilse sagte, sie könne es nicht fassen, dass er einfach aus dem

Laden marschiert sei, nachdem sie, wie eindeutig zu erkennen war, sehr viel Mühe auf sich genommen hatte, um sich von der Arbeit freizumachen und ihm zu helfen. Frank konterte, sie möge sich doch bitte ins Gedächtnis rufen, dass *sie* diejenige sei, die weder hallo gesagt noch die Platten erwähnt habe, von einem Danke ganz zu schweigen …

»Ich zahle für meine Lektionen. Gutes Geld.«

»Glauben Sie, ich brauche Ihr Geld?«

Sie zuckte nur mit den Achseln, als liege die Antwort klar auf der Hand und sie wolle nur nicht so tief sinken, sie auszusprechen.

»Und was ist mit Ihrem Verlobten?«

»Was soll mit ihm sein?« Endlich. Eine Reaktion. Auf Ilse Brauchmanns Haut erschien ein gesprenkelter roter Fleck, direkt oberhalb des dritten Blusenknopfs.

»Was hält er von unseren Musikstunden?«

Ilse stellte den Aschenbecher, der keineswegs am falschen Platz stand, woandershin. Sie sagte kein Wort.

»Hat er was dagegen?«

»Warum sollte er etwas dagegen haben?«

»Weiß er überhaupt davon?«

Sie schüttelte zornig den Kopf und blähte die Nasenflügel. »Können Sie aufhören, dauernd über Richard zu reden? Glauben Sie, dieser Mann schert sich darum, ob ich Musikstunden nehme oder nicht?«

Also hatte er einen Namen. Er existierte. Frank wusste nicht, warum dieses Wissen so schmerzte, aber das tat es; allerdings war es ein ungefährlicher, vertrauter Schmerz. Er konnte sich neben ihn setzen wie neben einen sehr alten Freund.

Endlich erschien die Bedienung wieder, gab der Schwingtür mit dem Hinterteil einen Schubs und kam mit einem Tablett heraus. »Pardon.«

Sie drapierte auf dem Tisch zwei Papierdeckchen, dann folgten eine Teekanne, ein zusätzliches Kännchen heißes Wasser, ein Kännchen Milch, eine Zuckerdose mit Würfelzucker und Zuckerzange, Zitronenscheiben, Süßstofftütchen und ein großes Glas Zitronenlimonade, garniert mit einem Papierschirmchen, einem Strohhalm und reichlich Eiswürfeln.

»*Bon appétit.*« Sie blieb stehen, sah ihre Gäste an und runzelte die Stirn wie ein Kind, das einen Klötzchenturm beschwört, nicht umzufallen. Dann eilte sie durch ihre Schwingtür zurück.

Frank tat, als lese er die Speisekarte. Er hätte sehr gern etwas Höfliches zu Ilse Brauchmann gesagt, aber anscheinend hatten sie sich in eine Ecke manövriert, in der es Unhöflichkeiten nur so hagelte. Und nachdem sie einmal damit angefangen hatten, verschaffte es ihnen ein seltsames Vergnügen – oder zumindest Erleichterung –, stachelige Dinge zu sagen, die man sich sonst verkneift. »Und?«, fragte Frank die Seite mit dem *Frühstück.* »Haben Sie sich die Platten angehört?«

Auch Ilse griff zu ihrer Speisekarte. »Ja«, sagte sie zur Tee-Seite.

»Im Liegen?«

»*Natürlich.*«

»Mit geschlossenen Augen?«

»*Jawohl.* Haben Sie nun begriffen, wie Sie Ihre Einschweißmaschine behandeln müssen?«

Als Antwort gab Frank ein luftiges Geräusch von sich, das kein richtiges Nein war, aber auch kein beherztes Ja.

Beide fuhren mit der hochinteressanten Lektüre der Speisekarte fort. *Bohnen auf Toast … Scones mit Marmelade … Schinkensandwich mit Coleslaw …* Nun ja, dachte Frank, sie könnten gern die ganze Stunde damit verplempern, wenn sie es so haben wollte. Es würde sie trotzdem fünfzehn Pfund kosten.

Dann: »Über was für Musik sprechen wir heute?« Ihre Stimme klang mit einem Mal ganz kindlich.

Er ließ die Speisekarte sinken. Sie die ihre.

»Wollen Sie denn noch?«

»Und Sie?«

Ihre Augen schimmerten feucht. Dass sie den Blick trotzdem auf ihn gerichtet hielt, hatte etwas sehr Tapferes, Nacktes sogar. Frank beschlich das fremde, beunruhigende Gefühl, dass es in seiner Macht lag, sie tief zu verletzen. Er schluckte heftig.

»Ja«, sagte er. »Ich will.«

»Ich auch, Frank. Es tut mir leid, dass ich so wütend geworden bin.«

»Wer sich entschuldigen sollte, bin ich.«

»Und Ihre Turnschuhe gefallen mir.«

»Ich mag Ihre Schuhe auch.«

»Na, dann haben wir wenigstens das geklärt. Wenigstens wissen wir, dass wir schönes Schuhwerk haben.«

Sie griff nach seiner Hand. Genau genommen schüttelte sie ihm mehr die Hand, als sie zu halten, keine romantische Geste, sondern eher die Bekräftigung einer Geschäftsbeziehung. Doch als er die die Spitzen ihrer weichen Ziegenlederhandschuhe in den Fingern hielt, erlaubte er sich, das Bild der zarten Hände darunter erstehen zu lassen. Die schlanken Finger, die Kuppen ihrer Fingernägel, ihren Verlobungsring …

»Ihre Eier, bitte schön.«

Neben ihnen strahlte die Bedienung so stolz, als hätte sie die Eier nicht nur zubereitet, sondern auch selbst gelegt. »Ein Spiegelei, ein gekochtes. *Bon appétit.*«

28
Ein Kleid für Berlioz

»Wir sind wilde Geschöpfe«, sagte Peg, »die mühsam um zivilisiertes Benehmen ringen. Schauen wir uns zum Beispiel Berlioz an. Was weißt du über ihn, Deborah?«

Deborah lief rosa an, bis sie dieselbe Farbe hatte wie ihr Strickpullover.

»Nicht sehr viel, Peg.«

»Wie viel denn?«

»Eigentlich gar nichts.«

Sie saßen im Wohnzimmer des weißen Hauses am Meer. Frank und Deborah waren bereits aufs Ganze gegangen – von den Kirschnippeln abwärts –, aber an diesem Abend hatte Peg sie zum ersten Mal zum Essen eingeladen. Bisher hatte sie Schostakowitsch und Bitches Brew *aufgelegt. Sie hatte Gin-Cocktails angeboten und dazu als Horsd'œuvre eine Cracker-Selektion und Ananasstücke. Nichts deutete darauf hin, dass noch eine gute warme Mahlzeit folgen würde.*

Deborah versank in Ehrfurcht vor Peg und auch vor dem weißen Haus. »Sie ist erstaunlich. Hat so was von

Boheme an sich. Und wie ihr beide hier draußen lebt und euch beim Vornamen nennt, das ist wirklich cool. Als ob ihr nur Freunde wärt.« Frank erwähnte nicht gern, dass das Haus am Einstürzen war. Das Dach hatte so viele Löcher, dass er bei Regen unter einer Plane schlafen musste.

»Lassen wir Berlioz, Peg«, sagte er. »Deb mag Mantovani und Herman's Hermits.«

»Meine Eltern mögen Mantovani. Mir ist es egal, was ich höre. Ich bin pflegeleicht.«

»Dir ist es egal?«, wiederholte Peg. »Du bist pflegeleicht?« Ihre Augenbrauen verschwanden praktisch unter dem Turban. Man hätte meinen können, Deborah habe gerade gestanden, dass sie nachts auf den Strich ging. »Was ist Mantovani überhaupt?«

»Das ist irgendwie nett und wirbelig«, sagte Deborah.

»Ich habe nie davon gehört.«

»Der würde dir nicht gefallen, Peg. Hör mal, Deb und ich gehen ein bisschen nach oben …« Frank war ganz wild darauf, sich mit ihr im Bett herumzuwälzen. Allein ihre Sitzhaltung – gut, solide, verlässlich – machte ihn dankbar. Sie stellte nie Fragen wie: »Hast du dies gehört? Hast du das gehört?« Stattdessen fragte sie ihn, ob er Hunger habe oder einen schönen Tag verbracht habe. Zum siebzehnten Geburtstag hatte sie ihm einen Partnerlook-Pulli gestrickt, nur mit blauem Hund statt rosa Kätzchen. (»Was zum Teufel ist das *denn?«, hatte Peg gefragt.) Deborah war Franks Fahrschein ins normale Leben.*

Aber Peg zog die Platte schon heraus. Wenn sie ein Publikum witterte, gab sie nicht so leicht auf. »Lasst mich noch von Berlioz erzählen«, sagte sie.

Erstens war er Franzose. (»Das weiß ich schon«, sagte Frank.) Er war Romantiker. (»Ja, das weiß ich auch.«) Beruflich ließ sich für Berlioz alles gut an. Im Alter von siebenundzwanzig Jahren gewann er ein Musikstipendium, das ihn nach Rom führte, aber schon nach wenigen Monaten erfuhr er, dass seine Freundin einen anderen kennengelernt hatte. Was unternahm er daraufhin? »Ach du liebes bisschen!«, sagte Deborah. »Ich habe keine Ahnung.«

»Ich schon«, sagte Frank. »Nichts Normales jedenfalls.«

Berlioz war außer sich. Er nahm den nächsten Zug zurück nach Paris, im Gepäck ein Dienstmädchenkleid, einen Hut, eine Pistole und eine Flasche Strychnin. Sein Plan war, sich als Dienstmädchen oder zumindest als Dienstmädchen mit Hut zu verkleiden, seine Freundin und ihren neuen Lover zu überraschen und die beiden zu erschießen. Danach würde er die Pistole auf sich selbst richten. Das Gift war nur Plan B.

»Und hat er sie umgebracht?«

»Nein. Unterwegs verlor Berlioz das Kleid. Nun ja, dem Armen ging so viel im Kopf herum. Er stürzte sich ins Mittelmeer.«

»O mein Gott! Er hat Selbstmord begangen?«

»Nein. Er wurde wieder rausgefischt. Zum Glück, sonst hätten wir seine Symphonie Fantastique *nicht, mit der berühmten Verwendung des Leitmotivs.« Peg zog an ihrer Sobranie, stieß ein Rauchwölkchen aus und ordnete die Falten ihres Kaftans. »Will noch jemand Ananas?«*

Deborah fuhr mit der Hand zum Mund. Sie würgte, aber nichts kam. »Ach, Hilfe«, sagte sie und wurde ganz käsig.

»Was hast du denn, Deb?«

»Ich bin schwanger.«

Der Raum schien zu kippen. »Wie bitte?«, stieß Frank hervor.

»Wie bitte?« stieß Peg hervor. Sie nahm ihre Sonnenbrille ab, ein einmaliges Ereignis. Sie blinkerte mit den Augen, die übrigens recht klein waren.

Deborah sagte es noch einmal. Sie sei schwanger. Seit drei Monaten keine Regel. »Ich hab mir alles überlegt. Ich will das Baby behalten. Frank und ich können heiraten.«

29

Zwei Königinnen und ein Herzog

Jetzt, wo Frank Ilse Brauchmanns Hand hielt – wenn auch nur kurz –, konnte er an wenig anderes denken. Auch fand er es schwieriger als gedacht, beim Verzehr eines Spiegeleis über Musik zu sprechen. Doch der seltsame Hickhack, mit dem die Unterrichtsstunde begonnen hatte, hob ihre Beziehung auf eine neue Ebene. Der Streit hatte die Luft gereinigt. Das erinnerte Frank an den Garten beim weißen Haus am Meer. In der Sommerhitze sah er oft recht trist aus, verwüstet von der sengenden Sonne und dem salzigen Wind, doch es brauchte nur zu regnen, dann lebten frische Farben und Düfte auf, als wäre der Garten neu bepflanzt worden.

Ilse sagte: »Meine Güte, Frank, die Platten, die Sie für mich ausgesucht haben, haben mir irrsinnig gut gefallen. Ich habe mich heute schon den ganzen Tag in der Arbeit auf meine Musikstunde gefreut.«

Frank versetzte sie innerlich in ein Büro mit einem großen Schreibtisch und einer ganzen Reihe von Telefonen. Mode, stellte er sich vor. Vielleicht arbeitete sie ja auch mit ihrem Verlobten zusammen. Genaueres wollte er gar nicht wissen, was auch gut war, denn sie sprudelte schon weiter:

»James Brown! O mein Gott! *Beata Viscera*! Und der Puccini! Ich konnte nicht mehr *atmen* … Und dann *Stairway to Heaven*. Ich liebe diese Musik! Und was haben Sie mir heute mitgebracht?«

Musik, erklärte Frank, kann Dinge ausdrücken, die sich mit Worten nicht sagen lassen. Das sei das Thema seiner dritten Lektion. Leider gab es bei den ganzen Tellern, Kannen, Saucen und so weiter keinen Platz auf dem Tisch, um alle Platten vor Ilse auszubreiten, deshalb hielt Frank sie einfach wie Schilder hoch, eine nach der anderen. Heute würde Ilse, sagte er, dem Punk begegnen, einer weinenden Königin, dem Duke und einem Mann im Kleid.

Ilse nickte mit großen, glänzenden, staunenden Augen. Sie begann schon zu strahlen, dabei hatte er noch nicht einmal angefangen.

»Auch bei Musik sollte vor möglichen Gesundheitsgefahren gewarnt werden. Die richtigen Worte, mit der richtigen Musik kombiniert, wirken wie Dynamit. Was wissen Sie über Punk?«

»Nichts.«

»Ich möchte, dass Sie Punk verstehen. Denn er bedeutet mir was. Okay?«

»Okay, Frank.« Strahl, strahl, strahl.

»Also, hier haben wir *God Save the Queen* von den Sex Pistols. Der Song ist 77 rausgekommen, als die Queen ihr silbernes Thronjubiläum feierte und das ganze Land sich in ein einziges Straßenfest verwandeln sollte. Aber in dem Song heißt es, dass es keine Zukunft gibt. Dass England aus der Spur ist. Er macht sich lustig über das Establishment und das Königshaus, ist aber auch auf wirklich britische Art ziemlich witzig. Da waren die Sex Pistols, diese vier verkommenen Typen, die kaum spielen konnten. Sie guckten sich die ganzen Leute mit den Partyhütchen an und sagten genau das, was keiner sagen durfte. Sie sagten, *Fuck the Queen.*«

Ilse Brauchmann saß da, vollkommen überwältigt. Sie vergaß sogar, dass sie ein gekochtes Ei vor sich hatte.

»Der Song wurde von der BBC boykottiert, und die Hälfte der Läden wollten ihn nicht verkaufen, aber ich habe ihn den ganzen Sommer gespielt. Als Dienst an der Öffentlichkeit. Nicht dass ich etwas gegen die Queen hätte – ich mag sie sogar. Aber es musste unbedingt einen Ort geben, wo das Unsagbare noch gesagt werden konnte. Um fair zur Queen zu sein, sie war da vermutlich ganz meiner Meinung. Jedenfalls hat sie John Lydon keineswegs einen Kopf kürzer gemacht oder so.«

Hahaha, platzte Ilse Brauchmann heraus und lachte plötzlich so schallend, dass sie tun musste, als gähne sie.

»*God Save the Queen* ist ein einziger großer Selbstzerstörungknopf. John Lydon kann weder singen noch Noten lesen, und allein das ist schon Provokation. Sein Song richtet sich nicht nur gegen die Monarchie, sondern gegen alles, einschließlich gegen ihn selbst. Aber wir brauchen ihn. Wenn das ganze Land Papierfähnchen schwenkt und Sandwiches isst, dann braucht es jemanden, der ihm den blanken Hintern zeigt. Verstehen Sie?«

Ilse nickte. Langsam.

Als Nächstes zog Frank *Didos Klage* heraus, von Purcell für seine Oper *Dido und Aeneas* komponiert.

»Das war also eine Explosion. Das hier ist eine Implosion. Die traurigste Arie, die Sie JEMALS hören werden. Die Oper ist fast zu Ende, und der einzige Mann, den Königin Dido je geliebt hat, hat sie gerade verlassen. Sie weiß, dass vor ihr nichts mehr liegt als der Tod. So klingt es, wenn ein Herz bricht.«

Ilse hatte nach einem Streifen Toast gegriffen und wollte ihn in ihr Ei tauchen, hielt aber mitten in der Luft inne. Sie fragte nicht: »Wie klingt es denn?«, weil sie ihre Stimme anscheinend noch nicht in der Gewalt hatte, aber Frank meinte, sie hätte es gefragt, wenn sie gekonnt hätte.

»O Gott, es ist so genial. Die ganze Arie lang singt sie immer wieder ›*Remember me, remember me*‹, immer auf demselben Ton. Und bei der letzten Wiederholung geht die Stimme nach oben. Und das – *ah.*« Er klopfte sich an die Brust. »Da bricht einem selber das Herz, weil das so verzweifelt ist, diese kleine Veränderung in den Tönen – und in diesem Moment wird uns auch klar, wie gewöhnlich wir alle sind. Wer wird sich an uns erinnern? Sie ist die Königin von Karthago und weiß, dass das nichts bedeutet! *Ah.*« (Noch einmal Brustklopfen.) »Sie hört auf zu singen, bevor das Orchester aufhört, und das ist der letzte Tiefschlag, weil die Musik ohne sie weiterspielen muss, und das ist so traurig, mein Gott, ist das traurig, SO traurig …« Er musste innehalten, weil er – zu seinem eigenen Entsetzen – in Tränen ausbrach. Sie reichte ihm ein Papiertaschentuch. Er sagte: »Hören Sie zu. Hören Sie sich das gleich an, wenn Sie nach Hause kommen. Ziehen Sie sich nicht einmal den Mantel aus. Legen Sie sich einfach mit den Kopfhörern auf den Boden und hören Sie zu.« Er schnäuzte sich ausgiebig. »Ich habe eine Erkältung«, erklärte er. Nur für den Fall, dass sie glaubte, er sei gerührt oder ein Weichei oder sonst was.

Vielleicht hatte auch Ilse Brauchmann eine Erkältung, denn auch sie putzte sich die Nase. Er schlug vor, er könne eine Pause machen, wenn sie ihr Ei fertigessen wolle, aber sie schob den Teller beiseite und richtete den Blick auf ihn, das Kinn auf die Hände gestützt. Sie war ganz Auge und Ohr und außerdem ein Wust kreuz und quer abstehender Haare.

»Jetzt kommen wir zum Duke. Duke Ellington. Eins können Sie mir glauben, nach Dido brauchen

Sie den. Er ist so fröhlich. Die Musik fließt und gleitet nur so dahin! Track eins, *Satin Doll.* Die Instrumentalversion. Hier explodiert nichts und implodiert nichts, hier wird einfach gefeiert, und wie. Das ist eine Nummer, in der jedes einzelne Instrument der Band groß rauskommt. Alle spielen ein Solo, alle müssen sich dabei gegenseitig unterstützen. Duke Ellington hat das immer als letzte Nummer gespielt, und wenn Sie sich den Song anhören, wissen Sie, warum. Es ist, als ob in der Band die Lichter ausgehen, eins nach dem anderen, bis zum allerletzten *Bumm.* Der fröhlichste aller Abschiede.«

Ilse lachte.

Und was geschah, als er zur vierten Platte kam, zur *Symphonie Fantastique* von Berlioz und der Geschichte, die Peg einmal von dem verkleideten Mann erzählt hatte? Frank hatte zu hoffen begonnen, dies sei seine bisher beste Stunde – auf alles, was er sagte, brach Ilse Brauchmann entweder in ausgelassenes Gelächter oder schier in Tränen aus. Endlich fasste Frank Zutrauen zu sich selbst, fand sogar Spaß am Reden und erzählte ohne ein einziges Äh oder Hm von den absurden Anstrengungen, die Berlioz unternommen hatte, um seine Identität zu verbergen. Er beschrieb sogar das Dienstmädchenkleid und den Hut und schmückte sie mit farbenfrohen Einzelheiten aus, dass sie noch absurder und komischer wirkten. Frank war so witzig, dass er selbst brüllte vor Lachen: Stellen Sie sich diesen vom Teufel gerittenen Romantiker vor, wie er in seiner Kostümierung durch Paris läuft, mit geladener Pistole und Hut mit Schleier. »Wen wollte der denn hinters Licht führen? Das war doch einfach *schwachsinnig.* Als ob ihn niemand bemerken würde! Wie konnte er nur glauben, dass die Leute ihm diese Maskerade abnehmen würden?«

Da rappelte sich Ilse mühsam auf die Beine hoch. Sie hatte einen verstörten, verletzten Ausdruck im Gesicht, als hätte er sich über den Tisch gebeugt und ihr einen Magenschwinger verpasst.

»Was ist denn los? Was machen Sie?«

Sie kämpfte mit dem Schnappverschluss ihres Portemonnaies, aber ihre Hände zitterten so, dass sie ihn nicht öffnen konnte.

»Ilse?«

»*Verdammt*«, zischte sie auf Deutsch.

»Bitte, lassen Sie mich helfen …«

»Ich brauche Ihre Hilfe nicht.«

Schließlich hatte sie es geschafft, das Portemonnaie klappte auf, und sie knallte einen Fünfpfundschein auf den Tisch, dazu den Umschlag mit dem Bargeld. Sie packte ihren Mantel, die Platten ließ sie liegen.

»Ich verstehe nicht. Was habe ich denn gesagt?«

Sie floh zur Tür und blickte sich noch einmal um, nur um ihn anzufauchen: »Wagen Sie es bloß nicht, mir zu folgen.« Sie boxte in die Luft, eine seltsam wilde Geste, trat hinaus und wurde vom Dunkel verschluckt.

Schweigend packte Frank seine Platten wieder in die Papiertüte. Er kam sich vor wie ein Elefant im Porzellanladen, ohne die leiseste Ahnung, womit er sie so verstört hatte. Was hatte er denn gesagt? Die Bedienung saß auf ihrem Hocker vor den Schwingtüren und beobachtete ihn, den Mund grimmig zusammengepresst. Sie schien ziemlich entschlossen, diese Miene so schnell nicht wieder abzusetzen. Frank stellte seinen Teller auf Ilse Brauchmanns Teller und faltete dann umständlich die zwei benutzten Servietten zusammen. Es war, als wolle er die Gespenster des Geschehenen wegräumen. Wenn er nur begreifen könnte!

»Männer«, sagte die Bedienung mit demselben Ausdruck, mit dem man eine hässliche schwarze Wolke betrachtet und *Regen* sagt.

»Aber sie hat es mir doch verboten. Sie hat mir verboten, ihr zu folgen.«

Woraufhin sie so heftig mit den Augen rollte, dass es gefährlich danach aussah, als würden sie in ihrer Stirn verschwinden. »Wie blöd kann *Mann* denn sein?«

Er suchte überall. Auf der Castlegate, in den kopfsteingepflasterten Gässchen, am Taxistand. Einmal zur Suche entschlossen, konnte Frank den Gedanken nicht ertragen, sie nicht zu finden. Die Temperatur war plötzlich gefallen, die Kälte zwickte ihn wie mit Kneifzangen, sie schien durch seine Augen und seinen Mund zu dringen und sein Inneres zu vereisen. Er musste die Hände unter die Achseln klemmen, um sie warm zu halten. Es stank heute besonders penetrant nach Käse und Zwiebeln. Über der Stadt hing tief der Mond, von einem verschwommenen Heiligenschein umgeben; das Dunkel hatte einen Grünstich, aber vielleicht ging wieder die Phantasie mit ihm durch. Er trottete an Arbeitern vorbei, die sich nach der Schicht in der Chipsfabrik auf den Heimweg machten, an Händlern, die ihre Stände zusammenpackten – keine Ilse Brauchmann, nirgends. Er traf auf Gangs von Jugendlichen, die durch die Straßen zogen, auf eine Reihe Eingemummter, die unter Pappestücken lagen, und auf junge Paare, die von den Weinbars zum sicheren Auto spurteten. In den hell erleuchteten Schaufenstern von Woolworth glänzte ihm eine ganze Wand voller CDs entgegen. Er ging an kaputten Regenrinnen vorbei, an Mauern, schwarz vom Regen und den Abgasen, denen sie jahrelang ausgesetzt waren, an bröckelndem Putz, an Fenstern mit zerbrochenen Scheiben, verbarrikadiert mit Wellblech. An Graffiti und Parolen. Er kehrte sogar in den Park zurück und lief die ganze Strecke um den See herum noch einmal ab; die Vergnügungsboote stießen gegen den Steg, das Wasser war schwarz wie Kohle. Von Ilse Brauchmann keine Spur. Wieder einmal war die Frau einfach verschwunden.

Als er wieder an der Kathedrale anlangte, hatte es zu schneien begonnen. Winzige Flöckchen segelten langsam herab, so schwerelos, dass sie zu schweben schienen. Frank hastete weiter, hielt an Bushaltestellen, in Pubs, in Restaurants nach ihr Ausschau. Eine größere Flocke landete auf seinem Ärmel, ohne zu schmelzen. Innerhalb sehr kurzer Zeit verdichteten sich die Flocken, als hätte der Himmel eine große Menge davon abzuladen und merkte, dass er einen Zahn zulegen musste. Frank kehrte zum *Singing Teapot* zurück in der Hoffnung, dass vielleicht auch Ilse Brauchmann dorthin zurückgekehrt war, aber das Café war leer, die Deckenbeleuchtung schon ausgeschaltet. Die Bedienung stand am Fenster und spähte in den Himmel. Als sie Frank erblickte, schüttelte sie nur den Kopf, wie um zu signalisieren, dass sie von ihm noch weniger hielt als von dem Wetterumschwung.

Es schneite nun richtig heftig, Flocken groß wie Kapokbüschel, ganze Kissenladungen, auf dem Boden lag schon eine geschlossene Schneeschicht. Frank konnte kaum nach oben oder nach vorne sehen. Auf der anderen Straßenseite drehten die Räder eines Autos durch, griffen auf dem Boden nicht mehr. Zusammen mit ein paar anderen Leuten schob Frank den Wagen an.

»Wo kommt denn plötzlich dieses Wetter her?«, rief jemand.

»Gehen wir lieber nach Hause«, rief ein anderer zurück.

In weniger als einer halben Stunde war die Stadt verstummt, unter einer Schneedecke erstickt. Als Frank einen Abstecher in die Kathedrale machte, hatte er lediglich die Absicht, sich ein bisschen aufzuwärmen, bevor er in den Schnee zurückkehren und weitersuchen würde. Rückblickend fragte er sich, warum er keine Sekunde lang vermutet hatte, dass Ilse Brauchmann die Stadt längst im Taxi verlassen hatte und nun neben ihrem Verlobten vor dem Kamin saß, aber er war so von dem verzweifelten Wunsch besessen, sie zu finden, dass ihm solche praktischen Überlegungen zum Glück sehr fernlagen. Es ist schwer, auf einen Moment zurückzublicken, solange man noch mittendrin steckt und seine Mühe damit hat.

War es auf der Straße schon kalt, so war es in der Kathedrale noch kälter, es herrschte darin eine Art konservierte Kälte, als stiege man in einen Kühlschrank und schlösse die Tür hinter sich. Riesige Steinsäulen erhoben sich bis zur Decke und verzweigten sich dort zu einem Fächergewölbe. Ein Geschäftsmann kniete neben seinem Aktenkoffer, eine alte Dame saß mit gebeugtem Kopf in der Bank, zwei Priester schienen den Teppich vor dem Altar mit den Füßen zu glätten.

Und da war sie.

Grüne Schultern. Allein in einer Bank.

Frank näherte sich leise und im panischen Schrecken, sie wieder zu verlieren. Ihre Augen waren verquollen, ihre Lippen blass und aufgedunsen. Die Lederhandschuhe lagen neben ihr, die Handtasche stand offen. Sie hatte eine Tube Creme herausgenommen, mit der sie ihre Hände einrieb; sie massierte sich die Creme mit viel Druck in die Finger.

Frank setzte sich neben sie. Er sagte nichts, weil er keine Ahnung hatte, wo er anfangen sollte. Schließlich brach Ilse das Schweigen.

»Haben Sie sich über mich lustig gemacht? Weil ich meine Hände verstecke?«

»Natürlich nicht. Warum sollte ich denn so was tun?«

»Fragen Sie sich nie, wer ich bin?« Sie sprach mit zusammengebissenen Zähnen, als schmerzten die Worte in ihrem Mund. Und dann streckte sie ihm ihre Hände abrupt vor die Nase. »Schauen Sie sie an, Frank. Schauen Sie gut hin.«

»Ja. Ja, ich sehe.« Er wünschte, sie hätte sie ihm nicht so brutal gezeigt. Es war, als müsse er miterleben, wie sie sich selbst verletzte. Auch redete sie ziemlich laut. Wenn sie sich nicht vorsah, würde sie alle Blicke auf sich ziehen. Zum Glück waren die anderen so ins Gebet vertieft, dass sie diese Frau im grünen Mantel, die die nackten Hände hochhielt, nicht zu bemerken schienen.

»Sehen Sie? Berlioz war nicht der einzige Mensch auf der Welt, der eine blödsinnige Maskierung trug. Sehen Sie? Schauen Sie meine Hände an. Wollen Sie auch über mich mal so richtig herzhaft lachen?«

In der Größe unterschieden sich Ilses Hände nicht sehr von denen anderer Leute, aber was Frank schockierte, waren die geschwollenen Fingerknöchel, vor allem die Mittelgelenke, die zu roten Knubbeln verdickt waren. Nicht nur das, die Daumen waren dazu noch stark verdreht. Es musste sehr schmerzhaft sein, solche Hände zu haben.

»Was ist denn da passiert?« Franks Stimme fand kaum zu sich.

»Arthritis. Das hat schon in meiner Jugend angefangen. Es wird sich immer weiter verschlimmern.«

Sie begann zu weinen, sehr diskret, als wolle sie in der Kathedrale niemanden stören. Nach ihrem lauten Ausbruch erschütterte ihn das am meisten. Dass eine schöne Frau in einer Kathedrale weinen musste, weil ihre Hände so entstellt waren, und es doch leise und rücksichtsvoll tat.

»Aber Sie sind mit Ihren Händen so geschickt …«

»Herr im Himmel, Frank. Jeder kann einen Spitzer zusammenstecken. Jeder kann ein paar Nägel in einen Fensterrahmen hämmern.« Sie zog ein Taschentuch aus dem Ärmel und schnaubte hinein.

Er streckte die Hand nach ihr aus. Sie zuckte zurück, aber er wartete mit ausgestreckter Hand. Der Geschäftsmann ging, die beiden Priester zogen sich in die Sakristei zurück, und endlich tasteten ihre Hände nach der seinen. Er umschloss sie mit seinen beiden Händen, ihre Knöchel lagen unter seinen Fingern wie die Knochen eines kleinen Tiers. Sie fühlten sich sehr heiß an.

»Begreifen Sie jetzt, Frank? Begreifen Sie?«

Sie war nicht so, wie sie sein wollte. Er hatte begriffen. Sie brauchte nichts weiter zu erklären. Frank betrachtete immer wieder Ilse Brauchmanns geschwollene Hände; sie tat ihm so leid, und er war so gefangen in seiner stillen, zuverlässigen Liebe, die keinem weh tat, am wenigsten ihm selbst, dass er nicht erkannte, was sie ihm so verzweifelt zu verstehen geben wollte.

Draußen fiel der Schnee in fröhlichen Massen herab. Und deckte alles zu.

SEITE C: FRÜHLING 1988

30

I'm not in Love

Willkommen im neu renovirten Plattenladen!!, stand auf Kits Poster im Fenster. *Keine CDs! Keine Kasetten!! Wir verkaufen nur Vinyl! Herzlich willkommen, kommt alle rein!!*

Es war Ende März, fünf Wochen nach dem überraschenden Schneeeinbruch, der die Stadt in einen Ausnahmezustand versetzt hatte. Die Tage waren wärmer. Länger. Die Häuser leuchteten in der Sonne, manchmal weiß wie Knochen, manchmal kupferfarben, manchmal rosa wie Rosenquarz. Frühmorgens zogen lange, schmale Wolkenbänder wie goldglitzernde Borten über die Chipsfabrik, deren Rauchkräusel im Blau verblassten.

Der Frühling war ausgebrochen, endlich war er da. Die Bäume winkten mit ihren wunderschönen neuen Blättern. *(Schau uns an, Frank! Schau her!)* Der Musikpavillon im Park wurde für die Sommersaison neu gestrichen, die Vergnügungsboote von ihren Liegeplätzen losgetäut. Die Läden auf der Castlegate präsentierten Sommerware, vor den Weinbars wurden Tische und Sonnenschirme aufgestellt.

Woolworth widmete der neuen CD *Now That's What I Call Music 11* ein ganzes Schaufenster, obwohl sie erst im April erscheinen würde.

In der Unity Street gingen die Fenster auf, Decken wurden gelüftet, Wäsche hing auf der Leine. Die Vögel sangen, bevor es hell wurde, Mrs Roussos erzählte, dass sie unter ihrem Dach ein Nest bauten. Die italienische Familie am Ende der Sackgasse kaufte eine Hollywoodschaukel für den Garten. Die beiden kleinen Mädchen mit den rosa Mänteln lernten Rad fahren. Ein weiteres Haus wurde verkauft und mit Fort-Development-Schildern verbrettert; aber Schmierereien gab es keine mehr. Auf der Reklametafel ganz hinten wurde das Plakat mit den vielen fröhlichen Menschen beim Kaffeetrinken mit einem Plakat überklebt, auf dem viele fröhliche Menschen auf brandneue Häuser deuteten. Niemand malte ihnen Bärte oder Hörner. Die Baufirma verschickte an sämtliche Läden und Privathäuser in der Unity Street eine Einladung zu einer öffentlichen Versammlung Anfang Mai, stieß damit jedoch auf null Interesse. In der Mitte der Straße blinkte jeden Abend ein Neonschriftzug, DER PLATTENLADEN, allerdings gab es ein kleines Problem mit der Verkabelung, und bei Frank brannten nun oft die Sicherungen durch. (Der Mann, der den Schriftzug installiert hatte, versprach eine Reparatur, sobald die Ersatzteile einträfen.) Das neu verglaste Fenster war mit bunten Alben dekoriert, jede Platte war einzeln in Zellophan versiegelt und trug ein handgeschriebenes Etikett mit speziellen Hörtipps. (Elgar, Sospiri: *Ein kurzes Stück, in den Monaten vor dem Ersten Weltkrieg komponiert. Man hört, wie sich über Europa die Sturmwolken zusammenbrauen. Wer die* Walker Brothers *mag, sollte sich das unbedingt anhören!!*) Die Fassade bröckelte weiter vor sich hin (Kits Warnschilder hingen immer noch an den Laternenpfosten), aber das Absperrband war gerissen, und von der Stadtverwaltung kam niemand, um nachzukontrollieren.

Innen im Laden zogen sich an der linken Wand neue Holzmöbel entlang, ein großer, frei im Raum stehender Präsentationsständer ersetzte den einstigen Mitteltisch. Präsentationsschränke standen auch an der rechten Wand, endeten allerdings abrupt, wo dem Schreiner das Holz ausgegangen war – er wartete auf Nachschub. Gleich hinter der Tür prangte eine Hightech-Theke mit richtigen Schubladen und Unterschränken. Die kaputten Dielenbretter waren durch schmale neue Bretter ausgetauscht, doch der persische Läufer lag immer noch da; Frank brachte es nicht über sich, ihn wegzuwerfen.

Sein Plattenspieler blieb hinten im Laden, eingezwängt zwischen den beiden Abhörkabinen. Die sähen aus wie Schlafzimmermöbel, hatte der Schreiner wiederholt geklagt (»Es *sind* Schlafzimmermöbel«, sagte Kit.) Aber Frank wollte nichts von neuen Kabinen wissen. Die Einschweißmaschine hatte ihren Platz gegenüber Franks Wohnungstür behauptet, daneben lud ein Stuhl zum Warten ein, bis das Surren, Klopfen und Versiegeln beendet war. Häufig hing über der Rückseite des Geräts ein grüner Mantel.

Der Laden, einst so schäbig zusammengeschustert, war drauf und dran, sich zu einem schicken, klug durchgeplanten Fachgeschäft zu mausern, mit Tausenden Platten von der Chart Single bis hin zum seltenen Sammlerstück. Jetzt brauchte nur noch der Schreiner zu kommen, um die Inneneinrichtung zu vervollständigen. Er versprach es immer wieder und auch, dass er sich beeilen würde. Aber das hieß nur, dass seine Arbeitseinsätze genauso rar bleiben würden wie bisher. Dreimal blieb Kit, als er nach einer Platte suchte, mit dem Pulli an einem Nagel hängen und musste gerettet werden. Es sei unklug gewesen, meinte Pete, der Barmann, den Handwerker im Voraus zu bezahlen.

Franks Stirnfransen waren wieder gewachsen, derselbe wilde Mopp wie eh und je. Er hatte seinen Dispo bis zum letzten Cent ausgeschöpft. Nein, in Wahrheit hatte er ihn sogar überzogen. Aber anstatt mit Henry zu reden, hatte er beschlossen, keine Auszüge oder Briefe von der Bank mehr zu öffnen. Es war schließlich Frühling. Mit der Wärme und den längeren Tagen würden die Kunden bald wieder in die Unity Street strömen. Allein letzte Woche hatte

Pater Anthony zehn lederne Lesezeichen und einen Briefbeschwerer verkauft, und ein Biker hatte sich von Maud den ganzen Torso voller Herzen und Blumen tätowieren lassen.

Einmal noch rief ein Vertreter an. »Das ist deine letzte Chance, Frank«, warnte er. »Bist du sicher, dass du es dir mit den CDs nicht doch noch überlegen willst? Bist du sicher, dass du alles im Alleingang schaffst? Ich könnte vorbeikommen. Ich habe ein paar interessante Sachen auf CD. Wir alle vermissen dich, Frank.«

Ja, er sei sich seiner Sache ganz sicher, wiederholte Frank. Er würde immer nur Vinyl verkaufen.

»Es ist *nichts* zwischen uns. Wir sind nur *Freunde*. Sie hat einen *Verlobten.*«

Das sagte Frank täglich. Und jedes Mal hob jemand eine Augenbraue, lächelte wissend oder warf einen schrägen Blick in Richtung der beiden.

Nachdem Ilse ihm gezeigt hatte, was mit ihren Händen los war, hatten seine Gefühle für sie eine neue Wohlfühlqualität erlangt. Er steckte nicht mehr im Schleudergang der Liebes-Waschmaschine, sondern hing schon fröhlich zum Trocknen auf der Leine. Er ging jeden Abend ruhig schlafen, und wenn er am nächsten Morgen aufwachte, wartete seine Liebe schon genau so auf ihn, wie er sie zurückgelassen hatte. Es stimmte, dass Ilse Brauchmann Richard hatte, es stimmte, dass sie und Frank nie zusammen sein könnten. Aber es war ihm auch ganz recht, sie auf diese Weise zu lieben. Treu und beständig. Wovor hatte er solche Angst gehabt? Er litt nicht im Geringsten.

Auch Ilse schien nun entspannter, seit sie ihr Geheimnis mit Frank geteilt hatte. Manchmal sah er, wie sie ihre langen Arme um ihre Schultern legte wie eine anmutige Kette und einfach vor sich hin lächelte, nichts Spezielles im Blick.

Sie kam in den Laden, wann immer sie konnte. Vielleicht nur für eine halbe Stunde. Es konnte aber auch ein ganzer Nachmittag sein. Das hing von ihrer Arbeit ab.

»Ich dachte, ich könnte mich noch ein bisschen dieser Einschweißmaschine widmen«, sagte sie dann. Wenn sie mittags kam, brachte sie Sandwiches mit. Manchmal schmerzten ihre Hände sehr, und es dauerte lange, sie geschmeidiger zu machen. Manchmal sahen sie so wund und geschwollen aus, dass man kaum zusehen konnte, wenn Ilse sie mit Creme einrieb. Aber es gab auch Tage, an denen sie sich kaum bemerkbar machten. Ilse hörte auf, Handschuhe zu tragen.

»Ich wusste, dass Ihre Hände echt sind«, sagte Kit eines Nachmittags.

Ilse sah ihn zutiefst verwirrt an, brachte aber ein Lächeln zustande.

»Meine Mum hat auch Arthritis«, sagte er.

»Hat sie Schmerzen?«

»Nein, sie ist außerdem noch dement. Den größten Teil der Zeit versucht sie sich daran zu erinnern, wer die Leute alle sind. Oft erkennt sie nicht mal meinen Dad.«

»Wie schrecklich«, murmelte Ilse.

»Ich glaube, sie fühlt sich ganz wohl dabei«, meinte Kit.

Alle Ladenbesitzer in der Unity Street reagierten ähnlich, als sie in Ilses Geheimnis eingeweiht wurden: Sie schlossen sie noch mehr ins Herz. Von Maud einmal abgesehen, nahmen sie Ilse unter ihre Fittiche wie einst Frank. Mrs Roussos schenkte ihr eine Tube Spezialsalbe. Pater Anthony kaufte ihr ein Paar Sommerhandschuhe. Als ihr herausrutschte, dass sie Geburtstag hatte, erschienen die Williams-Brüder mit gesenktem Kopf und einem Blumengebinde. Frank kaufte eine Flasche Sekt, und alle stießen auf Ilse an, während *Birthday* aus dem *White Album* der Beatles lief. Ilse lachte und lachte.

Lektion vier. Lektion fünf. Lektionen sechs, sieben, acht. Frank machte Ilse mit Haydn bekannt, mit Blondie, mit Brahms – *1. Klavierkonzert* (»Die Musik ist ein einziger Sturm, dann kommt das Klavier, und man glaubt, man tritt auf eine sonnige Lichtung hinaus«) –, mit Mozart, dem Wunderknaben; mit Joni, Ella, Curtis Mayfield, Bob Marley, Chic (»Dabei kann man unmöglich stillsitzen«), mit dem isländischen Chor und seinem erhabenen *Heyr Himna Smidur* (»O Gott, Frank«, sagte sie ihm anschließend, »es war, wie von hundert Händen getragen zu werden.«). Mit den Liebesliedern von Reynaldo Hahn einschließlich *A Chloris* (»musikalische Zeitreise«, nannte er das); mit Schostakowitsch, mehr von Bach, mehr von Aretha.

Wenn Frank und Ilse allein miteinander im *Singing Teapot* saßen, redeten sie über Musik. Sie gierte nach allen Platten, die er ihr mitbrachte, und wenn sie sie angehört hatte, wies sie auf Dinge hin, die nicht einmal er bemerkt hatte. Ihr Gespräch war aufgeregt, glückselig, übersprudelnd. Sie hatten sich so viel zu sagen, fielen einander ins Wort. Die Bedienung brachte den üblichen Tee, die übliche Limonade mit Eiswürfeln, aber dann begann sie auch zu kochen. Einmal versuchte sie sich an Lammkoteletts, in der nächsten Woche an Steak Pie. Wenn andere Gäste die Tür öffneten, was selten genug geschah, blaffte sie mit vernichtender Unhöflichkeit »Geschlossen!« und blickte die Leute dabei kaum an. Aber anscheinend war sie irgendwann zu dem Schluss gekommen, dass sie Frank und Ilse gern bediente oder zumindest, dass sie für die beiden so notwendig war wie ein Zahnrädchen in einem Getriebe. Manchmal meinte Frank sogar, sie hinten auf ihrem Hocker beim Lauschen zu ertappen; dann war ihr Gesicht ganz rot und verschwitzt vor Glück.

Nach dem Unterricht gewöhnten sie es sich an, beim Zurücklaufen Umwege zu machen. Die Umwege wurden immer länger, schlossen vielleicht sogar einen Abstecher zu den alten Hafenanlagen ein – auch dort hatte Fort Development Zäune und Schilder errichtet, mitten im Brachland, über dem die Möwen kreisten. Oder die beiden besuchten die Kathedrale. Sie gingen durch den Park, und Ilse sprach von Sommerpicknicks. Die Stadt war für Frank mit allen ihren Seiten schön und interessant geworden. Die schlichten Häuser aus braunen Ziegeln, der Uhrturm, wo die Junkies herumhingen, die verfallenen Lagerhäuser, sogar der Geruch nach Käse und Zwiebeln, wenn der Wind aus der falschen Richtung wehte. Bäume trugen rosa Blütenbommel, Entenküken schwammen auf dem See wie von einer Schnur gezogen, die Luft war warm, aber noch nicht heiß.

»Wie funktioniert das bei Ihnen, Frank?«, fragte Ilse einmal, als sie am Musikpavillon vorbeiliefen, um den Sonnenuntergang zu betrachten. »Woher weißt du, was die Leute für Musik brauchen?«

Er gab zu, dass er keine Ahnung habe. Es sei immer so gewesen. Seit er denken könne.

»In der Krankheit liegt die Heilung«, sagte sie langsam, als läse sie die Worte vom pinkgefärbten Himmel ab. »Gibt es etwas, was du nicht hören kannst, Frank?«

»Das Halleluja aus dem *Messias.*«

Sie lachte, aber ihm wurde allein schon vom Namen des Chorstücks flau und hohl im Magen. »Mir ist gar nicht zum Lachen«, sagte er. »Das war Pegs Lieblingsstück. Ich will es nie wieder hören. Ich glaube, ich würde dabei draufgehen.«

Im Laden war ihre Beziehung völlig anders. Sie redeten kaum miteinander. Frank genügte es schon, mit ihr am selben Ort zu sein, Ilse an der Einschweißmaschine, er am Plattenspieler. Kit jedoch begann die Fragen zu stellen, die Frank bewusst vermied.

»Wo wohnen Sie denn, Ilse Brauchmann?«

»Nicht weit weg.«

»Zur Miete?«

»Ja.«

»Schöne Wohnung?«

»Ich schätze schon.«

»Groß?«

»Geht so.«

»Mit Ihrem Verlobten, Ilse Brauchmann?«

»Du brauchst mich nicht Ilse Brauchmann zu nennen. Nenn mich doch einfach Ilse. Sonst klingt es so, als würdest du mich nicht kennen.«

Kit sprang von einem Fuß auf den anderen, ein Zeichen von Verlegenheit, aber auch die Ankündigung eines unmittelbar bevorstehenden Geständnisses. Er erklärte, dass er Deutsch lerne. Er habe sich aus der Bücherei ein Buch samt Schallplatte ausgeliehen. Das Problem sei, dass die Platte Kratzer habe. Die Nadel springe von Lektion eins sofort auf Lektion sechs, vom Grundlegendsten zu *Im Krankenhaus.* Bisher könne er »Hallo«, »Guten Abend«, »Ich heiße Kit« und dergleichen sagen, außerdem könne er sagen, dass er im Januar ein Baby erwarte.

Im Lauf der Wochen stellte er weitere Fragen. Fragen, die auch Maud, Pater Anthony, die Williams-Brüder und sogar Mrs Roussos stellten, wenn sie sich im *England's Glory* trafen. Fragen, die Frank achselzuckend als belanglos abtat; er wollte nicht in Ilses Leben herumschnüffeln, was sie miteinander teilten, war die Musik, mehr brauchte er nicht zu wissen. Ilse schien sich jedoch über diese Fragen zu freuen.

Sogar dankbar dafür zu sein.

Sie war stets bereit, Kits Fragen auf der Stelle zu beantworten.

Wie lange sie denn schon in England sei? *Sie war im Januar angekommen.* Warum sie so gut Englisch könne? *Sie hatte es in der Schule gelernt.* Was sie getan habe, bevor sie in diese Stadt kam? *Ach, nicht sehr viel.* Ob ihr England gefiele? *Ja.* Warum sie denn hergekommen sei? *Um mal was anderes in ihrem Leben zu machen.* Ob sie Geschwister habe? *Sie hätte gern welche gehabt, hatte aber keine.* Was ihre Eltern machten? *Ihr Vater war Allround-Handwerker und ihre Mutter Hausfrau.* Was ihre Lieblingsfarbe sei?

Lila. Lila? *Nein, das war ein Witz. Grün natürlich.* (Hahaha, lachte Kit. »Guter Witz.«) Was sie denn von Beruf sei? *Rate mal.* Lehrerin? *Nein.* Ärztin? *Nein.* Filmstar?

Sie lachte. »Ich bin Putzfrau.«

Kit fand die Vorstellung von Ilse mit einem Staubsauger so wahnsinnig komisch, dass er vor Lachen schließlich Schluckauf bekam und sie hinaufgehen musste, um ihm ein Glas Wasser zu holen.

»Und wann ist Ihre Hochzeit?«

»Meine Hochzeit?«

Alles Gelächter erstarb. Ilse hörte auf herumzualbern und sah unvermittelt zu Frank hinüber. Der griff zu seinen Kopfhörern, aber auch wenn er sich noch so sehr anstrengte, in die Musik abzutauchen, fand ihre Stimme doch zu ihm. Sie sprach jetzt, wie es ihre Art war, ganz langsam und vorsichtig, als folge sie Worten, die wie Steine auf einem Pfad vor ihr ausgelegt waren.

»Ich weiß nicht, Kit. Es ist kompliziert. Mein Vater hat gesundheitliche Probleme. Und ich vermisse auch meine Mutter. Vielleicht muss ich zurück nach Hause.«

»Und wo ist Ihr Verlobter?«

»Er ist – äh – auf Reisen.«

»Auf Reisen?«

»Mhm.«

»Er lebt nicht mit Ihnen zusammen?«

»Nicht so richtig.«

»Warum wollen Sie, dass Frank Ihnen Musikstunden gibt?«

»Ach du liebe Zeit, das Zellophan ist zerrissen.« Sie zog eine Platte aus der Einschweißmaschine, legte ein neues Stück Folie darüber und fing noch einmal von vorn an; diesmal kam die Platte perfekt versiegelt heraus. Ilse nahm ihren grünen Mantel und ging ohne eine Antwort.

Es war nun über drei Monate her, seit Ilse Brauchmann vor dem Plattenladen in Ohnmacht gefallen war. Frank fragte nicht, warum das passiert war. Er fragte nicht, wo sie wohnte oder wo sie arbeitete. Er fragte nicht, wo ihr Verlobter war oder welchen Beruf er ausübte, fragte nicht einmal, wann sie vorhatten zu heiraten. Er wusste über ihre Hände Bescheid, und das genügte ihm. Außerdem liebte er sie. Er würde sie immer lieben. Über Details war er längst hinaus.

Lektionen neun, zehn, elf, zwölf. Er brachte ihr *Veedon Fleece* von Van Morrison mit, *Five Leaves Left* von Nick Drake, die Stones, die Ramones, Bob, Schubert, Prefab Sprout, *The New Favourites of Brinsley Schwarz*, Graham Parker, *Can't Buy a Thrill* von Steely Dan, noch mehr von Bach, noch mehr von Aretha.

Und wenn er lauschte?

Es blieb immer dasselbe. Er hörte nichts als die Stille in ihr.

31
Shaft

Erst dieses Schlagzeug-Pattern auf Hi-Hat und Ridebecken, dann setzt *wah, wah, wah* die Gitarre ein. Danach eine ganze Minute Piano, Flöte, gestoßene Sax-Einwürfe, Funk-Bass, Tamburin und heroische Streicherklänge. Die Musik schwillt immer weiter an wie ein Fluss, der dem Meer entgegendrängt, bis – *Shaft!* – endlich Isaac Hayes mit seiner glatten, seidigen Bassstimme in den Song hineinsegelt wie der coolste Typ auf seiner Riesenyacht. Loyal zu seinen Freunden, tödlich für seine Feinde, zärtlich zu seinen Frauen …

You're damn right.

Kit stelzte vor den Plattenreihen auf und ab, loyal zu seinen Freunden, tödlich für seine Feinde, zärtlich zu seinen Frauen.

Shaft!

Er nahm das Aretha-Album und stellte es neben Albinoni.

Can ya dig it?

Er ging zur Einschweißmaschine hinüber und schnipste gegen den An-Schalter.

Right on.

Die Einschweißmaschine gab ein Surren von sich und einen zunehmend scheußlichen Geruch nach verbranntem Plastik.

Shut your mouth.

Kit quiekte auf, schaltete die Maschine aus und widmete sich wieder der Aufgabe, tödlich für seine Feinde zu sein.

Shaft!

Es gab Momente in Kits Leben, in denen er phantasierte, dass er eines Tages, wodurch auch immer, berühmt sein würde. Vielleicht war er gerade dabei, seiner Mutter die Tabletten zu holen oder seinen Dad zu wecken – und stellte sich vor, dass eine Filmkamera über seiner Schulter heranzoomte. Dabei hörte er Isaac Hayes und dann die tiefe Stimme eines Schauspielers: *Kit holt seiner Mum die Tabletten. Kit weckt seinen Dad.* Sein Leben schien mehr Sinn und Zweck zu bekommen, wenn er an Filmkameras und Isaac Hayes dachte.

Im Großen und Ganzen war es Kit bewusst, dass sich auf der Welt eine ganze Menge ereignete und sie dabei gut ohne Kit auskam. Wie verzweifelt er sich auch bemühte, er schien einfach nicht mitspielen zu dürfen. Ihn beschäftigte unablässig die Frage, wann das richtige Leben für ihn beginnen würde. *Was kann ich heute für Sie tun*?, fragte er im Plattenladen die Kunden genau wie Frank, doch anstatt ihm ihr Herz auszuschütten, wichen sie einen Schritt zur Seite und machten sich dann schnellstens aus dem Staub. Also fing er an, lustige Geräusche zu produzieren, um den Leuten klarzumachen, dass es ihn gab und dass er für niemanden eine Bedrohung war, sondern nur ein Spaßvogel. Das Ganze hatte als Witz begonnen, sich dann aber bedenklich verselbständigt, und jetzt merkte Kit es meistens gar nicht mehr, wenn er so herumkasperte. Seine Hände zitterten, weil ihn die Warterei, wann er denn endlich dazugehören würde, ganz nervös machte. Manchmal wurde das Zittern so schlimm, dass er tun musste, als fröre er. Oder er musste auf der Stelle hüpfen und mit verstellter Stimme herumfiepen. Die Lage hatte sich in letzter Zeit verschärft, weil ihn die Leute jetzt ansahen, als hätte er nicht mehr alle Tassen im Schrank. Dabei versuchte er doch nur so zu sein wie Frank.

Pater Anthony hatte einmal zu ihm gesagt, das Lauschen nehme bei jedem Menschen eine andere Form an. Man müsse seine eigene Form erst finden. Es sei ein bisschen wie beten, sagte er.

Kit war in beidem nicht sehr gut.

Er hatte keine Ahnung, wie Frank es anstellte, dass er die Musik in den Leuten hörte. Manchmal lauschte Kit so angestrengt, dass er das Gefühl hatte, seine Ohren zu überdehnen, und trotzdem fing er keinen Laut auf. Wenn er bei seinen Eltern lauschte, hörte er den Fernseher. Wenn er bei Pater Anthony lauschte, hörte er das Atmen eines alten Mannes. Wenn er bei den Williams-Brüdern lauschte, hörte er gar nichts, sondern roch nur Haarpomade. Und wenn er bei Maud lauschte, fragte sie ihn meist, wo zum Teufel er hinstarre.

Er war so sehr damit beschäftigt, sich über alle diese Dinge den Kopf zu zerbrechen und gleichzeitig Shaft zu sein, dieser komplexe Charakter, dass er die neue Kundin nicht bemerkte, die zur Tür hereinschlüpfte.

»Hallo, Kit.«

Es war *sie.* Ilse Brauchmann.

Er riss die Augen so weit auf, dass sich seine Augäpfel in den Höhlen verklemmten.

Sie lachte. »Alles okay? Ich wollte nur mal nach Frank schauen.«

Kit floh zum Plattenspieler und hob die Nadel zu schnell an, so dass er sie wieder fallen ließ und der *Sex Machine to All the Chicks* einen herben Schlag versetzte.

»Er ist neue Etiketten kaufen gegangen. Ich hüte den Laden.«

»Brauchst du Hilfe?«

Sie legte Mantel und Handschuhe ab. Ihre Hände sahen rot und wund aus.

»Nein, alles okay. Ich darf ja nichts anfassen, solange Frank weg ist.«

Sie lachte, als hätte er einen guten Witz gemacht,

was natürlich nett von ihr war, nur war es kein Witz gewesen, sondern Kits verdammter Ernst.

Das war noch so etwas, was Kit beschäftigte. Wann würde er aufhören, dauernd alles kaputtzumachen?

Ilse sah ihn an. Er hatte Angst, sie würde ihn wegen *Shaft* oder wegen des komischen Brandgeruchs fragen, der immer noch aus der Einschweißmaschine wehte; deshalb stürzte er sich blindlings auf das nächstbeste Thema.

»Wie geht es heute Ihrem Verlobten?«

Sie wurde rot. Dann seufzte sie. Sie seufzte unglaublich schwer, und es kam Kit wie ein Wunder vor, dass überhaupt noch Luft in ihr übrig war.

»Ach du lieber Gott«, murmelte sie auf Deutsch. *»Ich wünschte, ich hätte es nie gesagt.«*

Kit hatte nicht den leisesten Schimmer, wovon sie redete – seine Deutschlektionen waren nicht über nützliche Grußformeln und »Mein Tag im Krankenhaus« hinausgekommen. Aber wie schön sie aussah mit den hochgeschobenen Ärmeln und der lose herabfallenden Haarsträhne! Kit schaute sie verträumt an, und während er so guckte, bekam er noch etwas anderes von Ilse Brauchmann mit, etwas jenseits aller Worte. Es war weich. Melodisch. Ein Adrenalinstoß jagte ihm durch die Adern, ihm wurde schwindlig wie bei einem Sturz in die Tiefe. Ein Gefühl, als wäre er gar nicht vorhanden.

»Kit?«, sagte Ilse. »Alles in Ordnung?«

Er hatte kapiert, wie es geht! Er konnte die Musik in ihr hören, und es war die traurigste, die einsamste Violine.

Sie war in Frank verliebt. Das war ihr Geheimnis.

32
Regentropfen

Sacht kam er herunter, der Regen, nicht wie im Winter, wenn er einem eiskalt durch die Kleider dringt bis auf die Knochen, sondern als gleichmäßige sanfte Dusche, die auf die Dächer und das Kopfsteinpflaster rauscht. Der Regen war so warm, dass alles gleich wieder trocknete, sobald er aufhörte, und dann zog dieser frische, liebliche Geruch nach Gras und Blättern durch die Stadt, auch dort, wo nichts wuchs.

»Erzählen Sie's mir noch einmal«, bat Ilse Brauchmann an ihrem Stammtisch im *Singing Teapot.* »Das ist so eine schöne Geschichte.«

Also erzählte ihr Frank die Geschichte von Chopin und seinem Prélude Nr. 15 in Des-Dur ein zweites Mal, während sie das Gesicht in die Hände stützte und durchs Fenster dem Regen zusah. Er erzählte ihr, dass Chopin mit seiner Geliebten nach Mallorca reiste, weil er krank war und Sonne brauchte; er erzählte ihr von dem trübseligen Wetter, das sie dort empfing, und von dem Kloster, in dem sie eine Zelle mit Blick auf die Olivenhaine mieteten. Hier wartete Chopin wochenlang auf die Ankunft seines Klaviers und fühlte sich immer einsamer. Frank erklärte, für ihn sei das Prélude Nr. 15 eines der Musikstücke, die eine Geschichte erzählen – beim Zuhören sah er Regen auf Dächer fallen, sah Olivenhaine und einen kleinen Garten mit Zitronenbäumen; er hörte die Art von Regen, der mit einzelnen Tropfen beginnt – *plopp, plopp* – und dann so aufdringlich wird, dass man nichts anderes mehr sieht und hört, bis schließlich wieder nur ein kleiner Tropfen nach dem anderen fällt, bis zum allerletzten, der so entschieden und freundlich landet, dass man sich kaum vorstellen kann, es würde jemals wieder etwas vom Himmel prasseln. Aber das Prélude sei auch ein Liebeslied, sagte er. »Wenigstens habe ich den Eindruck.«

»Warum, Frank?«

»Weil es hier ums Warten geht. Und um das Ausharren an einem kleinen, dunklen Ort.«

»Würden Sie auf den Menschen warten, den Sie lieben?«

»Ja«, sagte er. »Sie nicht?«

»Doch«, sagte sie. »Ich würde warten.«

Und während sie sich unterhielten, regnete und regnete es wie im Chopin-Prélude; die Tropfen schlugen gegen das Fenster und perlten die ganze Scheibe hinab, um dann zu verschwinden.

Später gingen sie in den Park und hinunter zum See. Außer ihnen war kaum jemand unterwegs. Ilse zahlte beim Bootsbesitzer, und Frank band eines der Schwanenboote los. Diesmal stieg er ins Boot, ohne das Gleichgewicht zu verlieren; er streckte Ilse die Hand entgegen, und auch sie stieg ein. Beim Hinsetzen lehnte sie sich zurück, und er beugte sich vor; so war ihr Gewicht perfekt in dem Bötchen verteilt. Dann nahm er ein Ruder, und sie nahm das andere, und gemeinsam ruderten sie, ohne ein Wort zu sagen, mitten auf den See hinaus. Blaugrau warf das Wasser das Tageslicht und die Bäume zurück; die fallenden Tropfen drückten, so weit der Blick reichte, lauter Grübchen in die Oberfläche. Sie saßen lange da, er mit dem einen Ruder und sie mit dem anderen, sahen dem Regen zu und lächelten. Die Haare der beiden wurden so nass, dass sie ihnen wie Plastik am Kopf klebten, und die Schultern von Ilses Mantel waren nun eher schwarz als grün, aber sie blieben in der Mitte des Sees, bis die Wolken davonzogen und die Abendsonne herauskam und alles ringsum, jedes Blatt, jeder Grashalm, jedes Dach in der Ferne glänzte wie ein Juwel.

»Erinnern Sie sich …?«, fragte sie.

»Ja«, sagte er.

Er lachte.

Sie lachte.

»Wäre es nicht schön«, sagte sie. »Wenn es immer so bliebe?«

33

Get up, Stand up

Fuck you. Go home. NF.

An einem Dienstagmorgen Anfang Mai war das Graffiti wieder da. Die Leute in der Union Street zogen ihre Vorhänge auf und – Graffiti überall. Fette Slogans verschmierten den Gehweg, die Mauern, die Reklametafel am Trümmergrundstück und die Schaufenster aller Läden. An Pater Anthonys Tür hatten sie sogar *Irish Scum* gesprüht und an mehrere Häuser Hakenkreuze. Ein Nachbar sagte, er habe ein Geräusch gehört und sei hinausgerannt, habe aber nur eine Gang Jugendlicher in Kapuzenjacken auf die Castlegate zulaufen sehen. Es hätte sonst wer sein können. Die Ladenbesitzer beriefen eine Krisensitzung im *England's Glory* ein.

Alle waren gekommen, die Williams-Brüder, Mrs Roussos mit ihrem Chihuahua, Frank, Kit, Maud und Pater Anthony. Am Tresen standen die üblichen alten Männer, der Mann mit drei Zähnen sang ein Lied über einen Hund, die Frau mit den Lockenwicklern rauchte eine Luftzigarette. Frank war den ganzen Tag auf den Beinen gewesen und hatte das Graffiti weggeschrubbt. Er war sehr müde. Außerdem hatte er Ilse seit drei Tagen nicht gesehen. Er nahm an, sie sei mit ihrem Verlobten beschäftigt, und konnte sich irgendwie nicht entspannen.

»Wer sind diese Jungen?«, fragte Mrs Roussos. »Warum verschandeln sie unsere Straße?«

Pater Anthony zuckte mit den Achseln. Das passiere eben, sagte er, wenn die Reichen reicher und die Armen ärmer werden. Das bekomme nicht nur die Unity Street zu spüren, sondern die ganze Stadt. Je mehr die Leute verlieren, desto aggressiver bekämpfen sie sich gegenseitig; so sei eben die menschliche Natur, sagte er.

»Maggie sollte die Wehrpflicht wieder einführen«, meinte Pete, der Barmann. »Das würde diese Kerle schon zur Vernunft bringen. Sie sollte auch die Prügelstrafe wieder einführen.«

»Na super«, giftete Maud. »Schickt sie alle in den Krieg und dann hängt sie auf, weil sie so verkorkst sind. So bringen wir die Welt wieder Ordnung.«

»Es ist so schlimm geworden«, sagte einer der Williams-Brüder, »dass wir uns abends gar nicht mehr hinaustrauen.«

»Glaubst du, wir sollten alle in Eisengitter investieren, Frank?«

»Keiner von uns kann sich Eisengitter leisten«, gab Maud zu bedenken. »Ich kann mir nicht mal ne Zentralheizung leisten.«

»Nächstes Mal versuchen sie vielleicht einzubrechen. Sie haben vielleicht Messer und so.«

Kit schlug vor, in jedem Laden ein Alarmsystem zu installieren, damit sie einander im Notfall kontaktieren könnten. Maud wies darauf hin, dass sie ein solches System bereits hätten, es nenne sich Telefon. Inzwischen warf Pete, der Barmann, die Idee in den Raum, dass sie eine Bürgerwehr aufstellen könnten. Sie könnten die Sache selbst in die Hand nehmen, nachts durch die Unity Street patrouillieren, die Dinge im Auge behalten. Sie würden keine scharfen Waffen tragen, vielleicht aber Baseballschläger, vielleicht auch eine Art Uniform. Er fragte nach Freiwilligen.

Die Ladenbesitzer starrten ihn an, als wäre er gerade durch ein Loch in der Decke gefallen.

Die Williams-Brüder fassten einander an der Hand. Mrs Roussos betonte, dass sie sich in der Unity Street befänden und nicht in Harlem, und Pater Anthony fing zu lachen. Nur Kits Arm schnellte in die Höhe. »Ich melde mich dafür, Pete!«

Daraufhin wurde der Barmann in Sachen Bürgerwehr ziemlich still. »Aber warum sollte jemand *Irish Scum* an Pater Anthonys Tür schmieren? Er ist doch aus Kent.«

»Den Fehler machen viele«, sagte Pater Anthony. »Sie gehen davon aus, dass alle Priester Iren sind.«

»Jesus war Ire«, sagte Kit.

Damit hatte er das Gespräch in eine völlig andere

Richtung gelenkt, und man konnte nichts tun als warten, bis sich seine Worte verflüchtigt hatten, und dann die Diskussion neu beginnen. »Machen wir uns nichts vor«, sagte Maud. »Die Unity Street ist völlig auf den Hund gekommen. Eigentlich wäre es am besten, die Bulldozer anrücken zu lassen. Die Floristin hat es richtig gemacht, als sie ausgestiegen ist.«

»Wenn der Blumenladen geblieben wäre, dann hätten wir jetzt diese Probleme nicht«, sagte Pete, der Barmann. »Wenn einer einknickt, ist kein Halten mehr. Wie bei einem Kartenhaus. Wir hätten es kommen sehen sollen, als der Bäcker dichtgemacht hat.«

Frank wurde ungeduldig. »Ich weiß nicht, warum ihr so redet, als wäre alles vorbei. Ich habe meine *Wohnung* in die Renovierung investiert. Wartet ein paar Wochen, und wir haben eine Menge neuer Kunden. Außerdem sind wir wichtig. Wir bieten Dinge an, die die Leute in der Castlegate nicht kriegen. Wir geben unseren Kunden die Chance, etwas zu finden, was sie vielleicht wirklich *brauchen*. Wir sind eine Gemeinschaft.«

Die Ladenbesitzer sahen ihn an. Tapfer. Stumm. Höflich.

»Ich muss jetzt sowieso weg«, sagte Frank.

»Weg?«, blaffte Maud. »Wo glaubst du denn, dass du JETZT hingehst?«

Manchmal hatte Frank das Gefühl, dass Maud ihm

die Dielenbretter unter den Füßen wegriss, während er noch darauf stand.

»Es ist fast halb sechs. Ich gebe eine Musikstunde.«

Maud sah ihn an wie von der Tarantel gestochen. »Aber heute ist das Treffen mit Fort Development. Das fängt hier in einer Stunde an.«

»Ich dachte, keiner hat Interesse?«

»Nach allem, was gestern Nacht passiert ist«, sagte einer der Williams-Brüder, »hat sich das geändert. Wir haben Angst, Frank. Wir wollen uns anhören, was die vorzuschlagen haben.«

»Du musst deine Stunde absagen«, sagte Maud.

»Sie erwartet mich.«

»Ruf sie an.«

Frank tat sein Bestes, um cool und lässig rüberzukommen, aber er hatte seine Stimme nicht mehr im Griff, ganz fiepsig kam heraus: »Genau genommen hab ich ihre Nummer nicht.«

»Ich dachte, du wärst mit Greensleeves *befreundet.*« Maud zog die Brauen so hoch, dass man sich kaum noch erinnern konnte, wie sie auf Normalhöhe aussahen. Das Folgende brummte sie so leise, als führe sie Selbstgespräche: »Warum tut sie so geheimnisvoll? Was versucht sie zu verbergen?«

Da begann Kit zu quieken, als wäre er geknebelt. Er klammerte sich an den Sitz seines Stuhls und wurde beunruhigend rot, wahrscheinlich weil er sich so anstrengte, den Mund zu halten. »Mm mm mm«, machte er.

Es war nun fast halb sechs. Frank musste das Gespräch, so ergebnislos und beunruhigend es war, abbrechen und hatte noch vier Minuten, um eine Entfernung zurückzulegen, für die er an einem Tag mit starkem Rückenwind neun Minuten brauchte, an einem windstillen Tag fünfzehn. Er erklärte, er werde nur zum Café rennen und Ilse Bescheid sagen, was los sei. Bis halb sieben sei er wieder zurück.

»Wehe, du bist nicht da.«

Zu rennen war für Frank keine natürliche Form der Fortbewegung. Er musste viel Masse mobilisieren. Egal, wie schnell er die Füße aufsetzte, die Arme schwang, mit den Sohlen aufs Pflaster klatschte, er schien nicht so rasch voranzukommen wie andere Menschen, die genau dieselben Bewegungen machten. Mehrmals wurde er von Joggern in den neuen Lycra-Trikots überholt. Er lahmte an der Marktstandreihe vorbei – es gab einen neuen Händler, der billige CDs verkaufte, die Leute umdrängelten seinen Stand wie die Kinder. In einer Gasse grölten Betrunkene, Polizeisirenen heulten. Frank dachte, er brauche sich ja nur zu vergewissern, dass es Ilse Brauchmann gutging, und wegen des Treffens Bescheid zu sagen.

Wenn man einen Menschen sieht, bevor er einen

selbst entdeckt, kann man ihn betrachten, wie er sich unverstellt gibt, bevor die Person des Beobachters mit ins Spiel kommt. Als Frank keuchend, schwindlig vor Anstrengung und mit tränenden Augen die kleine Gasse entlangstürzte, die zum *Singing Teapot* führte, als er schließlich die Glastür erreichte, in der schon das *Geschlossen*-Schild hing, sah er Ilse Brauchmann wie zum ersten Mal. Sie saß mit übereinandergeschlagenen Beinen an ihrem Fenstertisch und wartete, das Kinn ins V ihrer Hände gestützt. Selbst wenn er nicht neun Minuten lang gerannt wäre, hätte es ihm den Atem verschlagen.

Sobald sie ihn erblickte, sprang sie auf. »Ich hatte schon Angst, Sie würden nicht kommen …«

Er erklärte ihr, es habe neue Schmierereien gegeben und dann sei auch noch ein Treffen mit Fort Development angesetzt; währenddessen deckte die Bedienung den Tisch. Stolz tat sie kund, sie habe das Essen schon den ganzen Tag geplant.

»Es tut mir wirklich leid«, sagte Frank zu ihr, »aber heute Abend kann ich nicht hier essen.«

»Aber sie hat eine schlechte Nachricht«, wandte die Bedienung ein. »Und das Kochen geht blitzschnell.«

Obwohl Frank fest vorhatte, nur fünf, höchstens zehn Minuten zu bleiben, passierte nun etwas in diesem Café. Die Zeit machte nicht etwa einen Sprung, sondern kapitulierte völlig. Es war wie damals mit

Ilse auf dem See – die Außenwelt schrumpfte gleichsam auf ferne Uferlichter zusammen, und Frank und Ilse waren an einem Ort, der allein für sie beide existierte, unberührt und unberührbar.

Ilse sagte: »Der Zustand meines Vaters hat sich verschlechtert. Meine Mutter möchte, dass ich nach Hause komme.« Riesentränen hingen an ihren Riesenaugen.

»Wann?«

»Ich hoffe, ich kann noch ein paar Wochen bleiben.«

»Werden Sie wiederkommen?«

»Ich weiß nicht.«

»Aber was ist mit …«

»Womit?«

»Mit unseren Musikstunden. Mit der Einschweißmaschine.« Er lachte zum Zeichen, dass das ein Witz sein sollte, aber sie seufzte nur.

»Ich weiß nicht, Frank. Es hängt davon ab …«

Da wurde sie unterbrochen. Die Schwingtüren flogen auf; eine Rauchwolke, in deren Mitte es heftig zischte, quoll heraus und verdunkelte innerhalb von Sekunden das ganze Café.

»Sehr heiß, der Teller!«, rief die Rauchwolke, die unheimlich nach der Bedienung klang. Sogar Ilse Brauchmann schien plötzlich vom Rauch verschluckt.

»Soll das so qualmen?«, schrie Frank.

Die Wolke rief zurück, dazu stünde nichts im Rezept. Und dann: *»Bon appétit!«*

Es brauchte nur ein Glas Wasser, um das Zischen auf dem Teller zu stoppen – was immer es war, es war völlig verkohlt –, aber jetzt hatte Frank die Bescherung: hier vor sich einen nassen, heißen Teller, die Frau, die er liebte und die vom Weggehen redete, und eine geknickte Bedienung mit einer womöglich tödlichen Leidenschaft fürs Kochen, und dort, auf der anderen Seite der Castlegate, Fort Development, die Baufirma, die gerade ihre Werbebanner und Plakate aufstellte und ihr Angebot wiederholte, die Unity Street aufzukaufen. Frank sah auf die Uhr und sagte das Erste, was ihm durchs Hirn schoss:

»Rennen wir los!«

»Losrennen?«, wiederholten Ilse und die Bedienung aus einem Mund. »Wir?«

»Ja«, rief er. »Jetzt.«

Maud wartete rauchend vor dem *England's Glory.* Sichtlich angespannt und in Panik, rauchte sie ihre Zigarette weniger, als dass sie auf ihr herumbiss. »Wo zum Teufel hast du so lange gesteckt?« Sie taxierte Ilse von oben bis unten. »Drinnen ist die Hölle los. Du *musst* was machen. Und wer ist denn die mit der Haube?«

»Ich arbeite als Bedienung.« (Sagte die Bedienung.)

In dem zum Bersten vollen Pub war kein Durchkommen mehr; das Stimmengewirr hatte einen hohen Lärmpegel erreicht. Frank war es völlig schleierhaft, wo die Leute aus der heruntergekommenen Sackgasse plötzlich diese vornehmen Klamotten herhatten; alle sahen aus, als brächen sie gleich zu einer Cocktailparty auf. Die Männer trugen Samtsakkos, die Frauen Kleider, die Studenten hatten sich die Haare gekämmt, mehrere Hunde hatten ein Halsband mit Leine um. Die Frau mit den Lockenwicklern hatte sich ein Seidentuch um den Kopf gebunden. Sogar der Mann mit drei Zähnen hatte sich eine Krawatte geborgt.

Jeder redete von den Schmierereien letzten Abend und dass es keinen Respekt mehr gebe. Die Tische waren an den Rand geschoben, die Stühle in Reihen aufgestellt. Die Fensterscheiben waren mit einer hellen Dunstschicht beschlagen, die an heruntergezogene Rollos erinnerte. Pete machte ein Bombengeschäft wie seit der königlichen Hochzeit nicht mehr. Vorn stand ein Tisch mit einer breiten Leinwand für eine Dia-Präsentation. Überall hingen ausladende Transparente mit dem Fort-Development-Logo, dazu große Plakate, die unzählige fröhliche Menschen beim Kaffeetrinken und beim Deuten auf brandneue Häuser zeigten.

Frank versuchte, sich durch die Menge zu schieben, schaffte es aber nicht weit. Die Williams-Brüder hatten Plätze in der ersten Reihe, Pater Anthony teilte einen Stuhl mit Kit, und die alte Mrs Roussos saß ein wenig abseits, weil ihr Chihuahua eine spontane Abneigung gegen den Pudel auf der anderen Seite des Raums gefasst hatte und die ganze Zeit knurrte. Die am Tresen aufgereihten alten Männer boten ihre Hocker Ilse und der Bedienung an.

Fort Development bestand also nicht nur aus einem Van mit Muskelmännern in Bomberjacken, die angefahren kamen, um Läden auszuräumen und zu verbrettern, sondern auch aus einem Team von Männern in identischen grauen Anzügen, aber mit unterschiedlicher Gesichtsbehaarung – einer hatte einen Bart, ein anderer war glattrasiert und hielt ein Klemmbrett in der Hand, ein dritter hatte einen Schnauzbart und einen Zeigestab, der letzte ließ sich Koteletten stehen. Sie gingen mit gesenktem Kopf zu dem Tisch vorn, und weil es sehr warm war, zogen sie ihre Jacketts aus und hängten sie über ihre Stühle. Dann stand einer von ihnen – der mit der stärksten Gesichtsbehaarung – auf und bat die Anwesenden um Gehör. Er klang nervös, und es dauerte ein paar Minuten, bis die Leute merkten, dass die Versammlung angefangen hatte. Als Erstes dankte der Mann allen für das erstaunlich zahlreiche Erscheinen. Sie hätten eigentlich nur mit ein paar Leuten gerechnet. Das beschäme sie ja fast (er faltete demütig die Hände wie zum Gebet). Die Versammlung würde nicht lange dauern, sagte er, im Voraus um Entschuldigung bittend; Fort Development wolle die Anwohner nur begrüßen. (Der Mann mit den Koteletten winkte mit der Hand. *Hallo!*) Danach würde Fort Development am Tresen Freibier und andere Getränke spendieren.

Pete rief von der Bar herüber: »Wir sind nur *hier* für das *Bier*!« Die Leute lachten.

Als Erstes wolle sich Fort Development vorstellen. Die Firma befasse sich mit Immobilienentwicklung – (»Buh«, rief ein Student, der seine Dreadlocks mit einem Haarreif gebändigt hatte) –, unterscheide sich aber von anderen Bauträgern: Sie sei an den *Menschen* interessiert. Kernbereich ihrer Tätigkeit sei die Verbesserung der Wohnsituation in der Innenstadt. Sie würden gern ein Beispiel zeigen – hier drückte der Mann mit dem Zeigestab auf einen Knopf, und wie durch Zauber leuchteten auf der Leinwand hinter ihnen Bilder auf: a) eine Wohnsiedlung, b) eine lächelnde Frau in einer Wohnsiedlung, c) ein avocadogrünes Bad in einer Wohnsiedlung, d) ein auf dem Kopf stehendes Foto einer Gruppe von Männern in einer Wohnsiedlung.

»Tut mir leid«, sagte der Mann mit dem Zeigestock. »Ich hab das Dia falsch rum reingesteckt.«

Alle hielten höflich den Kopf schräg, um sich das Bild trotzdem anzusehen.

Dann kam der Mann mit dem Klemmbrett an die Reihe. Er gab sich wie einer aus der Menge, als jovialer Typ. Er sagte, auch er sei in einer Straße wie der Unity Street aufgewachsen. Auch er habe auf einem Trümmergrundstück gespielt und im Laden an der Ecke Lebensmittel eingekauft. Er wisse, wie hart es für sie sei.

Die Leute nickten und sagten: »Hört, hört.« Kit nickte so heftig, dass ein Schleudertrauma drohte.

Der Mann erklärte, dass die Unity Street keine Zukunft habe. Der Stadtrat habe die Straße für den Abriss vorgesehen. Ein paar Leute äußerten sich bestürzt – es war das erste Mal, dass sie davon hörten –, aber er sprach rasch weiter. Fort Development böte den Anwohnern nun einen Preis für ihre Häuser und Läden, der über dem Marktpreis liege.

Die Williams-Brüder hoben die Hand und standen gleichzeitig auf. Stockend erzählten sie, dass ihre Familie über Generationen hinweg in der kleinen Geschäftsstraße gelebt habe. Die Leute hörten zu. Ja, da waren sich alle einig: Die Leute liebten diese Straße. Manche lebten schon seit ihrer Kindheit hier. Dann erhob sich eine Frau, die die Obdachlosen vertrat, und sprach über die Wohnungsnot in der Stadt. Die Unity Street sei nur eine kleine Straße, aber hier könnten noch viele Leute billig zur Miete wohnen, in Wohnungen, Apartments und Zimmern. Man könne diese Leute nicht alle auf die Straße setzen. Die Frau sprach mit großem Ernst über die Prostitution von Teenagern und über Drogenmissbrauch. Dann stand ein anderer Mann auf und erzählte stolz eine lustige Geschichte über die sechs Kinder, die er und seine Frau in ihrem Reihenhäuschen großgezogen hätten, obwohl sie nur zwei Schlafzimmer hatten. Der Mann mit drei Zähnen begann zu singen, eine Ballade, die nicht von einer Straße, sondern von einem Zug handelte, aber er hatte eine angenehme Stimme und natürlich nur drei Zähne, deshalb hörten trotzdem alle zu.

Dann bat der Mann mit dem Klemmbrett um das nächste Dia, eine Nahaufnahme von einem Stück abgebrochenem Mauerwerk.

Früher oder später werde ein Unfall passieren, sagte er. Und dann sei derjenige, von dessen Haus der Brocken herabgestürzt war … nun ja. Er zuckte mit den Achseln. »Dann viel Glück – wenn das Haus Ihnen gehört, müssen Sie für die Schäden haften.«

Die Williams-Brüder wechselten einen nervösen Blick und setzten sich wieder.

Jetzt trat der Mann mit den Koteletten in Aktion. Er bat die Leute um einen weiteren Moment Aufmerksamkeit.

Sie seien eine großartige Gemeinschaft. Das wolle niemand bestreiten. Aber es gebe in dieser Stadt noch andere großartige Gemeinschaften. Ob sie schon von der neuen Siedlung unten bei den alten Hafenanlagen gehört hätten? Diese Immobilien seien echte Investitionen. Fort Development biete den

Eigentümern in der Unity Street nicht nur an, ihnen ihre Häuser abzukaufen, sondern könne auch Hypotheken zur Verfügung stellen, zu den günstigsten Zinsen. Im Moment derartig günstig, dass sie praktisch geschenkt seien.

Und außerdem sei ihm zu Ohren gekommen, was in der Unity Street passiert sei, Tatsachen, die er zugegebenermaßen alarmierend finde. Als Anwohner hätte er Angst, spätabends noch auf die Straße zu gehen. Und jetzt auch noch dieser Raubüberfall …«

»Raubüberfall?«, fragte Frank. »Welcher Raubüberfall?«

Er war nicht der Einzige, der stutzte. Mehrere Leute tauschten verwirrte Blicke aus.

Der Redner entschuldigte sich. Er habe den Raubüberfall eigentlich nicht erwähnen wollen. Anscheinend habe die Polizei ihre Ermittlungen noch nicht abgeschlossen.

Trotz dieser Entschuldigung war den Leuten ihre Unruhe deutlich anzusehen. Pete schüttelte hinter dem Tresen den Kopf, als gebe ihm der Raubüberfall den Rest.

»Tatsache ist, dass wir *1988* haben. Nicht 1948. Heute haben wir die *Wahl.* Wir müssen uns nicht mit dem Gegebenen abfinden. Wir können mehr bekommen.«

An dieser Stelle drückte der Mann mit dem Zeigestab wieder auf seine Fernbedienung, und große

Bilder von den fröhlichen weißen Menschen beim Kaffeetrinken leuchteten auf, dazu sang David Bowie »Ch ch ch changes«.

Der Redner applaudierte sich selbst, und Kit, der inzwischen völlig auf dem Schlauch stand, wer in dieser Versammlung zu den Guten gehörte und wer nicht, fiel in den Beifall ein. Bald klatschte die Mehrzahl der Leute im Raum.

Frank spürte, wie sich etwas Scharfrandiges in sein Kreuz bohrte. Es war Mauds Fingernagel.

Sie zischte: »Sag was!«

Er fing Ilse Brauchmanns Blick auf, die ihn beklommen ansah.

Er rief: »Wir sind eine Gemeinschaft.«

Niemand hörte hin.

»Lauter!«, zischte Maud.

Er ruderte mit den Armen und sagte noch einmal: »He! Wir sind eine Gemeinschaft.«

Ein paar Leute in der letzten Reihe drehten sich um und sahen ihn an, als wäre er ein peinlicher Störer.

Frank hatte keine Ahnung, was er nun sagen sollte. Er dachte nur daran, wie es war, wenn er mit Ilse Brauchmann über Musik redete. Da sprach er langsam aus, was ihm direkt aus dem Herzen kam. »Läden sind wie Schallplatten«, begann er. »Man muss sehr sorgfältig mit ihnen umgehen. Mit Gemeinschaften ist es dasselbe …«

Später stellte Frank verblüfft fest, dass er sich nicht erinnern konnte, was genau er gesagt hatte; er fragte sich, wo sich die Worte die ganzen Jahre versteckt hatten. Er wusste noch, dass die Leute sich umgedreht hatten, um zu sehen, wer da redete, und dass er zwischendurch ziemlich lange geschwiegen oder zumindest keine vollständigen Sätze von sich gegeben hatte. Er sagte, dass das Leben nicht immer einfach sei. Und perfekt schon gar nicht. Er verglich die Gemeinschaft mit einer riesigen, auf die ganze Straße verteilten Familie, was angesichts seiner exzentrischen Kindheit als Einzelkind verblüffte. Er sah über die Menschenmenge hinweg zu jenen großen, dunklen Augen, in denen eine so ungeheure Ruhe und Stille lag, dass kein Mann, wie er glaubte, sie jemals ergründen könnte, und redete weiter.

»Als ich vor vierzehn Jahren hierherkam, hatte ich nichts. Ich war wirklich am Ende. Ich habe diese Straße gefunden, und ja, sie war heruntergekommen und am Verfallen und so gar nichts Besonderes, es gab sogar jemanden, der eine Ziege hielt – (»Ach, das war ich!«, warf eine Frau ganz vorn ein. Amüsiertes Gelächter) –, aber alle waren freundlich zu mir. Als ich meinen Laden in Schuss zu bringen versuchte, ist jeden Tag jemand reingekommen und hat seine Hilfe angeboten. Ich hatte nicht einmal gefragt. Ihr seid einfach gekommen. Und das ist das Besondere an der Unity Street. Das ist der Klebstoff, der uns zusammenhält. Ja, wir haben unsere Probleme, aber in all den Jahren sind wir immer zurechtgekommen, weil wir einander zugehört und uns gegenseitig geholfen haben. Wenn wir das alles wegwerfen, weil wir Angst haben oder die Illusion, das Leben könnte auch unkompliziert sein, dann steigt in mir das schreckliche Gefühl auf, dass wir einen Riesenfehler machen.« Vielleicht hatte Frank auch gesagt: »Seid vorsichtig und überlegt gut, was euch verlorengeht« oder so ähnlich. Aber er war nicht mehr ganz sicher, was wirklich über seine Lippen kam, denn seine Stimme schwankte und bebte vor Emotionen und Angst, die Zunge klebte ihm am Gaumen, und ihm war so heiß, dass sein Kopf wahrscheinlich so rot leuchtete wie ein Alarmknopf. Falls er wirklich alles ausgesprochen hatte, was ihm auf dem Herzen lag, also alles Vorangehende, dann konnte er sich beglückwünschen.

Kit brach wieder als Erster in Beifall aus, und fast alle stimmten begeistert ein. Einige machten einen weiten Bogen um Frank, Mrs Roussos dagegen schluchzte so heftig, dass sie sich nur noch an Franks Schultern klammern konnte (das Hündchen klemmte irgendwo zwischen ihnen). Pater Anthony schüttelte ihm die Hand und sagte, er sei nie so stolz gewesen. »Seid ihr überhaupt schlau daraus geworden?«, fragte Frank, und der alte Priester versicherte ihm, dass sie, auch wenn er ein paarmal ins Stocken geraten war, die Kernaussagen mitgekriegt hätten.

Anwohner kamen zu Frank und klopften ihm auf die Schulter. Gut gemacht, lobten auch sie. Er habe ihre volle Unterstützung. Sie würden die Unity Street nie verlassen, sie seien eine Gemeinschaft, liebten diese Straße und würden zusammenhalten. Sogar Maud brachte ein richtiges, breites Lächeln zustande.

Alle sprachen mit Freuden dem Freibier zu, das Fort Development ausgab. Ein paar Leute blieben und unterhielten sich mit dem Team im grauen Anzug – Kit erkundigte sich bei Klemmbrett, wie man einen Diaprojektor bedient –, aber im Allgemeinen war man der Ansicht, dass der Punkt an diesem Abend und auch in Zukunft an die Unity Street gehe.

Anschließend begleiteten Frank und Ilse Brauchmann die Bedienung zu ihrem Café zurück. Ein milder Geruch hing in der Luft, der Geruch einer Stadt, in der den ganzen Tag lang gelebt worden war. Die Blätter wiegten sich ein wenig in den Bäumen, die Kathedrale stand fest und freundlich im abendlichen Dämmerlicht. Frank war erschöpft, aber glücklich.

Die beiden Frauen gingen Arm in Arm und lachten viel, als sie den Abend noch einmal Revue passieren ließen. An der Tür des Cafés versprach die Bedienung, sie würde nur die Überreste des Räucherwerks wegräumen und dann gleich nach Hause gehen.

»Ich habe Lust, nächste Woche mal was Europäisches auszuprobieren«, meinte sie.

Ilse Brauchmann sagte nichts mehr von ihrem

Vater oder einer Rückkehr nach Deutschland. Sie umarmte nur die Bedienung und sagte, sie freue sich schon auf das Essen.

Dann drehte sie sich zu Frank um, reckte sich hoch und drückte ihm einen Kuss auf die Wange.

»Sie waren großartig heute Abend«, sagte sie. »Alles andere als eine Insel.«

Am nächsten Nachmittag kamen die Williams-Brüder aus ihrem Bestattungsinstitut in den Plattenladen. Sie fragten Frank, ob sie sich kurz in Ruhe mit ihm unterhalten könnten.

Die Brüder nahmen ihre Hüte ab und studierten die Etiketten darin, als wären sie nicht ganz sicher, wem welcher Hut gehörte.

»Wir sind zu Fort gegangen und haben mit den Leuten gesprochen. Die neuen Häuser bekommen eine richtige Heizung und so weiter. Und sie sind eine gute Investition, Frank.«

Der andere Bruder sagte: »Du hast doch gehört, was sie uns über die Raubüberfälle erzählt haben. Jeder redet davon …«

»Aber das stimmt doch gar nicht. Es gab in der Unity Street nie einen Raubüberfall. Das wisst ihr doch.«

Die Brüder kauten auf ihren Lippen und schüttelten den Kopf. »Wir können nicht mehr, Frank. Zeit, dass wir gehen.«

Und das taten sie. Nicht über Nacht wie Mr Novak, der polnische Bäcker, auch nicht im Doppelsarg, wie von Frank vorausgesagt, sondern im Taxi, an dessen Rückspiegel ein Paar Flauschwürfel baumelten. Die Brüder wollten eine Weile bei ihrer Schwester in Schottland bleiben. Sie hatten seit Jahren keinen Urlaub gemacht.

Sie schlossen ihr Institut, aber dieses Mal gab es keine Mahnwache. Keine Stuhlreihe, keine Teller mit Essen, keine Geschichten, wie freundlich die Brüder anderen begegnet waren. Eine Frau sagte, sie sei froh, dass die Bestatter verschwunden seien. Es sei nicht angenehm, so ein Gewerbe nebenan zu haben. Und jemand anderer sagte, er habe die beiden alten Männer Händchen halten sehen, kein Witz.

Wie schnell und umstandslos die Leute den Verlust des Geschäfts hinzunehmen schienen! Der Weg zu weiteren Verlusten war geebnet.

Das Haus wurde bald mit Fort-Development-Schildern vernagelt, ebenso das Haus gegenüber, mit der italienischen Fahne am Fenster. Es gab neue Graffiti. *Sharon ist eine Fotze!* GO HOME. Aber auch *I love Princess Diana!!!!* und *Hier geht's zum Plattenladen!!!*

(»Die beiden sind von mir«, sagte Kit.)

Das Tattoo-Studio, die *Glaubenssachen* und Franks Laden: Da waren's nur noch drei.

34
Protestsong

»Southern trees bear a strange fruit«, sang Billie Holiday auf der Dansette. »Blood on the leaves and blood at the root …« Die Bäume im Süden tragen seltsame Frucht. Blut auf den Blättern und Blut an den Wurzeln.

Tick, tick. Tick, tick.

Die Platte endete, und Peg sagte ausnahmsweise einmal nichts.

»Ich weiß nicht, was du dir dabei gedacht hast«, stieß Frank schließlich mühsam hervor. »Du hast mein Leben zerstört.«

»Sie konnte dieses Kind unmöglich kriegen. Das geht doch nicht, mit siebzehn ein Kind!«

»Wir wollten heiraten.«

»Das ist doch lächerlich. Sie trägt Knöchelsöckchen.«

Er hatte keine Ahnung, ob Peg das ernst meinte. »Hast du *sie weichgeklopft?«*

»Ich habe ihr erklärt, was die Sache für Tücken hat.«

»Die Ehe?«

»Das Leben mit Kindern.«

»Meine Güte, Peg!«

Deborah hatte eine Spezialklinik aufgesucht. Frank hatte nichts davon gewusst. Sie hatte ihn erst danach angerufen und ihm mitgeteilt, es gebe kein Baby mehr. Mit schwerer Zunge lallte sie: »Chwill dich niemehr seeehn.«

Frank fuhr mit dem Rad zu ihr und klopfte an die Haustür. »Deborah! Deb!«, rief er, bis ihre Mutter schrie: »Verschwinde! Hau ab! Habt ihr noch nicht genug angerichtet, du und deine saubere Mutter?« Frank schrieb Briefe, aber sie kamen alle ungeöffnet zurück. Er war verzweifelt.

Danach hörte er nur noch Protestsongs. Bob Dylan, Joan Baez, Woody Guthrie, Curtis Mayfield. An Songs ohne politische Botschaft war er nicht interessiert. Er fiel bei den Abschlussprüfungen durch und redete davon, zur Armee zu gehen, sagte das aber nur, um Peg auf die Palme zu bringen. Stattdessen suchte er sich einen Job in einem Pub, wo er ein eigenes Mansardenzimmer hatte.

In jenem Sommer fing Frank etwas mit der Frau des Wirts an. Ihre Brüste waren wie ein Kissen, und wenn Frank sich hineinschmiegte, konnte er Deborah und das Baby, das sie nie bekommen würden, eine Weile vergessen. Diese Dummheiten brachten ihm drei gebrochene Rippen ein und die Drohung, wenn er sich mit seinem Milchgesicht noch einmal blicken lasse, dann würde er zu Schweinefutter verhäckselt.

Mit neunzehn zog er zurück nach Hause und hörte sich wieder Platten an – und Peg.

»Was wäre das für ein Leben gewesen?«, fragte sie einmal. »Mit Frau und Kind?«

Ein normales, dachte er. Es wäre vielleicht ein normales Leben gewesen.

35

Don't Believe a Word

»NEIN ZU FORT DEVELOPMENT!!«, stand auf Kits Postern. »SOLLIDARITÄT IN DER UNITY STREET!« Die Plakate hingen an jedem Laternenpfosten und in fast jedem Fenster. Kit hatte sogar Flyer gemacht.

Frank hatte auf der Versammlung sein Bestes gegeben, aber das war noch nicht genug. Wenn er nicht schlief, verbrachte er fast jede Stunde damit, Kits Flyer zu verteilen. Er steckte sie in Briefkästen, nagelte jeden fest, der töricht genug war, seinen Blick zu erwidern, und erklärte immer wieder, was es über die Kampagne zur Rettung der Häuser und Läden in der Unity Street zu erklären gab. Kit setzte eine Petition auf, klapperte alle Häuser ab und sammelte Unterschriften.

»Und was ist mit den Raubüberfällen?«, fragten die Leute.

»Es hat nie einen Raubüberfall gegeben.«

Aber der Gedanke war nun einmal gesät, und die Saat ging auf. Pete riet seinen Kunden, einen Taschenalarm mit sich zu führen. Ein Mann berichtete, ihm seien mit Messern bewaffnete Jugendliche gefolgt. Je mehr über die Raubüberfälle geredet wurde, desto tiefer setzte sich bei den Bewohnern der Unity Street die Überzeugung fest, sie hätten sich wirklich ereignet. Bis Ende Mai wurden einige weitere Häuser an Fort Development verkauft.

Ilse und Frank trafen sich weiter zu ihren Musikstunden im *Singing Teapot.* Ilse erwähnte einmal, dass ihr Vater eine Erkältung habe, aber als Frank sie fragte, ob sie immer noch an eine Rückkehr denke, wandte sie sich ab und antwortete: »Ich bin nicht sicher, Frank. Ich habe das Gefühl, ich weiß gar nichts mehr.« Ein anderes Mal machte sie die Bemerkung, wie müde Frank aussehe, und anstatt zu reden, legte er den Kopf auf den Tisch und döste weg, während sie ihm gegenübersaß und in aller Ruhe aus dem Fenster sah. Er konnte nicht länger als zehn Minuten geschlafen haben, aber es kam ihm vor wie der erholsamste Schlaf seit Wochen. Im Laden trafen immer neue Kisten mit Platten ein und warteten neben der Einschweißmaschine auf Ilse.

Der Stadtverwaltungsbeamte kam wieder vorbei und berichtete von erneuten Beschwerden wegen herabfallender Fassadenteile. Er drohte mit einer Zwangsschließung durch die Behörden, wenn die Ladenbesitzer nichts gegen das Problem unternähmen. Also wurde das Plastikband wieder hervorgeholt und von Kit in sorgfältigen Bögen von einer Straßenlaterne zur anderen geschlungen.

Im Juni ging Maud eines Nachmittags zum Plattenladen hinüber, um sich Milch zu borgen. Frank war unterwegs, Flyer verteilen. Ein Kunde, der Maud für eine Verkäuferin hielt, fragte sie, ob sie wisse, wo Frank seinen Vivaldi stehen habe. Maud erwiderte, sie habe keinen blassen Dunst, wie dieser Laden funktioniere, der sei eine Welt für sich. Trotzdem half sie dem Kunden bei der Suche und erinnerte sich dabei an den Nachmittag, als Frank von Konzeptalben und den *Vier Jahreszeiten* geredet hatte. Den Tag würde sie nicht so leicht vergessen. Ah, da war ja das Album wieder, zwischen *The Look of Love* und *At Folsom Prison*.

»Können Sie mir was darüber erzählen?«, fragte der Kunde.

»Nö.« Sie drehte das Cover um und vertiefte sich in den Text auf der Rückseite.

Da fiel bei Maud ein Groschen schwer wie ein Senkblei. Sie musste sich an der Theke festhalten, um nicht ins Wanken zu geraten. Sie kassierte das Geld für die Platte und machte einen Eintrag in das Verkaufsbuch, aber ihre Hände zitterten so sehr, dass sie kaum eine gerade Linie einhalten konnte.

»Wiedersehen«, sagte der Kunde. »Danke für die Hilfe.«

Maud gab keine Antwort. Sie marschierte nach oben, wo Kit in der Küche Platten durchsah. »Frank riskiert wirklich Kopf und Kragen«, sagte er. »Wer soll das ganze Zeug denn kaufen?«

Aber Maud hatte jetzt anderes im Kopf als Vinyl. Sie baute sich breitbeinig vor Kit auf. »Erzähl mir noch mal von dieser Souterrainwohnung, wo du Ilse Brauchmann gesehen hast.«

Niemand konnte es begreifen. Die Ladenbesitzer saßen im *England's Glory* um ihren Stammtisch herum, die alten Männer starrten vom Tresen herüber. Die Frau mit den Lockenwicklern stellte das Rauchen komplett ein.

Pete, der Barmann, spendierte eine Platte mit eingelegten Eiern, aber keiner hatte Appetit. Nicht einmal Kit.

»Sie ist Musikerin«, wiederholte Maud.

Verwirrung.

»Geigerin.«

Gesteigerte Verwirrung.

»Sie hat Platten aufgenommen. Mit den Berliner Philharmonikern, verdammt nochmal!«

Alle starrten Maud an und sperrten den Mund auf wie Vogeljunge. Kit hatte den Mund am weitesten offen, die Gefahr schien groß, dass etwas hineinflog.

»Sie hat bei den *Vier Jahreszeiten* mitgeschrammelt. Schaut mal.«

Das Cover wanderte von einem zum anderen. Kit

sagte, er könne nur ein Bild von ein paar hübschen Bäumen sehen.

»Dann dreh das Cover doch mal um, du Trottel. Da ist ein Foto von ihr.«

Und wirklich, sie war es. Eine junge Frau in Schwarzweiß, mit riesigen, erschrockenen Augen und halb herabhängendem, halb hochgestecktem Haar. Doch wie oft Maud es auch sagte, wie oft sie auch auf die Plattenhülle starrten, wie oft Maud auch darauf hinwies, dass Ilse Brauchmanns Name neben *Erste Violine* stand, Frank konnte es nicht begreifen.

Ilse Brauchmann war Musikerin?

Sie spielte Erste Violine?

Sie machte Plattenaufnahmen?

Der Raum begann derart zu schwanken, dass es Frank schlecht wurde.

»Ich hab's euch doch gleich gesagt!«, triumphierte Kit. »Ich hab euch gesagt, dass sie berühmt aussieht! Das hab ich von Anfang an gesagt!«

Frank war kaum noch anwesend, sein Verstand noch weniger. Die Leute redeten, er hörte Satzfetzen, das eine oder andere Wort, aber er konnte mit dem Gespräch nicht Schritt halten. Ihm war, als falle er immer wieder in Löcher. Und stehe auf, nur um in das nächste Loch zu stolpern.

Maud erklärte noch einmal, wie sie mit dem Bus zu der kleinen Seitenstraße gefahren war, die Kit beschrieben hatte, und dort, bei einem alten Mietshaus, stand – ungelogen – Ilse Brauchmanns Name an einer der Türklingeln. Maud hatte eine Nachbarin gefragt. Anscheinend ging Ilse Brauchmann den anderen aus dem Weg. Ließ ihre Musik zu laut laufen, aber wenn man an die Wand klopfte, drehte sie die Lautstärke herunter. Sie wohnte in der Einzimmerwohnung im Souterrain. Die Frau glaubte, Ilse Brauchmann habe einen Job als Putzfrau.

Franks Kopf hörte auf zu schwanken und beschloss, sich stattdessen lieber zu spalten.

Pater Anthony stand auf, stellte sich neben Frank und fasste ihn an der Schulter. »Alles klar?«, murmelte er. Frank hörte seine Stimme nur verwaschen.

»Warum hat sie denn gelogen?«, fragte Pete, der Barmann.

Alle sahen Frank an und erhofften sich von ihm eine Antwort. Aber er konnte keinen Gedanken fassen. Er war wie ein Haus, das von einer Abrissbirne getroffen worden war. Er gähnte, doch einmal Gähnen genügte nicht, der Drang kam immer wieder.

Kit sagte etwas von Ilses Arthritis, und eine andere Stimme warf ein: »Na klar, na klar!« Dann begannen die Leute, von Franks Musikstunden zu reden. Er wollte nichts davon wissen, er wollte sich nur an einem ganz dunklen Ort zusammenrollen und Platten hören. Aber was ist mit ihrem Verlobten?, wurde gefragt. Was spielt der für eine Rolle in der Geschichte?

»O Gott!« Kits Arm schnellte in die Höhe. »Ich glaube, ich weiß, was los ist!«

Bevor Kit weiterreden konnte, schwappte der Raum über. Ein Säureschwall schoss Frank in den Hals. Er packte seine Jacke und schlurfte zur Tür.

»Frank? Willst du reden?«, rief ihm Pater Anthony nach.

»Nein«, sagte er. »Diesmal wirklich nicht. Bitte lasst mich, ich möchte allein sein.«

In jener Nacht lag er im Bett, starrte an die Decke und studierte die Form von Gegenständen, die er im Dunkeln gerade noch ausmachen konnte. Waren es Minuten, die so verstrichen? Oder Stunden? Er hatte keine Ahnung. Und konnte sich nicht vorstellen, wie er jemals wieder aufstehen sollte. Alles drehte sich wie die Speichen eines Rades, auf das er geflochten war. Er ging jedes einzelne ihrer Treffen noch einmal durch und versuchte zu begreifen. Die Bilder in den *Vier Jahreszeiten*? James Brown als Muhammad Ali? Er warf sich von einer Seite des Bettes auf die andere. Wohin er sich auch drehte, der Schock folgte ihm. Und schlug immer wieder neu zu.

Natürlich gab Ilse, wenn er lauschte, keine Musik von sich. Die Frau, in die zu verlieben er sich selbst erlaubt hatte, existierte gar nicht. Sie war Musikerin. Sie machte Schallplattenaufnahmen.

Nach Pegs Tod hatte er mit seinen Gedanken sehr

achtgeben müssen. Selbst wenn er mit ganz einfachen Dingen beschäftigt war, wenn er sich zum Beispiel die Socken anzog, konnte aus dem Nichts die Wahrheit aufsteigen. Er hatte versucht, Wut auf Peg zu entwickeln, war aber so verletzt, dass er keine andere Empfindung in sich aufspüren konnte als Schmerz. Es war, als hätte er etwas Fundamentales verloren, ohne das er nicht leben konnte, und hätte gleichzeitig erkannt, dass er es nie besessen hatte. So lernte er, sich die Tatsachen einzeln vorzunehmen, eine nach der anderen. *Okay, sie ist tot. Ich muss von vorn anfangen.* Aber das führte ihn nur zur nächsten Katastrophe, als Peg ihn endgültig hatte fallenlassen, und dann war ihm, als rolle eine Flut auf ihn zu. Damit wurde er nicht fertig. Er konnte sich nicht einmal im Geist mit ihr darüber auseinandersetzen. Alles, was sie gemeinsam erlebt hatten, die ganze Musik, die sie miteinander geteilt hatten, hatte ihr nichts bedeutet. *Er* hatte ihr nichts bedeutet. Wie sollte er sich ihre Entscheidung anders erklären?

Da lag er also, dachte an Ilse Brauchmann und an Peg, und alles schmolz ineinander, er sah keinen Unterschied mehr zwischen seinem Zustand vor fünfzehn Jahren und seinem Zustand heute. Wenn er überhaupt schlief, dann nur kurz; er klammerte sich an seinen Dämmerzustand und hoffte, es würde nie mehr Tag.

Als Frank wieder aufwachte, registrierte er, dass

er immer noch angezogen war und die Sonne schräg ins Zimmer fiel. Er fragte sich, warum alles so matt und leer erschien, und dann erinnerte er sich. Er hatte verloren, was er zu besitzen glaubte. Wieder einmal hatte er zu lieben versucht und war betrogen worden. Die Ilse, die er liebte, gab es nicht. Die *Frau*, die er liebte, gab es nicht.

Als er Kit an die Ladentür klopfen hörte, ging er hinunter und schloss auf. Kit beäugte Frank, als fürchte er, sein Chef werde gleich in Flammen aufgehen. Leise sagte er:

»Heute ist Dienstag. Heute ist deine Musikstunde.«

»Ich kann nicht. Ich kann ihr nicht gegenübertreten.«

Alles hatte funktioniert, bis Ilse Brauchmann in sein Leben gestürzt war.

36

Requiem

Tick, tick, *machte die Platte. Mozarts* Requiem. *Peg sagte nichts. Sie blies nur Rauch aus und hörte zu, einen ängstlichen Ausdruck im Gesicht.*

In den letzten Jahren ihres Lebens spielte Spiritualität bei ihr eine immer größere Rolle. Zu sagen, sie habe Gott gefunden, wäre übertrieben – Peg würde Gott nicht finden, selbst wenn er aus einem Schrank spränge und »Buh!« riefe –, aber sie redete öfter darüber, dass ihre Eltern in ihrem Alter schon tot gewesen seien, und interessierte sich immer mehr auch für andere Dinge als Sex.

Sie hörte geistliche Chormusik. Sie fing Malen nach Zahlen an und gefiel sich als Gelegenheits-Wohltäterin.

Peg schickte Schecks an diverse ortsansässige Hilfsorganisationen und dekorierte die Wände des alten Billardzimmers mit ihren Kunstwerken: mit Botticellis Venus und einigen Schäferinnen im Gainsborough-Stil. Nach ihrer großzügigen Spende an ein Pflegeheim wurde sie zu einem Weihnachtsball eingeladen, der für die Unterstützer veranstaltet wurde; dort behandelte man sie wie eine königliche Hoheit. Obwohl sie mit keinem der anwesenden Männer schlief – die meisten gingen am Rollator –, war sie bei ihrer Rückkehr in euphorischer Stimmung. Am nächsten Tag schickte sie einen Scheck an ein Waisenhaus in Afrika.

Sie redete oft von Händels und Beethovens feierlichen Beerdigungen, von den Menschenmassen, die den Komponisten die letzte Ehre erwiesen hatten. Sie redete auch von Vivaldi, dem an seinem Ende die Musik versagt geblieben war. Darüber konnte sie sich richtig ereifern. Sie spielte das Requiem von Mozart, Rachmaninows Vesper, Fauré, Schubert, Brahms, Verdi, Cherubini. Und natürlich Händels Halleluja. Das liebte sie über alles.

Und so ging es weiter, Franks und Pegs ständige kleine Reibereien, der fortschreitende Verfall des weißen Hauses, die wöchentlichen Lieferungen von Lebensmitteln und Schallplatten.

Bis zu dem Tag, als er ein blinkendes Blaulicht die Auffahrt heraufkommen sah. Als ein Polizeiauto vor der Tür hielt.

»Ich fürchte, es ist ein schrecklicher Unfall passiert.«

37

Die wahre Geschichte der Ilse Brauchmann

»Ich habe keine Ahnung, was hier abläuft«, tönte es aus dem roten Gesicht vor ihm. »Aber wenn Sie nicht sofort kommen und die Sache in Ordnung bringen, dann frittier ich Ihnen die Eier!«

Frank fragte sich, was mit den Frauen dieser Stadt los war, dass ihre Drohungen immer so überaus bösartig nach den intimsten Körperteilen des Mannes trachteten. Diese Frau hier steckte in einem schwarzen, zu engen Kleid, aber irgendetwas fehlte – ach ja, ein gestärktes weißes Häubchen …

Es war die Bedienung aus dem *Singing Teapot*.

Was machte sie hier vor seinem Plattenspieler? Und warum zielte sie mit ihrem Kochlöffel auf ihn?

»Ich war gerade bei der netten Frau im Laden nebenan«, fuhr sie fort.

»Sie meinen Maud?«

»Sie hat mir empfohlen, Ihnen ordentlich einzuheizen.«

Plötzlich fühlte sich Frank ganz schwach und bekam gleichzeitig Angst. Er griff nach einer Zigarette.

»Die arme Dame wartet in meinem Café. Sie will

nichts essen. Sie will ihre Limonade nicht trinken. Sie sitzt einfach da und wartet auf Sie. Und sieht richtig *krank* aus.«

»Sie halten sich da besser raus.«

Da schlug die Bedienung mit beiden Händen auf den Plattenspielertisch, wobei sie den Kaktus, der gerade eine weitere pinke Riesenblüte hervortrieb, nur knapp verfehlte. Sie beugte sich ganz nahe an Frank heran.

»Es ist Dienstag. Sechs Uhr. Sie sind *hier.* Sie ist *dort.* Ich habe aus eigener Tasche die Zutaten für das Gericht der Woche gekauft. Sie kommen jetzt auf der Stelle mit ins Café!«

Als er ihr stumm zur Tür folgte, spürte er Kits bohrenden Blick.

»Was soll ich machen, solange du weg bist, Frank?«

»Keine Ahnung. Warum versuchst du nicht, ausnahmsweise mal was richtig zu machen?«

Eigentlich meinte Frank damit sich selbst.

»Sie sind Musikerin.«

Frank und Ilse saßen einander gegenüber, an ihrem Stammplatz am Fenster des *Singing Teapot.* Ilse sah tatsächlich krank aus, die Bedienung hatte ganz recht, ihr Körper wirkte, als hätte er sich in sich selbst zurückgezogen. Aber auch Frank pochte der Schädel, seine Haut fühlte sich eiskalt an, und er war überzeugt, dass er noch schlimmer aussah als sie.

Zwischen Ihnen lag die Plattenhülle der *Vier Jahreszeiten.* »Violinistin.«

Sie seufzte ohne einen Laut. »Ja.«

»Warum haben Sie mir das nicht gesagt?«

Draußen beschien die Sonne die obere Hälfte der alten Gebäude gegenüber. Der Himmel war immer noch sehr blau; es war, als schaute man aus den Tiefen einer Grube zu etwas Herrlichem hinauf. Es schien sehr lange her, dass sie sich über die *Mondscheinsonate* unterhalten hatten, dass sie ihm in der Schneenacht ihre Hände gezeigt hatte.

Die Bedienung tauchte völlig verschwitzt aus der Küche auf und deckte den Tisch. Sie rückte ihnen das Besteck zurecht, als wären sie Kinder, die allein nicht zu Rande kamen.

»Ich kann nichts essen«, sagte Frank.

»Ich auch nicht«, sagte Ilse.

Die Bedienung ignorierte sie, brachte aus der Küche zwei Teller und präsentierte sie wie Geschenke.

»Tartiflette. Eine Spezialität aus den Alpen. Ketchup?« Sie zauberte eine Riesentomate aus Plastik hervor. *»Bon appétit.«*

Solange sie aßen, mussten sie wenigstens nicht reden. Die Bedienung überwachte sie von ihrem Hocker aus, bis sie aufgegessen hatten. Man hörte nichts als das gehorsame Klicken und Schaben von Messer und Gabel. Draußen lachte ein Mann, ein Laut aus weiter Ferne, als wären Ilse und Frank wieder aus ihrer Vertäuung geschlüpft und trieben in ihrem eigenen Universum dahin.

Als sie mit Essen fertig waren, räumte die Bedienung die Teller ab und schlich leise zu ihrem Hocker zurück.

Frank sah Ilse an.

Ilse sah Frank an.

Augen wie Vinyl.

»Können wir noch einmal von vorn anfangen?«

Sie erzählte ihre Geschichte.

Maud hatte also recht – Ilse Brauchmann war Geigerin. Aber als Ilse zu Frank gesagt hatte, dass sie keine Musik mehr hörte, war das die Wahrheit. Auch Kit hatte recht: Sie hatte die Musik wegen ihrer Arthritis aufgeben müssen. Sie gab das Spielen auf und auch das Musikhören. Sie kehrte dem, was sie liebte, den Rücken.

Als Ilse zum ersten Mal eine Violine unters Kinn klemmte, war sie sechs. Ihre Schullehrerin hatte bemerkt, dass das Kind, wenn es etwas haben wollte, seine Wünsche oft gesungen vortrug. Und so stellte die Lehrerin dem Mädchen das einzige Instrument vor, das sie anzubieten hatte.

Bei diesem Teil der Geschichte reckte Ilse Brauchmann den Hals und legte ihn zurück, als wäre sie ein Schwan. Sie breitete die Arme aus, und ihre Augen leuchteten, als wäre ihr Körper bereit, die Violine zum ersten Mal zu begrüßen. Das sah aus wie die natürlichste Sache der Welt. Selbstverständlich war Ilse eine Geigerin.

Sie beschrieb, wie die Lehrerin ihr den Bogen in die Hand drückte und ihr zeigte, was sie tun musste. In den Sekunden, die es dauerte, bis sie mit dem Bogen über die vier Saiten gestrichen hatte, wusste Ilse Bescheid. Es war, als wäre ihre Zukunft aufgetaucht, in Reisekleidung und marschbereit. Ilse würde Geigerin werden. Sie lachte, als sie das sagte. »Ich war so glücklich, Frank.«

Die Lehrerin war begeistert. Das kleine Mädchen war ein Wunderkind! Die Lehrerin hatte dieses Wort tatsächlich benutzt; alles, was sie Ilse zeigte, konnte das Kind gleich umsetzen. Die Lehrerin brachte Ilse bei, wie man Tonleitern spielt, Arpeggien, Läufe, Spiccato, und die Kleine lernte alles im Nu. »Alle freuten sich so. Schau mal an, sagten sie immer. Schau mal an, was dieses kleine Mädchen kann! Die Musik war in mir. Ich brauchte mich nicht einmal anzustrengen.«

In kürzester Zeit war Ilse ihrer Lehrerin entwachsen. Ihre Eltern hatten nicht viel Geld, bezahlten aber einen Privatlehrer. An Weihnachten fand ein Konzert statt, und während andere Kinder auf Blockflöten herumfiepten und auf Trommeln einschlugen, stand Ilse Brauchmann, das Kind mit den dunklen, ernsten Augen, da und spielte ihre Geige.

So verging die Schulzeit. Ilse übte jeden Morgen, Mittag und Abend, bis sie alt genug für die Musikhochschule war. Dort war sie mit anderen zusammen, die musizierten und fest davon überzeugt waren, dass darin ihre Zukunft lag. Nach der Musikhochschule fand sie als eine der wenigen auf Anhieb eine Stelle und wurde in ein Orchester aufgenommen. Als die *Vier Jahreszeiten* auf Schallplatte eingespielt wurden, war sie erst zwanzig und schon auf dem Höhepunkt ihrer Karriere. Es war von einer Konzerttournee die Rede.

Und dann fing es an. Die Sache mit ihren Händen.

Erst war es nur ein kleines Zittern, das sich anfühlte wie kribbelnder Schwachstrom, manchmal blockierten ihre Finger ohne Grund. Dann wurde es schlimmer.

Sie begann, die Kontrolle über ihr Spiel zu verlieren. Sie versuchte das Problem zu vertuschen, erfand Ausreden, begann aber, Fehler zu machen. Kleinigkeiten zunächst, dann wurden dumme Patzer daraus, die nicht einmal ein Kind machen würde. Manchmal wurden ihre Finger auf dem Steg plötzlich steif, oder ihr fuhr der Schmerz so in die Hand, dass der Bogen ruckte. Sie wurde vom ersten Pult ans zweite versetzt, dann ans dritte und schließlich ans vierte.

Ilse sah auf ihre Hände hinunter. Frank saß da und wartete, wie es weiterging. Der bärengroße Mann war am Zerfließen.

»Meine Knöchel begannen anzuschwellen. Es war *furchtbar.* Meine Finger blockierten so, dass ich sie an manchen Tagen überhaupt nicht mehr bewegen konnte. Nachts wachte ich vor Schmerzen auf. Wenn es regnete, wurde es schlimmer. Der Orchesterleiter nahm mich beiseite und kündigte mir meine Entlassung an. Ich war außer mir. Ich bettelte. Weinte. Schrie. Was soll ich machen?, fragte ich. Das ist mein Leben. Er sagte, ich könne für Ballettklassen spielen.«

Ilse berührte ihren Mund mit den Fingerspitzen und verbat es sich zu weinen. Frank streckte die Hand nach Ilse aus, aber sie machte sich so steif, dass sein Arm auf dem Tisch strandete.

»Ich wollte erstklassig sein. Kein …« Sie suchte mühsam nach dem richtigen Wort, sah sogar unter dem Aschenbecher nach. »… kein *Mittelmaß.*«

Was nun folgte, konnte man nicht anders als einen Absturz nennen. Sie suchte sich einen Job als Bedienung. Dabei lernte sie Richard kennen. Er interessierte sich nicht für Musik. Solange sie einen großen Bogen um alles machte, was sie verloren hatte, solange sie auf Tauchstation blieb, konnte sie das Leben gerade so ertragen. Dann – wurde es schwierig, und sie brach auf nach England.

»Und dann Sie sind auf den Plattenladen gestoßen?«

Den Rest erzählte sie ganz langsam und mit einem leisen Staunen in der Stimme, als entdecke sie so manches erst, während sie davon redete, und erkenne, wie kostbar es war.

»Ich sehe alles so deutlich vor mir. Ein kalter, dunkler Januartag. Ich war gerade angekommen. Ich kannte niemanden. Dann sah ich diesen kleinen Laden in dieser heruntergekommenen Straße. Ich ging darauf zu. Ich las die Poster im Schaufenster. Dann habe ich die ganzen Schallplatten gesehen, die bunten Lämpchen, die Leute, die nach Musik suchten. Es war so schön. Ich dachte: Bleib eine Weile hier stehen. Schau, ob du das schaffst.«

»Und warum sind Sie in Ohnmacht gefallen?« Seine Finger begannen wie selbsttätig die Papierserviette zu zerrupfen. Als Frank auf seine Hände hinuntersah, bemerkte er, dass er schon mehrere Servietten zerrupft hatte. Rings um ihn lag ein kleiner Ringwall zerrupfter Servietten, als wolle er ein Nest bauen.

»Es ging doch über meine Kräfte. Als Nächstes habe ich Sie wahrgenommen; Sie waren bei mir. Sie haben zu mir gesagt, dass ich wach bleiben soll, bei Ihnen. Und Sie haben es mit einer solchen Freundlichkeit gesagt.«

Die Bedienung stellte einen neuen Stapel Papierservietten vor Frank hin. *»Bon appétit.«* Er hatte weiter den Drang, Dinge in Fetzen zu reißen.

Ilse sagte: »Danach habe ich versucht, mich von Ihrem Laden fernzuhalten. Aber ich musste unaufhörlich daran denken, wie Sie gesagt haben, alles würde wieder gut. Da habe ich Ihnen den Kaktus als Dankeschön vorbeigebracht. Ich wollte mich gar nicht lange aufhalten, aber dann hat uns Mrs Roussos unterbrochen, und Sie haben gefragt, ob ich eine Schallplatte möchte …«

»Und Sie haben nach den *Vier Jahreszeiten* gefragt.« Allein bei der Erinnerung daran wurde ihm ganz schlecht vor Scham.

»Das war die erste Platte, die mir einfiel. Ich wollte sie gar nicht kaufen …« Wieder tauchten die roten Kreise auf ihren Wangen auf. Frank merkte, dass er diese Flecken ungemein liebgewonnen hatte.

Er erinnerte sich kurz daran, wie die Ladenbesitzer um den kleinen Tisch im *England's Glory* herumgesessen hatten und überlegten, was sie wegen Ilses Handtasche unternehmen sollten. In dem Bild, das vor ihm auftauchte, waren sie alle winzig klein, wie Kinder.

»Und haben Sie sich die Platte angehört?«

»Das habe ich nicht fertiggebracht. Ich bin wieder auf Abstand zu Ihrem Laden gegangen. Dann sah ich Kits Poster. Wegen meiner Handtasche. Ich habe ihm ein Hemd bestickt, um ihm zu danken. Aber Sie haben mich rausgeworfen.« Sie starrte ihre Hände an. »Das war nicht nett, Frank. Ich wäre an jenem Abend fast wieder abgereist.«

»Was hat Sie hiergehalten?«

»Die *Vier Jahreszeiten.*« Sie nahm seine Zigarette und ließ sie zwischen den Fingern baumeln. Niemand sonst rauchte wie Ilse Brauchmann.

»Ich habe einen ganz billigen Plattenspieler gekauft und mir die Platte angehört. Ich habe zum ersten Mal nach vielen Jahren ihren Zauber gespürt. Ich dachte, vielleicht schaffe ich es wieder. Mit Hilfe dieses Mannes könnte ich vielleicht mein Leben zurückbekommen. Denn Sie haben nicht über die Technik der Musik gesprochen. Sie haben mir gesagt, wie sich die Musik *anfühlt*, wenn Sie ihr zuhören. Ich habe mir eine Stelle als Putzfrau besorgt. Ein paar Büros, das Übliche. Ich habe Sie um Musikstunden gebeten. Nicht als Gefälligkeit. Ich habe gutes Geld dafür bezahlt.«

»Sie haben gesagt, Geld sei kein Problem.«

»Das war gelogen. Ich habe auch versucht, Ihnen zu erzählen, wer ich wirklich bin – aber Sie wollten nichts davon wissen. Wir hätten nur eine geschäftliche Abmachung, haben Sie gesagt.«

Er ließ den Kopf hängen. Sie hatte recht. Jetzt erinnerte er sich. Wie sie nach ihrer zweiten Lektion händeringend vor ihm gestanden hatte. *Frank, Sie müssen etwas über mich wissen ... Sie werden mich hassen.* »Ich war so glücklich hier, Frank. Es war, als könnte ich wieder atmen. Mit jeder Platte, die Sie mir gegeben haben, konnte ich ein bisschen besser atmen.«

»Was hielt Richard davon?«

Frank zündete eine neue Zigarette an und hielt sie ihr hin, aber sie nahm sie nicht. Auch er rauchte sie nicht, und so lag sie im Aschenbecher zwischen ihnen und rauchte ganz allein.

Sie fragte: »Ist das Ihr Ernst?«

Sogar die Bedienung sprang auf. »Ist das Ihr Ernst, Frank?«

Es war, als höre er plötzlich Stereo, wo er auf Mono eingestellt war.

»Wie bitte?«, fragte er. »Was habt ihr denn?«

In Ilse Brauchmanns Augen sammelten sich die Tränen. »Ohhh«, murmelte sie auf Deutsch, »was soll ich bloß machen?«

Jetzt füllte die Bedienung den Raum zwischen ihnen und auch ihr Schweigen. »Sie hat keinen Verlobten, Sie Hornochse. Was glauben Sie denn, was die Frau hier ganz alleine macht? Sie haben sich getrennt. Er ist in Deutschland. Oder auf Reisen. Oder mit dem beschäftigt, was er eben macht. Wie könnte sie mit einem Mann zusammen sein, der keine Musik mag? Sie wollte bloß nicht, dass Sie sie für verzweifelt halten. Die Wahrheit starrt Ihnen doch schon die ganze Zeit ins Gesicht, Menschenskind! Sie hat sich von Anfang an in Sie verliebt!«

Es folgte eine PAUSE. Die Zeit blieb stehen. Der Boden sackte nach unten. Frank war im freien Fall. Er fühlte sich leer. Ihm war übel. Er spürte seine Füße nicht mehr. Seinen Kopf konnte er auch nicht mehr finden. Er war nicht sicher, wie viel mehr er noch verkraften konnte.

Frank sah Ilse an.

Ilse sah Frank an.

Tränen liefen ihr aus den Augen. »Das stimmt, Frank. Ich liebe dich.«

Er starrte Ilse Brauchmann an, und auch sie erwiderte seinen Blick über den kleinen Tisch hinweg, unter Tränen lächelnd, und er wäre so gern der Mann gewesen, der gesagt hätte: *Ich liebe dich auch.*

Aber er war kein solcher Mann. War es nie gewesen. Er wusste nicht einmal, wie sein Mund diese Worte bilden sollte.

Jeder Versuch, sie auszusprechen, wäre so gefährlich gewesen, wie Anlauf zu nehmen und von einer Klippe zu springen. Angenommen, er sagte: *Ja, ich liebe dich auch*, und sie finge an zu lachen? Oder angenommen, sie gingen zum Plattenladen zurück, verbrächten die Nacht miteinander, und dann wachte sie am nächsten Morgen auf und sagte: *Also … bis dann mal, Frank.* Denn genau so würde es kommen, so sicher, wie die Nacht nach dem Tag kommt und Seite B nach Seite A. Das hatte das Leben Frank gelehrt. Aber diesmal würde der Schmerz alles erträgliche Maß sprengen. Er richtete den Blick auf Ilse

Brauchmann und sah nichts als das leere weiße Haus am Meer.

Und so sagte er: »Nein.« Er sagte: »Ich kann nicht.«

»Was?«, rief die Bedienung und begann zu lachen.

Sogar Ilse Brauchmann fand zu einem Lächeln. Sie dachten, er albere herum. Sie dachten, das Schäfchen wäre im Trockenen. »Du *kannst* nicht? *Was* kannst du denn nicht, Frank?«

»Ich kriege das nicht hin.« Er war aufgestanden. Vielmehr waren seine Beine aufgestanden. Sie hatten beschlossen, nach Hause zu gehen. Er taumelte gegen den nächsten Tisch.

»Was hast du vor?«

»Ich bin total verkorkst. *Mich* kannst du nicht lieben.«

Sie starrte ihn an, als hätte sie ihn noch nie gesehen.

»Wirklich«, sagte er. »Das ist mein Ernst. Liebe. Mich. Nicht.«

Da begann sie, winzige, eigenartige Geräusche auszustoßen. »Ah, ah, ah.« Kleine unregelmäßige Atemzüge, kaum hörbar. Als steche sie sich selbst ganz tief mit einer sehr scharfen Nadel. »Du *verdammter* Kerl.«

Das sagte Ilse Brauchmann auf ihre typische Art, ihr gebrochener Akzent enthüllte die wahre Bedeutung der Worte, so dass Frank sie hörte wie zum ersten Mal. Sie hatte recht. Er war ein verdammter

Kerl, eine einzige klaffende Wunde, dazu verdammt, nie zu heilen. Er stolperte zur Tür. Riss sie auf. Spürte die warme Luft.

»Halt!«, rief die Bedienung und lief ihm nach. »Halt!«

»Nein, jetzt ist Schluss«, sagte Ilse Brauchmann. »Lassen Sie ihn gehen. Ich bin fertig mit England.«

Doch selbst noch, als Frank schwerfällig davontrottete, erwartete er, dass sich etwas ereignen würde, dass der Himmel eingreifen, die Gasse sich vor ihm schließen, die Sonne ihn zurückbeamen würde. Er rang mit offenem Mund nach Luft, doch seine Lungen wollten sich nicht genügend füllen, damit er atmen konnte. Vorn in einer Einfahrt stand ein knutschendes Pärchen.

Er begann zu laufen. Langsam erst, dann immer schneller.

Er hatte das Gefühl, er habe seine Gestalt verloren, es sei nichts mehr von ihm übrig, was man anfassen konnte, von dem man sagen konnte, *das ist Frank.* Er war in Auflösung begriffen. Er befahl sich, in Bewegung zu bleiben und nicht zu denken. Wenn er in Bewegung bliebe, dann bliebe er vielleicht ganz. Er kam aus dem Tritt und stolperte an den Leuten vorbei, die ihre Habseligkeiten auf Decken verkauften; er rannte fast eine Frau um, die um die Ecke bog. Hinter ihm ragte die Kathedrale massiv in den Himmel; ein Schwarm Tauben flatterte auf.

Lauf, Frank, lauf.

Auf der Castlegate wurden schon die Rollgitter heruntergelassen. Händler riefen den Kunden zu, sie sollten sich die Sonderangebote schnappen, bevor es zu spät sei. Der Himmel war ein Hohlraum, der sich immer weiter ins Unendliche ausdehnte.

Frank schlängelte sich auf der Straße an den Tischen vorbei, an denen Pärchen saßen, Wein tranken und den schönen Abend genossen. Er kam am Uhrturm vorbei, wo die Junkies herumhingen, an einer Bank mit alten Männern, die Bierdosen teilten. Er bog zum Park ab.

Die Wärme hatte viele Menschen angelockt. Sie lagen auf dem Gras, machten Picknick, fuhren mit dem Fahrrad, jagten Bällen, Hunden, Hula-Hoop-Reifen nach. Vor dem Musikpavillon waren Liegestühle für das Abendkonzert aufgestellt, ein Softeiswagen machte ein Bombengeschäft. Auf dem See waren sämtliche Vergnügungsboote unterwegs, Kinder planschten am seichten Ufer herum, ein Mann warf den Enten Brotreste hin, Sonnenlicht schlug aufs Wasser auf wie herabstürzende Sterne. Alle diese ganz normalen Menschen, die ganz normale Dinge taten.

Sie liebt mich.

Sie hat ZU MIR GESAGT, dass sie mich liebt.

Er hatte es innerhalb kürzester Zeit fertiggebracht, zur richtigen Frau alles erdenklich Falsche zu sagen, aus dem einzigen Grund, *weil* sie die Richtige war. Er hatte so viel Angst davor, zu bekommen, was er sich am meisten wünschte, dass er versucht hatte, es ein für alle Mal zu zerstören.

Sie hat dich von Anfang an geliebt.

Er spürte, wie sein Herz und seine Lungen im Käfig der Sehnen und Knorpel so sehr anschwollen, dass seine Rippen zu brechen drohten. Er hatte keine Ahnung, wie er den Rest seines Daseins ohne Ilse Brauchmann leben sollte.

Aber es war noch nicht vorbei. Es war noch Zeit, von vorn anzufangen. Das Bild des Plattenladens tauchte vor ihm auf, ein wenig vergoldet an den Rändern, aber egal, er durfte jetzt ruhig romantisch sein: Frank an seinem Plattenspieler, Kit beim Postermalen, Ilse an der Einschweißmaschine. Er würde ihr alles schenken. Seinen Laden, seine Platten. Er würde es ihr zu ihren kleinen, eleganten Füßen legen.

Lauf, Frank, lauf.

Parktore, schnauf, schnauf. (Vorsicht, Straße!) Die Castlegate. Die Marktstände. Schnauf, schnauf. Mach schon, Frank. Um die Ecke. Gasse, Kopfsteinpflaster.

Als er den *Singing Teapot* erreichte, hatte das Café schon für die Nacht dichtgemacht. Er hämmerte an die Tür, vergeblich. Das Licht war aus, die Stühle standen auf den Tischen.

Die Kathedrale? Versuch es dort.

Zwei Priester untersuchten den neuen Teppich, aber keine Anzeichen von der Frau, die er liebte.

Er fragte Fremde. Passanten. Haben Sie sie gesehen? Riesenaugen? Die Haare halb hochgesteckt, halb herunterhängend? Ungefähr so groß? Riesenaugen? Lustiger Mund. Sie ist schön, keine ist wie sie …

Er setzte einer Frau mit grünem Schal nach, musste aber entdecken, dass sie blond war.

Maud. Maud wusste, wo sie wohnte. Es war noch nicht zu spät. Er musste zurück in die Unity Street. Er musste sich ihre Adresse beschaffen. In einer Stunde könnte er bei ihr sein. Er würde sich entschuldigen. Ihr gestehen, dass er sie liebte. Er würde, wenn sie wollte, mit ihr nach Deutschland gehen. Ja. Er musste mehr von der Welt sehen. Das wäre doch eine Möglichkeit …

Wenn sich sein Körper nur schneller bewegen würde! Aber das Laufen wurde immer beschwerlicher. Seine Beine waren wie Mus, die Knie knickten ihm weg. Sein Gesicht fühlte sich so heiß an, dass er das Gefühl hatte, sein Schädel würde gleich platzen, ständig musste er sich den Schweiß aus den Augen wischen. Weiterzuatmen war alles, was er noch schaffte. Gasse. Castlegate. Wenn er so weitermachte, würde ihn der Schlag treffen, bevor er Ilse Brauchmann fand …

»Entschuldigung, Sir? Haben Sie kurz Zeit?« Vier

Frauen mit kleinen Pillbox-Hüten stürzten sich auf ihn und forderten ihn auf, ein neues Parfum zu testen.

Nach rechts hinunter. Über die Straße – fast war er da.

Als Frank in die Unity Street einbog, schlugen ihm schwarze Rauchwolken und ein bitterer Geruch entgegen.

Maud kam auf ihn zu, mit offenem Mund und verschmiertem Gesicht. Hinter ihr loderten Flammen hoch, Rauch wallte nach oben, Ascheflocken segelten durch die Luft wie schwarzer Schnee. Der Lärm war ohrenbetäubend. Leute rannten mit Wassereimern herum, schrien einander Kommandos zu. Rauchgeschwärzte Kisten standen kreuz und quer auf dem Gehweg, wieder lag jemand auf dem Pflaster.

»Frank! Frank! Wo bist du *gewesen*?«

Der Plattenladen brannte.

38

Halleluja

Schuld sei die Handbremse gewesen, sagte die Polizistin zu Frank. Die Handbremse.

Sie musste es mehrmals wiederholen, weil er so zitterte, dass er nichts verstand. Die Wörter wollten nicht bis zu dem Teil seines Gehirns vordringen, der sie mit Sinn füllt.

Peg war an den Rand der Klippe herangefahren, um sich den Sonnenuntergang anzusehen.

Sie schlug unten auf wie ein Meteorit.

Die Polizistin fuhr Frank ins Krankenhaus, wo Peg reglos dalag wie eine Tote, mit Maschinen verkabelt, eine Batterie Flaschen über dem Kopf. Ein blauer Beatmungsschlauch ragte aus ihrem Mund; Frank erwartete jeden Moment, dass er Rauch ausstoßen würde.

Er blieb den ganzen Tag, die ganze Nacht neben ihr. Er hatte keine Ahnung, was er sonst mit sich anfangen sollte. Er holte Getränke aus dem Automaten und hob die Becher nicht einmal zum Mund. Es war, als hätte sein Körper vergessen, was ein Körper zu tun hatte. Und vermutlich hatte das auch Pegs Körper vergessen, denn drei Wochen später starb sie. Eine Schwester gab Frank ihre Kleider in einer Tüte, dazu ein Papiertaschentuch.

Dann kam die Nachricht.

»Hilfsorganisationen?«

»Ja«, wiederholte der Rechtsanwalt. »Hilfsorganisationen.« Er las die Liste noch einmal vor. Ein Frauenhaus, ein Kinderheim, eine Musikerstiftung, die örtliche Kirche, die örtliche Klinik, eine Gesellschaft zum Schutz gefährdeter Schmetterlingsarten. So ging es fort und fort.

»Im weißen Haus?«

»Wie bitte?«

»Alle diese Leute werden mit mir in dem weißen Haus wohnen?«

Geduldig erklärte der Rechtsanwalt das Ganze noch einmal von vorn. In ihrem Testament hatte Peg verfügt, dass ihre umfangreiche Plattensammlung an Frank gehen solle. Aber alles andere – sein Zuhause genau genommen – hatte sie Hilfsorganisationen vermacht. Hunderte würden von ihrem Besitz profitieren.

»Aber was ist mit mir?«

»Wie meinen Sie das?«

»Ich bin ihr Sohn.«

Der Rechtsanwalt entschuldigte sich. Das könne er nicht beantworten. Es sei gewiss eine unübliche Regelung, aber das Testament sei rechtlich einwandfrei. Es würde eine Weile dauern, bis alle Formalitäten er-

ledigt seien; bis dahin könne Frank gern in dem Haus wohnen bleiben. »Offen gesagt«, meinte der Rechtsanwalt, »wird das Haus als Sanierungsobjekt verkauft werden.« Anscheinend hatte Peg auch verfügt, dass zu ihrer Einäscherung das Halleluja erklingen solle.

Als der Tag kam, zog Frank sein einziges schwarzes Sakko an und verbrachte den Vormittag im Pub. Als er in die Kirche trat, war sie rappelvoll. Es gab nur noch Stehplätze. Der Trauerredner sprach in Paarreimen von Gott und Gärten, in denen Peg eine Blume gewesen sei. Peg erschien Frank als völlig fremde Person. Dann kündigte der Redner Händels Halleluja an, und die Musik traf Frank wie ein Keulenschlag. Als das Stück zu seiner letzten Pause kurz vor dem Ende gelangte, wurde es Frank zu viel. Ihm wurde übel. Er wankte an die frische Luft.

Ein paar Tage später druckte die Zeitung etliche Fotos ab. SCHAREN TRAUERN UM DIE WOHLTÄTERIN UNSERER STADT.

Peg zog keine dreitausend Trauergäste an wie Händel. Sie erhielt kein Staatsbegräbnis wie Beethoven. Aber wenigstens hatte sie am Ende Musik. Wenigstens hatte sie Zulauf. Damit schnitt sie besser ab als Vivaldi.

Die vollständige Abwicklung der Formalitäten dauerte ein Jahr. Frank blieb im weißen Haus. Er fuhr in die Stadt und nahm alle möglichen Gelegenheitsarbeiten an – Laubrechen, Fensterputzen –, bis er genug Geld für eine Wohnung zusammengekratzt hatte. Er begann, sich zu vernachlässigen. Kiffte ziemlich viel. Jeder Versuch einer Beziehung scheiterte. Meist kriegte er keinen mehr hoch.

Eines Morgens fiel ihm eine Frau unten am Strand auf. Sie war dicklich und machte nicht viel her, strahlte aber etwas Sympathisches aus. Sie saß mit Handtüchern und einem Picknick im Sand, ihr Söhnchen warf Steine in die Wellen.

»Du erkennst mich nicht, was?«

»Deb?«

Er hatte sie sieben Jahre nicht gesehen.

Sie räumte einen Platz neben sich frei, und er setzte sich zu ihr. Sie bot ihm ein kleines, zu einem Dreieck geschnittenes Marmeladensandwich an. Dann winkte sie ihrem Sohn zu und forderte ihn auf, nicht zu nahe ans Wasser zu gehen.

»Wie alt ist er denn?«

»Er wird jetzt drei.«

»Geht's dir …?«

»Gut? Ja. Mir geht's wirklich gut, Frank.«

Er biss in sein Sandwich. Es war so süß und weich in seinem Mund. Obwohl es am Strand windig und kalt war, fühlte er sich plötzlich warm und geborgen, als hätte ihm jemand einen Mantel angezogen und bis oben zugeknöpft. Das Gefühl war völlig neu für ihn, er wollte es auf keinen Fall wieder hergeben.

»Mummy!«, schrie der kleine Junge.

»Ja schau mal an!«, rief Deb zurück. »Das machst du ganz toll!« Sie blies ihm ein Küsschen zu. »Mein Goldschatz!« Alles so zärtlich und ungezwungen.

Sie wandte sich wieder Frank zu. »Ich habe von Pegs Unfall gehört. Das tut mir wirklich leid. Ich weiß, wie sehr du sie geliebt hast.«

Ihm steckten Steine in der Kehle. Er besaß keine Worte für die Einsamkeit, die in ihm aufklaffte. Er sagte: »Na ja. Wie sich herausstellte, wurde ich gewogen und für zu leicht befunden.« Das war als Witz auf seine eigenen Kosten gemeint, aber weder Deb noch Frank lachten. So ein bärengroßer Mann, und er fühlte sich so mickrig.

»Tut mir leid, Deb«, sagte er. »Ich glaube, ich hab dich ganz schön im Stich gelassen.« Er konnte von dem Sandwich nichts mehr essen. Schaute nur noch vor sich hin.

Da legte sie ihre Hand auf die seine. »Seien wir ehrlich, Frank. Mit einer Mutter wie Peg wärst du nie ein normaler Mensch geworden. Du hättest nie so lieben können wie der Rest der Welt. Liegt wahrscheinlich in deinen Genen.«

Auch das war als Witz gemeint, scheiterte aber genauso wie der erste.

Frank dachte an den Pulli, den sie ihm gestrickt hatte, dachte daran, wie sie ihm einst übers Haar gestreichelt hatte. Alle diese normalen Dinge. Der Ab-

stand zwischen ihm und dem Rest der Welt war unermesslich groß. Über ihm segelte eine einzelne Möwe auf dem Wind.

An jenem Abend packte er seinen Van.

Im ersten Morgengrauen war er weg.

39

Zwei Schwäne

Es war, als würde er ein zweites Mal enteignet. Vor Jahren hatte er das weiße Haus am Meer verloren, aber das war ein Klacks gewesen im Vergleich zu dem hier.

Die Hitze schlug ihm wie eine Ohrfeige ins Gesicht. Flammen züngelten aus der Theke, aus dem Plattenspielerschrank, aus den Schränken links. Der alte Perserteppich hatte sich in einen Feuerfluss verwandelt. Mit dem ersten Schritt in den Laden begann Frank zu würgen, seine Augen kratzten.

Rings um ihn brannten die Regale, Kisten mit Vinyl loderten wie Verbrennungsöfen. Dem Feuer war praktisch die Angriffsfläche ausgegangen. Wasser voller Glasscherben umspülte Franks Füße. An der Rückwand stieß eine Feuerfaust durch die Tür einer der Abhörkabinen. Trocken wie Zunder, ging die Kabine in Flammen auf, der Lack warf Blasen, die Perlmuttvögel zersprangen, das ganze Möbelstück wurde vom Feuer verschlungen. Darüber öffnete sich mit einem Ächzen die Decke, und ein Schauer orangefarbener Funken regnete herab. Die zweite Abhörkabine begann zu brennen, dann der Plattenspieler. Frank versuchte, die nächststehende Kiste Vinyl zu retten; er bückte sich und griff danach, doch im selben Augenblick loderte sie auf. Da war er drauf und dran zu resignieren, nicht wegen der Schmerzen, sondern weil diese vertraute Kiste mit Platten, die er so sorgfältig geordnet und all die Jahre so geliebt hatte, ihn nun so bösartig attackierte. Pater Anthony zerrte ihn grob am Arm, und im nächsten Moment stand Frank auf dem Gehweg und hustete sich die Seele aus dem Leib.

Frank erlitt nur leichte Verletzungen, ein paar kleine Verbrennungen und Schnittwunden an den Händen. Aber Kit, der an der Einschweißmaschine gearbeitet hatte, als sie plötzlich in Flammen ausbrach, musste ins Krankenhaus.

Er weinte, als die Sanitäter ihn auf die Trage hoben. »Frank, es tut mir leid. Es tut mir ja so leid. Das wollte ich nicht. Ich hab versucht, ausnahmsweise mal was richtig zu machen …« Tränen liefen ihm aus den Augen und zogen Spuren durch sein schmutziges Gesicht. »Rufst du meine Mum an? Sie muss ihre Tabletten nehmen. Dad schläft doch immer.«

Woran sich die Leute vor allem erinnerten, war der Gestank. Noch Monate später klagten sie darüber. Es war nicht nur der Geruch, wenn man an dem ausgebrannten Laden mit dem eingesunkenen Dach und den herausgeplatzten Scheiben vorbeiging. Da war noch ein anderer, bitterer Geruch, der wie ein Geist die Wände und Fenster der Unity Street durchdrang, der in Kommoden und Schränke kroch. Wenn der Wind wehte, legte sich über alles eine dünne graue Staubschicht. Man könne die Wäsche gar nicht mehr hinaushängen, sagte eine Frau. Das sei schlimmer als der Zwiebel-Käse-Gestank.

Im September zogen einige weitere Familien aus. Die Häuser links und rechts von Mrs Roussos wurden verbarrikadiert; allerdings rissen Kinder den Zaun um das alte Trümmergrundstück ein und eroberten es wieder als Spielplatz. Im *England's Glory* wurde im Oktober das letzte Bier ausgeschenkt, das letzte eingelegte Ei serviert. Eine Woche später schloss Pater Anthony seinen Devotionalienladen. Er hängte ein Schild ins Fenster:

Ich danke allen meinen Kunden für die Jahre voller Freude, die sie mir geschenkt haben. Daneben stellte er einen gefalteten Papiervogel.

In einem hatte sich Maud geirrt. Sie war im Sommer nicht am Ende, wie sie es an jenem Januartag vorausgesagt hatte, als die Luft so bläulich war und Ilse Brauchmann erschien. Im November kam der Nebel, im Dezember Wind und Regen, ein, zwei Tage lang auch Schnee. Am Ende des Jahres bestand die Unity Street aus einer Reihe verbretterter Häuser und Läden. Fort Development versuchte wiederholt, die Tattoo-Künstlerin herauszukaufen, aber sie wich nicht von der Stelle, ebenso wenig wie die alte Mrs Roussos. 1989 waren sie als Einzige übrig. Kits Poster hingen immer noch in einigen leeren Fenstern. »NEIN ZU FORT DEVELOPMENT!!«

Maud sah Frank von Zeit zu Zeit. Trotz der irreparablen Schäden an seinem Laden handelte er weiter mit Platten. Erst stellte er einen Tisch auf den Gehweg und verkaufte, was vor dem Brand gerettet worden war; zu diesem Zeitpunkt versuchte er immer noch, seinen Dispo zurückzuzahlen. Sammler fuhren zu ihm und sahen seinen Bestand durch, ob etwas von Wert dabei war, aber die meisten Leute kamen nur vorbei, um mit Frank herumzuhängen und über Musik zu reden. Als Frank an Fort Development verkaufte, bekam er nur noch ein Butterbrot für seinen Laden. Er war natürlich nicht versichert – er hatte es versäumt, die Verlängerung der Brandschutzversicherung abzuschicken. Sein Freund Henry versuchte ihn zu überreden, ein weiteres Darlehen zu beantragen, aber Frank wollte nichts davon wissen. Maud schlug vor, er könne bei ihr wohnen, aber er zuckte mit den Achseln, lächelte und meinte, er brauche mal eine Pause von der Unity Street. Ein anderes Mal traf sie ihn beim Uhrturm, wo er Dosenbier trank, und wiederholte ihr Angebot. Er wirkte müder als früher. Angeschlagen.

»Ich komm später vorbei«, sagte er.

Sie putzte das Gästezimmer. Sie schaltete in ihrem kleinen Garten die Lämpchen an. Sie bereitete einen Auflauf zu und deckte den Tisch mit Gläsern und kleinen Papierservietten.

Sie wartete den ganzen Abend, doch der Mistkerl erschien nicht.

Sie kippte den Auflauf samt Form in den Müll und warf die Papierservietten hinterher.

Das nächste Mal sah sie Frank ungefähr ein Jahr nach dem Brand. Er verkaufte Platten in der kleinen Gasse bei der Kathedrale, wo die Leute ihre Habe auf Decken feilboten. Er hatte einige Singles aufgereiht und war in Gesellschaft etlicher Männer und Frauen, die alle nicht ganz sicher auf den Beinen schienen. Einer hatte eine große Tolle. Maud hatte das Gefühl, sie habe ihn vor Jahren schon einmal gesehen. Jedenfalls umarmte er Frank sehr oft und schlug öfter der Länge nach hin; sie fand ihn unsympathisch. Frank wirkte nicht sonderlich unglücklich, aber wenn Maud ehrlich war, kochte sie selbst vor Wut. Er bemerkte sie nicht.

Zum letzten Mal sah Maud ihn im November. Sie war mit einem Freund verabredet, und da entdeckte sie ihn, diesen bärengroßen Mann, allein auf einer Parkbank am See. Er trug seine alte Wildlederjacke, die sie kannte, aber der Riss an der Schulter war größer geworden. Sie setzte sich eine Weile zu ihm. Fragte ein letztes Mal, ob sie ihm irgendwie helfen könne.

Er lächelte. »Mir geht's gut. Danke.«

Da redete sie davon, wie er ihr zum ersten Mal eine Platte herausgesucht hatte. Als sie Heavy Metal haben wollte und er stattdessen das *Adagio for Strings* für sie auflegte. Sie erzählte, dass sie sich in der kleinen dunklen Abhörkabine gefühlt habe wie damals als Kind, als sie sich im Schrank versteckte. Erzählte, wie die Musik durch ihre Adern geflossen sei und sie wieder zum Leben erweckt habe. »Das war Magie«, sagte sie. »Du hast wirklich gezaubert, Frank.«

Er lachte, als unterhielten sie sich über jemanden, den er gar nicht kannte, vielleicht aber mögen würde, wenn er ihn kennenlernte.

Es war noch Nachmittag, und es wurde schon dunkel. Über dem See hing wie ein Geist ein feiner Hauch von Nebel, zwei leere Vergnügungsboote trieben Seite an Seite dahin wie zwei Schwäne.

Maud sagte: »Frank? Mir ist kalt. Ich gehe jetzt. Kommst du mit?«

Er gab keine Antwort. Er saß einfach da und schaute auf die beiden leeren Boote.

Da überließ sie ihn diesem Anblick.

SEITE D: 2009

40

Die vier Jahreszeiten

2009. Das internationale Jahr der Astronomie, der Naturfasern, der Aussöhnung und des Gorillas. Zufällig jährt sich auch Händels Todestag zum zweihundertfünfzigsten Mal. Es gibt Handys, iPods. Es gibt Facebook, YouTube, Napster, iTunes, Stayfriends. Digitale Musikverkäufe haben die CD überholt. *Woolworth*, *Tower Records* und *Our Price* sind genauso verschwunden wie Hunderte kleiner, unabhängiger Plattenläden. Wie einst Vinyl und Musikkassetten liegt nun die CD in den letzten Zügen.

Und doch ist Musik überall. In Supermärkten, Einkaufszentren, U-Bahnhöfen. In Kneipen, Restaurants, Aufzügen, Krankenhäusern. Wenn sie die Bank anruft, hört sie, während sie auf die Verbindung wartet, eine Instrumentalversion von *Yesterday.* Sogar ihr Zahnarzt lässt Musik laufen. Einmal war es Bach, die *Goldberg-Variationen*, während sie eine Füllung bekam. Wenn sie mit dem Bus fährt, hört sie vor allem das Stampfen der Musik aus dem Kopfhörer ihres Sitznachbarn.

In einem kleinen Münchner Vorort kauft Ilse

Brauchmann bei Lidl ein. Sie kauft nicht viel, nur ein Brot, ein paar Scheiben Schinken und etwas für morgen. Sie ist immer wieder überrascht, wie leer ihr Einkaufskorb neben den großen Einkaufswagen aller anderen aussieht, wie wenig sie zu brauchen scheint. Sie trägt einen grünen Mantel, ein grünweißes Tuch, eine weite Hose und schicke Schuhe. Ihr schwarzes, von Silberfäden durchzogenes Haar ist kinnlang geschnitten und wird von einem Elfenbeinkamm, der ihrer Mutter gehört hat, nach hinten gehalten. Trotzdem neigen immer wieder ein paar Strähnchen dazu, sich ohne Vorwarnung zu lösen und wirr herumzubaumeln.

Es ist ein kalter Herbsttag. Am Himmel hängen die Wolken dicht verkeilt und wollen nicht weiterziehen. Ilse grüßt ein paar Bekannte. Sie kennen ihren Beruf (Geigenlehrerin). Sie wissen, dass sie keine eigenen Kinder hat, aber viele Patenkinder, deretwegen sie oft alles liegen- und stehenlässt, um sich um sie zu kümmern. Die Leute wissen, dass es ihr gutgeht, auch finanziell. (Das steht außer Frage. Sie kleidet sich gut, sogar für einen Einkauf bei Lidl.) Ihre eigene Wohnung war, wie sich herausstellte, als sie sie zum Verkauf anbot, ein Vermögen wert. Das einst ärmliche Viertel war inzwischen sehr begehrt.

Die Leute mögen es, wenn sie ihnen etwas von sich erzählt, ein paar Häppchen nur; dann glauben sie, sie würden Ilse Brauchmann kennen. Aber das tun sie nicht, sie haben keine Ahnung von all den Entscheidungen, die sie getroffen hat und die sie zu der Frau gemacht haben, die die anderen vor sich sehen. Von den Dingen, die sie hinter sich gelassen hat. Von den Menschen, die sie geliebt hat. Davon hat es viele gegeben. Mehrere längere Beziehungen, viele kürzere. Urlaubsromanzen. Flirts. One-Night-Stands. Eine Affäre, die länger dauerte, als guttat. O diese großen, dunkelhaarigen Männer in großen, weiten Jacken! Die wurden ihr immer zum Verhängnis.

Der Supermarkt ist so riesig, dass Ilse von den Dimensionen ganz benommen wird. Sie vergisst immer wieder, wofür sie eigentlich hergekommen ist. Und so steht sie nicht vor dem Feinkostregal, sondern starrt in einem langen Gang auf Zahnhygieneartikel. Zahnbürsten, Mundwasser, spezielle Zahnpasten, Zahnseide, Interdentalbürstchen und Sticks. Da hört sie es auf einmal. Die *Vier Jahreszeiten.* Das Konzert *Frühling.*

Nur dünn klingt es aus den Lautsprechern, aber Ilse erstarrt. Sie spürt den sehnlichen Wunsch, die Vögel zu hören. Sie atmet kaum noch, so sehr wünscht sie es sich. Zur selben Zeit stürmt ein besonders bärengroßer junger Mann mit wilder brauner Mähne vorbei, packt irgendeine Zahnpasta und rennt dann voll in Ilse hinein.

Ilse war nie übergewichtig. Nicht einmal, als sie im Juni 88 plötzlich nach Deutschland zurückkehrte und sich eine Weile lang hemmungslos vollstopfte, was ihre Mutter Frustessen nannte. Nicht einmal, als 1989 ihr Vater in der Klinik starb und sie in jenem Sommer mit ihrer Mutter nach Italien fuhr, wo sie Unmengen Pasta aßen und jeden Abend ein Kirchenkonzert besuchten. Ja, sie hat einen kleinen Rettungsring um den Bauch herum angesetzt, nachdem sie vierzig wurde, und an ihren Oberarmen kleine Wabbelflügel, auf die sie gern verzichten würde, aber sie trägt immer noch Größe 38 und hat in ihrem Leben noch nie einen Menschen zu Boden gestreckt. Doch als dieser bärengroße junge Mann gegen Ilse prallt, schreit er auf, macht einen Satz nach hinten, stolpert dabei über seine eigenen, sehr ausladenden Füße und schlägt der Länge nach auf den Rücken.

»Wie ist denn das passiert? Alles in Ordnung?«

Ohne zu wissen, wie, kniet Ilse schon neben ihm. Er liegt reglos da. Ein gestrandeter Riese. Die Arme an den Seiten. Die großen Füße senkrecht nach oben gerichtet.

Und was macht Ilse? Als sie ausgerechnet bei Lidl Vivaldi hört? Neben der Zahnpasta, genauer gesagt neben den Spezialpasten für strahlendes Weiß und den gestreiften Sorten mit Fluoridformel? Als sie einem jungen Mann ins Gesicht starrt, der einen so wilden Haarmopp hat, dass darin leicht etwas verlorengehen könnte?

Ilse bricht in Tränen aus.

»O Gott«, sagt er. »Tut mir furchtbar leid. Habe ich Ihnen weh getan?«

Der junge Mann scheint sich inzwischen aufgesetzt zu haben.

»Nein, alles gut. Sie sehen nur … alles gut. Wirklich.«

Sie hält ihm ihren Arm hin, um ihm aufzuhelfen, aber er deutet ihre Geste falsch, als Bitte um Hilfe. Er dreht sich hastig auf die Knie um und springt auf. Dann beugt er sich aus seiner vollen Höhe herunter, streckt Ilse die Hand entgegen und zieht sie hoch.

Ilse erinnert sich an einen See, vor einundzwanzig Jahren. Mondlicht auf dem Wasser in tausend tanzenden Splittern. Mittlerweile stoßen zwischen den Lidl-Regalen Vivaldis Vögel herab …

»Alles in Ordnung?«, fragt der junge Mann.

»Ja, danke.« Sie bemüht sich nach Kräften, gelassen zu wirken. »Und bei Ihnen?«

»Passt.« Er lacht. »Tschüs dann.«

Sie sieht ihm nach, wie er zum Ende des Gangs schlappt.

Es passiert immer noch ab und zu, sogar nach der langen Zeit. Ilse entdeckt Frank, wie er in einer Einfahrt auf den richtigen Moment wartet, um hervorzutreten und zu sagen: *Na, da bist du ja, hallo!* Ab und zu sieht sie ihn eine Gasse entlangtrotten oder um eine Ecke biegen oder als große, breitschultrige Gestalt in einem Café sitzen und Tee trinken. Wenn sie ein Schaufenster betrachtet, kann plötzlich sein Spiegelbild neben dem ihren aufscheinen. Oder sie überquert eine Straße und glaubt auf einmal – nein, sie *weiß* es –, dass auch er gerade eine überquert. Sie hört einen Vogel zwitschern, und auch er hört einen. Manchmal hat er eine Frau, manchmal hat er Kinder, einmal saß er in dem Auto hinter ihr am Steuer, ein anderes Mal stand er bei einer Party auf der anderen Seite des überfüllten Raums und sah sie einfach an, so hoffnungsvoll, dass es ihr den Atem verschlug. Wenn sie sich nähert, entfernt er sich – natürlich ist er es gar nicht, sondern ein anderer Mann –, und dann steht sie da, mit einer großen Leere im Leib. Frank ist ein Gespenst, das immer auf sie wartet, wenn nicht direkt in ihrem Blickfeld, so doch am Rand. Das hat sie noch niemandem erzählt. Warum sollte sie auch? Frank steckt in ihrer Haut, in ihren Knochen, er ist ihr Geheimnis. Das war er schon immer.

Sie ist nicht die Einzige, die ihren Herzliebsten als Gepäck mit sich herumschleppt. Mehrere Freundinnen, deren Ehen gescheitert, deren Kinder zum Studieren außer Haus sind, haben entdeckt, dass das, wonach sie sich sehnen, nicht in der Gegenwart zu finden ist und auch nicht in der Zukunft, sondern irgendwo in der Vergangenheit auf der Strecke geblieben ist. Manche nutzen Stayfriends, um wieder Kontakt mit alten Studienfreunden aufzunehmen, andere machen es über Facebook. Eine trifft sich seit kurzem mit ihrem ersten Freund, den sie zuletzt als Teenager gesehen hat. Eine andere denkt daran, in ihre Heimatstadt zurückzukehren.

»Guten Tag!«

Das Mädchen an der Kasse ist nett. Ilse wohnt nun seit einem knappen Jahr in der Wohnung ihrer Mutter und wartet immer an der Kasse dieses Mädchens, auch wenn die Schlange dort länger ist. Die junge Frau kann nicht älter sein als achtzehn und trägt einen Ring durch die Nase, was Ilse unbegreiflicherweise traurig macht, aber sie findet immer ein paar liebenswürdige Worte für die Kunden, wenn sie ihnen die Lebensmittel in Tüten packt, kleine ermutigende Sätze wie: »Oh, das sieht aber lecker aus«, oder: »Ich glaube, das hole ich mir auch.« So gibt sie den Leuten das gute Gefühl, es ist in Ordnung, wie sie leben und was sie aus den Supermarktregalen für sich aussuchen.

Ilse versucht, ihre Einkäufe einzupacken, aber ihre Hände sind heute sehr steif – das Wetter hilft auch nicht –, und außerdem muss sie dauernd an Frank denken und bekommt nichts auf die Reihe.

»Das ist diese Jahreszeit«, sagt die Kassiererin. »Die setzt den Leuten zu.« Sie blickt flüchtig in den Inhalt von Ilses Einkaufskorb. »Sie leben allein, stimmt's?«

»Ich bin vor einem Jahr hergekommen, um meine Mutter zu pflegen. Sie ist vor vier Monaten gestorben.«

»Das ist aber traurig.«

»Ja. Ich vermisse sie.« Das Schlimmste jedoch war, einer Frau die Hand zu halten, die ihr in die Augen sah und keine Ahnung hatte, wer Ilse war. Es war wie ein sich ewig hinziehendes Sterben, ungleich länger und irritierender als der Moment, als ihre Mutter einfach den Blick auf ihr ruhen ließ und aufhörte zu atmen. Trotzdem wünscht sich Ilse, es verhielte sich so simpel, dass sie sagen könnte, sie vermisse ihre Mutter, und damit wäre die Sache geklärt. In Wirklichkeit hat sie sich noch nie so einsam gefühlt wie jetzt. Es können ganze Tage vergehen, ohne dass sie ein Wort spricht. Nicht dass ihre Mutter zuletzt etwas gesagt hätte, aus dem sich ein Gespräch hätte entwickeln können; sie stöhnte nur ab und zu oder stieß ein entzücktes, unerklärliches Lachen aus. Aber wenigstens gab es die Schwestern zum Reden oder andere Leute, die ihre Verwandten besuchten. Jetzt hat Ilse keine Eltern mehr und fühlt sich seltsam schutzlos und gleichzeitig todesmutig. Als wäre sie nun aufgerufen, als Nächste in die Schusslinie zu treten.

Das nette Mädchen plaudert weiter. »Haben Sie einen Hund?«

»Einen was, bitte?«

»Ein Hund kann helfen.«

Ilse sagt, nein, sie habe keinen Hund. Sie steckt eine Zwiebel in die Tasche, dann einen kleinen Karton Milch, darauf legt sie den Salatkopf.

»Manche Leute wie Sie haben einen Hund. Der hält sie aktiv.«

»Ich bin einundfünfzig«, sagte Ilse.

Ja, erwidert das Mädchen; anscheinend hat sie Ilse nicht gehört. Sie redet von einem Pekinesen oder Pudel. Besser noch, heutzutage gibt es tolle Designer-Mischlingshunde. Einen Pekinesen, der auch ein Pudel ist. Die sind süß, diese kleinen Hunde. Sie sitzen einem auf dem Schoß. Man kann im Internet Sachen für sie kaufen, Mäntelchen und Mützen und so. Man kann sie in der Handtasche zum Park tragen. So kann man andere Leute kennenlernen, die auch kleine Hunde haben. Es tut gut, an die frische Luft zu kommen. Das alles entströmt dem Mund einer reizenden jungen Frau mit Nasenring. Sie sieht nicht so aus, als wäre sie in den letzten Monaten an die frische Luft gekommen, geschweige denn, als hätte sie mit einem winzigen Designerhund in der Handtasche einen Park besucht.

»Aber ich will nicht in den Park«, sagte Ilse. »Ich will keinen Hund.« Sie entdeckt ihn wieder, den bärengroßen jungen Mann, der vorhin ihretwegen zu Boden gegangen ist. Er steht an der Kasse nebenan und gräbt in seinen Taschen nach Münzen, um seine Zahnpasta zu zahlen. Auch er sieht sie, grinst und winkt, dann tapst er zum Ausgang, wo eine junge Frau im Minirock auf ihn wartet. Ilse vermutet, dass er seiner Freundin von dem Sturz erzählt, weil sie die Hand hochstreckt, sein Haar berührt und ihn auf die Stirn küsst. Die Geste ist winzig, aber unendlich zärtlich und vertraut. Diese Frau würde ihn überall finden, auch mitten in einer Menschenmasse, auch mit verbundenen Augen.

»Soll ich den Schinken in eine Extratüte packen?«

Das Mädchen wartet auf Ilses Antwort. Auch andere Leute warten – hinter ihr ein Paar mit Steppjacken im Partnerlook und an der nächsten Kasse ein alter Mann, der langsam seine paar Lebensmittel in der Tasche verstaut. Ist das Ilses Zukunft? Kleine Einkaufskörbe, ein bisschen Salat, Single-Mahlzeiten?

»Ich muss zurück.«

»Zurück?«, fragt das Mädchen. »Haben Sie etwas verloren?« Sie drückt schon auf die Klingel, um Hilfe zu holen.

»Nach England«, verkündet Ilse Brauchmann der Warteschlange. »Ich muss nach England zurück. *Sofort.*«

Kaum ist die Entscheidung gefallen, kommt sie Ilse ganz einfach vor. So banal und simpel, dass sie nicht glauben kann, einundzwanzig Jahre dafür gebraucht zu haben. Aber sie vergisst immer wieder, wie leicht heute alles machbar ist. Uns braucht nur ein x-beliebiger Gedanke anzuwehen – ein zorniger, begehrlicher, ekstatischer, blasphemischer, was auch immer –, und im nächsten Moment kann dieser Gedanke schon draußen in der Welt sein, ohne dass wir uns länger mit ihm auseinanderzusetzen bräuchten. Wir haben ihn einfach und sind gleich wieder fertig mit ihm. Der nächste Gedanke, bitte.

Ilse kauft ihr Flugticket online. Sie checkt ein, wählt ihren Sitzplatz und druckt ihre Bordkarte aus. Sie wirft ein paar Sachen in den Rollkoffer; nachdem die Reise einmal beschlossen ist, kann es Ilse nicht schnell genug gehen. Genug Kleidung für vier Nächte und den englischen Regen. Sie schreibt Mails an mehrere Freundinnen, kein Grund zur Sorge, sie müsse ein paar Tage verreisen. Sie geht ihren Kalender durch und kontaktiert alle Schüler der nächsten Woche, informiert sie und entschuldigt sich vielmals. Sie klopft an die Türen beider Nachbarn, doch keiner ist zu Hause. Sie hinterlässt ihnen eine Nachricht: *Ich musste geschäftlich verreisen.* Sie unterschreibt mit *Ilse Brauchmann* und fügt, falls sie es vergessen haben, hinzu, sie sei die Tochter ihrer Mutter.

Um sechs Uhr sitzt sie im Flugzeug nach England. Um halb zehn in einem Mietwagen. Ringstraße um Ringstraße. Lagerhäuser groß wie Flugzeughallen. Eine Mülldeponie hoch wie ein Hügel. Möwenschwärme wie Wolken. Bei den einstigen Hafenanlagen riesige Glastürme.

Ilse erkennt nichts davon wieder.

»Kommen Sie aus einem speziellen Anlass?«, fragt die Rezeptionistin.

»Wie bitte?«

Anstatt zu erklären, fragt die Rezeptionistin noch einmal. Nicht etwa auf Deutsch oder gar in einer anderen europäischen Sprache. Sondern nur ein bisschen langsamer und lauter, als stünde Ilse nicht direkt vor der Theke, sondern auf der anderen Seite des Hotelatriums bei der dekorativen Wasserwand, an der das Wasser endlos herunterströmt.

Ilses Englisch braucht eine Weile zum Aufwachen. Außerdem wird sie von der Frage umgetrieben, ob Frank nicht einfach auftauchen wird. Wie durch Zauberei. Ihr Herz springt herum wie eine wild gewordene Marionette. Das reicht auch bei jedem anderen, um sämtliche Vokabeln zu vergessen.

Die Rezeptionistin fragt ein drittes Mal, ob Ilse aus einem speziellen Anlass hier ist.

»Spezieller Anlass? Was zum Beispiel?«

Die Rezeptionistin zieht ihren Computer zu Rate. Sie trägt ein blaues Halstuch zum Zeichen, dass sie nicht etwa eine ganz gewöhnliche Normalsterbliche ist, die von der Straße hereingeschlendert kam, sondern zum vollbezahlten, überaus hilfsbereiten Personal gehört. Sie geht die Möglichkeiten durch.

Feiert Ilse a) einen Geburtstag, b) einen Hochzeitstag oder c) ihre Flitterwochen? Oder ist sie d) geschäftlich hier? Ilse entschuldigt sich, sie sei nur gekommen, um nach jemandem zu suchen. Ob es einen Unterschied im Preis ausmache, fragt sie, wenn sie aus einem der genannten Gründe gekommen wäre? Wieder beratschlagt sich die Rezeptionistin mit ihrem Computer.

Da wären a) das Geburtstagspaket – ein Gratis-Heliumballon –, b) und c) das Hochzeitspaket – Blütenblätter und eine kleine Flasche Prosecco. Das Business-Paket d) enthalte ein Wellnessangebot, das vor allem auf Frauen in einem gewissen Alter abziele. Keinen Ballon, auch keine Blütenblätter. Aber eine kleine Flasche Prosecco, die Ilse auch gegen eine große Flasche Mineralwasser austauschen könne, sowie die Gratisbenutzung des Fitnessraums.

Ilse bittet um ein Doppelzimmer mit Aussicht, bitte. Vier Nächte.

Ob sie ein Upgrade wolle?

Warum solle sie ein Upgrade wollen?

Zu dieser Jahreszeit ist es ruhig. Die Rezeptionistin kann eine sehr schöne Managersuite anbieten, mit zwei Doppelbetten, eigenem Sitzbereich und Panoramablick. Ilse nimmt das Angebot an. Sie hat schon seit Jahren keinen Urlaub mehr gemacht.

Aus ihrem Fenster kann sie fast die ganze Stadt sehen. Tausende winziger Lichter zittern und blinken und wandern zu ihren Füßen. Der Himmel dagegen ist heute Abend nur ein leeres altes Gehäuse, das halbherzig in einem undefinierbaren Orangeton leuchtet und den Menschen nichts mehr voraushat.

Ilses Suite ist so groß wie die ganze Wohnung ihrer Mutter. Die beiden Betten sind so breit, dass sie sich auch quer hineinlegen könnte, ohne über den Rand zu ragen. In dem separaten Sitzbereich könnte eine ganze Familie unterkommen, und im Bad ist alles Nötige vorhanden, um zu duschen, zu baden und, falls Ilse das Bedürfnis danach verspürt, eine Hose zu bügeln. Ilse hängt ihre Sachen in den Schrank und packt den Kulturbeutel aus; die paar Dinge verlieren sich in der Weite des Raums. Als sie ihr Handy checkt, hat sie schon zwei aufgeregte Nachrichten von ihren Freundinnen. »*Wo steckst du denn?*« und »*Was läuft denn da, IB?*« Anschließend bestellt sie im Restaurant ein spätes Abendessen. Es gibt viele Tische mit Einzelgästen, meist Männer. Doch als das Essen kommt, bringt Ilse nichts hinunter, nicht einmal ein Schälchen Suppe.

Sie nimmt einen vertrauten Geruch wahr, den sie aber nicht einordnen kann. Erst als sie in den Lift mit den Glastüren tritt, erkennt sie ihn.

Es riecht nach Käse und Zwiebeln.

41
Unity Street

Neun Uhr morgens; Ilse Brauchmann parkt in der Unity Street. Sie ist so nervös, dass sie zweimal gegen den Randstein fährt.

Hier steht sie also wieder, vor der Ladenzeile, zu der es sie einst hinverschlagen hatte. Hier hatte sie, die Hände seitlich an den Kopf gelegt, durch ein Schaufenster gespäht und Frank zum ersten Mal gesehen. Da war sie gerade erst den dritten Tag in England. Sie konnte sich kaum eine warme Mahlzeit leisten und wohnte in einem Hostel, in dem die Leute die ganze Nacht durchlärmten. Als sie Frank erblickte, wusste sie sofort: Dieser Mann würde ihr Leben aus den Angeln heben. Kein Wunder, fiel sie in Ohnmacht.

Die Läden sind jetzt alle verbrettert, die alte Bäckerei, das Bestattungsinstitut, die *Glaubenssachen* (einige Buchstaben sind heruntergefallen, der Name lautet nun *lauben ach*), der Blumenladen und das Tattoo-Studio. Sogar der große Pub an der Ecke ist mit Planken vernagelt. Überall Graffiti, abblätternde Farbe und eingeschlagene Fensterscheiben; über

Mauds altem Studio haust wahrscheinlich jemand illegal, denn die Fenster sind mit Pappe verschlossen, und auf dem Sims steht ein Milchkarton. Der Anblick des leeren Plattenladens jedoch lässt Ilse taumeln. Die Außenmauer ist verhältnismäßig intakt, aber von Ruß geschwärzt, besonders um die Fenster herum. Man kann nicht hineinsehen; wo Glas war, sind nur noch Bretter. Ein Sommerfliederstrauch hat sich das Obergeschoss als Biotop ausgeguckt und wächst aus dem, was vom Dach noch übrig ist. Es hat hier *gebrannt*? Zwei Tauben fliegen mit lautem Flügelknattern aus einem Fenster im ersten Stock. Wann ist denn das passiert?

Und was ist mit Fort Development? An der ganzen Ladenzeile hängen Schilder *Zu verkaufen.* Das alte Trümmergrundstück am Ende der Straße ist irgendwann asphaltiert worden, sieht aber immer noch aus wie ein Trümmergrundstück, denn überall bricht der Sommerflieder durch und sprengt den Asphaltbelag weg wie abgestorbene Haut. Abfallhaufen und Sperrmüll liegen neben Schildern *Müll abladen verboten.*

NF POWER. GO HOME. FRESST DIE REICHEN.

Ilse läuft ein Schauer über den Rücken.

Trotz der verlassenen Läden sind die Reihenhäuser auf der anderen Seite der Unity Street besser in Schuss als früher. Bei manchen wurde das Dachgeschoss ausgebaut, alle sind mit Satellitenschüsseln aufgerüstet wie mit Helmen. Die Vorgärten wurden, so klein sie sind, mit ein, zwei Büschen bepflanzt, ein Streifen Kies bietet einen Stellplatz. Vor einem Haus steht ein kleiner Plastikpavillon, vor einem anderen ein Wohnmobil. Zum ersten Mal seit vielen Jahren denkt Ilse an Mrs Roussos und fragt sich, was aus ihr geworden ist. Alle Fenster ihres Hauses haben jetzt blaue Rollläden, die halb geschlossen sind wie schläfrige, mit Lidschatten getönte Lider. An einem Fenster im Obergeschoss sitzen ganz viele Plüschtiere, als bewunderten sie die Aussicht.

Ilse fragt im Zeitungsladen um die Ecke, ob der Besitzer einen Mann namens Frank kenne, der hier einen Plattenladen hatte. Der Besitzer kennt ihn nicht. Ob er etwas von einem Brand in der Unity Street wisse? Er weiß nichts davon. Eine dicke Frau mit einem Einkaufskorb, der von Kekspackungen überquillt, hat einmal gehört, dass hier eine Menge Vinyl in Flammen aufgegangen sei, aber nichts von einem Plattenladen. Die beiden schlagen vor, Ilse solle es bei dem rund um die Uhr geöffneten Supermarkt versuchen. Ilse folgt dem Rat, und der junge Mann an der Kasse – er kann höchstens fünfzehn sein – staunt, als er hört, dass es hier einmal einen Plattenladen gegeben hat. »Was? Der hat echt richtige Platten verkauft? Cool.« So viel also dazu, die Suche vor Ort kann Ilse wohl abschreiben.

Weit ab vom neuerschlossenen Hafengebiet sieht Ilse hier, wie arm und grau die Stadt noch immer ist.

Andere Orte sind mit der Zeit gegangen und schick geworden, aber diese Ecke hier wurde anscheinend vergessen. Von wenigen Gentrifizierungsnischen abgesehen, ist alles immer noch ziemlich wie 1988. Ein Mann schläft am helllichten Tag in einer Einfahrt. Eine Gruppe Junkies hängt herum. Drei junge Männer führen Hunde mit Maulkorb mit sich. Ein Mädchen liegt wie bewusstlos auf einer Bank. Hier möchte man nachts nicht allein unterwegs sein.

Ilse kehrt in die Unity Street zurück. Klopft an einige Haustüren. Sie bekommt Kopfschmerzen, genau zwischen den Augen, als bohre sich dort ein Nagel hinein. Sie fragt mehrere Leute, die ihr entgegenkommen, einen Mann, der seinen Hund ausführt, zwei Jungen mit so vielen Piercings, dass sie aussehen wie gepolstert. Niemand weiß, dass es hier einmal einen Plattenladen gegeben hat, und ein Frank ist ihnen völlig unbekannt. Ein Mann erzählt, er habe von einem Brand gehört mit einem Verletzten, der ins Krankenhaus musste. Ilse fragt, wem diese Läden heute gehören. »Früher hieß es, die Stadtverwaltung würde die Häuser hier abreißen lassen«, erklärt eine Frau. »Die wollten einen großen Parkplatz bauen. Aber dann ist die Baufirma pleitegegangen. Eine Menge Leute haben ihre ganzen Ersparnisse verloren. Heute kriegen Sie diese Häuser für einen Spottpreis nachgeworfen.«

Ilse fragt, ob noch jemand Kontakt zu einer Tätowiererin namens Maud hat. Die wäre jetzt um die fünfzig. Auch von ihr hat keiner gehört. Als Ilse nach dem Devotionalienladen fragt, lacht ihr ein Mann ins Gesicht. Wenn Sie auf so 'n komisches Zeugs stehen, dann versuchen Sie's doch im Internet, rät er ihr. Ilse dreht wieder um in Richtung Castlegate und fragt alle, an denen sie vorbeikommt. Immer dasselbe. Niemand hat von Frank oder einem Plattenladen gehört. Ilse schmerzen vom vielen Lächeln schon die Gesichtsmuskeln.

Es muss gegen Mittag sein. Sie kauft sich ein Sandwich, bringt aber immer noch nichts hinunter. Sie setzt sich auf eine Bank auf der Castlegate, neben ein kleines Karussell, das hier gerade Station macht.

Nicht einmal ihre engsten Freundinnen wissen die Wahrheit über die sechs Monate, die sie in England verbracht hat. Sie kannten damals natürlich die Geschichte von Richard und der aufgelösten Verlobung – einige fanden Ilse ganz schön dumm und hielten nicht damit hinterm Berg. Sie hatten keine Ahnung, dass Ilse sich in einen Engländer verliebt hatte, der ihr einmal in der Woche von Musik erzählte. Seine Abfuhr konnte sie nicht verkraften, es tat viel zu weh, als dass sie davon hätte erzählen können. Und wenn man etwas lang genug verschweigt, wächst eine Schicht darüber. Damit existiert dieser Teil der eigenen Person nur noch im Archiv. Dort kann man ihn wahrscheinlich das ganze Leben lang lagern; in eine Kiste weggepackt. Wie Ilse einst die Musik weggepackt hatte.

An jenem Nachmittag durchsucht Ilse zu Fuß die ganze Stadt. Die Castlegate, die Gassen, die Fußgängerzonen, die Wohnstraßen, die Kathedrale. Die Rezession von 2008 hat ihre Opfer gefordert. Viele Schaufenster in der Castlegate sind leer. NOCHMALS REDUZIERT. WIR SCHLIESSEN! ALLES MUSS RAUS! WIR DANKEN UNSEREN KUNDEN. In den einstigen Woolworth ist ein ziemlich leeres Warenlager eingezogen, in dem billige Kiefernmöbel verkauft werden. Ein großer Buchladen hat zugemacht, ebenso die Damenboutique. An der Ecke ist kein Metzger mehr, kein Gemüseladen, kein Fischhändler. Nicht dass Ilse in den einundzwanzig Jahren je an diese Läden gedacht hätte, aber nun, wo sie verschwunden sind, spürt sie ihren Verlust, als wären sie ihr hinterrücks weggenommen worden. Stattdessen gibt es nun vor allem Charity-Läden, Leihhäuser und Handyshops. *Bargain Booze. USA Chicken.*

Den schlimmsten Schlag versetzt ihr der Park. Der Musikpavillon ist von einem Zaun und von Schildern mit einem bissigen Hund umgeben. (ZUTRITT VERBOTEN.) Der Rasen ringsum ist mit Kippen, Dosen und Nadeln übersät. Auf dem See ist von den Vergnügungsbooten nichts mehr zu sehen. Das Wasser ist voller Unrat – eine Matratze, schwarze, wie

Leichensäcke dahintreibende Plastiktüten, Flaschen, Autoteile. Ilse setzt sich allein auf eine kaputte Bank und schaut lange, lange umher. Sie würgt in ihrem Hals nicht nur *einen* Kloß hinunter, sondern einen nach dem anderen. Als sie sich schließlich auf den Rückweg macht, verwandelt die Dämmerung die kahlen Bäume schon in flache, bedrohliche Ungetüme.

Hier hingen einst bunte Lichter.

Im Hotel läuft nebenan der Fernseher so laut, dass Ilse jedes Wort versteht. Apathisch wäscht sie sich und kleidet sich aus. Jetzt, wo sie wieder hier ist, beschleicht sie eine seltsame Mattheit, die elektrisierende Aufregung, mit der sie die Reise begonnen hat, ist völlig verflogen. Sie hat kaum noch die Kraft oder den Willen, sich die Schuhe auszuziehen.

Was hat sie sich denn vorgestellt? Dass sie zurückeilen könnte, und alles wäre wieder so wie früher? Wie hat sie so naiv sein können? So voller Hoffnung? Ein ganzer Tag ist vertan, und was hat sie erfahren? Dass niemand etwas über Frank oder die anderen Läden in der Unity Street weiß. Dass sich alles verändert – und, wie es scheint, oft zum Schlechteren. Im Lauf von einundzwanzig Jahren hat Ilse sich daran gewöhnt, Frank zu vermissen. Sie trägt dieses Gefühl mit sich herum, es ist ihr so vertraut, so eingetragen, dass es sich an sie schmiegt wie eine zweite Haut, wie ein Bändchen ums Handgelenk, das sie monatelang nicht wahrnimmt. Aber jetzt spürt sie

Franks Abwesenheit mit einer Panik, die sie aushöhlt und schwach macht. Sie sollte morgen früh packen und nach Hause fahren. Etwas Sinnvolles mit ihrem Leben anfangen, bevor es zu spät ist …

Nach Hause? Wo ist das jetzt? Ist es die Wohnung ihrer Mutter? Ihr tritt das Bild der alten Mahagonivitrine vor Augen, mit dem Glasregal, auf dem kleine Porzellanfigürchen stehen, die ihre Mutter ihr Leben lang gesammelt hat – Schäferinnen in weiten Röcken und ihre Galane im Wams. Ist es das, was das Leben ausmacht? Das fortwährende Anhäufen von kleinen Dingen, hübschen Nettigkeiten, für die wir sparen und Pläne schmieden, die die vergehende Zeit mit Bedeutung füllen und die doch, wenn das Ende kommt, in Zeitungspapier gewickelt und in den Charity-Laden gebracht werden?

Ilse liegt mit dem Kopf am Radio und lauscht einer Frauenstimme, die sich manchmal verliert, dann wieder einfindet; sie spricht in einer fremden Sprache, vielleicht Russisch, bis Klavierspiel eingeblendet wird. Chopin? Bill Evans? Ilse fängt nur Bruchstücke auf, nie genug, um Genaueres zu erkennen. Als sie morgens aufwacht, kommt aus dem Lautsprecher nur noch ein schwaches Knistern. Ilse stellt sich vor, dass die Stimme, die sie gehört hat, ein Eigenleben führt, von dem sie zwar einen kurzen Eindruck auffangen, es aber nicht festhalten kann. Sie versucht, den Sender wiederzufinden, und dreht so langsam am Knopf, dass er sich überhaupt nicht zu bewegen scheint, aber die Russin und ihr Pianistenfreund sind spurlos verschwunden. Genau wie die Läden in der Unity Street, wie ihre Besitzer, ihre Kunden und alle, die Vinyl liebten, die sich so gern über dies und das und nichts im Besonderen unterhielten, alle sind nur noch Gespenster …

He, das sind doch nur faule Ausreden!

Ilse muss herausfinden, wohin man hier geht, wenn man sich ein Tattoo machen lassen will.

Der Computer der Rezeptionistin listet fünfzehn Studios auf. Sie scrollt langsam durch die Liste. 1988 dachte Ilse, die Einzigen mit Tattoos seien Biker, Knastis, Heavy-Metal-Fans – und Maud. Heute will offenbar jeder so was haben.

»Sind Sie sicher, dass sie immer noch hier ist?«, fragt die Rezeptionistin. »Wissen Sie, viele Läden sind verschwunden.«

Nein, sicher ist Ilse nicht. Aber eines weiß sie instinktiv: Wenn einer aus dem Häuflein der Ladenbesitzer überdauert hat, dann Maud.

Mit der ausgedruckten Liste der Tattoo-Studios auf dem Beifahrersitz fährt Ilse durch die ganze Gegend. Sie begegnet jungen Männern und Frauen mit Armen bunt wie Blusenärmel. Sie spricht mit mehreren Leuten, die auf der Glatze schöne Symbole von Liebe und Frieden eintätowiert tragen, wo sich andere ganz phantasielos Haare wachsen lassen. Ein alter Mann führt ihr vor, wie auf seiner Brust zwei Vögel mit den Flügeln schlagen, wenn er die Brustmuskeln anspannt. Eine über und über mit Herzen und Worten wie *Pax* und *Glück* tätowierte Frau kommt Ilse vor wie der traurigste Mensch, der ihr je begegnet ist; sie spendiert ihr einen Kaffee. Aber niemand hat von einer Tattoo-Künstlerin um die fünfzig namens Maud gehört.

»Da *war* mal eine«, meldet sich ein blaueingefärbter junger Mann zu Wort. »Sie hatte in den neunziger Jahren ein Studio. In einer Sackgasse. Ich weiß nicht, was ich verbrochen habe, aber sie hat mich hochkant rausgeschmissen. Die macht jetzt in Blumen, in der Nähe der Castlegate. Piekfeiner Laden …«

Ilse rennt schon zum Auto.

»Sie?«

Sprachlos steht Maud da, einen Strauß Chrysanthemen in der einen Hand und ein mörderisches Messer in der anderen.

Kühl ist es in ihrem Laden, der mit seiner Einrichtung, einem trendigen Mix aus Glas, freigelegten Ziegeln, Grau und Stahl, mehr an eine Lagerhalle erinnert. Ein Laden dieser Art ist das Letzte, was Ilse in dieser Stadt erwartet hätte. Auf Schiefertafeln stehen Ankündigungen – *Blumen des Tages* –, die Bouquets sind ungewöhnlich, fast schroff komponiert, unerwartete Zusammenstellungen, die die Blüten spektakulär zur Geltung bringen, als hätte man Dinge wie Rosen und Lilien noch nie gesehen. Da ist ein Strauß aus Olivenzweigen und rostroten Dahlien; rosa Pfingstrosen mit Blüten wie Seidenpapier stecken in einem Füllhorn aus Weidenzweigen. An den Wänden hängen Kränze aus scharlachroten Chilischoten, Papierkringeln, Apfelringen. Aus einem Kranz ragt in dünnen Büscheln blauer Draht hervor wie bei einem Feuerwerksrad. »*Sie?*«, wiederholt Maud. »Was wollen *Sie* denn hier?«

Aus Gründen, die Ilse gerade nicht erläutern kann, würde sie Maud am liebsten umarmen.

Aber das tut sie nicht, sondern erzählt ganz von vorn. Von ihrer Arbeit als Geigenlehrerin, vom Umzug zu ihrer Mutter, die sie gepflegt hat, und vom Verkauf ihrer eigenen Wohnung nach dem Tod der Mutter. Von Vivaldi, den sie bei Lidl hörte, und von ihrem Entschluss, nach England zurückzukehren. Von ihrer Suche nach Frank …

Die ganze Zeit stehen drei junge Verkäuferinnen in coolen Schürzen da und schauen verwirrt von Maud zu Ilse, von Ilse zu Maud.

»Steht nicht so blöd rum«, fährt Maud sie an. »Macht euch nützlich.«

Sie verdrücken sich schnell ins Hinterzimmer.

Maud hat sich verändert. Ihr Irokese ist einem geometrisch geschnittenen braunen Bob gewichen, der über den Ohren und an den Schläfen schon grau wird. Sie zieht sich nicht mehr an wie eine böse Fee, sondern trägt eine anthrazitfarbene Leinentunika über Jeans und braunen Schnürstiefeln. Ihre Haut ist an einigen Stellen immer noch blau, doch um den Hals und die Hände herum rosa.

»Ich habe mir ein paar wegmachen lassen«, sagt Maud, als sie Ilses Verwirrung bemerkt. »Es kam so weit, dass jeder Idiot sich tätowieren ließ.«

Maud konzentriert ihre Aufmerksamkeit nun auf ihre Fingernägel. Sie sind lang, spitz zugefeilt und mit Spiralen und Streifen lackiert. Maud lässt ihre Finger spielen, wie es Frauen gern tun, die einen neuen Verlobungsring tragen. Sie findet an ihren Nägeln offensichtlich großen Gefallen.

Aber einen Verlobungsring trägt sie nicht.

Maud erzählt, was sie von Frank weiß, und das ist sehr wenig. »Um es auf den Punkt zu bringen: Er hat alles verloren und jede Hilfe verweigert.« Sie hat seit Mitte der neunziger Jahre nichts mehr von ihm gehört. Im Jahr 2000 hat sie schließlich ihr Studio verkauft. Ließ sich zur Floristin ausbilden und investierte ihr Geld in diesen Laden. Sie bietet ihre Dienste auch übers Internet an. Blumenzustellung. Floristik für Hochzeiten, für Großfirmen.

»Ich habe Franks Laden gesehen. Was ist denn da passiert?«

Maud taut ein wenig auf; zumindest legt sie ihr Messer weg. Sie berichtet Ilse von dem Brand, verursacht durch die Einschweißmaschine, die plötzlich zu brennen anfing. Ilse hat seit Jahren nicht mehr an das Ding gedacht, aber jetzt, wo sie sich daran erinnert, steht es ihr so plastisch vor Augen, dass sie das Gefühl hat, sie bräuchte nur die Hand auszustrecken und könnte es berühren. Sie glaubt es sogar zu riechen.

Maud seufzt. »Kit hatte schwere Verbrennungen. Das ist Frank furchtbar nahegegangen. Ich weiß nicht, was danach aus Kit geworden ist. Ich dachte, ich hätte sein Foto mal in der Zeitung gesehen, aber wahrscheinlich habe ich mich getäuscht.«

Und so erfährt Ilse, was an jenem Abend geschah, als Frank sie verließ. Sie erfährt, dass er alles verlor, noch eine Weile versuchte, weiter mit Platten zu handeln, dann aber aufgab. »Was CDs angeht, hat er sich schwer geirrt. Er fand es zum Kotzen, dass alle nur noch CDs wollten. Das kommt einem heute so verrückt vor, niemand will mehr CDs haben. Aber damals wurde Frank deswegen echt schwierig. Wie ich gehört habe, hat er sich mit zwielichtigen Typen eingelassen. Zum letzten Mal habe ich ihn unten im Park gesehen.«

»Hat er noch etwas erzählt?«

»Nein.«

Ilse hört zu wie im Traum. Nichts davon erscheint ihr wirklich. Sie merkt, dass sie seit Minuten kaum noch geatmet hat.

»Das ist jetzt lange her. Vielleicht lebt Frank gar nicht mehr.«

Dieser Satz trifft Ilse wie ein Magenschwinger. Sie ringt nach Luft.

»Nein«, murmelt sie. »Nein. Das kann ich nicht glauben. Nein.«

Mauds Stimme reißt sie in die Gegenwart zurück. Sie fragt, ob Ilse sich im Plattenladen umsehen wolle. Sie habe einen Schlüssel.

Als sie in der Unity Street ankommen, wird es schon wieder dunkel.

Der Plattenladen stinkt nach Schimmel, Kälte und Urin. Maud leuchtet mit der Taschenlampe ihres Handys umher und zeigt Ilse die Schäden. Der Plattenspielertisch quer vor der Rückwand liegt als verkohlte Planke auf dem Boden. Die Abhörkabinen haben sich in Rauch und Asche aufgelöst, die Theke ebenfalls. Der Boden sinkt unter Ilses Füßen ein, ein schweres Gemenge aus zersplittertem Vinyl, Staub, Gips, Asche und Glas. Die Wände sind schwarz. Jemand hat den Laden als Unterschlupf benutzt, in der Ecke stehen Flaschen, Dosen und Take-away-Schachteln, daneben liegt ein alter Schlafsack. In einen umgestürzten Einkaufswagen ist eine Decke gestopft; auch ein Baseballschläger ragt heraus.

»Sehen Sie?«, fragt Maud. »Da ist wirklich nichts mehr übrig. Sehen Sie?«

Ilse wird es so kalt, dass sie schlottert. Sie ballt die Fäuste, um nicht zu weinen. Sie sagt sich, auch dieses Gefühl wird vorübergehen, es ist nur ein Moment, sie braucht nicht daran haftenzubleiben, und kurz hat sie damit Erfolg, sie denkt, mein Körper ist unverletzt, ich habe Geld, ich habe zu essen. Aber dann krallt sich der Kummer wieder fest, wie eine feindliche Besatzung von innen her. Ilse hat keine Ahnung, wie sie das jemals verwinden soll.

In einem Café geht Maud Tee holen. Sie wirkt unruhig, ist halb freundlich, halb förmlich. Sie zieht ein Päckchen Zigaretten aus der Tasche und steckt es fluchend wieder weg. »Ich hasse dieses verdammte neue Rauchverbot.« Sie gräbt nach ihren Nikotinkaugummis. »Rauchen Sie noch?«

»Nein. Ich habe nie richtig geraucht. Nur, wenn ich mit Frank zusammen war.«

Maud zeigt Ilse auf ihrem Handy ein Foto von dem strohgedeckten Cottage, in dem sie lebt. Vierzig Autominuten von der Stadt entfernt. Sie streichelt ihr geliebtes Cottage auf dem Display.

»Ist sonst noch jemand übrig?«

»Wie meinen Sie das?«

»Die Williams-Brüder? Pater Anthony? Mrs Roussos?«

Die Williams-Brüder starben wenige Monate nach ihrem Auszug aus der Unity Street. Der zweite vierzehn Tage nach dem ersten. Wahrscheinlich das Beste für sie. Fort Development machte Konkurs, und die Leute, die in die Baufirma investiert hatten, haben alles verloren. Frank hatte recht gehabt, als er der Sache nicht traute. Und Mrs Roussos? Maud beginnt, ganz untypisch für sie, zu lachen. Die alte Dame lebte noch jahrelang. Sie starb 1999. »Sie würden es nicht glauben, wie viele Leute zu ihrer Beerdigung gekommen sind. Mein letzter Stand zu Pater Anthony ist, dass er in einem Heim lebt, wenn er denn noch lebt – er muss über achtzig sein. Damit bin ich die Einzige, die noch übrig ist.« Sie sieht auf dem Handy nach, wie spät es ist. Sie muss in ihren Laden zurück.

An der Tür des Cafés drückt Maud Ilse kurz an sich. Ein seltsames Gefühl, ganz und gar nicht tröstlich, sondern eher wie der Körperkontakt mit einer Rüstung. »Guten Heimflug dann. Manchmal ist es das Beste, wenn man weiterzieht. Diese Stadt war schon immer ein Abstellgleis.«

Als Ilse davongeht, muss sie ganz tief atmen, um nicht zu weinen. Ein Mann in einer Einfahrt bittet sie um Geld; Ilse denkt an Frank und leert ihren Geldbeutel.

»Gott segne Sie«, ruft er. »Gott segne Sie.«

Seine Stimme folgt ihr die ganze Straße entlang wie ein Seil, das sie zurückziehen will.

Da dämmert es Ilse plötzlich, dass sie bislang an den falschen Orten nach Frank gesucht hat.

Sie klappert die Pubs unten am Hafen ab, sie spricht die Verkäufer der Obdachlosenzeitschrift an. Sie fragt Leute an Bushaltestellen, erkundigt sich in einem Flüchtlingszentrum und in einer Suppenküche. Bis acht Uhr abends hat sie vom Bankautomaten eine weitere Summe abgehoben und ihren Geldbeutel ein zweites Mal geleert. Sie hat einer Frau zugehört, die ihr von dem Tag erzählte, als ihr Mann einfach verschwand. Sie ist ausgelacht worden, angeschrien, verfolgt, ignoriert, überholt, angerempelt. Mehr als zweimal war sie in heller Angst. Rauch steigt aus den Schloten der Chipsfabrik. Ihr brennen die Füße, als wäre sie in Brennnesseln gewatet.

Niemand weiß auch nur das Geringste von Frank oder einem Mann, der anderen helfen wollte, die richtige Musik zu finden.

»Klingt wie im Kino«, sagt jemand und lacht.

Es ist, als hätte Frank nie existiert.

42

Last Night a DJ Saved My Life

Ilse liegt voll angekleidet auf dem Hotelbett. Sie hat keine Ahnung, wie spät es ist. Sie liegt nur da und betrachtet das schwarze Rechteck des Fensters, in dem tausend winzige Lichter leuchten. Gedanken wandern heran, weniger in Form von Worten als von Schemen, Gebilden. Die Luft ist so reglos, als wäre alles daraus abgesaugt worden; es bleibt nur dieses beunruhigende Gefühl, etwas Wichtiges verlegt zu haben. Diese greifbare Abwesenheit.

Es ist schon Ilses dritter Abend in England. Den ganzen Tag hat sie damit verbracht, Frank zu verlieren, ihn wiederzufinden und aufs Neue zu verlieren. Es gibt keine Garantie, dass man etwas noch antreffen wird, nur weil man endlich zurückkehrt und bereit dafür ist. Ilse sucht im Radio wieder nach der Stimme der Frau von gestern Abend und deren Freund am Klavier, aber auch diese beiden haben sie verlassen. Stattdessen landet sie beim Lokalsender. Dort läuft gerade eine Talkshow mit Hörertelefon (*»Nacht-Sprechstu-undeee«*, dudelt ein Jingle alle fünfzehn Minuten), in der ganz normale Leute anrufen und von ihren Problemen erzählen, und ein DJ schlägt ihnen vor, was sie dagegen tun könnten. Die Sendung weckt in Ilse ein Gefühl von Vertrautheit, und sie hört zu. Sie hat das Radio so leise gestellt, dass sie keinen Mucks machen darf, wenn sie alles verstehen will. Ihr ist, als kenne sie die Geschichten bereits – ein Mann, der nachts nicht schlafen kann, eine Frau, die sich nicht entscheiden kann, ob sie ihren Mann verlassen soll. Der DJ macht beim Zuhören aufmunternde Geräusche (»Mhm – mmmmm«) und gibt dann schrullige Kommentare ab wie »Schlafen Sie doch mal auf der anderen Seite des Betts« und »Also hören Sie mal, Ihr Mann klingt ja wie ein gaaanz Schlimmer«. Er spricht mit einem künstlichen amerikanischen Akzent und großer Begeisterung. Er legt die zu seinen Kommentaren passenden Platten auf. Ilse glaubt, dass er ihr bald auf die Nerven gehen wird, stattdessen berückt er sie mehr und mehr. Dieser DJ hat etwas unverwüstlich Gutmütiges. Geduldig wiederholt er immer wieder die Nummer des Senders und ermutigt seine Zuhörer, in der *Nachtsprechstunde* anzurufen, egal, wo der Schuh drückt. Plötzlich, wie aus dem Nichts, kracht es fürchterlich – ein Frontalangriff auf Ilses Ohr –, und er flucht, *Scheiße*, allerdings nicht mit amerikanischem Akzent, sondern in einem völlig anderen Tonfall, den Ilse sofort wiedererkennt.

Sie stürzt zum Telefon.

»Wie hast du mich bloß *erkannt*?«

Sie sitzen einander in der Hotelbar gegenüber. Ilse und Kit sind die einzigen Gäste. Es ist ein Uhr früh, Kit ist direkt vom Funkhaus gekommen. Er hat noch die Fahrradklammern um die Knöchel. Sein dickes schwarzes Haar ist nun graumeliert, sein Gesicht aber ganz glatt und rund und sehr gerötet. Im Gegensatz zu Maud ist Kit mit zunehmendem Alter dünner geworden. Er ist von Kopf bis Fuß in hautenges Lycra mit unzähligen Reißverschlüssen gehüllt und hält den Radhelm auf dem Schoß wie ein Plastikschmusetier.

»Am Anfang gar nicht. Aber dann ist dir was runtergefallen.«

Kit lacht in seinen Cider hinein. Der Kellner hat ihn in einem hohen Glas mit einer Cocktailkirsche am Spießchen serviert. Eine kleine, freundliche Geste, die Ilse berührt, aber einen Haken hat: Jedes Mal, wenn Kit einen Schluck trinkt, bangt Ilse um sein linkes Auge.

Sie sagt: »Ich habe Maud gefunden.«

»Ich gehe Maud aus dem Weg.«

An der Bar blättert der Kellner in einer Zeitung, sieht aber immer wieder zu Kit herüber, als glaube er, seine Stimme erkannt zu haben, und sei nur ein bisschen schüchtern.

Kit erzählt Ilse von sich. Er moderiere die *Nachtsprechstunde* schon seit Jahren. Er bekomme jede

Woche Fanpost und habe in den Social Media eine Menge Follower. Wenn er gähnt, sieht Ilse den Jungen von damals vor sich. Sie entschuldigt sich. »Ich hätte dich nicht herbitten sollen. Aber als ich deine Stimme hörte … ich habe einen schrecklichen Tag hinter mir. Hast du Hunger?«

Natürlich hat er Hunger. Er ist schließlich Kit. Er bestellt ein Sandwich mit Schinken, Salat und Tomate. Der Teller, den der Kellner bringt, ist zusätzlich mit Pommes und Zwiebeln garniert. Der Kellner fragt Kit, ob er wirklich KIT ist, der aus dem Radio. Kit bejaht. »Krass!«, sagt der Kellner. »Ich würde Ihre Stimme überall erkennen.« Er bittet Kit um ein Autogramm auf einer Serviette, einem Bierdeckel und auf dem Ärmel seines Hemds. »Meine Mum ist ein großer Fan von Ihnen«, sagt er. Und sein Erröten lässt darauf schließen, dass er es auch ist.

Bei einem zweiten Glas Cider (mit zwei Kirschen) erfährt Ilse mehr. Kit erlitt bei dem Feuer schlimme Verbrennungen. Die Narben an den Beinen und Oberarmen sind immer noch zu sehen. Frank saß jeden Tag bei ihm im Krankenhaus. Danach stellte er Kit einem Freund vor, der DJ beim Radio war, und so kamen die Dinge für Kit ins Rollen. Aber mit Frank ging es innerhalb eines Jahres steil bergab. Er wollte allein sein. Kit fragt sich, ob Frank die Leute absichtlich wegstieß – oder ob sie ihm mit der Zeit egal waren.

Er blieb mit seinem alten Bankberater befreundet, verweigerte aber jede finanzielle Hilfe. Dann ging der Bankberater vorzeitig in Rente, damit er und seine Frau mit den Kindern reisen konnten. Wenn Franks alte Kunden ihm auf der Straße über den Weg liefen, versuchten sie, ihm Geld zu geben oder sonst wie zu helfen, aber Frank wurde ziemlich unberechenbar. Er ließ sich vielleicht auf eine Verabredung ein, erschien dann aber nicht. Oder er sagte, er habe die Platte gefunden, die man brauche, gab sie dann aber einem anderen.

»Und dann kam er wohl zu dem Entschluss, dass er von der Musik genug hatte.«

Von allem, was Ilse in den letzten Tagen erfahren hat, erschüttert sie das am meisten. Plötzlich klaffte in ihr ein Hohlraum auf, bis zum Rand gefüllt mit Kummer.

»Ich habe ihn noch einmal gesehen, ungefähr 98. Ich kam aus einem Club. Und war wie vom Schlag getroffen. Er sah schrecklich aus. Ich war mit Freunden unterwegs, und er torkelte herum und stürzte immer wieder. Ich erinnere mich, dass er sagte, er hätte oft Kopfschmerzen; es war klar, dass er getrunken hatte. Ich wollte ihm helfen, aber er hat sich umgedreht und ist weggegangen. Ich kann mir vorstellen, dass er ganz aufgeben wollte, es aber nicht über sich gebracht hat.«

Ilse hört zu, das Taschentuch ans Gesicht gedrückt. Als sie leise fragt: »Aber er *lebt* doch noch, oder?«, füllen sich auch Kits Augen mit Tränen.

»Um Gottes willen, ich hoffe es! Eine Welt ohne Frank kann ich mir gar nicht vorstellen. Das wäre wirklich eine schreckliche Welt.«

Kit geht nicht nach Hause. Nach dem Tod seiner Eltern hat er ihr Haus verkauft und eine Loftwohnung in einem ehemaligen Lagerhaus gekauft. Versorgt mit einem weiteren Sandwich, folgt er Ilse in die Managersuite und streckt sich auf dem Bett neben dem ihren aus. Den Rest der Nacht reden sie, erinnern sich an Frank und den Plattenladen und an alle Leute, denen er einmal geholfen hat. Kit erzählt mehr von seiner Sendung, Ilse von ihrem Leben als Geigenlehrerin. Einundzwanzig Jahre lassen sich auf so wenige Worte eindampfen. Ist das gut oder schlecht? Jedenfalls ist es so.

»Frank war so in dich verliebt«, sagt Kit. »Wir alle. Sogar Pater Anthony.«

Jähe Hoffnung lässt ihr Herz schneller schlagen. Es ist so erleichternd, es endlich ausgesprochen zu hören, dass Frank etwas für sie gefühlt hat. Sie versucht, ruhig zu atmen, und sagt: »Maud war nicht in mich verliebt.«

»Maud war in Frank verliebt.«

»Ist sie es immer noch?«

»Das will ich bezweifeln.«

»Ich habe es sogar heute noch zu spüren bekommen. Ich hatte das Gefühl, sie will mich loswerden.«

Ilse fällt auf, dass sie alle drei selbst nach den vielen Jahren noch etwas Unfertiges, gleichsam Abgetrenntes haben. Wir sind wie unvollendete Symphonien, denkt sie. Sogar in Kits Lächeln verbirgt sich bei aller Energie, die er hat, eine gewisse Einsamkeit. Aber was braucht es, um sie heil und ganz zu machen? Ein Wunder? Jedenfalls nicht weniger als eine Prise menschliche Magie. In der Ferne hört Ilse ein Martinshorn, das Grölen von Betrunkenen. Wo bist du, Frank? Sie streicht sich mit der Hand den Hals entlang, versucht, die Finger ihrer linken Hand zu seinen Fingern werden zu lassen, beschwört ihn mit ihrer ganzen Willenskraft herbei, an einen sicheren Ort. Sie sieht sich selbst in dieser luxuriösen Suite, sieht sich in der Wohnung ihrer Mutter, sieht sich als junge Frau, die neben Frank herläuft, und es ist, als existierten diese drei Ausgaben ihrer selbst gleichzeitig nebeneinander. Welche ist am lebendigsten? Schwer zu sagen.

Als Kit zu schnarchen beginnt, löst sie den Teller aus seinen Händen und zieht die Decke über ihn.

Wie sich zeigt, gibt es in der Stadt sogar noch mehr Pflegeheime als Tattoo-Studios. Am nächsten Morgen stehen Ilse und Kit links und rechts neben der Rezeptionistin, die die Listen auf ihrem Computer durchscrollt. Die Heime haben fröhliche Namen wie *Sonnenblick* und *Wiesenhang.* Ilse bezweifelt, dass auch nur ein einziges über einen Sonnenblick oder einen Wiesenhang verfügt.

Die Rezeptionistin tut, als hätte sie nicht bemerkt, dass Kit und Ilse um acht Uhr früh gemeinsam aus dem Aufzug getreten sind. Allerdings hat sie Kit gefragt, ob er wirklich der DJ aus der *Nachtsprechstunde* im Radio ist. Sie sei ein großer Fan dieser Sendung.

»Ich habe auch mal angerufen.« Sie errötet oberhalb und unterhalb ihres blauen Uniformhalstuchs.

»Ach ja?«

»Ich wusste nicht, ob ich meinen Job sausenlassen und nach Indien gehen soll.«

»Und was habe ich gesagt?«

»Sie haben gesagt, die Welt sei meine Pralinenschachtel.« Sie klickt mit der Maus auf »Print«. Sechs Seiten Pflegeheime schieben sich aus dem Drucker. Sie klammert sie zusammen und reicht sie den beiden. Dann lächelt sie Kit verlegen an. »Eines Tages fahre ich.«

Im Hotelrestaurant geht Ilse eine Seite nach der anderen durch und kreuzt die Heime an, bei denen ihr die Chancen am größten scheinen. Im Grunde ein reines Ratespiel. Sie hat keinerlei Anhaltspunkt. Sie deutet wieder auf die endlos lange Liste. Morgen soll sie nach Deutschland zurück. Bis sie alle Heime abgeklappert hat, könnte es Wochen dauern.

Kit kippt in einem Zug einen grünen Detox-Smoothie hinunter und lacht. »Noch nie was von Facebook gehört? Von Smartphones?«

Eine Stunde später hat er alles durchgetestet, was das Frühstücksbüfett hergibt, und nebenbei auch Pater Anthony aufgetrieben, in einem Heim, das sich *Haus der Hoffnung* nennt.

»Frank?«, fragt die junge Frau. »Ach, den Namen kenne ich. Mr Anthony redet die ganze Zeit von ihm.«

Das *Haus der Hoffnung* ist ein weiträumiger, einstöckiger Bau, der überall mit Handläufen und Notfallklingeln ausgestattet ist, aber nach Hoffnung sieht es dort nicht aus. Die junge Frau führt die Besucher einen Gang entlang. Sie trägt Jogginghose und T-Shirt, darüber eine blaue Plastikschürze, so dünn wie aus einem Müllsack zugeschnitten.

Schlapp, schlapp, machen ihre Kreppsohlen in dem stillen Korridor. Er ist von Wand zu Wand mit einem alten braunen Teppichboden ausgelegt, der die Füße an sich festsaugen will. Auf einer Seite sind Türen, auf der anderen Fenster, durch die das Sonnenlicht in regelmäßigen Rechtecken hereinfällt. Ein durchdringender künstlicher Duftstoff soll die anderen ebenfalls durchdringenden Gerüche eher menschlicher Herkunft übertönen.

Ilse blickt kurz aus einem Fenster, das Aussicht auf

den Parkplatz bietet, auf dem einsam ihr Mietwagen steht.

»Frank hin, Frank her«, sagt die junge Frau. »Manchmal machen wir die Tür zu, dann kann er alleine vor sich hin quasseln.«

»Und wenn er stürzt? Oder sich einsam fühlt?«

Die junge Frau zuckt mit den Achseln. »Dann kann er klingeln.« Sie öffnet eine Tür.

»Sollten wir nicht anklopfen?«

Aber die junge Frau steht schon im Zimmer und schreit: »Bitte sehr, Mr Anthony! Sie haben Besuch!«

Das Zimmer ist klein und nur mit dem Notwendigsten möbliert. Nicht einmal ein Foto hängt darin, und die Notfallklingel ist mit Klebestreifen an die Wand geklebt.

Pater Anthony wartet in einem Sessel am Fenster. Hinter dem Gitter hat man Aussicht auf eine Ziegelmauer, die nicht mehr als drei Meter entfernt sein kann. Was von Pater Anthonys Haar noch übrig ist, steht in Büscheln vom Kopf ab; seine alten Augen sind wässrig geworden, seine Brille ist mit Pflaster geflickt.

»Nicht aufstehen, nicht aufstehen!«, schreit Kit.

Aber der alte Priester steht doch auf, fliegt gleichsam in die Höhe und umarmt sie, als hätte er seit Jahren um diesen Tag gebetet.

»Ich bin nicht sicher, Kit, ob es erlaubt ist, die Heimbewohner zu entführen«, sagt Ilse, als sie auf die Schnellstraße einbiegt.

»Wir entführen ihn ja nicht. Wir nehmen ihn nur zu einem Ausflug mit. Ich habe dem Mädchen gesagt, dass wir Angehörige sind.«

»Und sie hatte keine Einwände?«

»Nein. Sie hat mich um ein Autogramm gebeten.«

Pater Anthony sitzt auf der Rückbank. Er hat das Fenster heruntergelassen, die kalte Luft wirbelt ihm durchs Haar. Lächelnd hebt er das Gesicht.

Ilse Brauchmann hat den Überblick verloren, in wie vielen Cafés sie in den letzten Tagen gesessen hat. Sie bestellt sich Kaffee, den sie schwarz trinkt, Pater Anthony bestellt ein Glas Milch, Kit fragt, ob er den kompletten Afternoon Tea mit Kuchen- und Sandwichauswahl haben könne, obwohl es genau genommen noch Vormittag ist.

Die Bedienung errötet; selbstverständlich könne er und ob er zufällig der DJ sei …

»Der bin ich«, erwidert er fröhlich. »Möchten Sie ein Autogramm von mir – mit Foto?«

Pater Anthony hält Ilses Hand und erzählt ihr alles, was er über Frank weiß. Ja, es stimmt, dass Frank alles verloren hat. Ja, es stimmt auch, dass er der Musik abgeschworen hat. Und ja, wahrscheinlich lebt er noch.

»Und wo ist er?« Sie springt schon auf und greift nach den Autoschlüsseln, bevor der alte Priester den Satz beendet hat.

»Ich weiß es nicht.« Pater Anthony reibt sich das Gesicht. »Ich bin nicht mehr informiert, wo er sich aufhält. Er ist mich manchmal besuchen gekommen. Ist den ganzen Hinweg und Rückweg zu Fuß gelaufen. Die Leute im Heim mochten ihn. Er hatte für jeden Zeit. Dann sagte er eines Tages, er müsste etwas regeln und könnte mich nun eine ganze Weile nicht besuchen.«

»Wann war das?«

»Ich kann mich nicht erinnern. Die Dinge geraten mir ein wenig durcheinander.« Tränen steigen ihm in die Augen. Ilse nimmt wieder seine Hand. Er mag gebrechlich sein, doch er ist voller Leben.

»Was musste er denn regeln?«

»Ich weiß nicht. Er sagte nur, er bräuchte eine feste Arbeit.«

»Warum wäre das ein Problem gewesen?«

»Das weiß ich auch nicht.« Pater Anthony ist so bewegt, dass sich sein ganzes Gesicht in unzählige Falten legt. »Meine Güte, es macht mich so glücklich, euch zu sehen.«

Sie fahren durch die City zurück. Sie gehen in den Park, zur Polizeiwache, laufen die ganze Castlegate ab, ohne genau zu wissen, wonach sie suchen. Jedes

Mal, wenn Ilse das Gefühl hat, Frank in der Ferne zu erspähen, scheint er in eine andere Gasse abzubiegen. Zuletzt parken sie in der Unity Street und stehen vor der verbretterten Ladenzeile. Der Nachmittag ist schon fortgeschritten, ein weiches rosa Licht fällt auf die verlassenen Läden und bringt sie wie aus ihrer eigenen, inneren Wärme heraus zum Leuchten. Sogar die geschwärzten Ziegelwände des Plattenladens haben ihre eigene Schönheit.

»Das war eine gute Zeit«, murmelt Kit. »Wir wussten gar nicht, *wie* gut.«

»O doch, das wussten wir«, widerspricht Pater Anthony. »Wir wussten, dass wir etwas Besonderes besaßen. Wir haben es geliebt, anderen zu helfen. Und am meisten hat Frank es geliebt. Aber ich glaube, er ist in die Irre geraten. Das passiert manchmal.«

Ilse fragt ihn, ob er mit ihr im Hotel zu Abend essen möchte. Er nickt, ja, das möchte er sehr gern.

Als sie mit den beiden ins neue Hafenviertel zurückfährt, Kit wie ein Wasserfall redet und Pater Anthonys Gesicht im Rückspiegel strahlt, erlaubt sie sich, ihre Gedanken schweifen zu lassen. Sie lässt den Plattenladen auferstehen, wie er einmal war, mit den Kisten voller Vinyl, den Abhörkabinen samt den kleinen Perlmuttvögeln, dem alten persischen Läufer. Und wieder hört sie Mauds Stimme: *Manchmal ist es das Beste, wenn man weiterzieht …*

Da rammt sie fast den Randstein.

»Hoppla!«, sagt Kit.

Wenn Maud Frank seit fünfzehn Jahren nicht gesehen hat, warum hat sie dann immer noch den Schlüssel zu seinem Laden? Die Antwort wartet im Hotelfoyer.

»Mist. Da ist sie.«

Kit geht tatsächlich hinter Ilse in Deckung und klammert sich an ihren Schultern fest. Pater Anthony hebt verwundert die Hand zum Mund. Die Rezeptionistin starrt hinter ihrem Computer hervor.

Die Hände in die Hüften gestemmt und breitbeinig, steht Maud vor der dekorativen Wasserwand wie eine Art offizielle Polizeisperre.

»Ich weiß, was mit Frank los ist«, sagt sie. »Ich hab gelogen.«

Beim Abendessen im Hotelrestaurant fällt für Ilse das letzte Puzzleteilchen an seinen Platz. Maud muss sich oft wiederholen, weil sich die Akustik nicht fürs Flüstern eignet, Pater Anthony nun sehr schwerhörig ist und Kit sie ständig mit Fragen unterbricht.

»*Wo* ist Frank?« – »Was?« – »Wie?«

Maud hatte Ilse vor zwei Tagen die Geschichte nicht vollständig erzählt, weil sie dachte, es sei für alle das Beste, wenn sie Frank in Ruhe ließen. »Außerdem waren Sie die Letzte, auf die ich gefasst war.« Sie greift in ihrer Handtasche nach den Zigaretten, schmeißt das Päckchen wieder hinein und zieht die Nikotinkaugummis heraus. »Ich hatte lange eine Stinkwut auf Sie.«

Sie möchte, dass die anderen verstehen. Frank ist nicht mehr *Frank*. Er ist nur noch eine leere Hülse. »Ein richtiger Zombie«, sagt sie immer wieder.

In Ilses Magengrube breitet sich ein hohles, luftiges Gefühl aus. Alles beginnt zu zittern und droht jeden Moment auseinanderzubrechen. »Wo ist er denn nun? Und was tut er so Geheimnisvolles?«

Frank arbeitet in der Chipsfabrik. Er stellt das Käse-Zwiebel-Aroma für die Käse-Zwiebel-Chips her.

»Wirklich?« fragt Kit immer wieder. »Das macht er wirklich?«

Pater Anthony schüttelt traurig den Kopf. »Oje«, murmelt er.

Immerhin hat er es geschafft, einen Ladenschlüssel zu retten. Maud kümmert sich darum. Manchmal, wenn es ganz schlimm steht, schläft er dort oder lässt einen Freund dort übernachten. Maud hat keine Ahnung, wo er den Rest seiner Zeit verbringt.

»Aber warum arbeitet er ausgerechnet in der Chipsfabrik?«, wird Kit nicht müde zu fragen. »Er hat die Fabrik gehasst. Er hat mir den Job gegeben, damit ich nicht dort arbeiten musste. Er sagte immer, in seinem kleinen Zeh sei mehr Musik als in der ganzen Chipsfabrik.«

Maud leert den Rest einer Flasche Rotwein in ihr

Glas. »Für mich sieht es so aus, als ob er nicht mehr gefunden werden will. Als ob er sich selbst verletzen will.« Sie fügt hinzu, es komme allmählich so weit, dass sie erwarte, eines Tages auf seine Leiche zu stoßen, zusammengekrümmt in der Castlegate. Jeden Samstagmittag esse er im Einkaufszentrum einen Burger. Das sei, von seinem Job in der Chipsfabrik mal abgesehen, das einzige Mal, dass er sich in der Öffentlichkeit blicken lasse.

»Warum gerade dort?«, fragt Ilse.

»Das Einkaufszentrum ist doch megamies«, sagt Kit.

»Aber genau dort geht er hin. Fragt mich nicht, warum. Ich glaube, die haben ein Abkommen mit der Fabrik, wöchentlich einen Gutschein oder so.«

»Können wir ihn treffen?«, fragt Ilse im selben Moment, als das Dessertmenü gebracht wird. »Was können wir tun?«

Zum ersten Mal im Leben denkt Kit nicht ans Essen. Er wartet, alle warten auf Mauds Antwort.

»Ihr müsst den Saftsack wachrütteln. Weiß Gott, wie. Jedenfalls muss es ein echter Knaller sein, sonst klappt es nicht!«

Ilse sitzt in ihrem Hotelzimmer und schreibt alles auf, damit sie es versteht. Was zum Erzählen zwei Stunden brauchte, lässt sich auf einer halben Seite zusammenfassen.

Die ganze Nacht stellt sie sich immer dieselbe Frage. *Wie?* Wie erreicht man einen Mann, der sich in Tiefschlaf versetzt hat? Wie weckt man einen solchen Mann wieder auf? Warum kann sie nicht einfach zu ihm gehen? Sie kennt die Antwort: Frank würde davonlaufen, und sie kann es sich nicht leisten, ihn noch einmal zu verlieren. Außerdem gibt es Momente im Leben, in denen das Naheliegende nicht genügt, in denen man sich etwas Außergewöhnliches einfallen lassen muss.

Denk nach, befiehlt sie sich. *Denk.*

Was hätte Frank getan, wenn sich einer seiner Kunden so verhalten hätte? Jemand, der wirklich Hilfe brauchte und nicht wusste, wo er sie finden könnte?

Sie schreibt die Frage zigmal nieder und unterstreicht sie.

Pater Anthony schläft auf dem Zusatzbett. Maud ist auf dem Sofa weggesackt. Kit moderiert seine *Nachtsprechstu-undeee.* Ilse hat versprochen einzuschalten, und nun hört sie, das Ohr am Lautsprecher, ganz still zu, welche Tipps Kit den Leuten gibt, damit sie ihr Leben wieder in Ordnung bringen können, und welche Lieder er auflegt, damit sie sich besser fühlen. Ganz am Ende kündigt er an, er habe eine spezielle Botschaft für liebe Freunde. Er spielt *Keep on Keeping On* von Curtis Mayfield.

»Wir sollen dranbleiben? Aber *wie*?«, fragt sie laut. »Wie schaffen wir das? Wie helfen wir dir, Frank?«

Bis Kit in Lycra und Fahrradklammern zurückkehrt, hat sie die Antwort.

In der Krankheit liegt die Heilung. Gerade sie sollte das wissen.

Frank muss die eine Platte hören, die er nie ertragen konnte.

Am nächsten Morgen steht Ilse Brauchmann wieder an der Rezeption. Sie fragt die Frau mit dem blauen Halstuch, ob es möglich wäre, die Managersuite für eine weitere Woche zu buchen? Dabei versucht sie jeden Gedanken an ihr Bankkonto zu verdrängen.

»Bleiben Ihre Freunde auch?«

»Ja«, sagt sie. »Ich glaube, schon.«

Und lacht, zum ersten Mal seit Tagen.

43

Halleluja!

Wenn man sich den *Messias* anhören will, gibt es viele Möglichkeiten. Man kann eine Aufführung besuchen. Falls man ein Musikgeschäft in der Nähe hat, kann man dort eine Aufnahme kaufen. Man kann ihn sich aus der Bücherei ausleihen – solange es die Bücherei noch gibt und sofern sie eine Musikabteilung hat. Man kann ihn auch online kaufen und liefern lassen, ohne einen Schritt vor die Haustür zu tun. Aber am einfachsten ist es, ihn herunterzuladen. Suchen, klicken, fertig. *Halleluja.*

Aber wie bringt man das Halleluja an den Mann, der sich jeder Musik verweigert? Ilse, Pater Anthony, Kit und Maud sitzen an einem Fenstertisch im *Singing Teapot.* Der Vorschlag hierherzukommen stammt von Kit.

Als die Bedienung Ilse sieht, blafft sie erst, es sei noch geschlossen. Dann lässt sie den Staubsauger fallen. »Mein Gott, das sind ja *Sie*!« Bevor Ilse antworten kann, schließt die Bedienung – keine junge Frau mehr, aber ganz gewiss eine sehr stattliche – sie in eine Bärenumarmung. Dann strahlt sie übers ganze Gesicht. »Ich richte Ihnen was her!«

Sie verschwindet durch die Schwingtüren.

Wieder berät sich die Gruppe über ihre Möglichkeiten. Die vier tun schon den ganzen Vormittag nichts anderes. Wie können sie Frank dazu bringen, sich das *Halleluja* anzuhören? Maud plädiert für körperliche Gewalt. Ein Hinterhalt oder so. Pater Anthony faltet einen Papiervogel und fragt, ob man es ihm nicht vorsingen könne. »Wer – ich?«, fragt Ilse. »Aber wo soll das stattfinden?« Außerdem sei es ein Chorstück, das sei der Witz daran. Damit es seine volle Wucht entfaltet, müsse es von vielen Stimmen gesungen werden.

Kit zählt durch: »Eins, zwei, drei, vier …«

»Du spinnst wohl! Ich sing da nicht mit!«, erklärt Maud.

Das ist seltsam beruhigend.

Nein, sie müssen Frank überraschen. Wenn sie wollen, dass er sich das *Halleluja* anhört, müssen sie ihn überrumpeln, ohne dass er etwas ahnt, und das Ganze muss so gewaltig klingen, dass er es nicht ignorieren kann. Ilse schlägt vor, man könnte ja vor der Chipsfabrik singen. Kit weist darauf hin, dass sie, wenn sie Händel vor der Chipsfabrik singen, wahrscheinlich zusammengeschlagen und ausgeraubt werden. Und in der Unity Street? Niemand wird sie hören, wenn sie auf der Straße singen, und außerdem ist nicht sicher, dass Frank in seinem Laden übernachtet. Sie haben nur eine Chance, ihm das *Halleluja* aufzuzwingen, wenn sie ihn an einem öffentlichen Ort abfangen, wo er nicht weglaufen kann und der Klang nicht in der Luft verweht.

»Ah, ah, ah!«, stöhnt Kit, als wäre er auf etwas Schmerzhaftes getreten. »Das Einkaufszentrum! Am Samstag!«

Gute Idee. Sie müssen ihm das *Halleluja* vorspielen, während er seinen Burger isst.

Aber wie?

Sie könnten doch am Nebentisch einen Ghettoblaster aufstellen und die CD laufen lassen, schlägt Kit vor.

»Eine CD?«, schnauzt Maud ihn an. »Dann könnt ihr ihm auch gleich den Todesstoß geben.«

Sie hat recht. Sie müssen ihm eine Schallplatte vorspielen. Wie wär's mit einem Aufzieh-Grammophon?

Ja, allmählich kommen sie der Sache näher.

»Aber wir müssen dafür sorgen, dass der Klang wirklich *mächtig* wird«, sagt Ilse. »Damit ihn das *Halleluja* mitten ins Herz trifft. Ich weiß auch nicht. Können wir mehrere Plattenspieler laufen lassen?«

Alle gucken höflich. Aber nicht überzeugt.

»Uiuiuiuiui.«

»Was hast du denn, Kit?«

»Wahrscheinlich wieder eine Idee«, sagt Maud.

Kit erklärt mehrmals, ist aber so aufgeregt, dass er

sich in einen Schwall von Satzfetzen verhaspelt. »Ein Happening! … In rauen Mengen! … Leute, meine ich! … Ein *Flashmob*!«

»Ein was? Ein was, bitte?«, fragt Ilse.

Die Bedienung kommt mit dem Tablett und unterbricht die Debatte. Sie deckt den Tisch mit Tee, Milch, Zitronenscheiben, Zucker und einer Auswahl kleiner, selbstgebackener Stückchen. Pink glasierte Kokoswürfel. Mokka-Macarons. Red Velvet Cake.

Sie zieht einen Stuhl heran und kann nicht anders: Sie nimmt Ilses Hand und streichelt sie.

»Also, was planen wir denn da?«

Kit holt tief Luft. Er sitzt ganz still, als balanciere er etwas Kostbares auf dem Kopf, und versucht, alles noch einmal von vorn zu erklären. Ein Happening ist ein Ereignis. Was sich eben so ereignet. Und ein Flashmob ist eine Gruppe von Leuten, die an einem öffentlichen Ort zusammenkommen, meistens in so was wie einem Einkaufszentrum, und dann führen sie ein Musikstück auf oder einen Tanz oder sonst was, und das Ganze wirkt spontan und wie zufällig. »Es ist super!«, sagt er ständig. »Einfach genial!« Die Flashmobber tun, als hätten sie alle gerade denselben spontanen Einfall, als wollten sie ganz zufällig zur selben Zeit am selben Ort dieselbe Sache machen.

»Aber was ist Sinn und Zweck des Ganzen?«, fragt Maud.

Der Witz daran ist, erklärt Kit, dass ein Flashmob

eben gerade *keinen* Sinn und Zweck hat. Die Leute machen einfach mit, weil sie es toll finden, etwas auf die Beine zu stellen, was Freude macht und dazu komplett unnötig, unerwartet und kostenlos ist.

Ilse sagt: »Aber es würde Monate dauern, eine Aufführung des *Halleluja* vorzubereiten. Wir müssten Sänger werben. Einen Proberaum finden. Und dann bräuchten wir auch noch Musiker. Das können wir auf keinen Fall bis Samstag schaffen.«

Kit winkt ab. Er hat sich gerade eine ganze Handvoll Kokoswürfel auf einmal in den Mund geschoben.

(»Das klebt ein bisschen an den Zähnen«, räumt die Bedienung ein. »Ich krieg's noch nicht ganz perfekt hin.«)

Er erklärt. Flashmobs werden vor allem über Social Media organisiert. Notfalls reichen die paar Tage bis Samstag. Sie werden keine Zeit zum Proben haben, ein kleines Problem, zugegeben, aber jeder kennt doch das Halleluja. Hauptsache, sie trommeln genug Sänger zusammen, damit Frank zuhören *muss.* Er wird von ihnen umringt sein.

»Du willst also behaupten, dass du einen ganzen *Halleluja*-Auftritt allein dadurch zustande kriegst, dass du eine Nachricht in den Äther loslässt?«

»Ja«, sagt Kit. Das sei, grob gesagt, was er behaupte.

»Und die Leute werden kommen und singen?«

»Ja.«

»Frank zuliebe?«

»Oder Vinyl zuliebe.«

»Im Einkaufszentrum?«

Kit sagt: »Vor einundzwanzig Jahren hat Frank versucht, Vinyl zu retten, und hat alles verloren. Dieses Mal werden wir ihn retten. Dazu werden wir einen Flashmob planen.«

Sie haben vier Tage.

Und so wird es funktionieren: Kit wird in der Stadtverwaltung anrufen und die Genehmigung für einen öffentlichen Auftritt im Einkaufszentrum einholen. Dann werden sie die Lokalität erkunden. Ilse wird nach einem gebrauchten Plattenspieler und nach einer Schallplattenaufnahme des *Messias* suchen; so etwas lässt sich nur noch in Charity-Läden finden, aber davon ist die Stadt ja voll. Dann werden sie Sänger werben. Kit wird Flugblätter entwerfen, die sie drucken und verteilen werden. Pater Anthony wird alle Ladenbesitzer und alle Amateurchöre in der Stadt anrufen. Kit und Maud werden einen Social-Media-Aufruf starten. Leider kann Kit die Nachricht nicht in seiner Talkshow durchgeben, weil eine Person auf keinen Fall davon erfahren darf: Frank.

»Jammerschade«, sagt Kit.

Die Bedienung des *Singing Teapot* besteht darauf, dass der gesamte Verzehr aufs Haus geht. Eigentlich ist sie gar nicht mehr die Bedienung hier. Sie hat das Café vor fünfzehn Jahren gekauft.

Die Glastüren des Einkaufszentrums gleiten auf. Alle Läden führen das Wort »Billig« oder Entsprechendes im Namen. *Schnäppchenland. Superspar.* Die »Gastronomie« befindet sich ein Stockwerk tiefer, im Untergeschoss. Es gibt keine Fenster. Natürliches Licht fällt nur aus der Glaskuppel herab, die inzwischen nikotingelb gefärbt ist. Die Gruppe fährt mit der Rolltreppe abwärts und starrt in den weiten Raum, der sich öffnet. Hier gibt es mindestens zwanzig Imbissbetriebe – *Happy Wok, USA Chicken, Keksparadies, TexMex, Brezelkorb, Baked Potato* sind nur die nächsten. In der Mitte stehen weiße Plastiktische und Stühle. Riesige Mülleimer in Form von Fischen und Eichhörnchen sind überall im Raum verteilt; man soll seinen Abfall in ihre weitaufgesperrten Mäuler werfen. Riesige Plastikpflanzen ragen aus riesigen Kübeln. Wahrscheinlich soll das alles eine nette Atmosphäre für die Gäste schaffen, doch wenn man in Wirklichkeit einem Rieseneichhörnchen oder einem Riesenfisch mit aufgerissenem Maul oder selbst einer Pflanze dieser Größe begegnen würde, wäre man gut beraten, seinen Softdrink augenblicklich fallen zu lassen und um sein Leben zu rennen.

Nichts könnte ein erbärmlicheres Bild von der Menschheit vermitteln als dieses Einkaufszentrum.

Kaum jemand ist hier. Nur eine Frau, die den Boden wischt, ein schlafender Mann und eine junge Mutter, die ihr Baby mit einem Burger füttert.

»Na, wenigstens können wir Frank am Samstag nicht übersehen«, sagt Kit.

Er zeigt, wo sich die Flashmobsänger aufstellen könnten. Wenn etwa zwanzig Leute zusammenkämen, fänden sie vor den Pflanzenkübeln Platz. Sie würden rasch das *Halleluja* schmettern und sich dann wieder zerstreuen.

Ilse fröstelt. Der Ort weckt in ihr eine große Sehnsucht nach einem grünen Apfel. Sie kann es kaum erwarten, wieder ins Freie zu kommen.

Nun trägt Kits jahrelange Basteltätigkeit Früchte. Ilse fährt mit ihm zu einem Geschäft am Stadtrand, wo sie XXL-Packungen A4-Papier, Farbstifte, Leuchtstifte, Schnur, Bänder, Tesa, Klebestifte, Sicherheitsnadeln, Blanko-Buttons, Töpfchen mit Glitzer, Schmuckmotive und Textilborten, Dekoklebeband, Aufkleber, Folie, Transparentfolie und Pailletten kaufen.

»Hach, ist das aufregend«, plappert Kit und macht ein paar kleine, Kit-typische Hopser. Als ein Mann seine Stimme hört, kommt er auf ihn zu und sagt, es sei ihm ein großes Bedürfnis, ihm zu danken. Er habe einmal, als er wirklich am Boden war, in der *Nachtsprechstunde* angerufen.

»Ach ja? Was habe ich denn gesagt?« Es rührt Ilse, dass Kit keine Ahnung zu haben scheint, wie weit sein Einfluss reicht.

»Sie haben mir gesagt, ich soll einen langen Spaziergang machen.«

»Und hat's geholfen?«

»So habe ich meine Frau kennengelernt.«

Kit verbringt den Rest des Nachmittags in der Hotelsuite und entwirft Flyer. Alle, die Franks Plattenladen kannten, werden herzlich gebeten, sich am Samstag um 13 Uhr im Untergeschoss des Einkaufszentrums einzufinden und Händels *Halleluja* zu singen. Ilse fährt mit Pater Anthony zur Druckerei. Abends essen sie im Hotelrestaurant, dann saust Kit zu seiner Nachtsendung. Er kehrt danach mit je einer Garnitur Kleidung für sich selbst und für Pater Anthony zurück. Maud kommt spät nach der Arbeit mit einem kleinen Koffer.

Am nächsten Morgen holt Ilse ganze Schachteln von Ansteckbuttons ab, die Kit entworfen hat; sie wollen sie am Samstag verteilen. Es gibt drei Sprüche, alle mit Ausrufezeichen. *I love Vinyl! Halleluja!* und *Singt für Frank!* und schließlich ein Mix aus den beiden: *I love Frank, Halleluja!*

Die Zeit rinnt durch Ilse wie durch ein Stundenglas. Die Planung des Ereignisses verschlingt jede Minute des Tages. Ilse hat kaum Zeit, E-Mails an ihre Schüler zu schreiben und die Lage zu erklären. Sie schafft gerade noch ein paar SMS an ihre Freundinnen mit der schlichten, beruhigenden Nachricht, dass alles okay sei. Einen ganzen Tag lang stöbert sie in Charity-Läden nach einem Plattenspieler, bis sie eine gebrauchte Dansette Major findet, mit rotem Lederbesatz und einem Ziergitter aus Messingdraht. Der Mann an der Kasse zeigt ihr mit Vergnügen, wie man das Gerät bedient, und prüft, ob die Nadel in Ordnung ist. Ilse durchsucht Hunderte von Kisten mit alten Platten und kauft eine Aufnahme des *Messias* von 1959, dirigiert von Malcolm Sargent, erschienen bei Decca. Sie findet auch Platten mit der *Mondscheinsonate*, Duke Ellingtons *Satin Doll*, James Brown und Nick Drake. Sie kauft den ganzen Stapel für 50 Pence. Ein anderer Kunde bemerkt ihr Interesse und fragt sie, ob sie vom Record Store Day gehört habe? »Vinyl erlebt gerade sein Comeback«, erklärt er ihr.

Kit und Ilse verteilen auf der Castlegate ihre Flyer. Pater Anthony sitzt auf einer Bank und tut dasselbe. Allen, die es hören wollen, erklären sie, worum es geht. Sie erzählen den Leuten von Frank und seinem Plattenladen und dass er immer helfen wollte. Sie bitten wildfremde Leute, ins Einkaufszentrum zu kommen und auf ein Signal hin das *Halleluja* zu singen. Einige versprechen zumindest, dass sie versuchen werden zu kommen, wenn sie daran denken.

Inzwischen hat auch Maud eine Social-Media-Kampagne begonnen. Sie hat auf Facebook eine Gruppenseite eingerichtet: *Franks Freunde.*

Wie es mit einer Probe am selben Tag aussehe, fragt Ilse. Keine Chance, erklärt Kit wieder. Sie können lediglich über Social Media ein paar einfache Hinweise zur Musik und zur Kleidung geben. Kit beharrt unerbittlich darauf, dass alle so normal aussehen müssen wie möglich. Pater Anthony schlägt vor, jeder solle ein Schild mitbringen, ein Plakat oder so, damit Frank sieht, wie viele Leute sich seinetwegen aufgemacht haben.

Am Ende des Tages liegen sie erschöpft in ihrer Managersuite, starren auf die Lichter der Stadt und lassen auf der Dansette Major immer wieder das *Halleluja* laufen. Der Klang ist voll und tief, als würde die Musik aus weiter Ferne zu ihnen herüberrufen. Rauch steigt in fahlen Säulen über der Chipsfabrik auf.

Es ist Mitternacht. Noch zwölf Stunden. Keiner kann schlafen. So vieles könnte schiefgehen. Sie haben keine Ahnung, wie viele Sänger auftauchen werden. Bisher haben ziemlich viele Leute Mauds Facebookseite ein Like gegeben, Kits Flyer haben alle einen Abnehmer gefunden, aber niemand hat definitiv zugesagt. Pater Anthony hat sich mit dem Chorleiter der Kathedrale in Verbindung gesetzt und angefragt, ob er ein paar Chorsänger entbehren könne. Auch einige Freunde aus dem Heim haben ihre Unterstützung zugesichert. Aber natürlich gibt es keine hundertprozentige Sicherheit, dass Frank selbst da sein wird. Der Gedanke, ihn bald zu sehen, bringt einerseits Ilses Herz zum Schlingern. Andererseits würde sie am liebsten weglaufen. Das wäre so viel einfacher.

Das Grüppchen in der Suite, Kit, Maud, Pater Anthony und Ilse, ist umgeben von Kits Plakaten – seit seiner Rückkehr aus dem Funkhaus hat er weitergebastelt. Pater Anthony hat so viele Papiervögel gefaltet, dass ein richtiger Schwarm zusammengekommen ist, und Maud hat sich jeden einzelnen ihrer schönen neuen Fingernägel abgekaut.

»Du hast den Leuten doch gesagt, sie sollen sich bei den Pflanzenkübeln versammeln, Kit?«

»Ja.« Sie haben das schon zigmal durchgesprochen.

»Kurz vor eins?«

»Ja, Ilse.«

»In ganz normaler Kleidung?«

»Ja.«

»Mit Plakaten?«

»Ja.«

Aber warum sollten Leute kommen und für einen Mann singen, den sie gar nicht kennen? Oder für Vinyl?

Sie liegen im Dunkeln, und manchmal fragt einer:

»Seid ihr noch …?«, dann sagt ein anderer, »ja«, und ein Dritter, »ich auch«.

Als der Morgen am Himmel aufsteigt, stehen sie mit feierlichem Ernst auf, waschen sich und ziehen sich an. Niemand kann etwas essen. Nicht einmal Kit. Sie hören sich das *Halleluja* an, können aber nicht singen. Die Rezeptionistin wünscht ihnen viel Glück, und sie kontrollieren noch einmal, ob sie alles dabeihaben, die Platte, die Dansette, die Plakate, die Buttons.

»Hab Vertrauen«, flüstert Pater Anthony, als Ilse ihm in den Mantel hilft. Er hält eine Plastiktüte in der Hand. Ilse findet, dass er eigentlich ziemlich gesund und kräftig wirkt.

Sie seufzt. »Es gibt in dieser Gleichung so viele Unbekannte.«

»So ist das eben bei einem Flashmob«, erinnert Kit. »Das Ganze ist eine Überraschung.«

Das Leben hat für sie gleich noch eine zweite Überraschung auf Lager. Als sie am Samstag, dem 17. Oktober, auf das Einkaufszentrum zulaufen, so nervös, dass sie sich wie betäubt fühlen, als die Glastüren aufgleiten – da lässt Kit die Dansette Major fallen.

44
Flash!

»Warum ich?«, zischt Ilse im Eingang zum Einkaufszentrum. Die Glastüren gleiten zu.

»Weil du die Musikerin bist«, zischt Maud zurück. Die Glastüren gleiten auf.

»Aber ich spiele nicht mehr. Ich unterrichte nur noch.«

»Was ist denn das für eine Lehrerin?«

Die Türen gleiten zu. Gleiten auf.

»Meint ihr, wir könnten vielleicht von den Türen weggehen?«, fragt Pater Anthony.

Noch vierzig Minuten, bis es losgehen soll, und sie haben keine Musik. Eigentlich haben sie doch Musik: *Toxic* von Britney Spears. Der Song tönt aus jedem Lautsprecher des Einkaufszentrums. Aber für Händel und das Halleluja haben sie keine musikalische Begleitung, außer Ilse erklärt sich zu spielen bereit. Sie schlägt vor, sie könne losrennen und nach einem neuen Plattenspieler suchen, aber sie weiß selbst, wie unrealistisch das ist. Die Zeit reicht nicht mehr.

Kit läuft mit seinem Handy hin und her. Mit der

einen Hand tippt er, mit der anderen kratzt er sich am Kopf.

Ilse kommt auf Mauds Aufforderung zurück: »Wie soll ich denn spielen? Ich habe ja gar keine Geige. Und keine Noten.«

Pater Anthony hält ihr seine Plastiktüte entgegen. Kit habe sich erlaubt, Noten und eine Geige auszuleihen, falls die Dansette nicht funktionieren sollte. Er habe sich nur nicht getraut, es zu erwähnen. Die Geige steckt in einer schäbigen braunen Stoffhülle, an dem Bogen fehlen etliche Haare.

»Aber ich kann doch gar nicht mehr spielen«, wimmert Ilse mit gebrochener Stimme.

»Dann kommt jetzt deine große Chance«, sagt Maud.

Pater Anthony hat die Geige immer noch in der Hand. Er hält sie an seine Brust geschmiegt wie ein kleines Tierchen, das er gerettet hat. »Müssen wir uns bei jemandem melden und Bescheid sagen, dass wir hier sind?«

Da wird Kit ganz still.

»Stimmt was nicht?«, fragt Ilse reichlich angespannt. »Von der kaputten Dansette mal abgesehen?«

Kit fummelt an einem seiner Reißverschlüsse herum. Er habe es ungern erwähnen wollen, aber er sei – äh – nie dazu gekommen, bei der Stadtverwaltung anzurufen.

Maud fährt herum und starrt ihm ins Gesicht. »Willst du sagen, unser Event hier ist *illegal*?«

Ähm. Irgendwie schon. Ja. Ob sie ernsthaft geglaubt hätten, man könne eine solche Genehmigung bei den Behörden telefonisch einholen? Das würde Wochen dauern, allein schon das Ausfüllen der ganzen Formulare.

»Dann können wir's nicht machen«, sagt Ilse.

»Wir müssen aber«, kontert Maud.

Kit ist derselben Meinung. Und es sei ja nicht so, als liefen an einem solchen Ort haufenweise Securityleute herum. Unter den gegebenen Umständen halte er es für das Beste, wenn sie sich zerstreuen und so tun, als würden sie einander nicht kennen.

»Kommt mir sehr gelegen«, knurrt Maud und stampft schon die Rolltreppe hinunter.

Kit will inkognito bleiben. Er möchte nicht, dass Frank oder einer seiner Fans ihn schon jetzt erkennt.

Während Ilse auf der Rolltreppe hinunterfährt, beginnen ihre Hände zu zittern. Erst nur wenig, aber als sie unten den Boden betritt, bebt sie am ganzen Körper.

Samstagmittag. Der Gastrobereich ist brechend voll mit Leuten, die ihren Hunger mit Junkfood stillen. Warum haben Ilse und die anderen nicht daran gedacht? Paare sind hier, Leute, die allein unterwegs sind, Frauen mittleren Alters auf Shoppingtour, eine Gruppe Männer mit Fußballschals, Cliquen von Teenagern – praktisch ganze Schulklassen – und Familien, manchmal sogar drei Generationen. Der Lärm ist betäubend, der Geruch auch. So viele Menschen mit Essen in Papp- oder Plastikbehältern und Softdrinks in lampenschirmgroßen Bechern. Andere stehen bei den verschiedenen Imbissbuden Schlange. Ilse wünscht sich, Pater Anthony wäre an ihrer Seite, aber er ist ganz damit beschäftigt, in der Menge nach Chorsängern oder Bekannten aus dem Heim Ausschau zu halten. Auf der Suche nach Trost blickt Ilse zu dem vergilbten Glasdach hinauf.

Als sie den Blick wieder senkt, entdeckt sie ihn direkt darunter.

Frank.

Es verschlägt ihr den Atem. Sie verliert fast das Gleichgewicht.

Er sitzt aufrecht und allein auf einem weißen Plastikstuhl an dem dazugehörigen Plastiktisch und isst einen in Papier eingeschlagenen Burger. Er trägt seinen Fabrikoverall, auch am Samstag. Seine Haut hat etwas Zwiebel-Käse-Artiges – sie gleicht einer gelben Sandschicht –, genau wie sein langes, weißes Haar, das er sich mit einem Gummiband aus dem Gesicht gebunden hat. Was Ilse fast umbringt, ist die Behutsamkeit, mit der er eins von den Pommes nimmt und in ein Ketchuptütchen taucht. Sorgfältig kauend prüft er den Geschmack. Dann streut er noch ein paar Salzkörnchen darauf.

Ilse will nicht weinen, aber sie kann nicht anders, durch ihre Tränen hindurch sieht sie ihn kaum noch.

Er ist noch genau wie früher, nur älter, der liebste Mann der Welt. Er führt seinen Burger zum Mund, beißt ein kleines Stück ab, legt den Burger wieder hin, kaut sorgfältig, nimmt den Burger wieder in die Hand. Als ein kleines Kind stehen bleibt und seine langen Haare anstarrt, nickt er ihm zu.

Aber warum winkt ihr da noch ein anderer bärtiger Mensch zu, als wolle er ein Flugzeug auf den Landeplatz lotsen?

Es ist Kit. O Gott, Hilfe. Kit, maskiert.

Er will ihr zu verstehen geben, dass auch er Frank entdeckt hat. Er deutet auf seine Uhr. Noch zwanzig Minuten.

In der Menge ist sonst niemand, den Ilse erkennt. Nicht einmal die Bedienung des *Singing Teapot* hat es hierhergeschafft. Ein kleines Mädchen dreht sich neben dem Bonbonladen im Kreis, bis ihm schwindlig wird; die Mutter hebt die Kleine kurzerhand hoch und trägt das zappelnde, plärrende Kind zum Buggy. Ein junger Mann im Jogginganzug nähert sich einer Frau, die aber den Kopf schüttelt, wie um zu sagen: *Nein, du bist einmal zu oft zu spät gekommen.*

An einem anderen Tisch essen drei korpulente

Geschäftsleute mit Aktenkoffern Pizza; sie haben sich Servietten in den Hemdkragen gesteckt, um ihre Anzüge zu schützen. Zwei alte Damen teilen sich ein Riesenkuchenstück. Eine Frau trinkt Kaffee aus einer Plastiktasse; ihr gegenüber sitzt ihr kleiner Sohn. Der Blick der Mutter ist so leer, dass man meinen könnte, die beiden säßen schon seit Jahren dort. Als der Junge anfängt, mit ihrem Handy auf den Tisch einzuschlagen, starrt sie ihn nur an. Zwei Reinigungskräfte wischen mit ihren Mopps zwischen den Tischen herum.

An einem anderen Tisch schläft ein junger Mann tief und fest, den Kopf auf den Armen. Hinten in der Ecke schält eine Frau mit Baseballmütze die Rinde von ihrem Sandwich und beißt immer wieder blitzschnell einen winzigen Bissen davon ab, als befürchte sie, die Rinde würde sich umdrehen und zurückbeißen. Eine andere Frau verschwindet fast in ihrem gelben Regencape. Überall Leute, aber kein einziger Sänger darunter. Ilse wirft verzweifelt den Kopf in den Nacken.

Da entdeckt sie sie. Zwei Männer von der Security. Im Obergeschoss.

Sie fährt die Rolltreppe hinauf, um sich zu vergewissern. Die beiden stehen vor einem Laden mit sexy Dessous und machen einen ziemlich trägen Eindruck. Im Schaufenster hinter ihnen steht eine Puppe in nippelfreiem BH, Strapsen und einem

Slip, der mehr Bändchen ist als Slip. Außerdem hat sie Handschellen dabei, aber wohl nicht, um den Securityleuten zur Seite zu stehen.

Ilse kehrt in den Gastrobereich zurück. Sie hält ihre Hände fest umklammert, bekommt aber das Zittern nicht in den Griff. Von Geige spielen kann gar keine Rede sein. In ihrem momentanen Zustand könnte sie nicht einmal den Reißverschluss der Hülle aufziehen.

Als ihr Blick wieder auf Kit fällt, streckt er die Finger hoch. Noch zehn Minuten.

Wo ist die Freude geblieben, Frank?, fragt sie sich. Wir hatten Bach. Wir hatten Mozart, du und ich. Schubert, Chopin, Tschaikowsky. Auch beim Unterrichten kam ihr ab und zu ein Kind unter, das wirklich begriff, was Musik ist. Aber das hier? Ist das das Ziel, auf das die Menschheit zusteuert? Musik aus der Konserve, Burger, Kunstlicht, Eichhörnchenmülleimer in einem Konsumbunker? Jeder für sich? Ist das das Ende von allem?

Pater Anthony erscheint rechts von ihr. »Alles okay?«

»Nein. Ich habe panische Angst. Niemand ist hier.«

»Es sind viele Leute hier«, sagt Kit, der bartlos zu ihrer Linken auftaucht.

»Aber niemand von denen ist gekommen, um das *Halleluja* zu singen.«

»Wir haben die Leute aufgefordert, sich ganz normal zu kleiden.«

»*So* normal auch wieder nicht. Die essen alle Burger. Und was ist mit den Plakaten?«

»Hm«, sagt Kit. »Da hast du recht. Plakate haben sie keine.«

»Hast du die Leute vom Sicherheitsdienst gesehen?« Sie hebt den Blick zum Obergeschoss. Die beiden Securitymänner stehen mit verschränkten Armen vor der nicht sehr angezogenen Puppe.

»Mist«, sagt Kit.

Maud gesellt sich zu ihnen. Sie trägt ein Tablett mit Wasserflaschen. »Ich dachte, ihr könnt vielleicht was zu trinken brauchen, bevor ihr anfangt.«

Ilses Mund ist rau wie Sandpapier, ihr Körper schwach, er fühlt sich an wie Luft. Sie hat keine Ahnung, ob ihr sehr heiß ist oder sehr kalt. »Wie soll das funktionieren? Niemand ist da, der mit uns singt. Oben lauert die Security. Und Frank *will* ja gar nicht zuhören.«

Kit sagt: »Wie wär's mit *Happy Birthday*? Das kriegen wir hin. Oder wir singen einfach *Toxic* mit?«

Ilse starrt Kit an. »Das ist aber jetzt nicht dein Ernst?«

»Wir versuchen, Frank zu *retten*«, schaltet Maud sich ein. Nach einer winzigen Pause fällt ihr ein, wer sie ist. »Du Trottel.«

Pater Anthony blickt zu den beiden Securityleuten hinauf. »Ich bin nicht sicher, dass das Ganze eine gute Idee ist«, sagt er leise.

Auf der anderen Seite des Gastrobereichs isst Frank weiter seinen Burger.

»Noch drei Minuten«, flüstert Kit.

»Nein. Ich kann nicht. Ich schaffe es einfach nicht. Die Geige ist nicht mal gestimmt.« Ilse legt die Hülle mit dem Instrument weg. Doch bevor sie sich verdrücken kann, wird sie von einer kleinen, sehr energischen Hand an der Schulter gepackt. Es tut richtig weh.

Maud fasst Ilse am Kragen und zieht ihr Gesicht dicht vor das ihre. Sie stehen Nase an Nase. Maud faucht durch die zusammengebissenen Zähne. »Hör mal gut zu. Wir haben einundzwanzig Jahre gewartet. Du brauchst ihn. Er braucht dich. Wir brauchen dich, damit du das regelst. Als nimm deine Fiedel und …«

»Genau genommen ist es eine Violine«, sagt Kit.

»Ist mir doch scheißegal, was es ist. *Spiel* das verdammte Ding!«

Maud marschiert zu einem der wenigen freien Tische. Auf ihm türmen sich Einwickelpapier, Servietten, Pappbecher. Sie räumt die Tischplatte frei, unterdessen holt Kit eine Rolle Küchenpapier und eine Flasche Putzmittel, um die klebrigen Flecken wegzuwischen. Er stellt Ilse einen Stuhl hin. Dann zieht er sich die Lycrajacke über den Kopf, so dass seine elektrisch aufgeladenen Haare abstehen wie ein wüster Heiligenschein, und faltet die Jacke zu einem Kissen zusammen. Pater Anthony kommt mit der eingepackten Geige. Er legt sie auf den frisch geputzten Tisch und öffnet feierlich den Reißverschluss. Ilses Herz pumpt wie ein Kolben.

»Das wird nichts«, sagt sie. »Schaut euch meine Hände an.« Sie zittern tatsächlich, als hätten sie sich verselbständigt.

»Du bist unsere einzige Chance«, sagt Pater Anthony. Er nimmt ihre Finger, drückt sie zwischen den seinen, wärmt sie auf. Ilse schielt ein letztes Mal verstohlen zur Security hinauf. Kit streckt ihr die alte Violine entgegen.

In diesem Moment – sie wird ewig darüber staunen – übernimmt ihr Körper das Kommando. Er weiß, was zu tun ist, und braucht keine Hilfe vom Rest ihrer Person. Ihr Rücken reckt sich kerzengerade in die Höhe, ihr Hals streckt sich, ihre Füße öffnen sich breit. Ihre Arme nehmen die Violine in Empfang, ihre linke Hand umfasst das Griffbrett und stützt gleichzeitig das Instrument, dessen Korpus mit dem breiten unteren Ende auf dem linken Schlüsselbein ruht. Ihr Kopf senkt sich, bis das Kinn auf der Kinnstütze aufliegt, und neigt sich dann ein wenig nach links, so dass die Kinnstütze unter den Kiefer zu liegen kommt und am Kinn endet. Von Ilses Nase führt eine gerade Linie zum Hals der Violine.

Britney Spears singt *Toxic*. Ilses rechter Arm zittert so, dass sie kaum den maroden Bogen nach oben führen kann.

Da fällt ihr wieder ein: *In der Krankheit liegt die Heilung.*

Sie bringt die linke Hand am Griffbrett in Position, stützt den Hals zwischen Daumen und Zeigefinger, die anderen Finger legen sich gerundet auf die Saiten. Da krampft ihr Daumen, und sie lässt die Violine fast fallen. Kit atmet scharf ein.

Sie hebt den Bogen mit der rechten Hand, der rechte Zeigefinger ruht oben auf dem Daumenleder, der kleine Finger unten auf der Froschschraube. Ilses Hände sind steif, und bei der Anstrengung schießt ein scharfer Schmerz von den Handgelenken aufwärts. Pater Anthony streckt die Hand aus und stabilisiert ihren Arm.

Tatsächlich gelingt es ihr, ein ganz einfaches Vorspiel zum *Halleluja* zu fabrizieren. Ein Kind könnte es besser. Die Geige ist nicht gut gestimmt, die Töne kratzen und quietschen. Neben ihr summt Kit die Melodie mit, damit Ilse im Fluss bleibt, und Pater Anthony steigt mit ein. Am lautesten aber singt Maud, sie reißt den Mund ganz weit auf.

Niemand blickt auf. Die Leute essen und trinken ungerührt weiter. Das kleine Mädchen, das nun im Buggy festgeschnallt ist, plärrt immer noch. Die drei Geschäftsleute verspeisen ihre Pizza, die alten

Damen gabeln sich durch das Stück Schokoladenkuchen. Frank merkt von nichts.

Und dann – *Halleluja!* Die junge Frau mit der Baseballmütze springt auf.

Das Sandwich in der Hand, singt sie mit klarer Stimme. Sie hebt das Kinn und scheint niemand im Besonderen anzusingen, sondern richtet ihren Gesang an den Himmel oder zumindest an das gelbliche Glasdach.

Ein, zwei Leute drehen sich um und gucken. Die meisten essen weiter. Das Paar neben der Sängerin starrt sie an und scheint sich verdattert zu fragen, was plötzlich in diese Frau gefahren ist. Sie rücken scharrend ihre Stühle weg, um Abstand bemüht. Ilse kann kaum noch den Bogen halten.

»*Halleluja!*« Der junge Mann, der so tief geschlafen hatte, wird putzmunter und springt auf seinen Stuhl. »*Halleluja*«, schmettert er los.

Die Geschäftsleute legen ihre Pizza weg und heben ihre Aktenkoffer auf den Schoß. Einige Bedienungen fangen an zu kichern.

»*Halleluja!*« Ein junges Paar in der Schlange vor *USA Chicken* wirft schwungvoll die Arme zur Seite.

Jetzt stürzen drei Angehörige des Personals in ihren Uniformen aus den Toiletten. »*Halleluja!*«, singen sie, als wollten sie eine wunderbare Nachricht verbreiten.

Ilses linke Finger krabbeln über die Saiten. Sie haben Mühe, mit dem Tempo mitzuhalten. Verstohlen wirft sie einen Blick in Richtung Security. Die beiden Wachleute scheinen noch nichts bemerkt zu haben.

Aber fast alle anderen merken nun auf. Sie wissen nicht, wer als Nächster lossingen wird. Sie sehen sich in unruhiger Erwartung um, als könnte es sich um eine ansteckende Krankheit handeln. Die beiden alten Damen, die den Kuchen teilen, die junge Frau, die auf den Mann im Jogginganzug gewartet hat, eine Bedienung bei *Happy Wok* – eine nach der anderen stellt sich in Positur und singt. Nach einer Minute haben mindestens zwanzig Leute in das *Halleluja* eingestimmt.

Denn der Herr, der allmächtige Gott, herrscht. Halleluja! Halleluja!

Halleluja!

Halleluja!

Merken denn die Securityleute nichts?

Und Frank?

Denn der Herr, der allmächtige Gott, herrscht.

Die drei Geschäftsleute lassen die Schlösser ihrer Aktenkoffer aufschnappen und holen eine Blockflöte, eine Triangel und einen Shaker heraus. Sie springen auf und fangen an zu spielen. Auch mit viel Phantasie kann dies hier nicht gerade als originalgetreue *Messias*-Version durchgehen, es sind falsche Töne mit dabei, es wird variiert und hemmungslos improvisiert …

Halleluja. Halleluja!

Trotzdem lächeln die Leute wie verzaubert. Manche zücken ihr Handy und fangen an zu filmen. Die Mutter des kleinen Jungen, der das Handy auf den Tisch gedonnert hatte, stellt ihn auf seinen Stuhl, damit er besser sehen kann. Die Leute wechseln kurze Blicke mit Fremden, ob das alles wirklich wahr ist. Viele, die den Text nicht kennen, stimmen mit einer Art »Halleluja!« ein. Inzwischen sind es dreißig.

Nein, vierzig.

Nein, fünfundvierzig.

Die Person im gelben Regencape wirft ihre Hülle ab und entpuppt sich als die Besitzerin des *Singing Teapot*. Sie steigt auf den Tisch, an dem sie gesessen hat, breitet die Arme aus, als wolle sie einen Berg umarmen, und schreit: »*Halleluja!*«

Fünfzig Leute.

Der Aufzug geht auf, und zwei Chorsänger sprinten heraus. »*Halleluja!*«

Sechzig Stimmen steigen in die Luft. »*Halleluja!*«

Manche Leute singen, als hätten sie endlich die Berufung ihres Lebens gefunden – freudig, überschwänglich, ihr Gebiss der Öffentlichkeit präsentierend –, für andere ist es ein tastender, intimer Erstversuch, und sie murmeln mehr, als sie singen. Diese Musik ist groß genug, um alles in sich aufzunehmen, was ein Einzelner je empfinden kann. Die Tür des

Notausgangs schwingt auf, eine Pflegerin aus dem Heim schiebt einen alten Mann herein.

Und *Er wird regieren auf immer und ewig!* Der Refrain erschallt aus dem *Happy Wok*, aus dem Bonbonladen, zwischen den Eichhörnchenmülleimern und den Plastikblättern der Riesenpflanzen.

König der Könige. Auf immer und ewig! Halleluja, Halleluja.

Hundert Leute singen in einem Einkaufszentrum. Draußen stinkt es nach Käse und Zwiebeln, Leute werden überfallen, andere verhungern, der Himmel ist grau, aber hier öffnet sich im Strom der Zeit eine kleine Lücke jenseits aller Logik, ein Raum für diese herrliche Verrücktheit, wie nur Menschen sie ersinnen können. Die Welt ist letzten Endes doch kein Ort des Schreckens.

Und dann, genau dann, als die Musik zum Crescendo des Finales ansetzt, blicken die Securityleute nach unten und registrieren, was da geschieht.

»Mist. Jetzt sind wir dran«, ruft Kit.

Zu spät. Zu viele Leute sind beteiligt. Die Sache lässt sich nicht mehr stoppen.

Die Securityleute verfallen aus dem Stand direkt in den Spurt, ohne den Anlauf, der im Allgemeinen dazwischen liegt. Sie poltern die Rolltreppe hinunter, springen von der untersten Stufe und – ja:

Halleluja!

In seiner Freude läuft Kit herum und wirft Buttons

in die Menge, und die Leute bücken sich hastig und heben sie auf. *I love Vinyl! Halleluja!* Der Mann, der so tief geschlafen hatte, rast nun auf Kit zu, sie umarmen sich und springen lachend herum.

Der Refrain gewinnt an Rasanz. Nun sind alle auf den Beinen. Alle singen. Dieses *Halleluja* hat einen eigenen, jazzigen Touch entwickelt, es wirkt improvisiert und hat nur noch sehr wenig mit Händel zu tun. Auch hat es die übliche Dauer von vier Minuten längst überschritten. Und dann, als die Musik auf ihren Höhepunkt zusteuert, kommt der Clou.

Alle heben die Hände.

Halleluja. Halleluja.

Das war nicht vorausgeplant. Der Gedanke liegt einfach in der Luft, man muss sich nur mittragen lassen, anstatt allzu viel nachzudenken und das Ganze womöglich zu verderben. Alle – jung und alt, musikalisch und unmusikalisch –, alle stehen mit hochgereckten Armen da wie dreihundert Bäume. Und was halten sie in den Händen?

Schallplatten.

Alben, LPs, Singles, mit Bildern bedruckte Schallplatten, farbige Schallplatten, Raubkopien, Sammlerstücke, Originalpressungen. Die Leute haben ihr eigenes Vinyl mitgebracht. Sie strecken es ganz hoch, damit Frank es sehen kann.

Halleluja, Halleluja.

Und jetzt auch Plakate.

Du hast mir Bach geschenkt.

Hallo aus Stockport.

Du hast mir Aretha gegeben.

Wir lieben dich, Frank, Gruß aus Cardiff!

Weißt du noch, Frank? Gruß von dem verrückten Paar aus Düsseldorf!

Und jetzt kommt's. Die letzten Verse. Bei denen Peg immer heulen musste.

Halleluja! Halleluja!

Dreihundert Leute halten inne. PAUSE. Man könnte eine Stecknadel fallen hören.

Und dann: *HALLL-LEEEE-LUUUU-JAAAAAA-AAA.*

In dem Schweigen, das nun folgt, bleibt ein einziger Mann sitzen. Den Blick nach unten gerichtet. Er isst nicht, er trinkt nicht. Er rührt sich nicht.

»Was ist los?«, fragt ein Kind ganz laut. »Hat er's nicht gehört?«

Natürlich hat er es gehört. Aber er verharrt in seiner alten Starre, der Kerl, und weigert sich aufzuwachen.

Das darf doch nicht wahr sein! Kit lässt sich in die Arme des jungen Mannes plumpsen, mit dem er getanzt hat. Maud tastet nach Pater Anthonys Hand, der wiederum zieht seinen Mantel aus und hängt ihn ihr über die Schultern.

Ilse schlängelt sich durch die Menge. Die Leute

stehen immer noch da und halten ihre Platten in die Höhe; sie teilen sich wie das Rote Meer und lassen sie durch. Ilse drängt nach vorn, bis sie direkt vor Franks weißem Plastiktisch steht. Wenn sie die Hand ausstreckte, könnte sie sein Haar berühren. Er will den Blick nicht heben.

»Frank.« Ihre Stimme bebt. »Deinetwegen bin ich zurückgekehrt. Alle diese Leute sind hier für dich zusammengekommen. Sie haben gesungen. Ich habe Geige gespielt. Sie haben ihre Platten mitgebracht. Schau uns an. *Schau doch!* Wir schaffen es nicht allein. Den letzten Schritt musst du schon selber machen.« Sie spürt die Hitze auf ihren Wangen. Zwei flammende Leuchtkreise. »Glaubst du, du kannst hier einfach so *sitzen bleiben*? Du verdammter Kerl! Wach auf! Wach auf!«

Ihr Puls hämmert so sehr, dass sie ihn am Hals und an den Rippen spürt. Sie sieht von Frank nichts als den Scheitel seines gebeugten Kopfes. Die einzige Regung, die er zeigt, ist ein leises Zittern der Finger.

Ilse kann nicht mehr. Sie dreht sich um. Arbeitet sich mit Ellbogenstößen durch die Menge in Richtung Maud, Kit und Pater Anthony. Sie spürt alle Blicke auf sich wie Bleihände, die die letzte Energie aus ihr pressen. Alles verschwimmt vor ihren Tränen. Sie wird in den nächsten Flieger nach Hause steigen. Die Wohnung ihrer Mutter verkaufen. Weiterziehen. Sie hätte nie zurückkommen sollen …

Nach ein paar Metern zupft jemand an ihrem Rock. Eine Hand. Sie schiebt sie weg – *lass mich* –, aber die Hand zupft ein zweites Mal.

»Frau Geigerin!«, ruft eine Stimme. »Miss!« Es ist der kleine Junge, der das Handy seiner Mutter malträtiert hatte. »Komm zurück. Schau mal.«

Ilse dreht sich um. Kehrt um. Die Leute recken die Köpfe, um besser sehen zu können. Frank. Seinen Burger. Seinen Softdrink. Da passiert etwas. Er bewegt die Hände.

Er stützt sie auf den Tisch und drückt sich zu seiner vollen Größe hoch. Inmitten der Menge, inmitten von Hunderten Plastikbechern und glasierten Donuts und Baked Potatoes und *Happy-Wok*-Gerichten, durch ein Meer von *I love Vinyl!* und *Danke, Frank!* hindurch entdeckt er Ilse Brauchmann, und ihre Blicke versinken ineinander.

Es wird ganz still im Einkaufszentrum.

Er schaut sie an.

Sie schaut ihn an.

Sein Mund gibt komische Laute von sich, die heißen sollen: *Bist du's wirklich*?

Ihre Lippen kräuseln sich und antworten: *Sieht so aus.*

Mit einer einzigen Bewegung hebt Frank den Plastiktisch hoch und stellt ihn beiseite. Jetzt liegt nichts mehr zwischen ihnen als ein Meter unendlicher Liebe.

Er schüttelt ein wenig den Kopf. Das ist kein *Nein*, sondern eine Geste grenzenlosen Staunens. Dann folgt ein fragender Blick: *Wirst du bleiben*?

Sie lacht.

Er hebt die Arme. Mit einem letzten kleinen Schritt überwindet er die Entfernung zwischen ihnen.

Er zieht sie an sich.

Applaus brandet auf.

HIDDEN TRACK

Es gibt da wieder so einen Plattenladen.

Von außen sieht er immer noch aus wie jeder andere Laden in jeder kleinen Seitenstraße einer x-beliebigen Stadt. Über der Tür steht in großen Lettern der Name des Ladens, das Schaufenster ist farbenfroh dekoriert, unter anderem mit einem Neonschriftzug: *Wir lieben Vinyl! Willkommen!*

Drinnen ist der Laden vollgepackt mit Platten. Platten an der linken Wand, Platten an der rechten Wand, Platten in der Mitte. Überall stehen Präsentationsschränke aus poliertem Holz mit Unmengen Vinyl. In einigen zusätzlichen Ständern stapeln sich glänzende CDs. Alle Platten haben ein Extraetikett aufgeklebt, mit speziellen Informationen über das Album, Tipps, worauf man beim Hören achten sollte, und Hinweisen auf ähnliche Musik, die einem auch gefallen könnte. Die Theke ist mit einer Reihe Duftkerzen und einer Blumenvase geschmückt.

Dahinter sitzt ein bärengroßer Mann im flaschengrünen Sweatshirt mit Ladenlogo. Sein Haar ist ein wuscheliger weißer Mopp. Neben ihm sitzt eine zierliche Frau, die ebenfalls ein grünes Sweatshirt mit dem Logo *Franks Platten* trägt. Ihr silbergraues Haar ist zum Teil hochgesteckt, zum Teil ringelt es sich herab; auffallend ihre großen Augen. Ein Riese und seine Herzdame.

An der Wand hinter ihnen hängt ein gerahmtes Foto, auf dem ein sehr alter Mann mit einem schiefen Lächeln zu sehen ist. Es muss schon vor Jahren aufgenommen worden sein, weil der Mann und die Frau hinter der Theke auch darauf sind, deutlich jünger als jetzt. Auf dem Foto trägt sie ein kleines Hütchen mit Schleier. Er hat sich ein großes Baumblatt ans Revers gepinnt. Ihre Hochzeit? Was immer da gefeiert wurde, alle auf dem Foto sehen sehr glücklich aus, vielleicht mit Ausnahme einer finster dreinblickenden, stämmigen kleinen Frau mit streng geometrischer Frisur. *Ruhe in Frieden, lieber Pater Anthony!!!*, hat jemand schwungvoll mit Metallicstift daruntergeschrieben. *Heiße Sessions mit Miles!!*

Du nimmst behutsam eine Platte aus ihrer Hülle. Es ist Jahre her, seit du zum letzten Mal eine in der Hand gehalten hast, aber du machst es automatisch richtig. Steckst sorgfältig die Finger in die Innenhülle, ohne das Vinyl zu berühren. Ziehst die Platte heraus. Hörst das Papier knistern. Balancierst die Platte in der Hand, den Daumen am Außenrand, die Kuppe des Mittelfingers unter dem Loch in der Mitte des Labels. Als die Platte dein Handgelenk streift, spürst du den weichen Kuss eines leichten elektrischen Schlags. Die Platte ist glatt wie Lakritze und doppelt so glänzend. Licht fließt darüber wie Wasser. Du atmest den Geruch frisch gepressten Vinyls ein.

»Können wir behilflich sein?«, fragt die Frau hinter der Theke. Ihr Akzent hat leichte Ecken und Kanten.

Du sagst, du suchst Musik, weißt aber nicht, was genau. Du hast alle deine Platten vor Jahren rausgeworfen. Du hast nicht einmal mehr einen CD-Spieler. Du kaufst fast nur noch im Internet, und wenn du Lust auf Musik hast, lädst du sie dir auf dein Handy runter. Aber du bist schockiert, sagst du, wie schnell in der heutigen Zeit Dinge wie Schallplatten und Läden abgeschafft werden. Sogar deine Bankfiliale hat dichtgemacht.

»Bei vielen von uns war es genauso«, pflichtet die Frau dir bei, als würden eine Menge Kunden das Gleiche denken und sagen. »Viele Leute haben ihre Platten entsorgt. 1988 wollten wir nur noch CDs.« Zwei rote Kreise leuchten auf ihren Wangen auf. Der Mann an ihrer Seite nimmt ihre Hand, hebt sie an seinen Mund und küsst sie. Eine unendlich zärtliche Geste. »Und was können wir jetzt für Sie tun?«, fragt sie.

»Ich weiß nicht so recht«, sagst du.

Der Mann richtet seinen Blick auf dich. Seine Augenwinkel kräuseln sich.

»Was meinst du?«, fragt sie ihn. »Was meinst du, was sich unsere neue Kundin anhören sollte?«

Er lässt lange seinen Blick auf dir ruhen. Lächelt lange. Es ist, als hätte er dich schon einmal gesehen, in einem anderen Lebensabschnitt. Aber was dich noch mehr verblüfft, ist nicht die Kraft oder die Ruhe in seinem Blick, sondern die Freundlichkeit. Er weiß, was du durchgemacht hast, was du verloren hast, welche Enttäuschungen du erlebt hast, er spürt das alles. Du fühlst dich wie von einem vibrierenden Lichtstrom aufgeladen.

Du beginnst zu erröten. Zupfst an deinem Mantel. Brummst, du hättest mal so was auf Spotify gehört.

Dann dröhnt er: »Aretha!«

»Aretha?«, wiederholt seine Frau.

»Genau.« Das scheinen beide für eine grandiose Idee zu halten. Ja, genau, stimmen sie einander zu. Aretha werde dir gefallen.

Sie sagt: »Bleiben Sie doch und hören Sie rein! Unsere neue Samstagsaushilfe wird sich um Sie kümmern.«

Sie deutet nach hinten in den Laden. Erst dann bemerkst du sie: eine ganze Schar von Kunden. Sie sitzen mit Kopfhörern in bequemen Sesseln. Einzelpersonen, Paare, Teenies. Sogar ganze Familien. Woher kennen alle diesen Laden, wenn du nichts davon wusstest? Sie trinken Kaffee. Manche blicken auf. Einige grüßen dich mit einem Nicken. Ein, zwei

Leute dösen vor sich hin. Ein junger Mann, noch keine zwanzig, gespickt mit Buttons, prescht herbei. Cappuccino?, fragt er. Kekse? In seinem Eifer, dir den Mantel abzunehmen, fegt er fast eine der Duftkerzen zu Boden.

Du wirfst einen Blick hinaus in die Welt da draußen. Heute ist es in vielen Straßen gefährlich, viele sind heruntergekommen. Die Leute hasten im schmutzgrauen Licht der Stadt am Schaufenster vorbei.

»Sie dürfen gerne bleiben, solange Sie möchten«, sagt die Frau an der Theke. »Ist doch so, Frank?«

Er nickt ernst, mit seiner ganzen Autorität, und lächelt dann.

»Und kommen Sie wieder. Jederzeit«, sagt sie. »Wir sind immer da.«

Anmerkung der Autorin

Um über Musik und ihre heilende Kraft schreiben zu können, habe ich viel recherchiert, und obwohl wenig davon im fertigen Buch aufscheint, hätte ich ohne diese Vorbereitungen nicht viel zustande gebracht. Ich habe nicht nur unzählige Bücher, Artikel, Blogs, Hinweise im Netz und Texte auf Plattencovern gelesen, sondern konnte mich auch auf das Wissen und die Leidenschaft vieler Menschen stützen, die mir so freundlich geholfen haben. Da wären etliche Besitzer von Plattenläden zu nennen, Plattensammler, Therapeuten, Musikliebhaber, an erster Stelle aber mein Mann. Er stand mir das ganze Buch hindurch unermüdlich zur Seite.

Ich möchte danken:

Graham Jones, Simon Vincent von *Trading Post Records* in Stroud, Robert Nichols, Gabrielle Drake, Michael Odell, dem Verkäufer mit dem Polohemd in der Jazzabteilung von *Soundscapes* in Toronto, allen bei *12 Tonar* in Reykjavik, allen bei *Harold Moores Records*, Johnnie Walker, Cathy Thompson, *Jumbo Records* in Leeds, Sophie Wilson, Peter Macdonald,

Lucy Brett, *Vinyl Vault*, dem verblüfften sehr jungen Verkäufer bei *Phonica Records* in London, der mir die Master Bags gezeigt hat, Susanna Wadeson und Lizzy Goudsmit, Alison Barrow, Clare Conville, Susan Kamil, Kiara Kent, Susanne Halbleib, Steve Gibbs, Chris Rowe, Myra Joyce, Amy Proto und Emily Joyce.

Alle Fehler in diesem Buch gehen ganz zu Lasten von Frank oder Peg.

PLAYLIST

Nick Drake, *Time has told me*
Emmylou Harris
Genesis, *Invisible Touch*
Felix Mendelssohn Bartholdy, *Die Hebriden*
Frédéric Chopin, *Nocturnes*
Aretha Franklin, *Oh No Not My Baby (Spirit in the Dark)*
Queen, *It's a Kind of Magic*
Bill Evans, *Waltz for Debby*
Hildegard von Bingen, Gesänge
(Symphonia Armonie Celestium Revelationum)
The Troggs, *Wild Thing*
Johann Sebastian Bach, *Brandenburgische Konzerte*
The Beach Boys, *Pet Sounds*
Miles Davis, *Bitches Brew*
Sex Pistols, *Never mind the Bollocks*
Beethoven, *Symphonie Nr. 5*
The Beatles, *A Day in the Life*
Antonio Vivaldi, *Die vier Jahreszeiten*
Giacomo Puccini, *La Bohème*
David Bowie, *Starman*
The Damned, *New Rose*
Wham!
Culture Club
Haircut 100

Frankie Goes to Hollywood
Johannes Brahms
Count Basie
The English Beat
The B-52's
Art Blakey
Big Star
Chuck Berry
Burt Bacharach
Thin Lizzy
The Beatles, *Rubber Soul*
Wolfgang Amadeus Mozart
Patti Smith
Peter Gabriel, *Solsbury Hill*
The Beatles, *Fool On The Hill*
Fats Domino, *Blueberry Hill*
Cecil Frances Alexander, *There is a Green Hill Faraway*
Georg Friedrich Händel, *Der Messias*
David Bowie, *Ziggy Stardust*
Johnny Cash, *At Folsom Prison*
ABC, *The Lexicon of Love*
John Coltrane, *Love Supreme*
Franz Schubert, *Forellenquintett*
Vaughan Williams, *The Lark Ascending*
Ludwig van Beethoven, *Pastorale*
Van Morrison, *Into the Mystic*
Joao Gilberto
Joni Mitchell, *Blue*
Sonny Rollins
Grant Green
Samuel Barber, *Adagio for Strings*
Def Leppard

Bob Dylan, *A Hard Rain's A-Gonna Fall*
The Ruts
Aunty Pus
George Michael
Richard Rodgers, *So long, Farewell* (*The Sound of Music*)
Johann Sebastian Bach, *Konzert für zwei Violinen*
Bay City Rollers, *Bye bye Baby (Baby Goodbye)*
Gloria Gaynor, *I Will Survive*
Joseph Haydn
Glenn Miller
The O'Jays
Electric Light Orchestra
Michael Jackson, *Bad*
Miles Davis, *Kind of Blue*
Dizzy Gillespie
Lester Young
Duke Ellington
Marvin Gaye, *Let's Get It On*
Georg Friedrich Händel, *Halleluja (Der Messias)*
Survivor, *Eye of the Tiger*
Shalamar, *A Night to Remember*
Ludwig van Beethoven, *Mondscheinsonate*
Franz Liszt
Hector Berlioz
Anton Bruckner
Gustav Mahler
Richard Wagner
Igor Strawinsky
Arnold Schönberg
Emerson, Lake & Palmer
Phil Collins
Hawkwind, *Silver Machine*

Morrissey
Pixies
Talking Heads
Now That's What I Call Music Nr. 11
The Carpenters, *Please Mr Postman*
Edith Piaf
Pérotin, *Beata Viscera*
James Brown, Ain't It Funky Now
The Beach Boys, *Caroline No*
Giacomo Puccini, *Tosca, Te Deum*
Led Zeppelin, *IV, Stairway to Heaven*
Aretha Franklin, *I Say a Little Prayer*
The Smiths, *Heaven Knows I'm Miserable Now*
Mantovani
Herman's Hermits
Hector Berlioz, *Symphonie fantastique*
Sex Pistols, *God Save the Queen*
Henry Purcell, *Didos Klage (Dido und Aeneas)*
Duke Ellington, *Satin Doll*
10cc, *I'm Not in Love*
Edward Elgar, *Sospiri*
The Walker Brothers
The Beatles, *Birthday (The White Album)*
Blondie
Johannes Brahms, *1. Klavierkonzert*
Ella Fitzgerald
Curtis Mayfield
Bob Marley
Chic
Kolbeinn Tumason, *Heyr Himna Smidur*
Reynaldo Hahn, *A Chloris*
Dmitri Schostakowitsch

Van Morrison, *Veedon Fleece*
Nick Drake, *Five Leaves Left*
The Rolling Stones
Ramones
Prefab Sprout
Brinsley Schwarz, *The New Favourites of Brinsley Schwarz*
Graham Parker
Steely Dan, *Can't Buy a Thrill*
Isaac Hayes, *Theme from Shaft*
Albinoni
Frédéric Chopin, *Prélude Nr. 15*
Bob Marley, *Get Up Stand Up*
David Bowie, *Changes*
Billie Holiday, *Strange Fruit*
Joan Baez
Woody Guthrie
Curtis Mayfield
Thin Lizzy, *Don't Believe a Word*
ABC, *The Look of Love*
Wolfgang Amadeus Mozart, *Requiem*
Sergei Rachmaninow, *Vesper (Das große Abend- und Morgenlob)*
Gabriel Fauré
Giuseppe Verdi
Luigi Cherubini
Indeep, *Last Night a DJ Saved My Life*
Curtis Mayfield, *Keep on Keeping On*
Britney Spears, *Toxic*
Peter Tschaikowsky
Georg Friedrich Händel, *Halleluja (Der Messias)*